Italo Calvino:
Wenn ein Reisender in einer  T5-AQQ-005
Roman

Deutsch von Burkhart Kroeber

Deutscher
Taschenbuch
Verlag

Von Italo Calvino
sind im Deutschen Taschenbuch Verlag erschienen:
Das Schloß, darin sich Schicksale kreuzen (10284)
Die unsichtbaren Städte (10413)

Ungekürzte Ausgabe
Januar 1986
Deutscher Taschenbuch Verlag GmbH & Co. KG,
München
Lizenzausgabe mit freundlicher Genehmigung des
Carl Hanser Verlags, München · Wien
© 1979 Giulio Einaudi editore s.p.a., Torino
Titel der italienischen Originalausgabe:
›Se una notte d'inverno un viaggiatore‹
© 1983 der deutschsprachigen Ausgabe:
Carl Hanser Verlag, München · Wien
ISBN 3-446-13300-3
Umschlaggestaltung: Celestino Piatti
Umschlagbild: Rotraut Susanne Berner
Satz: Fotosatz Otto Gutfreund, Darmstadt
Druck und Bindung: C. H. Beck'sche Buchdruckerei,
Nördlingen
Printed in Germany · ISBN 3-423-10516-x

für Daniele Ponchiroli

I

Du schickst dich an, den neuen Roman *Wenn ein Reisender in einer Winternacht* von Italo Calvino zu lesen. Entspanne dich. Sammle dich. Schieb jeden anderen Gedanken beiseite. Laß deine Umwelt im ungewissen verschwimmen. Mach lieber die Tür zu, drüben läuft immer das Fernsehen. Sag es den anderen gleich: »Nein, ich will nicht fernsehen!« Heb die Stimme, sonst hören sie's nicht: »Ich lese! Ich will nicht gestört werden!« Vielleicht haben sie's nicht gehört bei all dem Krach; sag's noch lauter, schrei: »Ich fang gerade an, den neuen Roman von Italo Calvino zu lesen!« Oder sag's auch nicht, wenn du nicht willst; hoffentlich lassen sie dich in Ruhe.

Such dir die bequemste Stellung: sitzend, langgestreckt, zusammengekauert oder liegend. Auf dem Rükken, auf der Seite, auf dem Bauch. Im Sessel, auf dem Sofa, auf dem Schaukelstuhl, auf dem Liegestuhl, auf dem Puff. In der Hängematte, wenn du eine hast. Natürlich auch auf dem Bett oder im Bett. Du kannst auch Kopfstand machen, in Yogahaltung. Dann selbstverständlich mit umgedrehtem Buch.

Sicher, die ideale Lesehaltung findet man nie. Früher las man im Stehen, vor einem Lesepult. Man war ans Stehen gewöhnt. Man entspannte sich dadurch vom Reiten. Beim Reiten zu lesen, ist noch niemandem eingefallen; und doch reizt dich jetzt der Gedanke an ein Lesen im Sattel, das Buch an die Mähne des Pferdes gelehnt, womöglich mit einem besonderen Zaumzeug an den Ohren befestigt. Mit den Füßen in Steigbügeln müßte man sehr gut lesen können, hochgestützte Füße sind die erste Bedingung für den Genuß einer Lektüre.

Also worauf wartest du noch? Streck die Beine aus, leg ruhig die Füße auf ein Kissen, auf zwei Kissen, auf die Sofalehne, auf die Ohrenstützen des Sessels, aufs Teetischchen, auf den Schreibtisch, aufs Klavier, auf den Globus. Zieh aber erst die Schuhe aus, wenn du die Füße hochlegen willst. Wenn nicht, zieh sie wieder an. Bleib jedenfalls nicht so sitzen, mit den Schuhen in der einen Hand und dem Buch in der anderen.

Stell dir das Licht so ein, daß deine Augen nicht müde werden. Mach's gleich, denn wenn du erst einmal in die Lektüre vertiefst bist, kannst du dich nicht mehr regen. Sieh zu, daß die Buchseite nicht im Schatten liegt, sonst drängen sich schwarze Lettern auf grauem Grund, gleichförmig wie ein Haufen Mäuse; laß das Licht aber auch nicht zu grell auf die Seite fallen, sonst reflektiert es auf dem harten Weiß des Papiers und frißt die Konturen der Buchstaben weg wie eine südliche Mittagssonne. Tu möglichst alles, um die Lektüre nicht später unterbrechen zu müssen. Leg dir Zigaretten in Reichweite, falls du Raucher bist, einen Aschenbecher. Was fehlt noch? Mußt du vielleicht aufs Klo? Bitte, das weißt du selber am besten.

Nicht daß du dir gerade von diesem Buch etwas Besonderes versprichst. Du bist einer, der sich grundsätzlich nichts mehr von irgend etwas verspricht. So viele andere, jüngere oder weniger junge als du, leben noch in der Erwartung, daß ihnen etwas Außergewöhnliches widerfährt, durch Bücher, durch Menschen, durch Reisen, durch Ereignisse oder durch das, was der nächste Tag bringen wird. Du nicht. Du weißt, daß man bestenfalls hoffen kann, das Schlimmste zu vermeiden. Zu diesem Ergebnis bist du gekommen, im Privatleben wie in den großen oder gar weltbewegenden Fragen. Und im Umgang mit Büchern? Eben, grad weil du es dir auf allen anderen Gebieten verboten hast, hältst du es nur für recht und billig, dir dieses jugendliche Vergnügen der

Erwartung wenigstens noch in einem so klar umgrenzten Bereich wie dem der Bücher zu erlauben, wo es dir gut oder schlecht ergehen kann, wo aber die Gefahr der Enttäuschung nicht weiter schlimm ist.

Gut, du hast also in der Zeitung gelesen, daß *Wenn ein Reisender in einer Winternacht* erschienen ist, ein neues Buch von Italo Calvino, der seit Jahren keins mehr veröffentlicht hat. Du bist in eine Buchhandlung gegangen und hast dir den Band gekauft. Recht so.

Schon im Schaufenster hast du den Umschlag mit dem gesuchten Titel entdeckt. Der Blickspur folgend bist du im Laden vorgedrungen, mitten durch die dichten Reihen der Bücher, Die Du Nicht Gelesen Hast, die dich finster anstarrten von Regalen und Tischen, um dich einzuschüchtern. Aber du weißt, daß du dich davon nicht abschrecken lassen darfst, denn hektarweise erstrecken sich unter ihnen die Bücher, Von Deren Lektüre Du Absehen Kannst, die Bücher, Die Zu Anderen Zwekken Als Dem Der Lektüre Gemacht Sind, sowie die Bücher, Die Schon Gelesen Sind Bevor Man Sie Aufschlägt Weil Zugehörig Zur Kategorie Des Schon Gelesenen Bevor Es Überhaupt Geschrieben Wurde. So überwindest du rasch den ersten Verteidigungsring, und nun überfällt dich die Infanterie der Bücher, Die Du Bestimmt Gern Lesen Würdest Wenn Du Mehrere Leben Hättest Aber Leider Sind Deine Tage Eben Was Sie Sind. Mit einer raschen Bewegung schiebst du sie beiseite und stürzt dich auf die Phalanx der Bücher, Die Du Irgendwann Mal Zu Lesen Gedenkst Aber Vorher Mußt Du Noch Andere Lesen, der Bücher, Die Dir Zu Teuer Sind Und Bei Denen Du Ruhig Abwarten Kannst Bis Sie Als Sonderausgabe Zu Ermäßigtem Preis Erscheinen, der Bücher Dito Bis Sie In Einer Taschenbuchreihe Erscheinen, und schließlich der Bücher, Die Alle Bereits Gelesen Haben So Daß Es Beinahe Ist Als Ob Du Sie Auch Schon Gelesen Hättest. Nach erfolgreicher Abwehr all dieser

Attacken dringst du vor bis unter die Türme der Festung, wo dir Widerstand leisten:

– die Bücher, Die Du Schon Seit Langem Mal Lesen Wolltest,
– die Bücher, Die Du Seit Jahren Vergeblich Gesucht Hast,
– die Bücher, Die Etwas Behandeln Das Dich Gerade Beschäftigt,
– die Bücher, Die Du Für Alle Fälle Gern Griffbereit Hättest,
– die Bücher, Die Du Dir Bereitlegen Könntest Zwecks Eventueller Lektüre Im Sommer,
– die Bücher, Die Du Bräuchtest Um Sie Neben Andere Bücher In Dein Regal Zu Stellen,
– die Bücher, Die Eine Plötzliche Heftige Und Nicht Ganz Erklärliche Neugier In Dir Wecken.

Immerhin ist es dir nun gelungen, die endlose Zahl der aufgebotenen Streitkräfte auf eine zwar noch recht beachtliche, aber doch schon in endlichen Zahlen kalkulierbare Größe zu reduzieren, mag auch diese relative Erleichterung noch beeinträchtigt werden durch die Hinterhalte der Bücher, Die Du Vor Langer Zeit Gelesen Hast Und Nun Dringend Mal Wieder Lesen Müßtest, sowie auch der Bücher, Die Du Immer Schon Längst Gelesen Zu Haben Behauptet Hast Und Nun Dringend Mal Wirklich Lesen Solltest.

Mit raschen Zickzacksprüngen entgehst du ihnen und springst mitten hinein in die Zitadelle der Neuerscheinungen, Deren Autoren Oder Themen Dich Irgendwie Reizen. Auch innerhalb dieser Festung kannst du Breschen in die Front der Verteidiger schlagen, indem du sie zerteilst nach Neuerscheinungen, Deren Autoren Oder Themen Nicht Neu Sind (für dich oder überhaupt), und nach Neuerscheinungen, Deren Autoren Oder Themen Noch Völlig Unbekannt Sind (jedenfalls für dich), um dann den Reiz, den sie auf dich ausüben, zu bestimmen anhand deiner Wünsche und Bedürfnisse nach Neuem und nach Nicht-Neuem (nach Neuem, das du im Nicht-Neuen suchst, und nach Nicht-Neuem, das du im Neuen suchst).

Dies alles nur, um zu sagen, daß du nach einem raschen Blick über die in der Buchhandlung ausgestellten Bände schnurstracks zu einem Stapel druckfrischer Exemplare von *Wenn ein Reisender in einer Winternacht* geeilt bist, eins davon genommen und zur Kasse getragen hast, um dir ein Eigentumsrecht darauf zuerkennen zu lassen.

Du hast noch einen verwirrten Blick auf die Bücher ringsum geworfen (genauer gesagt, es waren die Bücher, die dich ansahen mit den verwirrten Blicken von Hunden in den Gattern des städtischen Tierheims, die einen ihrer Gefährten davonziehen sehen an der Leine des Herrchens, das ihn auszulösen gekommen ist) und bist hinausgegangen.

Das eben erschienene Buch bereitet dir eine besondere Freude, denn es ist ja nicht nur ein Buch, was du da in der Hand hältst, sondern auch seine Neuheit, die freilich auch nur die Neuheit einer fabrikneuen Ware sein könnte, eine vergängliche Schönheit, mit der auch die Bücher sich schmücken und die nur so lange vorhält, bis der Schutzumschlag zu vergilben beginnt, sich auf den Beschnitt ein leichter Smogschleier legt und der Rücken brüchig wird im rasch einsetzenden Herbst der Bibliotheken. Aber nein, du hoffst stets, auf die wahre Neuheit zu stoßen, die, da sie einmal neu gewesen ist, immer neu bleibt. Nach der Lektüre des eben erschienenen Buches wirst du dich seiner Neuheit vom ersten Moment an bemächtigt haben, ohne ihr später nachlaufen und sie von hinten einholen zu müssen. Ob du diesmal den richtigen Griff getan hast? Man weiß ja nie. Sehen wir doch mal, wie es anfängt.

Vielleicht hast du schon im Laden ein bißchen darin

geblättert. Oder du konntest es nicht, weil das Buch noch eingeschweißt war. Nun stehst du im Bus, eingezwängt zwischen anderen Leuten, hängst mit der einen Hand an einem Haltegriff und versuchst mit der freien anderen, das Buch auszupacken, ein bißchen zappelig wie ein Affe, der eine Banane schälen und dabei weiter an seinem Ast baumeln will. Paß auf, du stößt die Nachbarn an. Entschuldige dich wenigstens.

Oder vielleicht hat der Mann an der Kasse das Buch gar nicht eingepackt, sondern es dir in einer Tragtasche überreicht. Das vereinfacht die Sache. Du sitzt am Steuer deines Wagens, hältst vor einer Ampel, ziehst das Buch aus der Tragtasche, reißt die Zellophanhülle ab und machst dich daran, die ersten Zeilen zu lesen. Ein Hupkonzert geht hinter dir los: Es ist grün, du behinderst den Verkehr.

Du sitzt im Büro an deinem Schreibtisch und hast das Buch wie von ungefähr zwischen deine Geschäftspapiere gelegt; irgendwann nimmst du eine bestimmte Akte zur Hand, und da liegt es vor dir. Du schlägst es beiläufig auf, stützt die Ellbogen auf den Tisch, stützt die Schläfen in die geballten Fäuste, es scheint, als wärst du ins Studium eines Dossiers vertieft, in Wahrheit erforschst du die ersten Seiten deines Romans. Du lehnst dich langsam zurück, balancierst auf den Hinterbeinen des Stuhls, ziehst eine Seitenschublade aus dem Schreibtisch, um die Füße darauf zu stellen, denn die Fußstellung ist beim Lesen von größter Bedeutung; schließlich streckst du die Beine aus und legst sie lang auf den Tisch, quer über die unerledigten Vorgänge.

Scheint dir das nicht ein bißchen respektlos? Nicht deiner Arbeit gegenüber, versteht sich (niemand würde sich anmaßen, deine berufliche Leistung in Frage zu stellen; nehmen wir an, deine Pflichten fügen sich zwanglos in jenes System unproduktiver Tätigkeiten, das einen so großen Teil der Volks- und Weltwirtschaft ausmacht), aber dem Buch gegenüber. Zumal wenn du gar – aus Not oder Neigung – zu jenen Menschen gehören solltest, für die arbeiten wirklich arbeiten heißt, also etwas leisten, ob willentlich oder absichtslos, das auch für die anderen nützlich ist oder jedenfalls nicht ganz unnütz; dann nämlich wird dir das Buch, das du dir als eine Art Amulett oder Talisman an den Arbeitsplatz mitgebracht hast, zu einer permanenten Versuchung, es zieht deine Aufmerksamkeit immer wieder für ein paar Sekunden von ihrem Hauptgegenstand ab, sei dieser nun ein elektronischer Datenspeicher, die Herdbatterie einer Großküche, das Schaltgestänge einer Planierraupe oder ein Patient mit offenliegenden Eingeweiden auf dem Operationstisch.

So ist es wohl alles in allem besser, du bezwingst deine Neugier und schlägst das Buch erst zu Hause auf. Also jetzt. Du sitzt ruhig in deinem Zimmer, du öffnest das Buch auf der ersten Seite, nein, auf der letzten, du willst erstmal sehen, wie lang der Roman ist. Glücklicherweise ist er nicht allzu lang. Lange Romane von heutzutage sind vielleicht etwas unzeitgemäß: Die zeitliche Dimension ist zerbrochen, wir leben und denken nur noch in Fragmenten von Zeit, die jeweils auf einer eigenen Bahn davonfliegen und im Nu entschwinden. Zeitliche Dauer finden wir nur noch in Romanen aus jener Epoche, als die Zeit nicht mehr stillzustehen und noch nicht explodiert zu sein schien, eine Epoche, die alles in allem rund hundert Jahre währte, nicht länger.

Du drehst das Buch in den Händen und überfliegst die Sätze auf der Rückseite, auf dem Waschzettel: Allgemeinheiten, die nicht viel besagen. Um so besser, keine Aussage schiebt sich anmaßend-indiskret vor oder über das, was das Buch selber zu sagen hat, was du ihm abpressen mußt, sei es nun viel oder wenig. Freilich, auch dieses Herumgehen um das Buch, dieses Drumherumlesen vor dem Drinlesen gehört mit zur Freude am neuen Buch, doch wie alle Vorfreuden hat es eine bestimmte Optimaldauer, wenn es zur dauerhafteren Freude am Akt als solchen führen soll, das heißt am Lesen des Buches.

So bist du nun endlich bereit, dich über die ersten Zeilen der ersten Seite herzumachen. Gleich wirst du den unverwechselbaren Ton dieses Autors wiedererkennen. Nein. Nein, du erkennst ihn nicht wieder. Aber wer sagt denn auch, wenn man's recht bedenkt, daß dieser Autor einen unverwechselbaren Ton hätte? Im Gegenteil, man weiß doch, daß er sich von Buch zu Buch sehr verändert. Und gerade an diesen Veränderungen erkennt man ihn. Hier allerdings sieht es nun aus, als hätte dies wirklich gar nichts mit dem zu tun, was er sonst so geschrieben hat, jedenfalls soweit du dich erinnern kannst. Eine Enttäuschung? Wir werden sehen. Vielleicht bist du zunächst ein wenig verwirrt, wie wenn du einem Menschen begegnest, von dem du dir aufgrund seines Namens ein bestimmtes Bild gemacht hast, und nun bemühst du dich, seine Züge mit denen, die dir vorgeschwebt hatten, in Einklang zu bringen, und es geht nicht. Dann aber liest du weiter und merkst, daß die Sache immerhin lesbar ist, unabhängig von deinen Erwartungen an den Autor; ja das Buch selber macht dich neugierig, und wenn du's recht bedenkst, ist dir's auch lieber so, nämlich etwas vor dir zu haben, von dem du noch nicht genau weißt, was es ist.

Wenn ein Reisender in einer Winternacht

Der Roman beginnt auf einem Bahnhof, eine Lokomotive faucht, Kolbendampf zischt über den Anfang des Kapitels, Rauch verhüllt einen Teil des ersten Absatzes. In den Bahnhofsgeruch mischt sich ein Dunstschwaden aus dem Bahnhofscafé. Jemand schaut durch die beschlagenen Scheiben, öffnet die Glastür des Cafés, alles ist diesig, auch drinnen, wie mit kurzsichtigen oder von Kohlenstäubchen gereizten Augen gesehen. Die Buchseiten sind beschlagen wie die Fenster eines alten Zuges, der Rauch legt sich auf die Sätze. Es ist ein regnerischer Abend; der Mann betritt das Café, knöpft sich den feuchten Mantel auf, eine Wolke von Dampf umhüllt ihn; ein Pfiff ertönt über die Gleise, die vom Regen glänzen, so weit das Auge reicht.

Ein Pfiff wie von einer Lokomotive und ein Dampfstrahl lösen sich aus der Kaffeemaschine, die der alte Wirt unter Druck setzt, als gebe er ein Signal. So scheint es zumindest im Fortgang der Sätze des zweiten Absatzes, worin die Spieler an den Tischen ihre aufgefächerten Karten vor der Brust zusammenschieben und sich mit dreifacher Drehung – des Halses, der Schultern, des Stuhls – dem Neuankömmling zuwenden, während die Gäste am Tresen ihre Täßchen heben und auf die Kaffeeoberfläche blasen, Lippen und Augen halb geschlossen, oder mit übertriebener Vorsicht, um nichts zu verschütten, die Schaumkrone von ihren Biergläsern schlürfen. Die Katze buckelt, die Kassiererin schiebt ihre Registrierkasse zu, es macht pling. All diese Zeichen vereinen sich zu der Auskunft, daß es hier um einen kleinen Provinzbahnhof geht, wo jeder Ankommende sofort bemerkt wird.

Alle Bahnhöfe gleichen einander; es macht nichts, wenn die Lampen kaum über ihren fahlen Lichthof hinausleuchten, allzugut kennst du dieses Milieu mit seinem Geruch von Zügen, der hängenbleibt, auch wenn alle Züge schon abgefahren sind, mit seinem eigentümlichen Bahnhofsgeruch nach der Abfahrt des letzten Zuges. Die Lichter des Bahnhofs und die Sätze, die du hier liest, sollen anscheinend eher trüben als klären, was da auftaucht aus einem Schleier von Nebel und Dunkelheit. Ich bin heute abend auf diesem Bahnhof zum erstenmal in meinem Leben ausgestiegen, und schon kommt es mir vor, als hätte ich hier ein ganzes Leben verbracht, während ich dieses Café betrete und wieder verlasse, vom Geruch des Bahnsteigs hinüberwechsle zum Geruch nassen Sägemehls in den Toiletten, all dies vermischt zu einem einzigen Geruch: dem des Wartens, dem Geruch der Telefonzellen, wenn einem nichts anderes übrigbleibt, als die Münzen wieder herauszuholen, weil die gewählte Nummer kein Lebenszeichen gibt.

Ich bin der Mann, der da zwischen Café und Telefonzelle hin- und herläuft. Oder besser gesagt, dieser Mann heißt hier »ich«, und sonst weißt du nichts von ihm, wie auch dieser Bahnhof nur einfach »Bahnhof« heißt, und außer ihm gibt es nichts als das unbeantwortete Läuten eines Telefons in einem dunklen Zimmer in einer fernen Stadt. Ich hänge den Hörer ein, warte auf das Scheppern der Münzen durch den metallenen Schlund, drehe mich um, drücke die Glastür auf und strebe wieder den Tassen zu, die sich zum Trocknen in einer Dampfwolke türmen.

Die Espressomaschinen in Bahnhofscafés zeigen unübersehbar ihre Verwandtschaft mit den Lokomotiven, die Espressomaschinen von gestern und heute mit den Dampf- und E-Loks von gestern und heute. Ich mag hin- und herlaufen, mag mich drehen und wenden, soviel ich will: Ich sitze in einer Falle, in der zeitlosen Falle, die einem unweigerlich jeder Bahnhof stellt. Immer noch hängt ein feiner Kohlenstaub in der Luft, obwohl längst alle Strecken elektrifiziert worden sind, und ein Roman, der von Zügen und Bahnhöfen handelt, kann nicht umhin, diesen Rauchgeruch wiederzugeben. Schon mehrere Seiten hast du dich jetzt vorangelesen, es wäre mithin an der Zeit, daß dir klar gesagt wird, ob dieser Bahnhof, an dem ich ausgestiegen bin aus einem verspäteten Zug, ein Bahnhof von früher ist oder von heute; doch die Sätze bewegen sich weiter im ungewissen, im Grau, in einer Art Niemandsland der auf den kleinsten gemeinsamen Nenner verkürzten Erfahrung. Paß auf, das ist bestimmt ein Trick, um dich langsam einzufangen, dich in die Handlung hineinzuziehen, ohne daß du es merkst: eine Falle. Oder vielleicht ist der Autor noch unentschlossen, wie ja auch du als Leser noch nicht ganz sicher bist, was du lieber hier lesen würdest: die Ankunft auf einem alten Bahnhof, die dir das Gefühl einer Rückkehr in die Vergangenheit, einer Rückeroberung der verlorenen Zeiten und Orte gibt, oder ein Fluten von Lichtern und Tönen, das dir das Gefühl gibt, in der heutigen Zeit zu leben, in der Art und Weise, wie man heutzutage das Leben für angenehm hält. Dieses Café (oder »Bahnhofsrestaurant«, wie es auch genannt wird) scheint vielleicht nur meinen kurzsichtigen oder gereizten Augen so verschwommen und diesig, in Wahrheit strömt womöglich gleißendes Licht aus blitzenden Röhren, vervielfacht durch Spiegel, die es in alle Winkel und Ritzen werfen, und der schattenlose Raum erdröhnt von voll aufgedrehter Musik aus einem vibrierenden Lärmapparat, und alle Flipper und anderen elektronischen Spiele zur Simulation von Pferderennen und Menschenjagden sind in Betrieb, und farbige Schatten schwimmen im milchigen Glas eines Fernsehers wie auch in dem eines großen Aquariums voller tropischer Fische, die sich laben an einem senkrechten Strom von leise blubbernden Luftbläschen. Und ich trage nicht eine pralle, leicht verschlissene Reisetasche unter dem Arm, sondern schiebe einen quadratischen, mit kleinen Rädern versehenen Hartplastikkoffer vor mir her an einem ausklappbaren verchromten Metallgriff.

Du meintest, Leser, dort unter dem Bahnsteigdach habe mein Blick sich auf die hellebardengleich durchbrochenen Zeiger einer runden alten Bahnhofsuhr konzentriert im vergeblichen Wunsch, sie zurückzudrehen, um rückwärts den Friedhof der verflossenen Stunden zu durchlaufen, die entseelt darniederliegen in ihrem kreisrunden Pantheon. Doch wer sagt dir, daß die Ziffern der Uhr nicht in rechteckigen Fenstern aufscheinen und nicht jede Minute über mich herfällt wie das Fallbeil einer Guillotine? Freilich, am Ergebnis würde sich nicht viel ändern: Auch in einer glatten und komfortabel gemachten Welt verriete mein um das leichte Steuer des Rollenkoffers gekrampfter Griff noch immer einen inneren Widerwillen, als sei dieses doch so bequeme Gepäckstück für mich eine unangenehme, ja bedrückende Last.

Irgendwas muß mir in die Quere gekommen sein: eine falsche Auskunft, eine Verspätung, ein verpaßter Anschluß. Vielleicht hätte ich hier auf dem Bahnhof jemanden treffen sollen; vermutlich im Zusammenhang mit diesem Koffer, der mich so zu bedrücken scheint, wobei unklar ist, ob aus Angst, ihn zu verlieren, oder weil ich's kaum erwarten kann, ihn loszuwerden. Sicher scheint jedenfalls, daß er kein x-beliebiger Koffer ist, den man in der Gepäckaufbewahrung abgeben oder einfach wie aus Versehen im Wartesaal stehenlassen kann. Vergeblich schaue ich auf die Uhr; falls jemand da war, um mich zu treffen, ist er längst wieder weg. Vergeblich zerquäle ich mir das Hirn mit der Wahnidee, Uhren und Kalender zurückzudrehen, bis der Augenblick wiederkehrt, bevor geschah, was nicht hätte geschehen dürfen. Wenn ich auf diesem Bahnhof jemanden treffen sollte, der womöglich gar nichts mit diesem Bahnhof zu tun hätte, sondern bloß hier aussteigen sollte, um mit dem nächsten Zug weiterzufahren, was auch ich hätte tun sollen, nachdem wir einander etwas übergeben hätten – ich zum Beispiel dem anderen diesen Rollenkoffer, den ich indessen noch habe und der mir so in den Händen brennt –, dann kann ich jetzt nur versuchen, den verfehlten Kontakt wiederherzustellen.

Schon mehrmals habe ich das Café durchquert und durch die Außentür auf den dunklen Vorplatz gespäht, und jedesmal hat mich die Mauer der Finsternis wieder zurückgestoßen in diesen hellen Limbus zwischen den beiden Dunkelheiten der Gleisbündel und der nebligen Stadt. Soll ich hinausgehen, um dann nicht zu wissen, wohin? Die Stadt da draußen hat noch keinen Namen, wir wissen nicht, ob sie außerhalb des Romans bleiben wird oder ihn bereits ganz in ihrer Tintenschwärze enthält. Ich weiß nur, daß dieses erste Kapitel noch zögert, sich vom Bahnhof und vom Café zu lösen; es wäre unklug, mich von hier zu entfernen, wo man mich immerhin suchen könnte, auch mich vor noch mehr Leuten sehen zu lassen mit diesem sperrigen Koffer. Also füttere ich weiter Münzen in das öffentliche Telefon, das sie mir jedesmal wieder ausspuckt. Viele Münzen, wie für ein Ferngespräch; wer weiß, wo sich jetzt diejenigen befinden, von denen ich Instruktionen erhalten, sagen wir ruhig Befehle empfangen soll; denn es ist klar, ich bin von anderen abhängig, ich sehe nicht aus wie einer, der aus Privatgründen reist oder Geschäfte auf eigene Rechnung betreibt, man würde mich eher für einen subalternen Vertreter halten, ein Steinchen in einem hochkomplizierten Spiel, ein kleines Rädchen in einem großen Getriebe, so klein, daß man mich eigentlich gar nicht wahrnehmen dürfte. Tatsächlich war festgelegt worden, daß ich hier durchkommen sollte, ohne Spuren zu hinterlassen. Dabei hinterlasse ich dauernd Spuren: Ich hinterlasse Spuren, wenn ich mit niemandem rede, da ich mich dann als einer bemerkbar mache, der seinen Mund nicht auftun will; ich hinterlasse Spuren, wenn ich mit jemandem rede, da jedes ausgesprochene Wort ein bleibendes Wort ist, das später zurückkommen kann, mit oder ohne Anführungszeichen. Vielleicht häuft der Autor deshalb Vermutungen auf Vermutungen in langen Absätzen ohne jeglichen Dialog, eine trübe, bleierne Dichte, in der ich unbemerkt bleiben kann und verschwinden.

Ich bin einer, der überhaupt nicht auffällt, eine anonyme Person vor einem noch anonymeren Hintergrund, und wenn du, Leser, trotzdem nicht anders konntest, als mich zu bemerken unter den Leuten, die hier den Zug verließen, und mir auch weiter gefolgt bist bei meinem Hin und Her zwischen Café und Telefon, so nur, weil ich hier »ich« genannt werde und dies das einzige ist, was du von mir weißt. Aber das genügt dir schon, um dich genötigt zu fühlen, einen Teil deiner selbst in dieses unbekannte Ich zu investieren. So wie auch der Autor, obwohl er hier keineswegs über sich selbst sprechen will, obwohl er sich nur entschieden hat, die Romanperson »ich« zu nennen, um sie gleichsam dem Blick zu entziehen, um sie nicht benennen oder beschreiben zu müssen, denn jede andere Benennung oder Charakterisierung hätte sie näher bezeichnet als dieses nackte Pronomen – so wie auch der Autor sich dennoch gedrängt fühlt, sei's auch nur durch die Tatsache, daß er hier »ich« schreibt, in dieses Ich etwas von sich selbst zu legen, etwas von dem, was er fühlt oder zu fühlen glaubt. Nichts ist leichter, als sich mit mir zu identifizieren: Bisher ist mein Verhalten das eines Reisenden, der einen Anschluß verpaßt hat, eine Lage, in die jeder schon einmal geraten ist. Doch eine Lage, die sich zu Anfang eines Romans einstellt, verweist stets auf etwas anderes, das schon geschehen ist oder gleich geschehen wird, und genau dieses andere macht es riskant, sich mit mir zu identifizieren, riskant für dich, den Leser, wie auch für den Autor, und je grauer, unbestimmter, beliebiger und allgemeiner dieser Romananfang ist, desto bedrohlicher spürt ihr, du und der Autor, den Schatten einer Gefahr anwachsen über jenem Teil eures »Ich«, den ihr unbedachterweise in das »Ich« einer Romanperson investiert habt, von der ihr nicht wißt, was für eine Geschichte sie mit sich schleppt – wie jenen Koffer, den sie so gerne loswerden möchte.

Den Koffer loswerden, das müßte die erste Bedingung sein, um die vorherige Lage wiederherzustellen: die Lage vor all dem, was dann geschehen ist. Dies meine ich, wenn ich sage, ich würde gerne die Zeit zurückdrehen: Ich würde die Folgen gewisser Geschehnisse gerne auslöschen, um einen Anfangszustand wiederherzustellen. Doch jeder Augenblick meines Lebens bringt eine Vielzahl neuer Geschehnisse mit sich, und jedes dieser neuen Geschehnisse hat seine Folgen, so daß ich, je heftiger ich bemüht bin, zu jenem Nullpunkt zurückzukehren, von dem ich ausgegangen bin, mich nur desto weiter von ihm entferne. Denn obwohl meine Handlungen allesamt darauf abzielen, die Folgen früherer Handlungen auszulöschen, wobei ich auch schon bemerkenswerte Löschresultate erzielt habe, die mich auf rasche Erleichterung hoffen lassen, muß ich immer bedenken, daß jede meiner Handlungen zur Löschung früherer Geschehnisse eine Fülle neuer Geschehnisse auslöst, die meine Lage noch komplizierter als vorher machen und die ich nun ebenfalls löschen muß. Weshalb ich jeden Schritt sehr genau kalkulieren muß, um ein Höchstmaß an Löschung mit einem Mindestmaß an erneuter Komplikation zu erreichen.

Ein Mann, den ich nicht kenne, sollte mich gleich nach meiner Ankunft hier treffen, wenn nicht alles schiefgegangen wäre. Ein Mann mit einem Rollenkoffer, äußer-

lich gleich dem meinen, aber leer. Die beiden Koffer
wären zusammengestoßen im Gedränge der Reisenden
auf dem Bahnsteig, zwischen zwei Zügen. Scheinbar eine
Zufallsbegegnung, nicht zu unterscheiden von einer, die
sich durch Zufall ergibt. Aber da wäre ein Kennwort
gewesen, das der Mann mir gesagt hätte, eine beiläufige
Bemerkung über die Schlagzeile auf der Zeitung, die aus
meiner Tasche ragt, betreffend den Ausgang des Pferde-
rennens am letzten Sonntag: »Ach, Zenon von Elea hat
gesiegt!« Wir hätten unsere Koffer einen Augenblick
abgestellt und die Metallgriffe einklappen lassen, vielleicht noch ein paar Worte gewechselt über Pferde,
Prognosen, Wetten, und wären dann auseinandergegan-
gen zu verschiedenen Zügen, jeder mit seinem Koffer.
Niemand hätte etwas gemerkt, aber ich hätte den Koffer
des anderen, und er wäre mit dem meinen davonge-
fahren.

Ein perfekter Plan, so perfekt, daß eine nichtige Komplikation genügte, um ihn platzen zu lassen. Nun stehe
ich hier, ohne zu wissen, was ich hier soll, als letzter
noch wartender Reisender auf diesem Bahnhof, wo kein
Zug mehr abfährt oder ankommt bis morgen früh. Es ist
die Stunde, da sich die kleine Provinzstadt in ihr Gehäuse zurückzieht. Im Bahnhofscafé sind nur noch Einhei-
mische, die einander allesamt kennen, Leute, die mit
dem Bahnhof nichts weiter zu tun haben, aber dennoch
herübergekommen sind über den dunklen Platz, vielleicht weil kein anderes Lokal mehr offen hat in dieser
Gegend, vielleicht auch wegen der Attraktion, die Bahnhöfe in Provinzstädten immer noch haben (die Handvoll
Neuigkeiten, die man dort zu erfahren hofft), vielleicht
auch bloß aus alter Gewohnheit, im Gedenken an jene
Zeit, als der Bahnhof noch der einzige Berührungspunkt
mit der übrigen Welt war.

Vergeblich sage ich mir: Provinzstädte gibt es nicht
mehr, vielleicht hat es niemals welche gegeben, denn

alle Orte kommunizieren direkt miteinander, und ein Gefühl der Einsamkeit hat man nur auf der Fahrt von einem Ort zum anderen, wenn man an keinem Ort, nirgends ist. Praktisch fühle ich mich hier weder in einem Hier noch in einem Woanders, als Fremder erkennbar für die Nichtfremden mindestens in dem Maße, wie ich die Nichtfremden hier erkenne und beneide. Jawohl, beneide. Ich sehe von außen auf das Leben eines gewöhnlichen Abends in einer gewöhnlichen Kleinstadt und mache mir klar, daß ich von solchen gewöhnlichen Abenden für wer weiß wie lange abgeschnitten bin; ich denke an Tausende von kleinen Städten wie diese, an Hunderttausende von mehr oder minder hellen Lokalen, in denen Menschen um diese Zeit das Dunkel der Nacht hereinbrechen lassen, und keiner von ihnen hat meine Sorgen; womöglich haben sie andere, die ganz und gar nicht beneidenswert sind, doch in diesem Augenblick würde ich gern mit jedem von ihnen tauschen. Zum Beispiel mit einem von diesen jungen Männern, die einen Rundgang durch die Kneipen machen, um von den Besitzern Unterschriften zu sammeln für eine Eingabe an die Gemeinde betreffend die Steuer für Leuchtreklamen, und die jetzt gerade dem Wirt ihren Text vorlesen.

Der Roman gibt an dieser Stelle Gesprächsfetzen wieder, die anscheinend nur dazu dienen, das Alltagsleben einer Provinzstadt zu charakterisieren. »Und du, Armida, hast du schon unterschrieben?« fragen sie eine Frau, die ich nur von hinten sehe, ein Gürtel hängt von einem langen pelzgesäumten Mantel mit hohem Kragen herab, dünner Rauch steigt auf von den Fingern, die den Stiel eines Glases halten. »Wer hat denn gesagt, daß ich eine Leuchtschrift anbringen will über meinem Laden?« antwortet sie. »Wenn die Gemeinde an der Straßenbeleuchtung sparen will, werd ich die Straßen doch nicht auf meine Kosten beleuchten! Weiß doch sowieso jeder, wo das Lederwarengeschäft Armida ist! Und wenn ich den

Rolladen runterlasse, bleibt's eben draußen dunkel und Feierabend!«

»Grad deswegen solltest du auch unterschreiben«, sagt einer zu ihr. Er duzt sie, alle duzen sich hier. Sie reden teilweise im Dialekt, es sind Menschen, die sich jeden Tag sehen seit wer weiß wie vielen Jahren, jedes Gespräch, das sie miteinander führen, ist nur die Fortsetzung früherer Gespräche. Sie frotzeln sich an, auch deftig: »Gib's doch zu, die Dunkelheit ist dir grad recht, damit keiner sieht, wer dich abends besuchen kommt! Wen läßt du denn durch die Hintertür rein, wenn du vorn den Rolladen zumachst?«

Die Reden und Rufe bilden ein unverständliches Stimmengewirr, aus dem allerdings auch einzelne Worte oder Sätze auftauchen können, die für den Fortgang der Handlung entscheidend sind. Um richtig zu lesen, mußt du den Faktor Stimmengewirr ebenso registrieren wie den Faktor verborgene Absicht, den du freilich noch nicht erfassen kannst (ich auch nicht). Also mußt du beim Lesen zugleich zerstreut und höchst aufmerksam sein, genau wie ich, der ich jetzt gedankenverloren die Ohren spitze, den Ellbogen auf den Tresen gestützt und die Wange in die geballte Faust. Und wenn der Roman jetzt allmählich aus seiner diesigen Ungewißheit heraustritt, um ein paar Einzelheiten über das Äußere der Personen mitzuteilen, will er dir das Gefühl von Gesichtern vermitteln, die du zum erstenmal siehst, aber doch schon tausendmal gesehen zu haben meinst. Wir befinden uns in einer Stadt, auf deren Straßen man immer denselben Leuten begegnet; die Gesichter tragen die Last einer Gewohnheit, die sich auch dem mitteilt, der wie ich noch nie hier gewesen ist, aber gleichwohl erkennt, daß es die altgewohnten Gesichter sind, Züge, die der Spiegel hinter dem Tresen anschwellen und erschlaffen sah, Mienen, die hier Abend für Abend zerfielen oder glasig wurden. Diese Frau war vielleicht einmal die Stadtschönheit; auch jetzt noch, da ich sie zum erstenmal sehe, scheint mir, daß man von einer attraktiven Frau sprechen kann; aber sobald ich versuche, sie mit den Augen der anderen Gäste zu sehen, legt sich bereits eine leichte Müdigkeit über sie, vielleicht nur ein Schatten der Müdigkeit dieser anderen (oder der meinen oder der deinen). Die Leute hier kannten sie schon als junges Mädchen, sie wissen alles über sie, mancher von ihnen hat vielleicht eine Geschichte mit ihr gehabt – längst vergessen, aus und vorbei. Kurzum, es gibt einen Schleier von anderen Bildern, der sich über ihr Bild legt und es verschwimmen läßt, eine Last von Erinnerungen, die mich hindern, sie wie zum ersten Male zu sehen, Erinnerungen anderer, die in der Luft hängen wie der Rauch unter den Lampen.

Beliebtester Zeitvertreib der Leute hier scheint das Wetten zu sein; ständig wetten sie auf die kleinen Ereignisse ihres Alltagslebens. Zum Beispiel sagt einer: »Wollen wir wetten, wer heut abend zuerst hier reinkommt: Doktor Marne oder Kommissar Gorin?« Darauf ein anderer: »Ja, und was Doktor Marne dann tut, um seiner Ex-Frau nicht zu begegnen: ob er Flipper spielt oder einen Totoschein ausfüllt.«

Bei einer Existenz wie der meinen kann man keine Prognosen machen. Ich weiß nie, was mir in der nächsten halben Stunde zustoßen kann, für mich ist so etwas unvorstellbar: ein Leben aus lauter winzigen wohldefinierten Alternativen, auf die man Wetten eingehen kann: entweder so oder so.

»Ich weiß nicht«, sage ich leise.

»Was wissen Sie nicht?« fragt sie.

Mir scheint, ich kann's ruhig sagen, ich brauche den Gedanken nicht für mich zu behalten, wie ich es sonst mit meinen Gedanken tue; ich kann's der Frau ruhig sagen, die neben mir am Tresen steht, der Inhaberin des Lederwarengeschäfts, mit der ich schon seit einiger Zeit ins Gespräch kommen möchte: »So geht's hier bei Ihnen, oder?«

»Nein, das stimmt nicht«, antwortet sie, und ich wußte, daß sie so antworten würde. Nichts sei vorhersehbar, sagt sie, weder hier noch woanders; sicher, jeden Abend um diese Zeit schließe der Doktor Marne seine Praxis und beende auch Kommissar Gorin seinen Dienst im Polizeikommissariat, und anschließend kämen dann beide hier immer vorbei, mal erst der eine, mal erst der andere, aber was besage das schon?

»Immerhin scheint hier niemand daran zu zweifeln, daß der Doktor versuchen wird, seiner Ex-Frau aus dem Weg zu gehen«, sage ich.

»Seine Ex-Frau bin ich«, antwortet sie. »Hören Sie nicht auf die Geschichten, die man sich hier erzählt.«

Deine Aufmerksamkeit als Leser ist jetzt ganz auf die Frau konzentriert, seit einigen Seiten streichst du schon um sie herum, streiche ich, nein, streicht der Autor um diese Frauenfigur herum, seit einigen Seiten erwartest du, daß diese Frauenerscheinung Gestalt annimmt, so wie Frauenerscheinungen auf den Seiten von Büchern Gestalt annehmen, und es ist deine Lesererwartung, die den Autor zu ihr hindrängt. Auch ich, der ich eigentlich anderes zu bedenken hätte, lasse mich gehen und rede mit ihr, beginne mit ihr ein Gespräch, das ich schleunigst abbrechen sollte, um mich zurückzuziehen und zu verschwinden. Sicher willst du jetzt mehr über sie erfahren, aber nur wenig wird auf der Seite von ihr erkennbar, ihr Gesicht bleibt verdeckt von Rauch und Haaren, man müßte herausfinden, was sich hinter dem bitteren Zug ihres Mundes verbirgt und nicht Bitterkeit ist.

»Was für Geschichten erzählt man sich denn hier?« frage ich. »Ich weiß davon nichts. Ich weiß nur, daß Sie ein Geschäft ohne Leuchtreklame haben. Aber ich weiß nicht mal, wo es liegt.«

Sie erklärt es mir. Es sei ein Geschäft für Lederwaren,

Koffer und Reiseartikel. Es liege nicht gleich am Bahnhofsplatz, sondern in einer Seitenstraße, nahe dem Schrankenübergang zum Güterbahnhof.

»Aber wieso interessiert Sie das?«

»Ich wäre gern früher hier angekommen. Dann wäre ich durch die dunkle Straße gegangen, hätte Ihr helles Geschäft gesehen, wäre eingetreten und hätte zu Ihnen gesagt: Wenn Sie wollen, helfe ich Ihnen beim Herunterlassen des Rolladens.«

Sie sagt, sie habe den Rolladen schon heruntergelassen, müsse aber wegen der Inventur noch einmal zurück ins Geschäft und werde bis spät dort bleiben.

Es ist laut im Raum, die Gäste lachen und schlagen einander auf die Schultern. Eine der Wetten ist eben entschieden: Der Doktor betritt das Lokal.

»Der Kommissar kommt heute wohl später; wer weiß, was er noch zu tun hat.«

Der Doktor geht grüßend durch das Lokal; sieht seine Frau nicht an, hat aber sicher sofort bemerkt, daß ein Mann mit ihr spricht. Er geht am Tresen vorbei in den hinteren Teil des Lokals und steckt eine Münze in den Flipperautomaten. Jetzt bin ich, der ich hier unbemerkt durchkommen sollte, gemustert und registriert worden, fotografisch erfaßt von Augen, denen entgangen zu sein ich mir nicht vormachen kann, Augen, die nichts übersehen, niemanden je vergessen, der in einer Beziehung zum Gegenstand der Eifersucht und des Leidens steht. Diese ein wenig schweren und wäßrigen Augen genügen, um mir klarzumachen, daß zwischen den beiden das Drama noch nicht zu Ende ist: Er kommt weiterhin jeden Abend in dieses Café, um sie zu sehen, um sich die alte Wunde wieder aufreißen zu lassen, vielleicht auch um zu erfahren, wer sie diesmal nach Hause bringen wird, und sie kommt ebenfalls jeden Abend her, vielleicht um ihn zu quälen, vielleicht aber auch in der Hoffnung, daß er sich an das Leiden gewöhnt, bis es für ihn zu einer Gewohnheit wie jede andere wird und den Geschmack des Nichts annimmt, der seit Jahren schon ihrem Munde und ihrem Leben anhaftet.

»Am liebsten würde ich«, sage ich, denn nun kann ich ebensogut auch weiterreden, »die Uhren zurücklaufen lassen.«

Die Frau antwortet irgendwas wie: »Man braucht doch bloß die Zeiger zu drehen.«

»Nein, ich meine in Gedanken, indem ich mich so konzentriere, daß ich die Zeit zurücklaufen lasse«, sage ich, aber es ist nicht ganz klar, ob ich das wirklich sage oder nur sagen möchte, oder ob vielleicht nur der Autor meine halb gemurmelten Sätze so auslegt. »Als ich hier ankam, war mein erster Gedanke: Vielleicht habe ich mich so stark darauf konzentriert, daß die Zeit eine volle Umdrehung rückwärts gemacht hat, und plötzlich stehe ich wieder auf dem Bahnhof, von dem ich einst abfuhr, er ist noch genauso wie damals, nichts hat sich verändert. Alle Leben, die ich hätte leben können, beginnen hier; da steht das Mädchen, das mein Mädchen hätte sein können und nicht gewesen ist, sie hat noch die gleichen Augen, das gleiche Haar...«

Sie schaut sich um, als wollte sie mich verspotten; ich deute`mit dem Kinn auf sie; sie hebt die Mundwinkel, wie um zu lächeln, hält inne – vielleicht weil sie sich's anders überlegt hat, vielleicht auch weil sie immer so lächelt. »Ich weiß nicht, ob das ein Kompliment sein soll, aber ich nehm's als eins. Und weiter?«

»Und nun bin ich hier, bin wieder mein Ich von heute, mit diesem Koffer.«

Es ist das erste Mal, daß ich den Koffer erwähne, obwohl ich immerzu an ihn denken muß.

Sie sagt: »Heute ist wohl der Tag der quadratischen Rollenkoffer.«

Ich bleibe ruhig, lasse mir nichts anmerken, frage: »Was meinen Sie damit?«

»Ich habe heute so einen Koffer verkauft.«

»An wen?«

»An einen Fremden. Wie Sie. Er ist zum Bahnhof gegangen und abgefahren. Mit dem leeren Koffer, den er gerade gekauft hatte. War genauso ein Koffer wie Ihrer.«

»Was ist daran so sonderbar? Sie verkaufen doch Koffer.«

»Von diesen hat hier noch keiner einen gekauft, seit ich sie führe. Sie gefallen den Leuten nicht. Oder man braucht sie nicht. Oder man kennt sie nicht. Dabei sind sie doch bestimmt praktisch.«

»Nicht für mich. Wenn ich zum Beispiel jetzt daran denke, wie schön dieser Abend für mich sein könnte, dann fällt mir gleich ein, daß ich diesen Koffer mit mir herumschleppen muß, und schon kann ich an nichts anderes mehr denken.«

»Warum stellen Sie ihn nicht irgendwo unter?«

»Vielleicht in einem Koffergeschäft?« sage ich.

»Warum nicht? Einer mehr, einer weniger…«

Sie steht auf, zupft sich vor dem Spiegel den Mantelkragen zurecht, den Gürtel.

»Wenn ich später vorbeikomme und an den Rolladen klopfe, würden Sie mich dann hören?«

»Probieren Sie's doch.«

Sie grüßt niemanden. Sie ist bereits draußen auf dem Platz.

Doktor Marne verläßt den Flipper und kommt an den Tresen. Er will mir ins Gesicht sehen, vielleicht eine Anzüglichkeit von seiten der anderen aufschnappen oder auch nur ein Grinsen. Aber die anderen reden von Wetten, Wetten über ihn, ohne sich darum zu kümmern, ob er zuhört. Ein munteres Treiben voller Vertraulichkeiten und Schulterklopfen umgibt den Doktor, es geht um alte Scherze und Spötteleien, doch im Zentrum dieser Ausgelassenheit liegt eine Respektzone, deren

Grenze nie übertreten wird, nicht nur weil Marne ein Arzt ist, Amtsarzt oder dergleichen, sondern auch weil er ein Freund ist, oder vielleicht weil er unglücklich ist und im Unglück ein Freund zu bleiben vermag.

»Kommissar Gorin kommt heut später, als alle vorausgesagt haben«, ruft einer, denn eben betritt der Kommissar das Lokal.

Er kommt herein. »N'Abend allerseits.« Er tritt direkt auf mich zu, senkt die Augen auf meinen Koffer, auf die Zeitung in meiner Rocktasche, raunt durch die Zähne: »Zenon von Elea…«, und geht zum Zigarettenautomaten.

Hat man mich an die Polizei verraten? Arbeitet ein Polizist für die Organisation? Ich gehe zum Automaten hinüber, als wollte ich auch Zigaretten holen.

Er sagt: »Sie haben Jan umgelegt. Hau ab!«

»Und der Koffer?«

»Bring ihn zurück. Den können wir jetzt nicht mehr brauchen. Nimm den Schnellzug um elf.«

»Aber der hält doch hier gar nicht…«

»Er *wird* halten. Geh rüber auf Bahnsteig sechs, auf die Höhe des Güterbahnhofs. Du hast nur noch drei Minuten.«

»Aber…«

»Verschwinde! Sonst muß ich dich festnehmen!«

Die Organisation ist mächtig. Sie kann der Polizei und der Bahn Befehle erteilen. Ich schiebe den Koffer über die Bretter zwischen den Gleisen hinüber auf Bahnsteig sechs. Ich laufe den Bahnsteig entlang. Dort hinten liegt der Güterbahnhof mit seinem Schrankenübergang im nebligen Dunkel. Der Kommissar steht in der Tür des Bahnhofscafés und behält mich im Auge. Der Schnellzug donnert in vollem Tempo heran. Er bremst, hält, löscht mich aus dem Gesichtsfeld des Kommissars und fährt wieder ab.

II

Dreißig Seiten hast du inzwischen gelesen, und die Geschichte beginnt dich gerade zu fesseln. Da stellst du auf einmal fest: »Dieser Satz kommt mir doch bekannt vor. Ja, mir scheint, diese ganze Passage habe ich schon gelesen!« Klar, es sind wiederkehrende Leitmotive, der Text ist durchsetzt mit solchen Wiederaufnahmen und Wiederholungen, die das Fließen der Zeit ausdrücken sollen. Du bist ein sensibler Leser, für Feinheiten dieser Art empfänglich, du hast ein Gespür für die Intentionen des Autors, dir entgeht nichts. Freilich empfindest du auch eine leichte Enttäuschung: Gerade jetzt, wo du dich ernsthaft zu interessieren beginnst, fühlt sich der Autor verpflichtet, mit einem von diesen modernen literarischen Kunstgriffen anzugeben und einen ganzen Absatz wörtlich zu wiederholen. Einen Absatz? Nein, das ist ja sogar eine ganze Seite, vergleich doch mal, kein Komma hat sich geändert! Und was kommt dann? Nichts, die Erzählung wiederholt sich haargenau wie auf den Seiten zuvor!

Moment mal, sieh auf die Seitenzahl. Na sowas! Von Seite 32 bist du auf Seite 17 zurückgefallen! Was du für eine stilistische Manieriertheit des Autors gehalten hast, ist nichts als ein technischer Herstellungsfehler, dieselben Seiten sind zweimal im Buch. Der Fehler ist in der Binderei passiert: Bücher bestehen bekanntlich aus »Bogen«, jeder Bogen ist ein großes Blatt, das mit sechzehn Seiten bedruckt und dann in Achtel gefaltet wird; beim Zusammenbinden der gefalteten Bogen geraten manchmal zwei gleiche Bogen in einen Band, ein Versehen, das immer wieder mal vorkommt. Du blätterst hastig die folgenden Seiten durch, um Seite 33 zu finden, vorausgesetzt, daß sie existiert; ein verdoppelter Bogen wäre an sich nur ein Schönheitsfehler, schlimm wird die Sache erst, wenn der richtige Bogen fehlt, in ein anderes Exemplar geraten ist, wo er nun vielleicht doppelt vorkommt und dafür der hier verdoppelte fehlt. Wie dem auch sei, du willst jetzt nur weiterlesen, alles andere ist dir egal, du warst an einen Punkt gekommen, wo du keine Seite mehr überschlagen kannst.

Hier, hier kommt wieder Seite 31, 32... Und dann? Nochmal Seite 17, zum drittenmal! Verdammt, was für ein blödes Buch hat man dir da verkauft? Das ganze Ding besteht überhaupt nur aus lauter gleichen Bogen, bis hinten kommt keine einzige richtige Seite mehr!

Wütend schmeißt du das Buch in die Ecke, du würdest es gern zum Fenster hinausfeuern, auch zum geschlossenen Fenster hinaus, durch die Lamellen der Sonnenblende, so daß sie seine ungehörigen Lagen zerfetzen, so daß die Sätze, Wörter, Morpheme in alle Winde zerstieben, um sich niemals wieder zu sinnvoller Rede zusammenzufügen; durch die Scheiben hinaus, um so besser, wenn's unzerbrechliche sind, so daß es zersprüht zu Photonen, Wellenschwingungen, polarisierten Spektren; durch die Wand mit dem Buch, so daß es zerfällt in Moleküle und in Atome, die zwischen Atom und Atom des Eisenbetons hindurchschlüpfen und sich spalten in Elektronen, Neutronen, Neutrinos, immer winzigere Elementarteilchen; durch die Telefondrähte, so daß es zerfließt in elektrische Ströme, Stöße, Impulse, in einen von Redundanzen und Störgeräuschen zerhackten Informationsfluß, bis es schließlich verkümmert zu wirbelnder Entropie. Du würdest es gern hinausfenstern, aus dem Haus, aus dem Wohnblock, dem Stadtteil, dem städtischen Ballungsgebiet, dem Landkreis, dem Verwaltungsbezirk, dem Regionalraum, der Nationalgemeinschaft, dem Gemeinsamen Markt, dem westlichen Kulturkreis, dem Kontinentalmassiv, der Atmosphäre, der Biosphäre, der Stratosphäre, dem Gravitationsfeld der Erde, dem Sonnensystem, der Galaxie, dem Galaxienhaufen, hinaus bis über den äußersten Punkt, den das expandierende All erreicht hat, dorthin, wo Raum und Zeit noch nicht angekommen sind und wo es aufgehen würde im blanken Nichts, im Nichtsein, ja im Niemalsgewesensein und Nieseinwerden, um sich total zu verlieren in der absolutesten und garantiert unleugbaren Nichtigkeit. Genau das hätte es verdient, nicht mehr und nicht weniger.

Statt dessen hebst du es auf und klopfst den Staub ab; du mußt es zurückbringen, damit der Buchhändler es dir umtauscht. Sicher, du bist etwas impulsiv, aber du kannst dich schließlich beherrschen. Was dich am meisten in Rage bringt, ist das Gefühl der Ohnmacht gegenüber dem Zufall, dem Unwägbaren, dem bloß zu Vermutenden, sowohl in den Dingen wie im Verhalten der Menschen, die Unachtsamkeit, das Ungefähr, die Schludrigkeit, sowohl bei dir selbst wie bei anderen. In solchen Fällen packt dich die Leidenschaft des ungeduldigen Dranges nach Löschung der Folgen all dieser Willkür oder Zerstreutheit, also nach Wiederherstellung des gewohnten Ganges der Dinge. Du kannst es gar nicht erwarten, ein fehlerloses Exemplar des begonnenen Buches in die Hand zu bekommen; du würdest sofort in die Buchhandlung eilen, wenn die Geschäfte nicht schon geschlossen wären. Du mußt bis morgen warten.

Du verbringst eine unruhige Nacht, dein Schlaf ist ein unsteter Strom, stockend wie die Lektüre deines Romans, voller Träume, die dir allesamt vorkommen wie Wiederholungen immer desselben Traums. Du kämpfst mit den Träumen wie mit dem sinn- und formlosen Leben, du suchst einen Plan, einen Weg, es muß ja doch einen geben, es ist, wie wenn du ein Buch zu lesen beginnst, ohne bereits zu wissen, in welche Richtung es dich entführen wird. Du wünschst dir, ein abstraktes und absolutes Raum-Zeit-Kontinuum täte sich auf, in welchem du dich auf einer präzisen, vorgezeichneten Bahn bewegen könntest; aber sobald du glaubst, es gelinge dir, merkst du, daß du reglos verharrst, blockiert und gezwungen, wieder von vorn zu beginnen.

Anderntags eilst du im ersten freien Moment zur Buchhandlung, stürzt hinein, das Buch in der vorgestreckten Hand, aufgeschlagen und mit dem Zeigefinger der anderen vorwurfsvoll auf die Seitenzahl pochend, als genüge das schon, um die ganze Unordnung offenbar zu machen. »Wissen Sie, was Sie mir da verkauft haben... Sehen Sie nur... Grad, wo's am schönsten war!«

Der Buchhändler bleibt gelassen. »Aha, also auch bei Ihnen. Wir hatten schon mehrere Reklamationen. Und grad heute morgen ist ein Rundschreiben vom Verlag gekommen. Hier, sehen Sie: ›Bei der Auslieferung unserer neuesten Titel hat sich gezeigt, daß ein Teil der Auflage von Calvino, *Wenn ein Reisender in einer Winternacht*, leider defekt ist und aus dem Verkehr gezogen werden muß. Durch ein Versehen der Bindeanstalt sind die Druckbogen des genannten Buches mit denen einer anderen Neuerscheinung, des polnischen Romans *Vor dem Weichbild von Malbork* von Tazio Bazakbal, durcheinandergeraten. Der Verlag bittet, diesen bedauerlichen Zwischenfall zu entschuldigen, und wird dafür Sorge tragen, daß die defekten Exemplare umgehend ausgetauscht werden‹ usw.... Sagen Sie selbst, soll nun ein armer Buchhändler für die Nachlässigkeit anderer büßen? Schon den ganzen Tag lang machen wir uns hier verrückt. Wir haben alle Calvinos einzeln durchgesehen. Ein paar sind zum Glück noch in Ordnung, wir können Ihnen daher den verunglückten *Reisenden* sofort gegen einen nagelneuen in einwandfreiem Zustand umtauschen.«

Moment mal. Konzentriere dich. Ordne die Vielzahl

der Informationen, die da eben auf dich eingestürzt sind. Ein polnischer Roman. Dann war also der, den du mit soviel Anteilnahme zu lesen begonnen hattest, gar nicht von Calvino, sondern von einem Polen. Und das Buch, das du jetzt so dringend brauchst, ist das andere. Laß dir nichts vormachen. Sag klar, wie die Lage ist. »Nein, sehen Sie, mir liegt jetzt nichts mehr an diesem Calvino. Ich habe den Polen zu lesen begonnen und will jetzt den Polen weiterlesen. Haben Sie ihn da, diesen Bazakbal?«

»Ganz wie Sie wünschen. Eben erst war eine Kundin hier, die hatte dasselbe Problem und wollte auch mit dem Polen tauschen. Bitte sehr, dort auf dem Tisch liegt ein Stapel Bazakbal, dort drüben, genau vor Ihrer Nase. Bedienen Sie sich.«

»Und wird der Band einwandfrei sein?«

»Hören Sie, unter diesen Umständen kann ich meine Hand nicht dafür ins Feuer legen. Wenn schon die angesehensten Verlage so ein Durcheinander machen, ist auf nichts mehr Verlaß. Ich sag's Ihnen offen, Sie müssen verstehen, genau wie eben die junge Dame: Wenn es noch einmal Anlaß zu Reklamationen gibt, kriegen Sie Ihr Geld zurück. Mehr kann ich nicht tun.«

Die junge Dame. Er hat dir eine junge Dame gezeigt. Dort steht sie zwischen zwei Bücherregalen, sucht etwas zwischen den Penguin Modern Classics, fährt prüfend mit einem zierlichen resoluten Finger über die blaßauberginefarbenen Buchrücken. Große, lebhafte Augen, guter, wohlpigmentierter Teint, reichgewelltes, duftiges Haar.

So tritt nun, Leser, glücklich die Leserin in dein Gesichtsfeld, oder vielmehr in dein Wahrnehmungsfeld, oder vielmehr, du bist unversehens in ein magnetisches Feld geraten, dessen Anziehungskraft du dich nicht erwehren kannst. Also los, keine Zeit verlieren, ein gutes Thema hast du bereits, um ein Gespräch anzuknüpfen, ein gemeinsamer Boden ist da, überleg mal, du kannst deine umfangreichen Literaturkenntnisse vorzeigen, geh schon, worauf wartest du noch?

»Also auch Sie, ja ja, der Pole«, sprudelst du in einem einzigen Zuge hervor, »aber das andere Buch, das anfängt und einfach abbricht, was für ein Reinfall! Also auch Sie, wie ich grad höre, ich nämlich auch, wissen Sie? Probieren geht über studieren, ich hab auf das andere verzichtet, um dieses zu nehmen, genau wie Sie, aber was für ein schönes Zusammentreffen, wir beide!«

Na ja, das hättest du auch ein bißchen geordneter vortragen können, aber die Grundgedanken hast du immerhin ausgedrückt. Jetzt ist sie dran.

Sie lächelt. Sie hat Grübchen. Sie gefällt dir immer besser.

Sie sagt: »Ja, wirklich, ich hatte so große Lust auf ein gutes Buch. Bei dem ja nicht gleich am Anfang, aber dann hat's mir doch gefallen... Was war ich wütend, als es dann plötzlich abbrach! Und nun stellt sich heraus, es war gar nicht von Calvino! Es kam mir gleich etwas anders vor als seine sonstigen Bücher. Kein Wunder, es war ja auch von Bazakbal. Bemerkenswert, dieser Bazakbal. Ich hatte noch nie was von ihm gelesen.«

»Ich auch nicht«, kannst du jetzt beruhigt und beruhigend sagen.

»Ein bißchen zu unscharf für meinen Geschmack, diese Erzählweise. Nicht daß es mich stört, wenn ein Roman am Anfang so ein Gefühl der Verwirrung erzeugt, aber wenn der erste Eindruck gleich Nebel ist, fürchte ich, wenn der Nebel sich auflöst, vergeht auch meine Freude am Lesen.«

Du nickst nachdenklich. »Ja, diese Gefahr besteht hier tatsächlich.«

»Ich ziehe Romane vor«, erklärt sie, »die mich sofort in eine Welt versetzen, wo alles präzise, konkret und genau definiert ist. Es befriedigt mich sehr zu wissen, daß

die Dinge so und nicht anders sind, auch die gewöhnlich-
sten Dinge, die mir im Leben nicht weiter bedeutsam
erscheinen.«

Stimmst du ihr zu? Dann sag's ihr: »O ja, diese Art
Bücher sind schon was wert.«

Sie fügt hinzu: »Trotzdem ist auch dieser Roman
interessant, das will ich gar nicht bestreiten.«

Mach weiter, laß das Gespräch nicht versickern. Sag
irgendwas. Hauptsache, du redest: »Lesen Sie viele Romane? Ja? Ich auch, jedenfalls einige, obwohl mir Sach-
bücher eher liegen...« Ist das alles, was du zu sagen hast?
Fällt dir sonst nichts ein? Na, dann gute Nacht! Warum
fragst du sie nicht: »Haben Sie dies hier gelesen? Und
dies hier auch? Welches von beiden gefällt Ihnen besser?« Na also, bitte, jetzt habt ihr Gesprächsstoff für eine
halbe Stunde.

Das Dumme ist nur, daß sie viel mehr Romane gelesen
hat als du, besonders ausländische, und sie hat ein
enormes Gedächtnis, spielt auf einzelne Episoden an,
fragt dich zum Beispiel: »Und wissen Sie noch, was
Henrys Tante sagte, als...« Dabei hattest du das betreffende Buch nur hervorgezogen, weil du gerade den Titel
kanntest, mehr nicht; du wolltest so tun, als hättest du es
gelesen, und jetzt mußt du dich mit allgemeinem Gerede
durchlavieren, riskierst zum Beispiel ein Urteil wie: »Für
meinen Geschmack ein bißchen schwerfällig«, oder:
»Das ist so schön ironisch«, worauf sie erwidert: »Ach,
wirklich, finden Sie? Würd ich nicht sagen...«, und
wieder stehst du dumm da. Du verlegst dich darauf, von
einem berühmten Autor zu reden, weil du mal eins oder
höchstens zwei von seinen Büchern gelesen hast, und
prompt geht sie auf sein Gesamtwerk los, das sie offenbar
bestens kennt, spricht von diesem und jenem, und wenn
sie irgendwas nicht mehr genau weiß, wird's noch
schlimmer, denn nun fragt sie dich: »Und die berühmte
Episode mit dem zerschnittenen Foto, wo war die doch

gleich, hier oder in dem anderen Buch, ich bring das immer durcheinander...« Du antwortest etwas aufs Geratewohl, da sie ja nun durcheinander ist, und sie erstaunt: »Was? Wie? Das kann doch nicht sein...« – Na ja, sagen wir, ihr seid beide ein wenig durcheinander.

Halt dich lieber an das, was du gestern abend gelesen hast, sprich über das Buch, das ihr jetzt beide in Händen haltet und das euch entschädigen soll für eure jüngste Enttäuschung. »Hoffentlich«, sagst du, »sind die Exemplare diesmal in Ordnung, richtig gebunden mit den richtigen Seiten und so, damit wir nicht wieder abbrechen müssen, wenn's grad am schönsten ist, wie beim... (Wie beim was? Was wolltest du sagen?)... Ich meine, hoffentlich kommen wir gut bis ans Ende.«

»O ja«, antwortet sie. Hast du gehört? Sie hat »O ja« gesagt! Jetzt mußt du den nächsten Schritt tun.

»Dann hoffe ich also, Sie mal hier wiederzutreffen, wo wir doch beide hier Kunden sind. So könnten wir unsere Leseeindrücke austauschen.« Sie antwortet: »Gern.«

Du weißt, worauf du hinauswillst, du spinnst ein feines Netz. »Am verrücktesten wär's ja, wenn sich so, wie wir erst Calvino zu lesen glaubten, und da war's Bazakbal, nun jetzt, wo wir Bazakbal lesen wollen, herausstellen würde, daß es Calvino ist.«

»Also nein, wirklich, dann verklagen wir den Verlag!«

»Wir wär's, wenn wir unsere Telefonnummern austauschen?« (Das war's, worauf du hinauswolltest, Leser, während du sie umschlichen hast wie eine Klapperschlange ihr Opfer.) »Wenn dann einer von uns in seinem Exemplar eine Unstimmigkeit entdeckt, kann er den anderen um Hilfe bitten... Zu zweit hätten wir mehr Chancen, ein komplettes Exemplar zusammenzubringen.«

So, jetzt hast du's gesagt. Was ist natürlicher, als daß zwischen Leser und Leserin durch das Buch ein Bündnis entsteht, eine Komplizenschaft, eine Beziehung?

Zufrieden kannst du den Laden verlassen, du, der du glaubtest, die Zeit sei vorbei, da man vom Leben noch etwas erwarten darf. Zweierlei Hoffnungen hast du nun, und beide versprechen dir Tage voll angenehmer Erwartung: zum einen die im Buch enthaltene Hoffnung auf eine Lektüre, deren Fortsetzung du kaum erwarten kannst, zum anderen die in der Telefonnummer enthaltene Hoffnung auf ein Wiederhören der abwechselnd spitzen und sanften Schwingungen jener Stimme, wenn sie deinen ersten Anruf beantwortet, den du bald, ja schon morgen tun wirst unter dem fadenscheinigen Vorwand des Buches, um sie zu fragen, wie sie es findet, um ihr zu sagen, wie viele Seiten du schon gelesen hast, um ihr ein Wiedersehen vorzuschlagen...

Wer du auch sein magst, Leser, wir fragen hier gar nicht nach deiner Person, deinem Alter, Familienstand, Beruf oder Einkommen, das wäre indiskret und geht nur dich etwas an. Entscheidend ist jedoch dein Gemütszustand, wenn du jetzt in der Abgeschiedenheit deiner vertrauten Wohnung die nötige Ruhe wiederzufinden suchst, um dich erneut in das Buch zu vertiefen. Du streckst die Beine aus, klappst sie wieder zusammen, streckst sie von neuem aus. Etwas hat sich verändert seit gestern: Du bist mit deiner Lektüre nicht mehr allein, du denkst an die Leserin, die jetzt im selben Moment auch gerade ihr Buch aufschlägt – und schon legt sich über den Roman, den du lesen möchtest, ein Roman, den du möglicherweise leben könntest, die Fortsetzung deiner Geschichte mit ihr, oder besser: der Anfang einer möglichen neuen Geschichte. Merkst du, wie du dich seit gestern verändert hast? Du, der du meintest, lieber ein Buch, eine handfeste, greifbare Sache, klar umgrenzt und risikolos zu genießen, als die gelebte Erfahrung, die immer flüchtig, unbeständig und anfechtbar ist... Was soll das nun heißen, ist dir das Buch zum bloßen Mittel geworden, zu einem Kommunikationsmedium, einem Ort der Begegnung? Jedenfalls wird die Lektüre dadurch nicht minder fesselnd, im Gegenteil, etwas ist hinzugekommen, um ihren Reiz noch zu steigern.

Bei dem neuen Buch sind die Seiten noch unaufge-schnitten: ein erstes Hindernis, das sich deiner Ungeduld entgegenstellt. Bewaffnet mit einem guten Papiermesser schickst du dich an, in seine Geheimnisse einzudringen. Mit einem kräftigen Schnitt bahnst du dir den Weg vom Titelblatt zum Beginn des ersten Kapitels. Und gleich…

Gleich auf der ersten Seite entdeckst du, daß der Roman, den du da in Händen hast, nicht das geringste mit dem von gestern zu tun hat.

Vor dem Weichbild von Malbork

Ein Geruch von Gebratenem schlägt dir beim Öffnen der Seite entgegen, von Angebratenem, angebratenen Zwiebeln, leicht angebrannt, weil in den Zwiebeln Äderchen sind, die erst lila und dann braun werden, und besonders weil sich die Ränder der feingeschnittenen Zwiebelscheibchen erst schwärzen, bevor sie golden werden, es ist der Zwiebelsaft, der da verkohlt, wobei er eine Skala von Farb- und Geruchsschattierungen durchmacht, alle umhüllt vom Geruch des leicht siedenden Öls. Eines Rapsöls, wie der Text präzisiert, der alles sehr präzise benennt, die Dinge mit ihrer Nomenklatur und die Eindrücke, die diese Dinge vermitteln, die vielen Gerichte, die alle gleichzeitig brutzeln und schmoren und sieden und kochen auf dem mächtigen Küchenherd, jedes in seinem genau benannten Behälter, die Pfannen, die Tiegel und Töpfe, desgleichen die Tätigkeiten, die für jede Zubereitung erforderlich sind, das Bestäuben mit Mehl, das Schaumigschlagen der Eier, das Zerschneiden der Gurken in feine Scheibchen, das Spicken des Brathuhns vor dem Einschieben in die Röhre. Hier ist alles sehr handfest, körperlich greifbar und mit sicherer Kompetenz beschrieben, jedenfalls hast du als Leser den Eindruck von Kompetenz, obwohl auch Gerichte vorkommen, die du nicht kennst, bezeichnet mit Namen, die der Übersetzer vorzog, in der Originalsprache zu belassen, zum Beispiel *Schoëblintsjia*, doch wenn du *Schoëblintsjia* liest, kannst du auf die Existenz der *Schoëblintsjia* schwören, kannst förmlich ihren Geschmack auf der Zunge spüren, auch wenn im Text nicht gesagt wird, welchen Geschmack sie hat, einen säuerlichen Geschmack, teils weil dir das Wort mit seinem Klang oder auch nur mit seinem Aussehen einen säuerlichen Geschmack suggeriert, teils weil du in dieser Symphonie von Gerüchen, Geschmäcken und Wörtern das Bedürfnis nach einer säuerlichen Note verspürst.

Beim Kneten der Hackfleischbällchen in dem mit geschlagenen Eiern durchtränkten Mehl legt sich auf die stämmigen roten, mit goldbraunen Sommersprossen gesprenkelten Arme von Brigd ein feiner Mehlstaub, durchsetzt mit Tupfern von rohem Fleisch. Jedesmal, wenn sich Brigd mit dem Oberkörper über den Marmortisch beugt, heben sich ihre Röcke hinten ein paar Zentimeter und zeigen die Höhlung zwischen Wade und Oberschenkel, wo die Haut am weißesten ist und durchzogen von einer feinen hellblauen Vene. Die Personen nehmen allmählich Gestalt an in dieser Häufung von winzigen Einzelheiten und präzisen Bewegungen, aber auch von Bemerkungen, Scherzen, Gesprächsfetzen, etwa wenn der alte Huuder sagt: »Dies Jahr läßt er dich aber nicht so hoch springen wie letztes Jahr«, und ein paar Zeilen weiter begreifst du, daß er vom roten Pfeffer spricht, und Tante Ugurd sagt: »Du bist es, der jedes Jahr etwas weniger hoch springt«, während sie mit einem Holzlöffel aus dem Kochtopf kostet und eine Prise Zimt beifügt.

Ständig entdeckst du neue Personen, man weiß nicht, wie viele anwesend sind in dieser unserer geräumigen Küche, es hat keinen Zweck, uns zu zählen, wir waren immer sehr zahlreich in Kudgiwa, es war ein ständiges Kommen und Gehen. Du würdest dich dauernd verzählen, denn verschiedene Namen können zu ein und derselben Person gehören, die je nachdem mit ihrem Taufnamen, Beinamen, Zunamen, Vatersnamen oder auch mit Bezeichnungen wie »Jans Witwe« oder »der Junge vom Maiskolbenladen« benannt wird. Was jedoch zählt, sind die körperlichen Details, die der Roman hervorhebt, die abgekauten Fingernägel von Bronko oder der Flaum auf den Wangen von Brigd, desgleichen die Gesten und Verrichtungen der Personen, und die Geräte, mit denen diese oder jene hantiert, der Fleischklopfer, das Wiegemesser zum Zerkleinern der Kresse, der Buttergarnierer, dergestalt, daß jede Person durch dieses ihr Tun oder Attribut nicht nur bereits eine erste Definition erhält, sondern man auch gleich mehr über sie erfahren möchte, als bestimme der Buttergarnierer bereits den Charakter und das weitere Schicksal dessen, der im ersten Kapitel mit einem Buttergarnierer in Händen vorgestellt wird, ja, und als stelltest du, Leser, dich bereits darauf ein, bei jedem erneuten Auftritt des Betreffenden auszurufen: »Ah, der mit dem Buttergarnierer!«, um so den Autor seinerseits zu verpflichten, ihm Handlungen und Ereignisse zuzuordnen, die zu dem eingangs erwähnten Buttergarnierer passen.

Unsere Küche in Kudgiwa schien wie geschaffen, um jederzeit vielen Personen Aufenthalt zu gewähren, ständig kam jemand herein, um sich irgendein Essen zuzubereiten, der eine schälte Kichererbsen, der andere legte sich Schleien ein, alle schnitzelten oder kochten oder aßen etwas und gingen wieder, um anderen Platz zu machen, vom Morgengrauen bis spät in die Nacht, und obwohl ich an jenem Morgen sehr früh heruntergekommen war, herrschte in der Küche schon munteres Treiben, denn es war ein besonderer Tag: Am Abend zuvor war Herr Kauderer mit seinem Sohn gekommen, und nun sollte er wieder abfahren, diesmal mit mir statt mit seinem Sohn. Es war das erste Mal, daß ich von zu Hause fortging: Ich sollte den Sommer auf dem Gut des Herrn Kauderer in der Provinz Pëtkwo verbringen, den ganzen Sommer bis zur Roggenernte, um mich dort mit den neuen, aus Belgien importierten Trockneranlagen vertraut zu machen, während Ponko, Kauderers Jüngster, dafür bei uns bleiben sollte, um sich im Pfropfen der Eberesche zu üben.

Die vertrauten Gerüche und Geräusche des Hauses umdrängten mich an jenem Morgen wie zu einem Abschied: Alles, was ich bisher gekannt hatte, würde ich nun verlieren, und zwar für eine so lange Zeit, wie mir schien, daß hinterher nichts mehr so sein würde wie zuvor, auch ich würde nicht mehr derselbe sein, und darum kam es mir wie ein Abschied vor, ein Abschied für immer, *mein* Abschied von dieser Küche, vom Haus, von den Knödeln der Tante Ugurd; aus dem gleichen Grunde enthielt auch dieses Gefühl der Konkretheit, das du schon beim Lesen der ersten Zeilen verspürtest, ein Gefühl von Verlust, das Schwindelgefühl der Auflösung; und nun wird dir auch bewußt, als aufmerksamer Leser, der du bist, daß dir dies von der ersten Seite an irgendwie deutlich war, als du bei allem Vergnügen an der Präzision dieser Schreibweise spürtest, daß dir, um die Wahrheit zu sagen, alles zwischen den Fingern zerrann; womöglich liegt's auch, sagtest du dir, an der Übersetzung, die bei allem Bemühen um Treue zum Original gewiß nicht die körperliche Substanz wiedergibt, die jenen Ausdrükken zweifellos in der Originalsprache eignet, welche auch immer das sein mag. Kurzum, jeder Satz will dir nun sowohl die Dauerhaftigkeit meiner Beziehung zum Hause Kudgiwa als auch die Trauer über ihr Schwinden vermitteln; und nicht nur das, sondern auch – vielleicht ist dir das noch nicht aufgegangen, doch wenn du nachdenkst, wirst du erkennen, daß es so ist – auch meinen Drang, mich von diesem Hause zu lösen, dem Unbekannten entgegenzueilen, das Blatt zu wenden, weg von dem säuerlichen Geruch der *Schoëblintsjia*, um ein neues Kapitel anzufangen mit neuen Begegnungen vor den endlosen Sonnenuntergängen am Aagd, an den Sonntagen in Pëtkwo, auf den Festen im Palais du Cidre.

Das Porträt eines Mädchens mit kurzgeschnittenem schwarzem Haar und länglich geformtem Gesicht hatte kurz aus Ponkos Handköfferchen geschaut, um rasch von ihm unter einer imprägnierten Wetterjacke versteckt zu werden. In der Kammer unter dem Taubenschlag, die bisher meine gewesen war und nun seine werden sollte, packte er seine Sachen aus und verstaute sie in den Schubladen, die ich eben erst leergeräumt hatte. Ich sah ihm schweigend zu, saß auf meinem fertig gepackten Koffer und klopfte mechanisch auf einen leicht abstehenden Beschlag. Wir hatten einander kein Wort gesagt außer einem gemurmelten Gruß. Ich verfolgte jede seiner Bewegungen und versuchte, mir möglichst genau bewußt zu machen, was hier geschah: Ein Fremder war im Begriff, meinen Platz einzunehmen, *ich* zu werden, mein Vogelkäfig mit den zwei Staren wurde zu seinem, das Stereoskop, der echte Ulanenhelm an der Wand, alles, was ich besaß und nicht mitnehmen konnte, ging über in seinen Besitz, ja, mehr noch, meine Beziehungen zu den Dingen, Orten, Personen wurden die seinen, so wie ich im Begriffe stand, *er* zu werden, um seinen Platz einzunehmen zwischen den Dingen und den Personen seines Lebens.

Dieses Mädchen... »Wer ist dieses Mädchen?« fragte ich ihn, langte mit einer unbedachten Bewegung hin und griff mir die Fotografie im geschnitzten Holzrahmen. Es war ein Mädchen, das anders aussah als die Mädchen von hier, die alle runde Gesichter und semmelblonde Zöpfe haben. Erst in diesem Augenblick dachte ich plötzlich an Brigd, sah blitzartig vor mir, wie Ponko und Brigd miteinander tanzen würden am Sankt-Thaddäus-Tag, wie sie ihm die Wollhandschuhe stopfen und er ihr dafür einen Marder schenken würde, den er in *meiner* Falle gefangen hätte... »Laß das Bild!« schrie Ponko wütend und fiel mir mit eisenharter Hand in den Arm. »Her damit! Los!«

»Zum Gedenken an Zwida Ozkhart«, hatte ich gerade noch unter dem Bild lesen können. »Wer ist Zwida Ozkhart?« fragte ich, und schon traf mich ein Fausthieb voll ins Gesicht, und schon wälzten wir uns auf dem

Dielenboden im wilden Bemühen, einander die Arme zu verdrehen, die Knie in den Leib zu stoßen, die Rippen zu brechen.

Ponkos Körper war schwer und knochig, hart stießen mich seine Arme und Beine, sein Haar, das ich zu packen versuchte, war borstig und steif wie ein Hundefell. Und während wir uns so umklammert hielten, hatte ich das Gefühl, in diesem Kampf vollziehe sich die Verwandlung, und wenn wir uns wieder erhoben hätten, wäre ich er und er ich; aber vielleicht denke ich das auch nur jetzt, oder du, Leser, denkst es, nicht ich, denn in jenem Moment hieß Kampf für mich Festhalten an meinem Ich, an meiner Vergangenheit, um sie nicht in seine Hände fallen zu lassen, sei's auch um den Preis der Zerstörung meiner Vergangenheit; ja, es war Brigd, die ich zerstören wollte, um sie nicht in Ponkos Hände fallen zu lassen, Brigd, in die verliebt zu sein ich nie gedacht hatte und auch in diesem Moment nicht dachte, aber mit der ich einmal, ein einziges Mal mich gewälzt hatte, in sie verklammert, fast wie ich jetzt mit Ponko mich wälzte, sie beißend, auf dem Torfhaufen hinter dem Ofen, und plötzlich wurde mir klar, daß ich sie damals schon einem künftigen Ponko streitig gemacht, ihm damals schon Brigd *und* Zwida streitig gemacht, ja, womöglich schon damals versucht hatte, etwas von meiner Vergangenheit auszureißen, um es nicht dem Rivalen zu überlassen, dem neuen Ich mit dem Hundefell, oder vielleicht war ich damals auch schon bestrebt, der Vergangenheit dieses meines noch unbekannten künftigen Ichs ein Geheimnis zu entreißen, um es meiner Vergangenheit oder Zukunft einzuverleiben.

Die Seiten, die du liest, Leser, müßten dieses verbissene Raufen wiedergeben, diese dumpfen und schmerzlichen Schläge und wütenden Gegenschläge, diese Körperlichkeit im Ringen des eigenen Körpers mit dem eines anderen, diesen gezielten Einsatz der eigenen Schlagkraft und dieses Wägen des eigenen Einsteckvermögens, beides dem Bild deiner selbst angepaßt, das der Gegner dir spiegelbildlich zurückwirft. Doch wenn nun deine beim Lesen geweckten Gefühle dürftig bleiben im Vergleich zu allen erlebten Gefühlen, so auch, weil das, was ich empfinde, während ich meine Brust gegen Ponkos Brust drücke und mich seinem Versuch, mir den Arm auf den Rücken zu drehen, erwehre, nicht die Empfindung ist, die ich bräuchte, um auszudrücken, was ich ausdrücken möchte, nämlich mein Liebesverlangen nach Brigd, nach der Festigkeit jenes Mädchenleibes, die so verschieden ist von der knochigen Härte Ponkos, und zugleich auch mein Liebesverlangen nach Zwida, nach der schmelzenden Weichheit, die ich mir bei Zwida vorstelle, ja nach dem Besitz einer Brigd, die ich bereits als verloren empfinde, *und* einer Zwida, die bislang nur die Körperlosigkeit einer Fotografie unter Glas hat. Vergeblich suche ich im Gemenge dieser einander entgegengesetzten und gleichen männlichen Gliedmaßen nach jenen weiblichen Trugbildern, die sich verflüchtigen in ihrer Andersartigkeit, und zugleich versuche ich, auf mich selbst einzuschlagen, vielleicht auf mein anderes Ich, das nun meinen Platz im Hause einnehmen wird, oder auch auf mein ursprüngliches Ich, das ich diesem anderen entziehen will... doch was ich da gegen mich drücken fühle, ist nur die Fremdheit des anderen, als hätte der andere bereits meinen Platz eingenommen und jeden Platz überhaupt, und ich wäre ausgelöscht aus der Welt.

Fremd schien mir die Welt, als ich mit einem letzten wütenden Stoß mich endlich löste von meinem Gegner und mich taumelnd vom Boden erhob. Fremd meine Kammer, der Koffer mit meinen Sachen, der Blick aus dem schmalen Fenster. Ich fürchtete, mit nichts und niemandem je wieder eine Beziehung herstellen zu können. Ich wollte hinunter, um Brigd zu suchen, doch ohne zu wissen, was ich ihr sagen sollte und was mit ihr tun, noch auch was ich wollte, daß sie mir sage und mit mir tue. Ich dachte an Zwida, während ich Brigd suchen ging, was ich suchte, war eine Gestalt mit Doppelgesicht, eine Brigd-Zwida, und ich selber war doppelgesichtig, als ich nun Ponko verließ und mich vergeblich bemühte, mit Speichel einen Blutfleck von meinem Cordanzug abzuwischen – mein Blut oder das seine, von meinen Zähnen oder aus Ponkos Nase.

Und doppelgesichtig, wie ich nun war, hörte und sah ich durch die Tür des großen Saales, wie Herr Kauderer mit einer weiten horizontalen Geste den Raum vor sich maß und sagte: »So hab ich sie liegen gesehen, Kauni und Pittö, zweiundzwanzig- und vierundzwanzigjährig, die Brust durchlöchert von Wolfskugeln.«

»Wann war denn das?« fragte mein Großvater. »Wir wissen gar nichts davon.«

»Vor der Abreise gingen wir noch zur Oktavfeier.«

»Wir hatten gedacht, die Sache zwischen euch und den Ozkharts wäre längst beigelegt. Nach so vielen Jahren müßte doch endlich Gras über eure verdammte alte Geschichte gewachsen sein!«

Herrn Kauderers wimpernlose Augen starrten ins Leere, kein Muskel rührte sich in seinem ledernen gelben Gesicht. »Zwischen den Ozkharts und den Kauderers hält der Friede stets nur von einem Begräbnis zum nächsten. Und Gras wächst nur über die Gräber unserer Toten, auf die wir schreiben: ›Das haben uns die Ozkharts angetan.‹«

»Und was tut *ihr* ihnen an?« fragte Bronko, der nie ein Blatt vor den Mund nahm.

»Auch die Ozkharts schreiben auf ihre Gräber: ›Das haben uns die Kauderers angetan.‹« Er fuhr sich mit dem Finger leicht über den Schnauzbart. »Aber hier wird Ponko endlich in Sicherheit sein.«

Das war der Moment, da meine Mutter erschrocken die Hände zusammenschlug und ausrief: »Heilige Jungfrau, ist mein Gritzvi bei euch in Gefahr? Werden sie ihm was antun?«

Herr Kauderer schüttelte langsam den Kopf, doch ohne ihr ins Gesicht zu sehen: »Er ist kein Kauderer. Nur *wir* sind in Gefahr, immer!«

Die Tür ging auf. Vom warmen Urin der Pferde im Hof stieg eine Dampfwolke auf in die klare eisige Luft. Der Kutscher steckte sein rotes Gesicht herein und meldete: »Es ist angespannt!«

»Gritzvi, wo steckst du denn? Auf!« rief der Großvater.

Ich tat einen Schritt auf Herrn Kauderer zu, der sich gerade den Pelzmantel zuknöpfte.

III

Das Vergnügen, das die Handhabung des Papiermessers dir bereitet, ist ein Tast-, Hör-, Seh- und vor allem ein Geistesvergnügen. Dem Fortschreiten in der Lektüre geht ein manuelles Agieren voraus, das in die materielle Körperlichkeit des Buches eindringt, um dir Zugang zu dessen immaterieller Substanz zu verschaffen. Von unten fährt die Klinge zwischen die Seiten, gleitet schwungvoll empor und öffnet den seitlichen Rand mit einer raschen Folge von Schnitten, die Faser um Faser erfassen und niedermähen; mit einem freudigen hellen Ratschen empfängt das brave Papier diesen seinen ersten Besucher, der ihm ein vielfaches Umwenden seiner durch Wind und Blicke erregten Seiten verheißt. Größeren Widerstand leistet der Falz am oberen Rand, zumal wenn er doppelt liegt, da er eine ungewohnte Rückhandbewegung erforderlich macht; hier ist das Geräusch ein ersticktes Reißen mit dunkleren Noten. Die Ränder der Seite sind ausgezackt, man sieht ihr Fasergewebe; ein feines Gewölle, auch »Locke« genannt, wirbelt auf, hübsch anzusehen wie die Schaumkronen auf den Wellen am Strand. Das Zersäbeln des Blätterdickichts verbindet sich mit dem Gedanken an die Fülle dessen, was alles im Wort enthalten und verborgen sein mag: Du bahnst dir den Weg durch deine Lektüre wie durch ein dichtes Gehölz.

Der Roman, den du liest, will dir eine korpulente, pralle, detailreiche Welt vorführen. Versunken in die Lektüre, treibst du das Messer mechanisch in die Tiefe des Bandes: Mit dem Lesen bist du noch nicht ans Ende des ersten Kapitels gelangt, mit dem Schneiden bist du schon viel weiter. Da plötzlich, mitten in einem entscheidenden Satz, während deine Aufmerksamkeit aufs höchste gespannt ist, blätterst du um und findest dich vor zwei leeren Seiten.

Benommen starrst du auf das grausame Weiß wie auf eine Wunde, hoffst noch, es sei eine Blendung deiner Augen, die bloß einen Lichtfleck auf das Buch projiziert, und gleich werde das gestreifte Rechteck der schwarzen Lettern wieder hervortreten. Nein, es ist wirklich ein reines Weiß, das da auf beiden Seiten links und rechts herrscht. Du blätterst weiter und findest die beiden nächsten Seiten bedruckt, wie es sich gehört. Du blätterst hastig das ganze Buch durch: Je zwei Leerseiten wechseln mit zwei bedruckten – leer, bedruckt, leer, bedruckt, bis ans Ende: Man hat die Bogen versehentlich nur auf der einen Seite bedruckt, aber gefalzt und gebunden, als ob sie vollständig wären.

Da hast du's, unversehens erweist sich dieser so prall mit Sinneseindrücken durchsetzte Roman als tief zerklüftet; bodenlose Abgründe tun sich auf, als hätte der Anspruch, des Lebens Fülle wiederzugeben, die Leere darunter enthüllt! Du versuchst, die Lücke zu überspringen, um den Faden beim nächsten Prosafragment wiederaufzunehmen, doch der Text erscheint dir zerfranst wie der Rand des aufgeschnittenen Blattes. Du findest dich nicht mehr zurecht, die Personen haben gewechselt, auch das Milieu ist anders, du verstehst nicht, wovon die Rede ist, stößt auf Namen, die dir nichts sagen: Hela, Kasimir… Dir kommt der Verdacht, es könnte sich um ein anderes Buch handeln, vielleicht um den wahren polnischen Roman *Vor dem Weichbild von Malbork* und was du bisher gelesen hast, gehört womöglich wieder zu einem anderen, weiß der Teufel zu welchem.

Du hattest dich ohnehin schon ein bißchen gewundert, die Namen klangen nicht gerade sehr polnisch: Brigd, Gritzvi… Du besitzt einen guten, sehr detaillierten Atlas, du nimmst ihn zur Hand und schaust im Verzeichnis der Ortsnamen nach: Pëtkwo müßte eine größere Stadt sein, der Aagd ist vielleicht ein Fluß oder See. Tatsächlich findest du beide in einem fernen nördlichen Tiefland, das in der Folge von Kriegen und Friedensverträgen abwechselnd zu verschiedenen Staaten gehörte. Etwa auch einmal zu Polen? Du ziehst ein Konversationslexikon zu Rate, einen Geschichtsatlas: Nein, mit Polen hat es nichts zu tun. Das Land war zwischen den beiden Weltkriegen sogar ein eigener Staat: Kimmerien, Hauptstadt Örkko, Nationalsprache kimmerisch, ein Zweig des botnisch-ugrischen Stammes. Doch der Artikel »Kimmerien« in deinem Lexikon schließt mit Sätzen, die nicht sehr tröstlich klingen: »Im Zuge der sukzessiven Gebietsaufteilungen unter ihre mächtigen Nachbarn verschwand die junge Nation bald wieder von der Landkarte; die angestammte Bevölkerung wurde zerstreut, der kimmerischen Kultur und Sprache war keine Entwicklung beschieden.«

Ungeduldig brennst du darauf, mit der Leserin in Verbindung zu treten, um sie zu fragen, ob ihr Exemplar auch so ist wie das deine, um ihr deine Vermutungen, deine Entdeckungen mitzuteilen... Du suchst ihre Nummer in deinem Notizbuch, wo du sie mitsamt ihrem Namen bei eurer Vorstellung eingetragen hast.

»Hallo? Ludmilla? Haben Sie gemerkt, es ist ein anderer Roman, aber auch diesmal, jedenfalls mein Exemplar...«

Die Stimme am anderen Ende ist hart, ein bißchen ironisch: »Nein, ich bin nicht Ludmilla. Ich bin ihre Schwester Lotaria.« (Richtig, sie hatte dir doch gesagt: »Wenn ich nicht selber am Apparat bin, antwortet meine Schwester...«) »Ludmilla ist nicht da. Wieso? Worum geht es denn?«

»Ach, bloß um ein Buch... Macht nichts, ich rufe später nochmal an...«

»Um einen Roman? Ludmilla hat ständig irgendeinen Roman vor der Nase. Wer ist der Autor?«

»Tja, so ein Pole angeblich, Ludmilla liest ihn auch gerade, ich wollte nur wissen, wie sie ihn findet.«

»Ein Pole? Wie ist er?«

»Also ich find ihn gar nicht so schlecht.«

Nein, du hast nicht verstanden, Lotaria will wissen, wie der Autor zu den Tendenzen Des Zeitgenössischen Denkens steht und zu den Problemen, Die Nach Einer Lösung Verlangen. Um dir die Aufgabe zu erleichtern, zählt sie dir eine Liste von Namen Illustrer Meister Und Denkschulbegründer auf, zwischen die du ihn situieren sollst.

Dich überfällt das gleiche Gefühl wie vorhin beim Anblick der leeren Seiten. »Ich weiß nicht genau... wie soll ich das sagen... Sehen Sie, ich bin mir ja nicht mal über Titel und Autor so ganz im klaren... Ludmilla wird's Ihnen erzählen, die Sache ist ein bißchen verworren...«

»Ludmilla liest einen Roman nach dem anderen, aber bei keinem stellt sie die Probleme heraus. Ganz schöne Zeitverschwendung, für meine Begriffe. Finden Sie nicht?«

Wenn du jetzt zu diskutieren anfängst, läßt sie nicht mehr locker. Paß auf, schon ist sie dabei, dich zu einem Seminar an der Universität einzuladen, wo man die Bücher nach allen Bewußten Und Unbewußten Strukturkonstituentien analysiert zwecks Ausräumung Aller Tabus, Die Von Herrschender Klasse, Kultur Und Sexualmoral Auferlegt Worden Sind.

»Geht Ludmilla da auch hin?«

Nein, es scheint, daß Ludmilla sich in die Aktivitäten ihrer Schwester nicht einmischt. Aber Lotaria rechnet mit deiner Teilnahme.

Du willst dich nicht festlegen lassen: »Mal sehen, ich werde versuchen, auf einen Sprung vorbeizukommen, aber versprechen kann ich's Ihnen nicht. Wenn Sie inzwischen vielleicht Ihrer Schwester sagen könnten, daß ich angerufen habe... Muß aber nicht sein, ich versuch's dann später nochmal. Haben Sie vielen Dank.« Das genügt, du kannst wieder auflegen.

Halt, Lotaria sagt noch etwas: »Nein, wissen Sie, es hat keinen Zweck, hier nochmal anzurufen. Dies ist nicht Ludmillas Wohnung, sondern meine. Leuten, die sie nicht so gut kennt, gibt Ludmilla gern meine Telefonnummer, damit ich sie ihr vom Leibe halte...«

Das hat gesessen. Schon wieder so eine kalte Dusche: erst das Buch, das dir so vielversprechend vorkam und plötzlich abbrach, und dann die Telefonnummer, die du für den Anfang von etwas hieltest und die sich nun als ein totes Ende erweist – mit dieser Lotaria, die sich anmaßt, dich zu examinieren...

»Ach so, verstehe... dann entschuldigen Sie...«

»Hallo? Sind Sie das? Der Herr, den ich in der Buchhandlung getroffen habe?« Eine andere Stimme hat sich des Telefons bemächtigt: *ihre* Stimme! »Ja, hier Ludmilla. Also auch Sie haben leere Seiten? Hab ich mir gleich gedacht. Schon wieder ein Reinfall! Und ausgerechnet, wo ich gerade Feuer gefangen hatte und mehr wissen wollte von Ponko, Gritzvi...«

Die Freude verschlägt dir beinahe die Sprache. Du stammelst: »Zwida...«

»Wie bitte?«

»Na ja, Zwida Ozkhart! Ich würde gern wissen, was zwischen Gritzvi und Zwida Ozkhart passiert... Aber sagen Sie, war das nun ein Roman, wie er Ihnen gefällt?«

Pause. Ludmillas Stimme kommt zögernd, als versuchte sie, etwas schwer Definierbares auszudrücken: »Ja, schon, er gefällt mir sehr... Trotzdem mag ich es lieber, wenn die Dinge, die ich lese, nicht alle so fest und sicher dastehen, so zum Anfassen körperlich, sondern wenn man um sie herum noch etwas anderes spürt, von dem man noch nicht gleich weiß, was es ist, so ein gewisses Etwas, eine Spur von, wie soll ich sagen...«

»Ja, so gesehen scheint mir auch...«

»Obwohl, ich will damit gar nicht sagen... Es fehlt auch hier nicht an einer Spur von Geheimnis...«

Jetzt du: »Also wissen Sie, meiner Meinung nach liegt das ganze Geheimnis darin, daß es sich hier um einen kimmerischen Roman handelt, jawohl, einen kim-me-ri-schen, nicht einen polnischen, Autor und Titel können nicht richtig sein. Haben Sie nichts gemerkt? Warten Sie, ich erklär's Ihnen: Kimmerien, 340 000 Einwohner, Hauptstadt Örkko, Haupterwerbszweige Torf und Nebenprodukte, Teerpräparate. Nein, im Roman steht das nicht...«

Pause. Schweigen auf beiden Seiten. Vielleicht hält Ludmilla die Sprechmuschel zu und berät sich mit ihrer Schwester. Die ist imstande und hat schon ihre eigenen Ansichten über Kimmerien. Paß auf, wer weiß, was jetzt kommt.

»Hallo? Ludmilla?«

»Ja, ich höre...«

Deine Stimme erwärmt sich, wird eindringlich und gewinnend: »Ludmilla, ich muß Sie sehen, wir müssen über die Sache reden, über all diese seltsamen Umstände, Koinzidenzen und Diskrepanzen. Am liebsten würde ich Sie gleich jetzt treffen, wo sind Sie gerade, wo paßt es Ihnen, ich komme sofort.«

Sie antwortet, ruhig wie immer: »Ich kenne da einen Professor für kimmerische Literatur, an der Universität. Der könnte uns vielleicht weiterhelfen. Warten Sie, ich ruf ihn mal an und frage, wann er Zeit für uns hat.«

Du stehst vor der Universität. Ludmilla hat euch bei Professor Uzzi-Tuzii angemeldet, ihr wollt ihn in seinem Institut besuchen. Am Telefon hatte er sich sehr erfreut gezeigt, jemandem helfen zu können, der sich für die kimmerische Literatur interessiert.

Du hättest dich lieber irgendwo vorher mit Ludmilla getroffen, am liebsten hättest du sie von zu Hause abgeholt. Du hast ihr das vorgeschlagen, am Telefon, doch sie hat abgelehnt, nein, du solltest dir keine Umstände machen, um diese Zeit habe sie sowieso in der Gegend zu tun. Du hast insistiert, du seist mit der Örtlichkeit nicht vertraut, du würdest dich sicher in den labyrinthischen Gängen der Uni verlaufen, ob ihr euch nicht in irgendeinem Café eine Viertelstunde vorher treffen könntet? Nein, das passe ihr auch nicht, sie werde direkt zu den »Botnisch-ugrischen Sprachen« kommen, jeder wisse dort, wo das sei, du bräuchtest nur einfach zu fragen. Da hast du allmählich begriffen, daß Ludmilla bei aller Freundlichkeit lieber das Heft in der Hand behält und alles selber entscheidet: Dir bleibt nichts anderes übrig, als ihr zu folgen.

Du bist pünktlich gekommen, drängst dich durch die Reihen der jungen Leute, die auf der großen Freitreppe sitzen, irrst durch die langen Gänge, verloren zwischen den kahlen Wänden, die nun Studentenhände ausgeschmückt haben mit Rieseninschriften in Großbuchstaben und minuziösen Graffitis, ähnlich wie einst die Höhlenmenschen den Drang verspürten, die kalten Wände ihrer Felsgrotten zu bemalen, um deren angsteinflößende steinerne Fremdheit zu bannen, sie umzuwandeln und sich vertraut zu machen, sie einzuholen in den privaten Innenraum, sie der Greifbarkeit des Erlebten einzuverleiben. Leser, ich kenne dich nicht genug, um zu wissen, ob du dich im Innern einer Universität mit souveräner Gleichgültigkeit bewegst, oder ob deine empfindsame und empfängliche Seele, kraft alter Traumata oder bewußt getroffener Entscheidungen, eine Welt von Lernenden und Lehrenden als bedrückenden Alptraum erfährt. In jedem Falle kennt hier niemand das Institut, das du suchst, du wirst vom Untergeschoß bis zum vierten Stockwerk hinaufgeschickt, wann immer du Türen öffnest, sind es die falschen. Du ziehst dich ratlos zurück, dir ist, als hättest du dich in dem Buch mit den leeren Seiten verirrt und fändest nicht mehr hinaus.

Da kommt ein junger Mann auf dich zu, schlacksig, in einem langen Pullover. Kaum hat er dich erblickt, zeigt er mit dem Finger auf dich und sagt: »Du wartest auf Ludmilla!«

»Woher wissen Sie das?«

»Das sehe ich. Mir genügt ein Blick.«

»Hat Ludmilla Sie hergeschickt?«

»Nein, aber ich komme überall rum, treffe diesen und jenen, höre was hier und sehe was da, und natürlich formt sich daraus ein Bild.«

»Dann wissen Sie auch, wohin ich muß?«

»Ich bring dich zu Uzzi-Tuzii, wenn du willst. Ludmilla ist entweder schon da oder wird sicher bald kommen.«

Irnerio heißt dieser extrovertierte und wohlinformierte junge Mann. Du kannst ihn ruhig duzen, er duzt dich ja auch. »Studierst du bei Uzzi-Tuzii?«

»Ich studiere bei niemandem. Aber ich weiß, wo er ist, weil ich Ludmilla immer dort abgeholt habe.«

»Dann studiert also Ludmilla am Institut?«

»Nein, Ludmilla hat immer nur Orte gesucht, wo sie sich verstecken kann.«

»Vor wem?«

»Och, vor allen.«

Irnerios Antworten klingen immer ein bißchen vage, aber er könnte gemeint haben, daß Ludmilla vor allem ihrer Schwester aus dem Wege zu gehen versucht. Wenn sie nicht pünktlich zu eurem Treffpunkt gekommen ist, dann liegt das vielleicht bloß daran, daß sie Lotaria nicht begegnen wollte, die hier um diese Zeit ihr Seminar hat.

Allerdings muß es, so überlegst du, für diese Unverträglichkeit der beiden Schwestern auch Ausnahmen geben, zumindest im Hinblick auf das Telefon. Du solltest diesen Irnerio noch etwas mehr zum Sprechen bringen, um zu sehen, ob er wirklich so viel weiß.

»Bist du ein Freund von Ludmilla oder von Lotaria?«

»Von Ludmilla natürlich. Aber ich bring es auch fertig, mit Lotaria zu reden.«

»Kritisiert sie die Bücher nicht, die du liest?«

»Ich? Ich lese keine Bücher!« erklärt Irnerio bündig.

»Und was liest du dann?«

»Gar nichts. Ich habe mich so ans Nichtlesen gewöhnt, daß ich nicht mal lese, was mir zufällig unter die Augen kommt. Das ist nicht leicht: Im zarten Kindesalter bringen sie einem das Lesen bei, und dann bleibt man das ganze Leben lang Sklave all des geschriebenen Zeugs, das sie einem ständig vor die Augen buttern. Na ja, auch ich mußte mich in der ersten Zeit schon ein bißchen anstrengen, bis ich nichtlesen konnte, aber inzwischen geht's ganz von allein. Das Geheimnis ist, daß du nicht weggucken darfst, im Gegenteil, du mußt hinsehen auf die geschriebenen Wörter, du mußt so lange und intensiv hinsehen, bis sie verschwinden.«

Irnerios Augen sind groß und hell, die Pupillen bewegen sich rasch; es scheint, daß ihnen nichts entgeht, wie denen eines Urwaldbewohners, der sein Leben mit Jagen und Sammeln verbringt.

»Und warum kommst du dann her, was machst du hier an der Uni, kannst du mir das sagen?«

»Warum soll ich nicht herkommen? Hier sind Leute, die aus und ein gehen, man trifft sich, man spricht miteinander. Das ist der Grund, warum ich herkomme. Warum die anderen kommen, weiß ich nicht.«

Du versuchst dir vorzustellen, wie die Welt – diese Welt voller Schrift, wo immer wir uns auch hinwenden – einem vorkommen mag, der nichtlesen gelernt hat. Und zugleich fragst du dich, welche Beziehung zwischen dem Nichtleser und der Leserin bestehen mag, und plötzlich scheint dir, daß gerade ihre Distanz sie verbindet, und du kannst einen Anflug von Eifersucht nicht unterdrücken.

Gern würdest du jetzt noch mehr von Irnerio erfahren, aber ihr seid am Ziel angelangt, eine schmale Seitentreppe hat euch zu einer niedrigen Tür geführt, auf der ein Pappschild verkündet: »Institut für botnisch-ugrische Sprachen und Literatur«. Irnerio klopft kräftig an, sagt »Tschüs« und läßt dich stehen.

Die Tür öffnet sich einen Spaltbreit, langsam und knarrend. Wegen der weißen Kalkspritzer auf der Füllung und wegen der Kappe, die nun über einer schaffellgefütterten Arbeitsjacke erscheint, denkst du im ersten Moment, das Institut sei wegen Renovierung geschlossen und es sei nur ein Anstreicher da oder einer zum Saubermachen.

»Ist Professor Uzzi-Tuzii da?«

Der bejahende Blick aus den Augen unter der Kappe ist alles andere als der eines Anstreichers: So blickt einer, der gleich über einen Abgrund zu springen gedenkt und sich geistig bereits hinüberversetzt, fest das andere Ufer fixierend, ohne zur Seite oder gar in die Tiefe zu schauen.

»Sind Sie es?« fragst du, obwohl dir schon klar ist, daß es kein anderer sein kann.

Der kleine Mann öffnet den Spalt nicht weiter. »Sie wünschen?«

»Entschuldigen Sie, es ist wegen einer Auskunft... Wir hatten Sie angerufen... Fräulein Ludmilla, ist Fräulein Ludmilla hier?«

»Hier ist kein Fräulein Ludmilla!« antwortet der Professor. Er tritt zurück und weist auf die vollgestopften Bücherregale ringsum an den Wänden, auf die mit unleserlichen Namen und Titeln beschrifteten Bände, als wären sie eine dichte, undurchdringliche Hecke. »Warum suchen Sie gerade bei mir?« – Und während dir einfällt, was Irnerio sagte, nämlich daß dies hier ein Ort sei, an dem sich Ludmilla gern versteckt, scheint Uzzi-Tuzii mit seiner Geste die Enge seines Büros zu betonen, als wollte er sagen: »Such nur, wenn du meinst, sie sei hier«, als fühle er das Bedürfnis, sich gegen den Verdacht zu wehren, er habe Ludmilla irgendwo hier versteckt.

»Wir wollten zusammen herkommen«, sagst du, um das Mißverständnis zu klären.

»Warum ist sie dann nicht bei Ihnen?« fragt der Professor, und auch diese an sich ganz logische Frage klingt etwas mißtrauisch.

»Sie wird sicher gleich nachkommen…«, versicherst du, doch es hört sich beinahe wie eine Frage an, als wolltest du dir von Uzzi-Tuzii Ludmillas Gepflogenheiten bestätigen lassen, über die du kaum etwas weißt, während er sie womöglich bestens kennt. »Sie kennen Ludmilla, nicht wahr, Herr Professor?«

»Ich kenne sie, ja… warum fragen Sie, was wollen Sie von mir wissen?« erregt er sich. »Gilt Ihr Interesse der kimmerischen Literatur, oder…« Es klingt, als habe er sagen wollen: »… oder gilt es Ludmilla«, aber er spricht den Satz nicht zu Ende, und wenn du ehrlich bist, mußt du zugeben, daß du dein Interesse für den kimmerischen Roman nicht mehr genau unterscheiden kannst von deinem Interesse für die Leserin des Romans. Und des Professors Reaktionen auf den Namen Ludmilla werfen zudem, im Verein mit den Andeutungen Irnerios, ein schillerndes, mysteriöses Licht auf sie, erzeugen oder wecken in dir eine beklommene Neugier für die Leserin, ähnlich jener, die dich an Zwida Ozkhart fesselt in dem Roman, dessen Fortsetzung du hier suchst, und desgleichen an die geschiedene Frau Marne in dem Roman, den du am Vortag zu lesen begonnen und nun einstweilen beiseite gelegt hast, und mit einemmal geht dir auf, daß du all diesen Schemen gleichzeitig nachjagst, denen der Phantasie wie denen des Lebens.

»Ich wollte... ich wollte Sie fragen, ob es einen kimmerischen Autor gibt, der...«

»Aber nehmen Sie doch Platz«, sagt der Professor plötzlich besänftigt – beziehungsweise eher von einer tieferen und dauerhafteren Sorge erfaßt, die langsam wieder hervorbricht, um die flachen und flüchtigen Sorgen zu vertreiben.

Der Raum ist eng, die Wände sind zugestellt mit Regalen, eins steht sogar mangels Anlehnfläche mitten im Zimmer und teilt den knappen Raum in zwei Hälften, so daß der Schreibtisch des Professors und der Stuhl, auf den du dich setzen sollst, durch eine Art Kulissenwand voneinander getrennt sind und ihr die Hälse recken müßt, um euch zu sehen.

»Man hat uns in diese Kammer unter der Treppe verbannt... Die Universität dehnt sich aus, und wir schrumpfen zusammen... Wir sind das Aschenputtel der lebenden Sprachen... sofern man das Kimmerische noch als eine lebende Sprache betrachten kann... Doch gerade das macht ja seinen Wert!« ruft er mit einem plötzlichen Aufbegehren, das jedoch gleich wieder abklingt. »Ich meine die Tatsache, daß es eine moderne und zugleich eine tote Sprache ist... Eine privilegierte Existenzweise, mag sie auch niemand als solche wahrnehmen...«

Du fragst: »Sie haben nicht viele Studenten?«

»Wer soll denn schon kommen?« klagt er. »Wer entsinnt sich denn heute noch der Kimmerer? Es gibt doch heutzutage so viele unterdrückte Sprachen, die attraktiver sind... Baskisch... Bretonisch... Sinti... Die belegen sie alle... Nicht daß sie die Sprache studieren, das will heutzutage keiner mehr... Nein, sie wollen Probleme, um darüber zu diskutieren, allgemeine Ideen, die sich mit anderen allgemeinen Ideen verbinden lassen. Meine Kollegen passen sich an, gehen mit dem Strom, nennen ihre Kurse ›Soziologie des Gälischen‹ oder ›Psycholinguistik des Okzitanischen‹... Beim Kimmerischen geht das nicht.«

»Warum nicht?«

»Weil die Kimmerer einfach verschwunden sind, wie vom Erdboden verschluckt!« Er schüttelt sich, als wollte er seine ganze Geduld zusammennehmen, um etwas schon hundertmal Wiederholtes zu sagen: »Dies ist ein totes Institut für eine tote Literatur in einer toten Sprache. Wozu soll heute noch jemand das Kimmerische studieren? Ich bin der erste, der dafür Verständnis hat, ich bin der erste, der den Studenten sagt: Bitte, wenn ihr nicht kommen wollt, dann bleibt eben weg! Von mir aus kann das Institut auch geschlossen werden... Aber herzukommen, um dann hier... Nein, das ist zuviel!«

»Um dann hier was?«

»Um dann hier Dinge zu tun... die ich auch noch mitansehen muß! Dinge, ich sage Ihnen... Was glauben Sie, wochenlang läßt sich hier niemand blicken, und wenn dann schließlich jemand kommt, will er bloß... Bleibt doch, wo ihr seid, sage ich, was interessiert euch an diesen toten Büchern in einer toten Sprache? Aber sie tun es absichtlich, sie sagen: Gehen wir doch mal zu den botnisch-ugrischen Sprachen, gehen wir zu Uzzi-Tuzii! Und ich muß wieder herhalten, mitansehen, mitmachen...«

»Wobei?« fragst du beklommen und denkst an Ludmilla, die immer herkam, um sich hier zu verstecken, vielleicht mit Irnerio oder auch mit noch anderen...

»Bei allem! Vielleicht ist hier etwas, das sie anzieht, ja, diese Unentschiedenheit zwischen Leben und Tod, vielleicht ist es das, was sie spüren, ohne es zu begreifen. Sie kommen her und tun, was sie tun, aber nie belegen sie Kurse, keiner interessiert sich für die Literatur der Kimmerer, die in diesen Büchern begraben liegt wie in Gräbern auf einem Friedhof...«

»Mich interessiert nun aber gerade... Ich bin gekommen«, unterbrichst du ihn, »um Sie zu fragen, ob es einen kimmerischen Roman gibt, der anfängt... Nein, ich nenne wohl besser gleich die Namen der Hauptpersonen: Gritzvi und Zwida, Ponko und Brigd; die Handlung beginnt in Kudgiwa, aber das ist vielleicht nur ein Gutshof; sie geht dann, glaube ich, weiter in Pëtkwo, am Aagd...«

»Oh, das haben wir gleich!« Der Professor schüttelt im Nu alle hypochondrischen Nebel ab und strahlt dich an wie eine Glühbirne. »Es handelt sich ohne Zweifel um *Über den Steilhang gebeugt,* den einzigen erhaltenen Roman von Ukko Ahti, einem der allerbegabtesten kimmerischen Dichter aus dem ersten Viertel des Jahrhunderts... Hier, sehen Sie!« Mit einem Satz wie ein Fisch, der eine Stromschnelle überspringt, hechtet der kleine Mann zu einer bestimmten Stelle in einem Regal, schnappt sich ein schmales Bändchen in grünem Einband und klopft den Staub ab. »Ist nie in irgendeine andere Sprache übersetzt worden, die Schwierigkeiten sind wohl so groß, daß sie jeden abschrecken... Hören Sie: ›Ich bin im Begriff, meine Überzeugung darauf zu lenken...‹ Nein: ›Fortschreitend überzeuge ich mich vom Akt des Übermittelns...‹ Sie werden bemerken, daß beide Verben im Präsens iterativum stehen...«

Eins wird dir sofort klar: Dieses Buch hat mit dem, dessen Anfang du gelesen hast, nichts zu tun. Lediglich ein paar Namen sind gleich – gewiß ein sehr sonderbarer Umstand, aber du denkst nicht lange darüber nach, denn aus der mühsam extemporierten Übersetzung Uzzi-Tuziis zeichnet sich bald schon der Umriß einer Geschichte ab, aus seiner atemlosen Entzifferung loser Wortkrumen formt sich eine breit angelegte Erzählung.

Über den Steilhang gebeugt

Ich gelange zur Überzeugung, daß mir die Welt etwas mitteilen will, durch Botschaften, Zeichen, Warnungen. Seit meiner Ankunft in Pëtkwo spüre ich das. Jeden Morgen mache ich meinen gewohnten Spaziergang von der Pension Kudgiwa hinunter zum Hafen. Ich gehe an der Wetterstation vorbei und denke an das nahende Ende der Welt: Bald wird es kommen, ja, es hat schon seit langem eingesetzt. Ließe das Ende der Welt sich räumlich auf einen bestimmten Punkt fixieren, so wäre dieser gewiß die Wetterstation von Pëtkwo: ein Wellblechdach auf vier wackligen Holzpfählen über einer erhöhten Plattform aus Brettern, darauf eine Reihe von Barographen, Hygrometern und Thermographen, deren Trommeln linierten Papieres langsam an einem zitternden Schreibarm vorbeiziehen, leise tickend wie Uhren. Ein Windrad auf einer hohen Stange und ein Regenmesser mit gedrungenem Trichter vervollständigen die spröde Apparatur dieser Wetterstation, die, abgelegen am Rande einer Böschung im Stadtpark, vor dem bleigrauen, reglosen Himmel gleichsam wie eine Falle für Wirbelstürme erscheint – ein Köder, dort ausgelegt, um die Windhosen anzulocken aus fernen tropischen Ozeanen, sich selber gleichsam bereits als Idealruine dem Wüten der Orkane darbietend.

An manchen Tagen erscheint mir alles, was ich erblicke, bedeutungsschwanger: voller Botschaften, die zu definieren, in Worte zu fassen und anderen mitzuteilen mir schwerfallen würde, aber die sich mir gerade deswegen als entscheidend darstellen. Es sind Ankündigungen und Vorzeichen, die mich und zugleich die Welt betref-

fen – und zwar von mir nicht die äußerlichen Begebenheiten des Daseins, sondern das Geschehen im tiefsten
Innern, und von der Welt nicht irgendeine Besonderheit,
sondern die allgemeine Bewandtnis des Ganzen. Man
wird infolgedessen begreifen, daß ich darüber kaum
anders zu sprechen vermag als in Andeutungen.

Montag. Heute sah ich eine Hand aus einem Fenster des
Gefängnisses ragen, in Richtung des Meeres. Ich ging
meiner Gewohnheit entsprechend die äußere Hafenmole
entlang bis hinter die alte Festung. Die Festung ist
ringsum eingeschlossen in ihre schrägen Mauern, die
Fenster mit ihren doppelten oder dreifachen Eisengittern
wirken blind. Obwohl ich wußte, daß dort die Sträflinge
schmachten, hatte ich diese Festung stets wie einen Teil
der trägen Natur, des Reiches der Steine empfunden.
Daher überraschte mich die Erscheinung der Hand, als
käme sie aus dem Stein. Die Haltung der Hand war
unnatürlich; ich nehme an, die Fenster sitzen hoch in
den Zellen und sind tief in das Gemäuer eingelassen; der
Häftling muß einen akrobatischen Akt vollführt haben,
geradezu wie ein Schlangenmensch, um den Arm zwischen den Gitterstäben hindurchzuzwängen und die
Hand ins Freie zu strecken. Es war kein Wink eines
Sträflings an mich noch an sonst irgendeinen; jedenfalls
nahm ich's nicht als einen solchen, im Gegenteil, ich
dachte in diesem Moment überhaupt nicht an die Gefangenen; auch muß ich sagen, daß mir die Hand sehr weiß
und zart erschien, ähnlich der meinen; nichts verwies
auf die Rauheit, die man gemeinhin bei einem Sträfling
erwartet. Nein, für mich war die Hand ein Zeichen, das
direkt aus dem Stein kam: Der Stein wollte mir bedeuten, daß wir von gleicher Substanz sind, er und ich, und
daß folglich etwas von dem, woraus ich gemacht bin,
fortdauern wird und nicht vergehen muß mit dem Ende
der Welt: Ein Kommunizieren wird also noch möglich

sein, auch in der leeren Wüste, aus der jede Spur des Lebens getilgt ist, jede Spur meines Lebens und alles, was an mich erinnert... Ich gebe nur meine ersten Eindrücke wieder, denn sie allein zählen.

Heute kam ich bis zum Belvedere, von wo aus man tief drunten ein Stückchen Strand sehen kann, leer und verlassen vor dem grauen Meer. Die in einem Halbkreis angeordneten Strandkörbe mit ihren hohen, zum Schutz gegen den Wind weit vorgebeugten Rückenlehnen schienen mir auf eine Welt zu deuten, aus der das Menschengeschlecht verschwunden ist und alle Dinge nur noch von seinem Nichtmehrvorhandensein sprechen. Ein Schwindelgefühl erfaßte mich, als stürzte ich unaufhörlich von einer Welt in die andere und erreichte jede kurz nach dem gerade erfolgten Ende der Welt.

Ungefähr eine halbe Stunde später kam ich noch einmal zum Belvedere zurück. Aus einem Strandkorb, der mir den Rücken zukehrte, wehte ein lilafarbenes Band. Ich stieg den steilen Pfad die Klippen hinab bis zu einer Terrasse, von wo aus man einen anderen Blickwinkel hat: Wie erwartet saß in dem Strandkorb, ganz verborgen im Schutz des geflochtenen Rückens, Fräulein Zwida mit ihrem weißen Strohhut, den aufgeschlagenen Zeichenblock auf den Knien; sie zeichnete eine Muschel. Ich war nicht beglückt, sie zu sehen, die widrigen Vorzeichen von heute morgen ließen mir eine Annäherung nicht geraten erscheinen. Seit fast drei Wochen treffe ich sie, stets allein, auf meinen Spaziergängen über die Klippen und Dünen, und nichts wünsche ich mir sehnlicher, als sie ansprechen zu können, ja, mit diesem Vorsatz verlasse ich jeden Tag meine Pension, doch jeden Tag hält mich irgend etwas davon ab.

Fräulein Zwida wohnt im Hotel Meereslilie; ich war dort, um mich beim Portier nach ihr zu erkundigen. Vielleicht hat sie es erfahren; zu dieser Jahreszeit sind nicht viele Feriengäste in Pëtkwo, und die jungen könnte man an den Fingern abzählen. Da wir uns so häufig begegnen, erwartet sie vielleicht, daß ich sie eines Tages anspreche.

Dem stehen jedoch mehrere Gründe entgegen. Erstens sammelt und zeichnet Fräulein Zwida Muscheln. Ich hatte zwar einmal vor Jahren, als Heranwachsender, eine recht schöne Muschelsammlung, habe sie dann aber aus den Augen verloren und inzwischen alles vergessen: Klassifikationen, Morphologie, geographische Verteilung der verschiedenen Arten etc. Ein Gespräch mit Fräulein Zwida würde mich unvermeidlich auf Muscheln bringen, und ich weiß nicht, wie ich mich dann verhalten soll: eine totale Unkenntnis vortäuschen oder mich lieber auf eine ferne und fast vergessene Erfahrung berufen? Das Thema Muscheln zwingt mich, mein Verhältnis zum Leben zu überdenken und mich dem Gedanken zu stellen, daß mein Leben aus lauter nicht zu Ende geführten, halb ausgelöschten Dingen besteht; daher das Unbehagen, das mich schließlich davor zurückschrecken läßt.

Zweitens verrät die Hingabe, mit welcher sich Fräulein Zwida dem Zeichnen von Muscheln widmet, in ihr ein Streben nach Perfektion als der Form, zu der die Welt gelangen kann und mithin gelangen muß. Ich hingegen bin seit langem davon überzeugt, daß Perfektion nur beiläufig und durch Zufall entsteht, also keinerlei Interesse verdient, da sich die wahre Natur der Dinge nur im Zerfall offenbart. Spräche ich mit Fräulein Zwida, so müßte ich einige lobende Worte über ihre Zeichnungen sagen – die übrigens ganz hervorragend sind, soweit ich sie sehen konnte; ich müßte also zumindest im ersten Moment so tun, als billigte ich ein ästhetisches Ideal, das ich ablehne; oder ich müßte ihr gleich von vornherein meine Ansichten darlegen, auf die Gefahr hin, sie damit zu verletzen.

Das dritte Hindernis ist mein Gesundheitszustand, der

sich zwar durch den Kuraufenthalt am Meer, den mir die Ärzte verordnet haben, erheblich gebessert hat, aber meine Möglichkeiten zum Ausgang und zum Kontakt mit Fremden einschränkt. Ich bin immer noch krisenanfällig und leide vor allem an einem ärgerlichen Ekzem, das mich von jedem geselligen Vorhaben abhält.

Gelegentlich wechsle ich ein paar Worte mit Herrn Kauderer, dem Meteorologen, wenn ich ihm bei der Wetterstation begegne. Herr Kauderer kommt dort immer mittags vorbei, um die Daten abzulesen. Er ist ein großer und hagerer Mann mit dunklem Gesicht, ein bißchen wie ein Indianer. Er kommt mit dem Fahrrad gefahren, wobei er starr vor sich hinsieht, als verlange die Wahrung des Gleichgewichts auf dem kleinen Sattel seine ganze Konzentration. Er lehnt sein Rad an den Schuppen, öffnet eine am Rahmen befestigte Tasche und entnimmt ihr ein großes Registerbuch mit breiten, niedrigen Seiten. Er steigt die Stufen zur Plattform empor, liest die Zahlen von den Instrumenten ab und trägt sie in das Registerbuch ein, teils mit einem Bleistift, teils mit einem großen Füllfederhalter, ohne dabei in seiner Konzentration auch nur eine Sekunde lang nachzulassen. Er trägt Knickerbocker unter einem langen Überzieher; seine ganze Kleidung ist grau oder schwarz-weiß kariert, auch seine Schirmmütze. Erst wenn er mit allem fertig ist, bemerkt er mich, der ich ihm zusehe, und begrüßt mich freundlich.

Ich bin zu der Einsicht gelangt, daß mir Herrn Kauderers Gegenwart viel bedeutet: Zu sehen, daß jemand heutzutage noch so viel Gewissenhaftigkeit und methodische Sorgfalt aufbringt, hat auf mich – trotz meines Wissens um die Vergeblichkeit allen Strebens – eine beruhigende Wirkung, vielleicht weil es meine unstete Lebensweise kompensiert, die ich trotz aller Schlußfolgerungen, zu denen ich inzwischen gelangt bin, noch immer als schuldhaft empfinde. Deshalb bleibe ich stehen, um dem Meteorologen zuzusehen und sogar mit ihm zu plaudern, obwohl mich die Konversation als solche nicht interessiert. Er redet vom Wetter, natürlich, in seinen präzisen Fachausdrücken, und von den Auswirkungen des wechselnden Luftdrucks auf die Gesundheit, aber er redet auch von den wechselhaften Zeiten, in denen wir leben, und zitiert als Beispiele Episoden aus dem Leben der Stadt oder Dinge, die er in der Zeitung gelesen hat. In solchen Momenten zeigt er sich weniger reserviert, als er auf den ersten Blick erscheint, ja er bekundet sogar eine Neigung, sich zu ereifern und wortreich zu schimpfen, besonders wenn er die Denk- und Verhaltensweisen der Mehrheit mißbilligt, denn er hat einen gewissen Hang zur Unzufriedenheit.

Heute hat Herr Kauderer mir erzählt, daß er für ein paar Tage zu verreisen gedenke und daher jemanden suche, der solange für ihn die Daten abliest, doch leider kenne er niemanden, dem er genügend vertrauen könne. Im Laufe der Unterhaltung fragte er mich, ob ich nicht Interesse hätte, die meteorologischen Meßgeräte lesen zu lernen, er würde es mir schon beibringen. Ich sagte weder ja noch nein, zumindest wollte ich keine präzise Antwort geben, doch ich befand mich neben ihm auf der Plattform, während er mir erklärte, wie man die Höchst- und Mindesttemperatur, den Luftdruck, die Niederschlagsmenge und die Windgeschwindigkeit feststellt. Kurzum, er hat mich, ohne daß ich es recht gewahr wurde, für die nächsten Tage mit seiner Vertretung betraut, beginnend ab morgen mittag um zwölf. Obwohl meine Einwilligung ein wenig erzwungen war – er hatte mir gar nicht die Zeit gelassen, gebührend darüber nachzudenken, noch ihm zu erklären, daß ich nicht einfach so mir nichts dir nichts eine Entscheidung treffen kann –, ist mir der Auftrag nicht unangenehm.

Dienstag. Heute morgen habe ich zum erstenmal mit

Fräulein Zwida gesprochen. Der Auftrag, die meteorologischen Daten abzulesen, hat mir sicher geholfen, meine Unsicherheiten zu überwinden. Gab es doch nun zum ersten Mal seit meiner Ankunft in Pëtkwo einen bestimmten, von vornherein festgelegten Termin, den ich nicht versäumen durfte, so daß ich, wie immer auch unser Gespräch verlaufen würde, um Viertel vor zwölf erklären konnte: »Ach, ich vergaß, ich muß zur Wetterstation, es ist Zeit zum Datenablesen!« Ich konnte mich also verabschieden, sei's mit Bedauern, sei's mit Erleichterung, jedenfalls mit der Gewißheit, daß mir nichts anderes übrig blieb. Ich glaube, ich habe schon gestern, gleich als Herr Kauderer mir den Vorschlag machte, unklar begriffen, daß die Aufgabe mich zum Gespräch mit Fräulein Zwida ermutigen würde, aber jetzt erst ist mir das klar, soweit hier von Klarheit die Rede sein kann.

Fräulein Zwida zeichnete gerade einen Seeigel. Sie saß auf einem kleinen Klapphocker, draußen am Ende der Mole. Der Seeigel lag umgedreht auf einem Stein, die Unterseite weit offen, die Stacheln eingezogen, vergeblich bemüht, sich wieder in die richtige Lage zu bringen. Die Zeichnung des Mädchens war eine Studie über das schleimige Innere des sich windenden Weichtiers, wie es sich ausdehnte und zusammenzog, angelegt in Helldunkel mit einer dichten, stacheligen Schraffierung ringsum. Meine geplante Gesprächseröffnung – etwas über die Form der Muscheln als trügerisch schöner Schein, als Hülle um die wahre Substanz der Natur – paßte nicht mehr. Der Anblick des umgedrehten Weichtiers sowie der Zeichnung flößte mir unangenehme Gefühle ein, ja Ekel, wie der Anblick offenliegender Eingeweide. Ich begann das Gespräch, indem ich sagte, nichts sei wohl schwerer zu zeichnen als ein Seeigel, denn sowohl die stachlige Hülle von oben als auch die Weichteile auf der Unterseite böten, trotz der radialen Symmetrie ihrer

Struktur, kaum Anhaltspunkte für eine lineare Darstellung. Fräulein Zwida sagte, sie interessiere sich für das Motiv, weil es ein Bild sei, das in ihren Träumen wiederkehre, und sie wolle sich davon befreien. Beim Abschied fragte ich sie, ob wir uns morgen an derselben Stelle wiedersehen könnten. Für morgen habe sie andere Pläne, erwiderte sie, doch übermorgen werde sie wieder mit dem Zeichenblock auf Motivsuche gehen, und dann werde es mir nicht schwerfallen, ihr zu begegnen.

Während ich die Barometer ablas, näherten sich zwei Männer dem Schuppen. Ich hatte sie niemals zuvor gesehen: schwarzgekleidet in lange Mäntel, die Kragen hochgeschlagen, die Hüte tief in die Stirn gedrückt. Sie fragten mich nach Herrn Kauderer, ob ich wisse, wohin er gegangen sei und wann er zurückkommen werde. Ich sagte, ich wisse es nicht, und fragte, wer sie seien und was sie denn von ihm wollten.

»Ach, nichts, nur so«, sagten sie und gingen davon.

Mittwoch. Ich bin zum Hotel gegangen, um Fräulein Zwida einen Strauß Veilchen zu bringen. Sie war nicht da, der Pförtner sagte, sie sei heute schon früh ausgegangen. Ich bin lange herumgelaufen in der Hoffnung, ihr irgendwo zu begegnen. Auf dem großen Platz vor der Festung standen in langer Reihe die Angehörigen der Gefangenen; heute ist im Gefängnis Besuchstag. Mitten unter den wartenden Frauen mit ihren Kopftüchern und ihren weinenden Kindern erblickte ich Fräulein Zwida. Zwar verhüllte ein schwarzer Schleier unter dem Hutrand ihr Gesicht, doch ihre Haltung war unverkennbar: Sie stand aufrecht mit erhobenem Kopf, die Schultern gestrafft, ein bißchen hochmütig.

Am Rande des Platzes standen, wie um die Wartenden vor dem Gefängnistor zu überwachen, die beiden schwarzgekleideten Männer, die mich gestern bei der Wetterstation angesprochen hatten.

Der Seeigel, der Schleier vor Zwidas Gesicht, die beiden Unbekannten – überall sehe ich neuerdings schwarz, die Farbe drängt sich mir geradezu auf: eine Botschaft! Ich deute sie mir als einen Mahnruf der Nacht. Mir wird bewußt, daß ich seit langem trachte, den Anteil der Dunkelheit in meinem Leben zu verringern. Das ärztliche Ausgangsverbot nach Sonnenuntergang hat mich seit Monaten in die Grenzen der Welt des Tages verwiesen. Doch das genügt nicht: Ich finde im Tageslicht, in dieser diffusen, bleichen, fast schattenlosen Helligkeit, ein Dunkel, das noch tiefer ist als das Dunkel der Nacht.

Mittwoch abend. Die ersten Stunden der Dunkelheit verbringe ich Abend für Abend mit der Niederschrift dieser Zeilen, ohne zu wissen, ob sie je einer lesen wird. Die Mattglaskugel, die von der Decke meines Zimmers in der Pension Kudgiwa hängt, beleuchtet den Fluß meines Schreibens, doch ist meine Schrift vielleicht zu nervös, um von einem künftigen Leser entziffert werden zu können. Vielleicht wird dieses Tagebuch erst viele Jahre nach meinem Tod ans Licht kommen, wenn unsere Sprache wer weiß wie viele Wandlungen durchgemacht hat, so daß etliche der mir noch geläufigen Wörter und Wendungen altmodisch klingen, sonderbar und von ungewisser Bedeutung. Indes, wer auch immer dereinst mein Tagebuch findet, in jedem Falle wird er besser dran sein als ich: Bei einer geschriebenen Sprache ist es stets möglich, ein Vokabular und eine Grammatik zu rekonstruieren, Sätze zu isolieren und sie in einer anderen Sprache wiederzugeben oder zu paraphrasieren. Ich hingegen versuche, aus der Abfolge der mir täglich sich bietenden Dinge herauszulesen, was die Welt mit mir vorhat, und ich komme nur tastend voran, wohl wissend, daß keinerlei Vokabular je in Worte zu fassen vermag, was da in den Dingen alles an dunklen Anspielungen dräut. Ich wünschte, mein künftiger Leser erführe dieses Aufsteigen vager Vorahnungen und Zweifel nicht als ein akzidentelles Hindernis für sein Verständnis meines Berichts, sondern als dessen eigentliche Substanz; und sollten meine Gedankengänge sich dem, der ihnen ausgehend von einer radikal veränderten Mentalität zu folgen versucht, entziehen, so bleibt das Entscheidende doch, daß er die Anstrengung wahrnimmt, die ich vollbringe, um zwischen den Zeilen der Dinge den flüchtigen Sinn des Kommenden zu erhaschen.

Donnerstag. »Dank einer Sondererlaubnis der Direktion«, hat mir Fräulein Zwida erklärt, »darf ich an Besuchstagen ins Gefängnis, um mich mit meinen Zeichenblättern und Stiften im Sprechzimmer an den Tisch zu setzen. Die Angehörigen der Häftlinge bieten mir in ihrer schlichten Menschlichkeit interessante Motive für Studien nach der Natur.«

Ich hatte sie gar nicht gefragt, aber da ihr offenbar nicht entgangen war, daß ich sie gestern auf dem Platz vor der Festung gesehen hatte, fühlte sie sich verpflichtet, ihre Anwesenheit an jenem Ort zu rechtfertigen. Mir wäre es lieber gewesen, sie hätte geschwiegen, denn für Zeichnungen von menschlichen Gestalten habe ich nicht viel übrig, und es wäre mir peinlich gewesen, wenn sie mir ihre Blätter gezeigt hätte, was jedoch nicht geschah. Sie liegen vermutlich, dachte ich mir, in einer besonderen Mappe, die das Fräulein jeweils zwischen zwei Besuchstagen im Gefängnisbüro hinterlegt, denn gestern – ich erinnere mich genau – trug sie weder ihren gewohnten Block noch das Etui mit den Stiften bei sich.

»Wenn ich zeichnen könnte, würde ich mich allein dem Studium der Formen unbeseelter Objekte widmen«, erklärte ich mit einer gewissen Entschiedenheit, teils weil ich das Thema wechseln wollte, teils weil ich meine Seelenzustände dank einer angeborenen Neigung tatsächlich im reglosen Leiden der Dinge wiedererkenne.

Fräulein Zwida zeigte sich umgehend einverstanden: Das Objekt, das sie am liebsten zeichnen würde, sagte sie, sei so ein kleiner vierzackiger Anker, »Draggen« genannt, wie ihn die Fischer für ihre Boote benutzen. Sie zeigte mir einen, als wir bei den Fischerbooten an der Mole vorbeikamen, und erklärte mir die Schwierigkeiten einer exakten Zeichnung der vier Haken in den verschiedenen Neigungen und Perspektiven. Ich begriff, daß der Gegenstand eine Botschaft für mich enthielt, die ich entziffern mußte. Ein Anker? Das konnte nur heißen: eine Aufforderung, mich niederzulassen, mich festzuhaken, Wurzeln in die Tiefe zu schlagen, um Schluß zu machen mit meiner Unstetigkeit und meinem Verweilen an der Oberfläche. Doch diese Deutung ließ Raum für Zweifel. Konnte es nicht auch heißen: eine Aufforderung, mich loszureißen, in See zu stechen, das Weite zu suchen? Etwas an der Form des Draggens, die vier einwärts gebogenen Zähne, die vier schartigen, vom Schleifen über den felsigen Grund zerschrammten Eisenarme ermahnten mich, daß keine Entscheidung ohne Risse und Schmerzen abgehen würde. Zu meinem Trost blieb der Umstand, daß da nicht etwa ein schwerer Hochseeanker vor mir lag, sondern nur eben ein leichter Draggen: Niemand verlangte mithin, daß ich auf die Beweglichkeit meiner Jugend verzichte, ich sollte nur einen Augenblick innehalten, mich besinnen, das Dunkel in meinem Innern ausloten.

»Um dieses Objekt in Ruhe von allen Seiten zeichnen zu können«, sagte Zwida, »müßte ich solch einen Anker haben, um ihn ausgiebig studieren zu können. Was meinen Sie, ob mir ein Fischer wohl einen verkaufen würde?«

»Man kann ja mal fragen«, sagte ich.

»Wie wär's, wenn Sie versuchen würden, mir einen zu besorgen. Ich selber traue mich nicht – ein Fräulein aus der Stadt, das sich für ein so grobes Fischergerät interessiert, würde hier sicher großes Aufsehen erregen.«

Ich sah mich schon, wie ich ihr das Eisending überreichte, als wär's ein Blumenstrauß: Das Bild hatte in seiner Abstrusität etwas Schrilles und Wildes. Gewiß verbarg sich auch darin eine Bedeutung, die mir noch entging. Mit dem Vorsatz, darüber in Ruhe nachzudenken, sagte ich ja.

»Ich hätte den Anker gern mit der dazugehörigen Trosse«, erklärte Zwida. »Ich kann Stunden damit verbringen, zusammengerollte Taue zu zeichnen. Nehmen Sie ruhig ein langes Tau, zehn Meter oder besser noch zwölf.«

Donnerstag abend. Die Ärzte haben mir einen begrenzten Konsum alkoholischer Getränke erlaubt. Zur Feier der guten Nachricht bin ich bei Sonnenuntergang in die Schenke »Stern von Schweden« gegangen und habe mir einen Grog bestellt. Am Tresen standen Fischer, Zöllner und Hafenarbeiter. Es herrschte lautes Stimmengewirr, doch am lautesten tönte ein älterer Mann in der Uniform eines Gefängniswärters, der betrunken grölte: »Und jeden Mittwoch steckt mir die parfümierte Mamsell einen Hundert-Kronen-Schein zu, damit ich sie alleinlasse mit dem Häftling. Und am Donnerstag sind die ganzen hundert Kronen schon Bier. Und wenn die Besuchszeit vorbei ist, hat die Mamsell den Zellengeruch in ihren feinen Kleidern, und der Häftling hat das Parfüm der Mamsell in seiner Anstaltskluft. Und ich habe meinen Biergeruch. Ja, ja, das Leben ist nichts als ein Tausch von Gerüchen.«

»Das Leben und der Tod, kannst du ruhig sagen«, unterbrach ihn ein anderer Betrunkener, der, wie ich gleich erfahren sollte, den Beruf des Totengräbers ausübte. »Ich versuch immer, mit dem Biergeruch meinen Totengeruch wegzukriegen. Und erst mit dem Totengeruch wirst du deinen Biergeruch wegkriegen. Wie alle Säufer, für die ich die Grube zu graben habe.«

Ich nahm diesen Dialog als Mahnung, wachsam zu sein: Die Welt zerfällt und versucht, mich in ihren Zerfall mit hineinzureißen.

Freitag. Der Fischer war plötzlich mißtrauisch geworden: »Hä? Wieso denn das? Wozu brauchen Sie einen Draggen?«

Die Frage war indiskret, ich hätte antworten müssen: »Um ihn zu zeichnen«, aber ich kannte Fräulein Zwidas Scheu, ihre künstlerische Betätigung vor Leuten zu zeigen, die sie nicht zu schätzen wissen; außerdem wäre, was mich betraf, die richtige Antwort gewesen: »Um ihn zu bedenken«, und wer hätte das wohl verstanden?

»Meine Sache!« erwiderte ich. Wir hatten bisher freundschaftlich miteinander gesprochen, da wir uns seit gestern abend aus der Schenke kannten, aber nun war unser Dialog auf einmal ins Stocken geraten.

»Gehen Sie doch in einen Laden für Seglerbedarf«, sagte der Fischer schroff. »Ich habe nichts zu verkaufen!«

Im Laden ging's mir genauso: Kaum hatte ich meinen Wunsch geäußert, verfinsterte sich der Blick des Händlers: »Wir können so etwas nicht an Fremde verkaufen«, sagte er. »Wir wollen keine Geschichten mit der Polizei... Auch noch ein zwölf Meter langes Tau... Nein, wirklich, ich will Sie ja nicht verdächtigen, aber es wäre hier nicht das erste Mal, daß jemand so einen Draggen zu einem Gefängnisfenster hinaufwirft, um einem Sträfling zur Flucht zu verhelfen...«

Das Wort »Flucht« gehört zu denen, die ich nicht hören kann, ohne mich auf der Stelle in eine endlose Grübelei zu verlieren. Die Beschaffung des Ankers, die ich auf mich genommen habe, scheint mir auf einen Fluchtweg hinzuweisen, vielleicht auf eine Verwandlung, eine Wiedergeburt. Mit einem Schaudern weise ich den Gedanken von mir, daß mein sterblicher Körper das

Gefängnis sein könnte und die bevorstehende Flucht womöglich die Loslösung meiner Seele, der Aufbruch zu einem außerirdischen Leben.

Samstag. Es war mein erster nächtlicher Ausgang seit vielen Monaten, und so machte ich mir nicht unbeträchtliche Sorgen, vor allem wegen meiner Anfälligkeit für Erkältungen, weshalb ich mir, bevor ich hinausging, ein warmes Kopftuch umband und darüber die Wollmütze stülpte und darüber den Filzhut. So eingemummelt, dazu mit einem Schal um den Hals und einem zweiten Schal um die Hüften, angetan mit der Wolljacke und der Pelzjacke und der Lederjacke sowie den gefütterten Stiefeln, kam ich mir einigermaßen geschützt vor. Die Nacht war, wie ich bald feststellen konnte, mild und klar. Doch mir war immer noch unbegreiflich, wieso Herr Kauderer es für nötig gehalten hatte, mich durch ein mysteriöses Billett, das er mir in aller Heimlichkeit hatte zukommen lassen, mitten in tiefster Nacht auf den Friedhof zu bestellen. Wenn er zurückgekehrt war, warum konnten wir uns dann nicht wie gewöhnlich sehen? Und wenn er noch nicht zurückgekehrt war, wem würde ich dann auf dem Friedhof begegnen?

Am Tor war der Totengräber, den ich schon aus der Schenke kannte. »Ich suche Herrn Kauderer«, sagte ich.

Er antwortete: »Herr Kauderer ist nicht da. Aber schließlich ist ja der Friedhof die Wohnung derer, die nicht da sind, also treten Sie ein.«

Ich schritt langsam zwischen den Gräbern voran, da streifte mich plötzlich ein rascher raschelnder Schatten. »Herr Kauderer!« rief ich, verwundert, ihn hier mit dem Fahrrad ohne Licht zwischen den Grabsteinen umherfahren zu sehen.

»Psst!« hieß er mich schweigen. »Sie sind sehr unvorsichtig! Als ich Ihnen neulich die Wetterstation anvertraute, dachte ich nicht, daß Sie sich mit einem Fluchtversuch kompromittieren würden. Für individuelle Fluchtversuche haben wir hier nichts übrig. Man muß die Zeit reifen lassen. Wir haben weiterreichende Pläne, auf längere Sicht.«

Als ich ihn so mit einer weitausholenden Geste »wir« sagen hörte, dachte ich, daß er im Namen der Toten spreche. Ja, die Toten, deren Sprachrohr Herr Kauderer so offensichtlich war, gaben mir durch ihn zu verstehen, daß sie mich noch nicht in ihren Reihen empfangen wollten. Ich empfand eine spürbare Erleichterung.

»Es ist auch Ihre Schuld, daß ich jetzt noch länger wegbleiben muß«, fuhr er fort. »Morgen oder übermorgen wird der Polizeikommissar Sie vorladen und wegen des Ankers verhören. Passen Sie auf, daß Sie mich nicht in diese Sache hineinziehen; denken Sie immer daran, daß alle Fragen des Kommissars darauf abzielen werden, von Ihnen etwas über mich zu erfahren. Sie wissen nichts über mich, außer daß ich für ein paar Tage verreist bin und nicht gesagt habe, wann ich wiederkomme. Sie können sagen, daß ich Sie bloß gebeten habe, ein paar Tage lang für mich die Daten abzulesen, aber wohlgemerkt nur ein paar Tage lang. Im übrigen sind Sie von Ihrem Dienst an der Wetterstation ab sofort entbunden.«

»Nein, das nicht!« rief ich aus, von einer jähen Verzweiflung gepackt, als wäre mir gerade aufgegangen, daß allein die Kontrolle der meteorologischen Instrumente mich in die Lage versetzte, die Kräfte des Universums zu meistern und darin eine Ordnung zu erkennen.

Sonntag. In aller Frühe bin ich zur Wetterstation gegangen, auf die Plattform gestiegen und dort geblieben, um dem Ticken der Instrumente zu lauschen wie einer Sphärenmusik. Der Wind trieb flockige Wölkchen über den Morgenhimmel, die sich langsam zu streifigen Cirrus-Schleiern verdichteten und dann zu Cumulus-Schichten türmten; gegen halb zehn gab es einen Regenschauer, von dem der Niederschlagsmesser einige Zentiliter bewahrte; kurzzeitig folgte ein unvollständiger Regenbogen; dann verdunkelte sich der Himmel, der Schreibarm des Druckmessers fiel rapide und machte eine fast senkrechte Linie; Donner krachte und Hagel prasselte los. Mir war da oben auf meiner Plattform, als hätte ich Stürme und Sonnenschein, Blitze und Finsternis in meiner Hand – nein, nicht wie ein Gott, man halte mich nicht für einen Narren, ich fühlte mich nicht wie ein donnernder Zeus, wohl aber ein bißchen wie ein Dirigent, der eine ausgeschriebene Partitur vor sich hat und weiß, daß die Töne aus den Instrumenten einem bestimmten Plan entsprechen, dessen Erfüllung in erster Linie von ihm abhängt. Das Blechdach erdröhnte unter den Schlägen des Hagels wie eine Trommel, der Windmesser raste; das Universum, ganz Toben und Aufruhr, war übersetzbar in Ziffern und Zahlenreihen, bereit zur Eintragung in mein Register: Eine souveräne Ruhe beherrschte das Wüten der Kataklysmen.

In diesem Moment des Einklangs und der Erfüllung ließ mich ein leises Knirschen hinuntersehen. Zusammengekauert zwischen den Stufen zur Plattform und den Stützen des Daches hockte ein bärtiger Mann in einer groben, vom Regen durchweichten Streifenjacke. Er sah mich an mit ruhigem, klarem Blick.

»Ich bin auf der Flucht«, sagte er. »Verraten Sie mich nicht. Sie müssen jemanden benachrichtigen. Wollen Sie das tun? Die betreffende Person wohnt im Hotel Meereslilie.«

Jäh durchzuckte es mich: In der perfekten Ordnung des Universums hatte sich eine Kluft aufgetan, ein unheilbarer Riß.

IV

Zuhören, wie jemand vorliest, ist etwas ganz anderes als selber lesen. Wenn du selber liest, kannst du dir Zeit nehmen oder die Sätze rasch überfliegen – du bist es, der das Tempo bestimmt. Wenn dir jemand vorliest, mußt du dich ständig bemühen, deine Aufmerksamkeit mit seinem Lesetempo in Einklang zu bringen – mal liest er zu schnell und mal zu langsam.

Wenn du gar zuhörst, wie jemand aus einer anderen Sprache übersetzt, kommt ein Schwanken ins Spiel, ein Zögern vor den Wörtern und Sätzen, eine gewisse Unschärferelation und Vorläufigkeit. Der Text, der beim Lesen etwas greifbar Vorhandenes ist, an dem du dich reiben mußt, erscheint im Falle der mündlich vorgetragenen Übersetzung als etwas zugleich Vorhandenes und Nichtvorhandenes, Ungreifbares.

Hinzu kommt, daß der Professor Uzzi-Tuzii seine mündliche Übersetzung anfangs so vorgetragen hatte, als sei er sich nicht ganz sicher, ob er die Wörter richtig zusammenbringt: Ständig war er auf die Perioden zurückgekommen, um ihre syntaktischen Zotteln und Fransen auszubürsten, hatte die Sätze gedreht und gewendet, bis sie sich gänzlich entknautschten, hatte sie durchgewalkt, gekämmt und gebügelt, sich bei jedem Wort aufgehalten, um seine idiomatischen Färbungen und seine Nebenbedeutungen zu erläutern, hatte dazu gewundene Gesten gemacht, gleichsam als Aufforderung, sich mit ungefähren Äquivalenten zu begnügen, hatte sich unterbrochen, um auf grammatikalische Regeln, etymologische Herleitungen und Zitate von Klassikern hinzuweisen. Schon glaubtest du, dem Professor seien die Philologie und Gelehrsamkeit wichtiger als das, was die Geschichte erzählt – da ging dir langsam auf, daß es in Wahrheit umgekehrt ist: Diese ganze gelehrte Verpackung dient nur als schützende Hülle für das, was die Erzählung sagen und ungesagt lassen will, für den inneren Atem ihres Geistes, der sich beim geringsten Kontakt mit der Luft zu verflüchtigen droht, für das Echo eines verschollenen Wissens, das sich im Halbschatten und in den verschwiegenen Andeutungen offenbart.

Im Konflikt zwischen der Notwendigkeit, mit seinen erhellenden Kommentaren einzugreifen, um dem Text beim Freilegen seiner Bedeutungsvielfalt hilfreich zur Seite zu stehen, und dem Bewußtsein, daß jedes Interpretieren Willkür ist und dem Text Gewalt antut, fand der Professor bei manchen besonders vertrackten Passagen keine andere Lösung, als dir die Stelle im Original vorzulesen. Der Klang jener unbekannten Sprache, erschlossen aus theoretischen Regeln, nicht überliefert durch lebendige Stimmen mit ihren individuellen Akzenten, nicht gezeichnet von den Spuren des formenden und verformenden Gebrauchs, erreichte die Absolutheit von Klängen, die keine Entsprechung mehr haben, wie der Gesang des letzten überlebenden Exemplars einer ausgestorbenen Vogelart oder das grelle Aufheulen des soeben fertiggestellten Prototyps eines neuen Düsenjägers, der beim ersten Testflug am Himmel zerbirst.

Dann aber, ganz langsam, war etwas in Bewegung und ins Laufen gekommen zwischen den Sätzen dieser entstellten Diktion. Die Prosa des Romans gewann allmählich die Oberhand über die Unsicherheiten der Stimme, sie wurde zunehmend flüssig und transparent. Ja, Uzzi-Tuzii schwamm darin wie ein Fisch im Wasser und begleitete seinen Vortrag mit den entsprechenden Gesten (er hielt die Hände ausgebreitet wie Flossen) und mit den entsprechenden Mundbewegungen (den Lippen entströmten die Worte wie kleine blubbernde Luftbläschen) und mit den entsprechenden Blicken (die Augen wanderten über die Seiten wie Fischaugen über den Meeresgrund, aber auch wie die Augen eines Aquariumbetrachters, der die Bewegungen eines Fisches in einem beleuchteten Becken verfolgt).

Dich umgibt jetzt nicht mehr der Institutsraum mit den Bücherregalen und dem Professor: Du bist in den Roman eingetaucht, du siehst jenen nordischen Strand vor dir, du folgst den Schritten jenes empfindsamen Tagebuchschreibers. In deiner Versunkenheit merkst du erst gar nicht, daß plötzlich jemand neben dir sitzt. Aus den Augenwinkeln erkennst du Ludmilla. Ja, sie ist da, sitzt neben dir auf einem Stoß Folianten, auch sie ganz versunken in den Roman.

Ist sie gerade gekommen, oder hat sie auch schon den Anfang der Lesung mitgehört? Ist sie geräuschlos eingetreten, ohne zu klopfen? War sie vorher schon hier, versteckt zwischen den Regalen? (Sie pflegte sich hier zu verstecken, hatte Irnerio gesagt. Sie kommen hierher, um unaussprechliche Dinge zu tun, hatte Uzzi-Tuzii gesagt.) Oder ist sie eine Erscheinung, heraufbeschworen durch den magischen Zauber in den Worten des professoralen Hexenmeisters?

Doch der liest unbeirrt weiter, zeigt keine Verwunderung über die Anwesenheit der neuen Zuhörerin, als wäre sie immer schon dagewesen. Auch zuckt er nicht zusammen, als sie, während er gerade eine etwas längere Pause macht, in die Stille hinein voller Ungeduld fragt: »Und weiter?«

Hart klappt der Professor das Buch zu. »Weiter nichts. *Über den Steilhang gebeugt* bricht hier ab. Nach der Niederschrift dieser ersten Seiten seines Romans verfiel Ukko Ahti in jene tiefe Depression, die ihn im Laufe weniger Jahre zu drei gescheiterten Selbstmordversuchen trieb, bis ein vierter gelang. Das Fragment wurde in der Sammlung seiner posthumen Schriften veröffentlicht, neben verstreuten Gedichten, einem intimen Tagebuch und Ansätzen zu einer Studie über die Inkarnationen Buddhas. Leider haben sich keinerlei Skizzen oder Notizen gefunden, aus denen hervorgeht, wie Ahti sich die Weiterentwicklung der Geschichte vorgestellt hatte. Doch trotz – oder vielleicht gar wegen – seiner Unvollständigkeit ist *Über den Steilhang gebeugt* das repräsentativste Stück Prosa der ganzen kimmerischen Literatur, exemplarisch in seiner Aussage wie auch, mehr noch, in seiner Verschwiegenheit, in seinem Sichentziehen, Verstummen, Verschwinden...«

Des Professors Stimme scheint zu verlöschen. Du reckst den Hals, um dich zu vergewissern, daß er noch da ist hinter der Trennwand des Bücherregals, das ihn deinen Blicken entzieht, aber du kannst ihn nicht mehr entdecken, vielleicht hat er sich in das Dickicht der akademischen Publikationen verkrochen, in die staubigen Ritzen zwischen den Zeitschriftenbänden verflüchtigt, vielleicht ist er mitgerissen worden vom Schicksal seiner dem Schwund verfallenen Studienobjekte, verschlungen vom gähnenden Abgrund des jäh abgebrochenen Romans... Am Rand dieses Abgrunds möchtest du Halt finden, um dich über den Steilhang zu beugen, möchtest Ludmilla festhalten oder dich an sie klammern, bang suchend tasten deine Hände nach ihren Händen...

»Fragt nicht, wo dieses Buch weitergeht!« tönt es schrill von irgendwo aus den Bücherregalen. »Alle Bücher gehen *drüben* weiter...« Die Stimme schwillt an und ab. Wo steckt der Professor? Wälzt er sich unter dem Schreibtisch? Baumelt er an der Deckenleuchte?

»Wo gehen sie weiter?« fragt ihr, an den Rand des Abgrunds geklammert. »Wo drüben?«

»Die Bücher sind die Stufen zur Schwelle... Alle kimmerischen Dichter haben sie überschritten... Dahinter beginnt die wortlose Sprache der Toten... die sagt, was nur die Sprache der Toten zu sagen vermag... Das Kimmerische ist die letzte Sprache der Lebenden... ja, die Sprache der Schwelle! Hierher kommt man, um nach drüben zu lauschen... Hört hin...«

Doch ihr hört nicht mehr hin, ihr beiden, ihr hört überhaupt nichts mehr. Ihr seid gleichfalls verschwunden, ihr habt euch in einen Winkel verdrückt, ihr schmiegt euch eng aneinander. Ist das eure Antwort? Wollt ihr beweisen, daß auch die Lebenden eine wortlose Sprache haben, mit der man nicht Bücher schreiben, sondern die man nur leben kann, Sekunde um Sekunde lebendig erleben, nicht aufzeichnen noch im Gedächtnis bewahren? Zuerst kommt diese wortlose Sprache der lebenden Körper – ist das der Grundgedanke, den ihr dem Professor klarmachen wollt? – und dann erst kommen die Worte, mit denen man Bücher schreibt und sich vergeblich bemüht, jene erste Sprache zu übersetzen, und dann...

»Alle kimmerischen Bücher sind unvollständig...«, seufzt der Professor, »denn alle gehen sie drüben weiter, in jener anderen Sprache, in jener schweigenden Sprache, auf welche all die Worte verweisen, die wir in den Büchern zu lesen glauben...«

»Glauben? Wieso nur glauben? Ich habe Freude am Lesen, ich lese gern richtig...« Es ist Ludmilla, die da so spricht, mit Überzeugung und Wärme. Sie sitzt dem Professor entspannt gegenüber, einfach und elegant gekleidet in helle Farben. Ihre handfeste Art, auf der Welt zu sein, voller Interesse für alles, was ihr die Welt zu bieten hat, verscheucht den egozentrischen Abgrund des selbstmörderischen Romans, der sich am Ende selber verschlingt. In ihrer Stimme suchst du Bestätigung für dein Bedürfnis, dich an die real vorhandenen Dinge zu halten und einfach zu lesen, was dasteht, basta, weg mit all den Gespenstern, die sich dir zwischen den Fingern

verflüchtigen! (Und hat auch eure Umarmung eben –
gib's zu! – nur in deiner Einbildung stattgefunden, so ist
sie doch immerhin eine Umarmung, die jeden Augenblick wahr werden kann…)

Doch Ludmilla ist dir immer um mindestens einen
Schritt voraus. »Es freut mich zu wissen, daß es Bücher
gibt, die ich noch richtig lesen kann…«, sagt sie, überzeugt, daß der Kraft ihres Wunsches real vorhandene,
greifbare, wenn auch noch unbekannte Gegenstände
entsprechen müssen. Wie wirst du Schritt halten können
mit dieser Frau, die immer bereits ein anderes Buch liest,
eins über das hinaus, das sie gerade vor Augen hat, ein
Buch, das noch nicht existiert, das aber kraft ihres
Willens einfach existieren muß?

Der Professor sitzt hinter seinem Schreibtisch; im
Lichtkegel einer Tischlampe legen sich seine Hände
sanft und beinahe traurig auf das zugeschlagene Buch, als
wollten sie es liebkosen.

»Lesen«, sagt er, »ist immer dies: Man hat ein Ding vor
sich liegen, eine Sache, die aus Geschriebenem besteht,
einen materiellen, greifbaren Gegenstand, der sich nicht
ändern läßt, und durch diesen Gegenstand wird man
unversehens auf etwas anderes gestoßen, etwas, das
nicht gegenwärtig ist, das zur immateriellen Welt gehört,
unsichtbar, weil nur denkbar, nur vorstellbar, oder weil
einst vorhanden gewesen, aber längst nicht mehr da,
vergangen, verloren, fort, unerreichbar im Lande der
Toten…«

»… oder nicht gegenwärtig, weil *noch* nicht da, etwas,
das nur herbeigewünscht oder gefürchtet wird, etwas
Mögliches oder Unmögliches«, sagt Ludmilla. »Lesen ist
auf etwas zugehen, das gerade entsteht und von dem
noch keiner weiß, was es sein wird…« (Schau, wie die
Leserin sich jetzt vorbeugt, um über den Rand der gedruckten Seite hinauszuspähen, weit hinaus nach den
rettenden oder feindlichen Schiffen am Horizont, nach

den Stürmen, die sich zusammenbrauen...) »Das Buch, das ich jetzt gern lesen möchte, ist ein Roman, in dem man die Geschichte herannahen hört wie ein fernes Grollen, die Weltgeschichte zusammen mit dem Geschick der Personen, ein Roman, der mir das Gefühl gibt, eine noch namenlose, noch formlose Umwälzung zu erleben...«

»Bravo, Schwesterchen, ich sehe, du machst Fortschritte!« Zwischen den Bücherregalen ist eine junge Frau mit langem Hals und Vogelgesicht erschienen, die Augen kühl und bebrillt, das Kraushaar groß um den Kopf, bekleidet mit einer weiten Bluse und engen Hosen. »Ich bin gekommen, um dir zu sagen, daß ich den Roman gefunden habe, den du suchst, und es ist genau der richtige für unser Seminar über die Frauenrevolution, du bist eingeladen, wenn du zuhören willst, wie wir ihn analysieren und diskutieren.«

»Lotaria, willst du mir etwa sagen«, ruft Ludmilla verblüfft, »daß auch du bei diesem Buch angelangt bist, bei *Über den Steilhang gebeugt*, dem unvollendeten Roman des kimmerischen Autors Ukko Ahti?«

»Du bist schlecht informiert, Ludmilla, es handelt sich zwar genau um diesen Roman, aber er ist nicht unvollendet, im Gegenteil, er wurde auch nicht in kimmerischer, sondern in kimbrischer Sprache geschrieben, der Titel wurde später geändert in *Ohne Furcht vor Schwindel und Wind*, und der Autor hat dann dafür einen anderen Namen benutzt, nämlich das Pseudonym Vorts Viljandi.«

»Eine Fälschung!« schreit Uzzi-Tuzii erregt. »Ein bekannter Fall von böswilliger Unterschiebung! Es handelt sich um apokryphe Schriften, die von kimbrischen Nationalisten im Zuge der antikimmerischen Propaganda am Ende des Zweiten Weltkriegs verbreitet worden sind!«

Hinter Lotaria drängen die Vorposten einer Schar junger Frauen herein; sie haben helle und ruhige Augen, ein bißchen alarmierende Augen, vielleicht weil sie allzu hell und ruhig sind. Ein Mann tritt zwischen ihnen hervor, bleich und bärtig, mit sarkastischem Blick und einem systematisch desillusionierten Zug um die Mundwinkel.

»Ich bin untröstlich, einem illustren Kollegen widersprechen zu müssen«, sagt er, »aber die Echtheit dieses Textes steht außer Zweifel, sie wurde bewiesen durch die Entdeckung der von den Kimmerern unterschlagenen Manuskripte!«

»Ich bin überrascht, Galligani«, seufzt Uzzi-Tuzii, »daß du die Autorität deines Lehrstuhls für heruloaltaische Sprachen und Literatur einem derart plumpen Schwindel leihst! Einem Schwindel, der noch dazu mit Gebietsforderungen verbunden ist, die nichts mit Literatur zu schaffen haben!«

»Uzzi-Tuzii, ich bitte dich«, erwidert der Angesprochene, »laß deine Polemik nicht auf dieses Niveau absinken! Du weißt genau, daß der kimbrische Nationalismus meinen Interessen so fern liegt wie hoffentlich der kimmerische Chauvinismus den deinen! Vergleicht man den Geist der beiden Literaturen, so stellt sich doch nur die Frage: Welche geht weiter in der Negation aller Werte?«

Die kimbrisch-kimmerische Kontroverse scheint Ludmilla nicht zu berühren, ihr geht jetzt nur ein Gedanke im Kopf herum: die Möglichkeit einer Fortsetzung des abgebrochenen Romans. »Ob es wahr ist, was Lotaria gesagt hat?« fragt sie dich leise. »Diesmal wünschte ich, daß sie recht hätte und daß der Anfang, den wir vorhin gehört haben, eine Fortsetzung fände, egal in welcher Sprache…«

»Ludmilla«, unterbricht Lotaria, »wir gehen jetzt zu unserer Arbeitsgruppe. Wenn du an der Diskussion über den Roman von Viljandi teilnehmen willst, dann komm.

Du kannst auch deinen Freund mitbringen, wenn er Interesse hat.«

So bist du nun angeheuert unter Lotarias Flagge. Die Gruppe setzt sich in einem Hörsaal um einen Tisch. Du und Ludmilla, ihr hättet gern einen Platz so nah wie möglich an dem abgegriffenen Aktenordner, den Lotaria vor sich hat und der offenbar den Roman enthält.

»Wir haben Herrn Professor Galligani, dem Ordinarius für kimbrische Literatur, dafür zu danken«, beginnt Lotaria, »daß er uns freundlicherweise ein seltenes Exemplar von *Ohne Furcht vor Schwindel und Wind* zur Verfügung gestellt hat und auch persönlich zu unserem Seminar erschienen ist. Ich meine, daß diese Aufgeschlossenheit unsere besondere Schätzung verdient, zumal angesichts der Verständnislosigkeit anderer Dozenten in benachbarten Disziplinen…«, und bedeutungsvoll blickt Lotaria zu ihrer Schwester hinüber, um sicherzustellen, daß ihr die Spitze gegen Uzzi-Tuzii nicht entgeht.

Alsdann wird Professor Galligani gebeten, einige Hinweise zur historischen Einordnung des Romans zu geben. »Ich will hier nur kurz daran erinnern«, sagt er, »daß die Provinzen, die den kimmerischen Staat gebildet hatten, nach dem Ende des Zweiten Weltkriegs der neugegründeten Kimbrischen Volksrepublik angeschlossen wurden. Beim Ordnen der Dokumente aus den kimmerischen Archiven, die vom Kriegsgeschehen überrollt worden waren, gelang den Kimbrern unter anderem die Neubewertung der komplexen Persönlichkeit eines Autors wie Vorts Viljandi, der sowohl in kimmerischer als auch in kimbrischer Sprache geschrieben hat, von dessen Œuvre aber die Kimmerer nur den vergleichsweise schmalen Anteil in ihrer Sprache veröffentlicht hatten. Als quantitativ und qualitativ viel bedeutender erwiesen sich nun seine Schriften in kimbrischer Sprache, die von den Kimmerern unterdrückt worden sind, namentlich der umfangreiche Roman *Ohne Furcht vor Schwindel und Wind*, von dessen Anfang, wie es scheint, auch eine kimmerische Urfassung unter dem Pseudonym Ukko Ahti existiert. Doch zu seiner wahren Inspiration für diesen Roman fand der Autor ganz ohne Zweifel erst nach seiner definitiven Option für die kimbrische Sprache...«

Der Professor räuspert sich und blickt in die Runde. »Man erspare mir«, fährt er fort, »die lange Geschichte der wechselhaften Fortüne dieses Romans in der Kimbrischen Volksrepublik. Zunächst als ein Klassiker publiziert und bald auch ins Deutsche übersetzt, um ihn angemessen im Ausland verbreiten zu können (in dieser Übersetzung werden wir ihn studieren), fiel er später den ideologischen Kurskorrekturen zum Opfer und wurde aus dem Verkehr gezogen, ja selbst aus den Bibliotheken entfernt. Nach unserer Überzeugung ist indessen sein revolutionärer Gehalt von größter Aktualität...«

Ihr brennt nun darauf, du und Ludmilla, dieses verlorene Buch aus der Asche wiedererstehen zu sehen, aber ihr müßt erst noch warten, bis die Mitglieder des Kollektivs ihre Aufgaben untereinander verteilt und festgelegt haben, wer bei der Lesung auf die Reflexe der Produktionsweise achten soll, wer auf die Verdinglichungsprozesse, wer auf die Sublimation des Verdrängten, wer auf die semantischen Codes des Sexuellen, wer auf die Metasprachen des Körpers und wer auf die Überschreitung der Rollen, im Politischen und im Privaten.

Endlich schlägt Lotaria ihren Ringordner auf und beginnt zu lesen. Die Stacheldrahtverhaue zerfallen wie Spinnweben. Alle hören schweigend zu, ihr und die anderen.

Eins bemerkt ihr sofort, ihr beiden: Was ihr da hört, steht in keiner erkennbaren Beziehung zu *Über den Steilhang gebeugt*, auch nicht zu *Vor dem Weichbild von*

Malbork und schon gar nicht zu *Wenn ein Reisender in einer Winternacht*. Ihr tauscht einen raschen Blick miteinander, genauer sogar zwei Blicke: erst einen fragenden, dann einen zustimmenden. Was immer das sein mag, es ist jedenfalls ein Roman, in dem ihr, kaum eingedrungen, pausenlos weiter vordringen möchtet.

Ohne Furcht vor Schwindel und Wind

Um fünf Uhr morgens war die Stadt voller Militärkonvois; vor den Lebensmittelgeschäften bildeten sich die ersten Schlangen der Hausfrauen mit ihren Talglichtern; auf den Mauern glänzte noch feucht die Farbe der Propagandaparolen, die in der Nacht gemalt worden waren von den Aktionsgruppen der diversen Fraktionen des Provisorischen Rates.

Als die Musiker ihre Instrumente einpackten und aus dem Keller traten, war die Luft grün. Ein Stück weit gingen die letzten Gäste des »Neuen Titania« noch hinter den Spielern her, als zögerten sie, das innere Band zu zerreißen, das sich im Laufe der Nacht zwischen den durch Zufall oder Gewohnheit in jenem Lokal versammelten Menschen gebildet hatte, und alle zogen in großem Pulk durch die Straßen, wobei die Männer in ihren hochgeschlagenen Mantelkragen etwas Leichenhaftes bekamen, wie Mumien, die aus viertausendjährigen Sarkophagen an die frische Luft gezerrt worden sind, um sogleich in Staub zu zerfallen, wohingegen die Frauen sich anstecken ließen von einer erregenden Brise und planlos vor sich hinträllerten, jede für sich, die Mäntel offen über dem Ausschnitt der Abendkleider, die langen Röcke durch die Pfützen schleifend mit kleinen staksigen Tanzschritten, unsicher, doch beflügelt von jenem der Trunkenheit eigenen Verlauf, der immer neue Euphorien erblühen läßt auf dem Abklingen und Verwelken der vorangegangenen Euphorien, und es war, als hegten sie alle die Hoffnung, daß die Fete noch nicht zu Ende sei und daß die Musiker plötzlich mitten auf der noch dunklen Straße haltmachen würden, um ihre Saxophone und Kontrabässe wieder auszupacken.

Vor der enteigneten Levinson-Bank, bewacht von einem Trupp Volksgardisten mit aufgepflanztem Bajonett und Kokardenmütze, löste das Häuflein der Nachtschwärmer sich mit einem Schlag auf, als wäre ein Losungswort gefallen, und jeder ging seiner Wege ohne ein Wort des Abschieds. Wir drei blieben zusammen: Valerian und ich hängten uns bei Irina ein, der eine rechts und der andere links, ich wie gewöhnlich rechts, um Platz zu lassen für das Halfter mit der schweren Pistole, das an meinem Gürtel hing, indes Valerian, der in Zivil war, da er zum Kommissariat für Schwerindustrie gehörte, falls er eine Waffe bei sich trug – was ich vermute –, sicherlich eine von jenen flachen hatte, die man in der Rocktasche trägt. Irina wurde zu dieser Stunde schweigsam, ja düster, und eine gewisse Bangigkeit überfiel uns – ich spreche von mir, bin aber sicher, daß Valerian meinen Gemütszustand teilte, obgleich wir nie Vertraulichkeiten über diesen Punkt ausgetauscht hatten –, denn irgendwie spürten wir, daß sich Irina in diesem Augenblick anschickte, nun wirklich voll und ganz von uns beiden Besitz zu ergreifen, und was immer sie uns auch für ausgefallene und verrückte Dinge tun lassen würde, sobald sich ihr magischer Kreis erst einmal um uns geschlossen hatte, so waren sie nichts im Vergleich zu dem, was sie jetzt wohl gerade in ihrer Phantasie ersann, ohne zurückzuschrecken vor noch so wüsten Exzessen an Exploration der Sinne, an geistiger Exaltation und an Grausamkeit. Wahr ist, daß wir alle damals sehr jung waren, zu jung für all das, was wir erlebten – wir Männer jedenfalls, denn Irina hatte die bei Frauen ihres Schlages so charakteristische Frühreife, mochte sie auch an Jahren die Jüngste sein von uns dreien, und konnte von uns erreichen, was immer sie wollte.

Nach einer Weile begann sie leise zu pfeifen, mit einem Lächeln ganz hinten in ihren Augen, als koste sie einen Gedanken aus, der ihr gerade gekommen war; dann wurde ihr Pfeifen lauter, es war ein lustiger Marsch aus einer damals beliebten Operette, und wir, zunehmend bang, was sie wohl diesmal mit uns vorhaben mochte, stimmten mit ein und verfielen in Gleichschritt, dem Rhythmus des Marsches folgend wie einer unwiderstehlichen Fanfare, und marschierten dahin im Gefühl, zugleich Besiegte und Sieger zu sein.

Es geschah, als wir an der Kirche der Heiligen Apollonia vorbeikamen, die damals als Lazarett für Cholerakranke diente; Särge standen davor auf Holzgestellen, um die man Kreise gezogen hatte mit Kalk, damit ihnen keiner zu nahe kam, bis sie von den Friedhofskarren abgeholt wurden. Eine alte Frau hatte sich auf dem Kirchplatz niedergelassen, um dort auf den Knien zu beten, und als wir so stürmisch dahermarschiert kamen, hätten wir sie fast umgerannt. Sie reckte uns eine kleine gelbe hagere Faust entgegen, runzlig wie eine Kastanie, schlug mit der anderen Faust aufs Pflaster und rief: »Verfluchte Herren!« oder eher: »Verflucht! Ihr Herren!« – es klang, als wären es zwei sich steigernde Flüche, als wollte sie uns, indem sie uns »Herren« nannte, gleich zweimal verfluchen; es folgte ein Ausdruck im Dialekt, der etwa soviel wie »Bordellgesindel« bedeutet, und noch etwas wie: »Ein böses Ende wird's nehmen...«, aber da erkannte sie meine Uniform und verstummte gesenkten Hauptes.

Ich berichte hier so ausführlich von diesem Vorfall, weil er – nicht sofort, aber später – als böses Vorzeichen angesehen wurde, als Warnung vor all dem, was noch geschehen sollte, aber auch, weil die Bilder aus jenen Tagen hier nun die Seiten des Buches durchziehen müssen wie damals die Militärkonvois die Straßen der Stadt (und mag auch das Wort »Militärkonvoi« nur vage Bilder heraufbeschwören, so schadet es nichts, wenn eine gewisse Unentschiedenheit in der Luft hängenbleibt, denn sie paßt zur Konfusion jener Tage); wie auch die von

Haus zu Haus quer über die Straßen gespannten Transparente mit Aufrufen an die Bevölkerung, sofort und massenhaft die Staatsanleihe zu zeichnen; wie auch die Umzüge demonstrierender Arbeiter, deren Wege sich nicht überkreuzen dürfen, da sie von rivalisierenden Gewerkschaftsverbänden organisiert worden sind, wobei die einen für unbegrenzte Fortsetzung des Streiks in den Munitionsfabriken Kauderer demonstrieren, die anderen statt dessen für sofortigen Abbruch des Streiks zwecks rascher Bewaffnung des Volkes gegen die konterrevolutionären Armeen, die sich rings um die Stadt zusammenziehen. All diese kreuz und quer durcheinanderschießenden Linien müßten den Raum begrenzen, in welchem wir uns bewegen, ich, Valerian und Irina, in welchem unsere Geschichte auftauchen kann aus dem Nichts, einen Ausgangspunkt finden, eine Richtung und einen Plan.

Kennengelernt hatte ich Irina an jenem Tage, da die Front kaum zwölf Kilometer vor dem Osttor zusammengebrochen war. Während die Stadtmilizen – Jungen unter achtzehn und alte Reservisten – sich rings um die flachen Bauten des Rinderschlachthofes eingruben – ein Ort, dessen bloßer Name schon Unheil verhieß, nur daß man noch nicht wußte, für wen –, ergoß sich ein Strom von Flüchtenden über die Eiserne Brücke ins Zentrum der Stadt. Bäuerinnen, die auf den Köpfen große Körbe trugen, aus denen Gänse herausschauten, Schweine, die hysterisch quiekend zwischen den Beinen der Menschen entflohen, verfolgt von schreienden Kindern (die Hoffnung, etwas von ihrer Habe vor den militärischen Requisitionen zu retten, trieb die Dörfler dazu, ihre Kinder und Tiere so weit wie möglich im Land zu verstreuen und auf gut Glück ihrem Schicksal zu überlassen), Soldaten, zu Fuß oder hoch zu Pferde, die von ihren Einheiten desertiert waren oder das Gros der versprengten Truppen zu erreichen suchten, alte Gräfinnen und Baronessen mit ganzen Karawanen von Dienerinnen und Gepäck, Sanitäter mit ihren Tragen, Kranke, die aus dem Lazarett entlassen waren, fliegende Händler, Beamte, Mönche, Zigeuner, Schülerinnen des aufgelösten Internats Für Höhere Offizierstöchter in Reisekleidern – sie alle drängten sich zwischen den Brückengeländern, wie vorwärtsgetrieben von jenem naßkalten Wind, der gleichsam aus den Rissen in der Landkarte, aus den Breschen in den zerstückelten Fronten und Grenzen zu wehen schien. Es waren allerhand Leute in jenen Tagen, die Zuflucht suchten in unserer Stadt: Die einen fürchteten ein noch weiteres Umsichgreifen der Rebellionen und Plünderungen, die anderen hatten gute Gründe, den vorrückenden Armeen der Reaktion aus dem Weg zu gehen; die einen suchten Schutz unter der brüchigen Legalität des Provisorischen Rates, die anderen wollten nur in der allgemeinen Verwirrung untertauchen, um ungestört die Gesetze zu brechen, gleich ob die alten oder die neuen... Doch jeder spürte, daß es um sein persönliches Überleben ging, und so kam es, daß sich auch dort, wo von Solidarität zu sprechen ganz fehl am Platze schien, weil es allein darauf ankam, sich durchzusetzen mit Zähnen und Klauen, bisweilen doch eine Art von Gemeinschaftlichkeit und Einvernehmen bildete, so daß man die Hindernisse mit vereinten Kräften anging und sich ohne viele Worte verstand.

Dies mag es gewesen sein oder vielleicht auch der Umstand, daß sich die Jugend im allgemeinen Durcheinander wiedererkennt und wohlfühlt, jedenfalls fühlte ich mich an jenem Morgen, als ich inmitten der Menschenmenge die Eiserne Brücke überquerte, heiter und unbeschwert, im Einklang mit den anderen, mir selbst und der Welt wie seit langem nicht mehr. (Ich möchte kein falsches Wort gebrauchen, sagen wir lieber: im Einklang mit dem Mißklang der anderen, meiner selbst und der Welt.) Schon war ich ans Ende der Brücke gelangt, wo eine steile Treppe zur Uferstraße hinunterführt und sich der Menschenstrom staute, so daß man sich gegen die Nachdrängenden zurückstemmen mußte, um nicht auf die langsamer Absteigenden gedrückt zu werden – auf Beinamputierte, die mühsam eine Krücke vor die andere setzten, auf Pferde, die quer zur Treppe am Halfter hinabgeführt werden mußten, damit ihre Hufeisen nicht auf den eisernen Stufen ausglitten, auf Motorräder mit Beiwagen, die von ihren Fahrern hinuntergetragen wurden (sie hätten besser daran getan, die Wagenbrücke zu benutzen, was ihnen auch prompt die erbosten Fußgänger zuriefen, aber das hätte sie einen Umweg von mindestens einer Meile gekostet) –, da bemerkte ich neben mir eine Frau.

Sie trug einen Mantel mit Pelzbesatz an den Handgelenken und am unteren Rand sowie einen Glockenhut mit einem Schleier und einer Rose; sie war nicht nur elegant gekleidet, sondern, wie ich sogleich erkannte, auch jung und wohlgefällig. Während ich sie von der Seite betrachtete, riß sie plötzlich die Augen auf, fuhr sich mit der behandschuhten Hand zum Munde, der sich zu einem Schrei des Entsetzens verzerrte, und sank hintenüber. Sie wäre gewiß zu Boden gefallen und von der gleich einer Elefantenherde vorwärtsdrängenden Menge zertrampelt worden, hätte ich sie nicht rechtzeitig aufgefangen.

»Ist Ihnen nicht gut?« frage ich. »Lehnen Sie sich doch einfach an mich. Es wird schon vorübergehen.«

Sie war erstarrt, zu keiner Bewegung mehr fähig.

»Die Leere, die Leere, da unten…«, stammelt sie. »Hilfe, mir wird schwindlig…«

Nichts, was man sah, schien ein Schwindelgefühl zu rechtfertigen, doch die Frau war offenbar wirklich in Panik.

»Schauen Sie nicht hinunter und halten Sie sich an meinem Arm. Gehen Sie langsam hinter den anderen her, wir sind gleich am Ende der Brücke«, sage ich in der Hoffnung, daß dies die richtigen Argumente sind, um sie zu beruhigen.

Darauf sie: »Ich spüre, wie all diese Schritte sich ablösen von den Stufen und weiterschreiten ins Leere, um in den Abgrund zu stürzen... eine stürzende Menge...«, und sträubt sich weiter.

Ich blicke hinunter, schaue durch die Lücken zwischen den eisernen Stufen auf die farblose Strömung des Flusses, sehe die Eisschollen auf ihm treiben wie kleine Wolken am Himmel, und in einem plötzlichen Schwindelanfall meine ich gleichfalls zu spüren, was sie verspürt: daß jede Leere ins Leere führt, daß unter jedem Abhang, und sei er auch noch so gering, ein neuer Abhang sich auftut, daß jede Schlucht in den endlosen Abgrund mündet, ins Nichts... Ich lege den Arm um ihre Schultern, ich stemme mich gegen die Nachdrängenden, die zu schimpfen beginnen: »He, ihr da! Geht weiter! Umarmt euch woanders! So eine Schamlosigkeit!« – doch die einzige Art und Weise, der uns erfassenden Menschenlawine zu entgehen, wäre abzuheben, hinauszuschreiten ins Leere, zu fliegen... Wahrhaftig, nun ist auch mir auf einmal, als schwebte ich über dem Rand eines Abgrunds...

Vielleicht ist dieser Bericht eine Brücke, die sich über dem Nichts erhebt, vielleicht sollen all die Fakten, Eindrücke und Gefühle, mit denen er um sich wirft, ein tragfähiges Gerüst erzeugen, einen Hintergrund von sowohl kollektiven wie individuellen Umwälzungen, in deren Mitte ein Weg sich auftun könnte, mögen dabei auch viele Umstände sowohl historischer wie geographischer Art noch im Dunkeln bleiben. Ich bahne mir einen Weg durch die Fülle der Einzelheiten, die verbergen sollen, welche Leere darunter gähnt, ich dränge ungestüm vorwärts, indes die Frauengestalt neben mir am Rande einer Treppenstufe mitten im Menschengedränge verharrt, bis es mir endlich gelingt, sie mühsam, fast wie ein totes Gewicht hinunterzuschleppen, Stufe für Stufe, um schließlich erschöpft die Füße auf das Pflaster der Uferstraße zu setzen.

Sie rafft sich auf, hebt den Kopf und blickt hochmütig über mich hinweg; sie kommt in Bewegung; sie geht, ohne anzuhalten, sicheren Schrittes los; sie eilt von dannen in Richtung Mühlenstraße, ich kann ihr kaum folgen.

Auch der Bericht hat Mühe, ihr auf den Fersen zu bleiben und einen Dialog wiederzugeben, der sich nun Satz für Satz über dem Nichts erhebt. Für den Bericht ist die Brücke noch nicht zu Ende, unter jedem Wort gähnt die Leere.

»Fühlen Sie sich besser?« frage ich.

»Es ist nichts weiter. Mich packt der Schwindel, wenn ich am wenigsten darauf gefaßt bin, auch wenn nirgendwo eine Gefahr in Sicht ist... Höhe und Tiefe spielen dabei keine Rolle... Es genügt schon, wenn ich nachts zum Himmel aufsehe und an die Entfernung der Sterne denke... Oder auch am Tage... Hier zum Beispiel, wenn ich mich hier jetzt hinlegen und hinaufsehen würde, gleich würde mich wieder der Schwindel packen.« Sie zeigt zu den Wolken hinauf, die der Wind über den Himmel treibt. Sie spricht vom Schwindel, als wäre er eine Versuchung, die sie irgendwie lockt.

Ich bin ein wenig enttäuscht, daß sie kein einziges Wort des Dankes für mich hat. Ich sage: »Dies ist kein guter Ort, um sich hinzulegen und zum Himmel hinaufzusehen, weder bei Nacht noch am Tage. Glauben Sie mir, ich verstehe etwas davon.«

Wie zwischen den eisernen Stufen der Brücke, so klaffen leere Stellen zwischen den Sätzen des Dialogs.

»Sie verstehen etwas vom Betrachten des Himmels? Wieso? Betreiben Sie Astronomie?«

»Nein, eine andere Art von Beobachtung«, antworte ich und zeige ihr die Artillerieabzeichen auf den Kragenspiegeln meiner Uniform. »Tagelang unter den Bombardements, wenn ich den Flug der Schrapnells verfolge.«

Ihr Blick geht von meinen Kragenspiegeln zu den Schulterklappen, die ich nicht habe, und weiter zu den kaum sichtbaren Rangabzeichen an meinen Ärmeln. »Kommen Sie von der Front, Herr Leutnant?«

»Alex Zinnober«, stelle ich mich vor. »Ich weiß nicht, ob ich Leutnant genannt werden kann. In meinem Regiment sind die Offiziersgrade abgeschafft worden, aber die Vorschriften ändern sich ja dauernd. Momentan bin ich bloß ein Soldat mit zwei Streifen am Ärmel, weiter nichts.«

»Ich bin Irina Piperin, und das war ich auch schon vor der Revolution. Was ich in Zukunft sein werde, weiß ich nicht. Früher habe ich Stoffmuster entworfen, und solange es keine Stoffe gibt, mache ich jetzt Entwürfe ins Blaue.«

»Manche verändern sich mit der Revolution so sehr, daß man sie kaum wiedererkennt, andere fühlen sich heute mehr denn je mit sich eins. Müßte ein Zeichen dafür sein, daß sie schon reif waren für die neue Zeit. Ist es so?«

Sie antwortet nicht. Ich füge hinzu: »Es sei denn, eine totale Ablehnung hielte sie davon ab, sich zu verändern. Ist *das* bei Ihnen der Fall?«

»Ich... Nein, sagen Sie mir zuerst, wie sehr Sie sich verändert haben.«

»Nicht sehr. Ich merke, daß ich gewisse Ehrbegriffe von früher nicht abgelegt habe, zum Beispiel eine Dame vor dem Sturz zu bewahren, auch wenn mir heute niemand mehr dafür dankt.«

»Wir haben alle unsere Schwächen, Frauen wie Männer, und wer sagt Ihnen, Leutnant, daß ich nicht Gelegenheit haben werde, mich Ihnen erkenntlich zu zeigen für Ihre höfliche Geste von vorhin?« Ihre Stimme hat etwas Spitzes, fast einen Anflug von Ressentiment.

Hier könnte der Dialog – der die Aufmerksamkeit so sehr auf sich gezogen hat, daß er die brodelnde Stadt fast in Vergessenheit geraten ließ – abbrechen: Die üblichen Militärkonvois durchqueren die Stadt sowie die geschriebene Seite und trennen uns; oder auch die üblichen Schlangen wartender Frauen vor den Geschäften, oder die üblichen Demonstrationszüge streikender Arbeiter mit ihren Pappplakaten. Irina ist schon weit in der Ferne, ihr Glockenhut mit der Rose segelt davon auf einem Meer von Ballonmützen, Kopftüchern und Soldatenhelmen; ich versuche ihr nachzueilen, doch sie schaut nicht zurück.

Es folgen einige Absätze voller Namen von Generälen und Deputierten, es geht um Kanonendonner, Beschießungen und Rückzüge von der Front, um Spaltungen und Wiedervereinigungen der im Provisorischen Rat vertretenen Parteien, dazwischen Bemerkungen über das Wetter: Regengüsse und Rauhreif, ziehende Wolken und Windböen. All dies jedoch nur als Beiwerk meiner jeweiligen Gemütszustände: bald der freudigen Hingabe an den Lauf der Ereignisse, bald der Rückzüge in mich selbst, als wollte ich meine ganze Kraft auf ein obsessives Vorhaben konzentrieren, als diente mir alles um mich her nur als Maske, mich darin zu verbergen, dahinter in Deckung zu gehen wie hinter den Sandsackbarrieren, die jetzt überall aufgetürmt werden (die Stadt scheint sich auf einen Straßenkampf vorzubereiten), wie hinter den Bretterzäunen, die Nacht für Nacht von den rivalisierenden Klebekolonnen mit Plakaten bepflastert werden, immer vergeblich, da der Regen sie immer sofort durchweicht und ganz unleserlich macht wegen des schlechten Papiers und der billigen Druckerschwärze.

Jedesmal wenn ich an dem Gebäude vorbeikomme, das dem Kommissariat für Schwerindustrie als Unterkunft dient, sage ich mir: »Jetzt werde ich hinaufgehen und meinen Freund Valerian besuchen.« Seit dem Tag meiner Ankunft nehme ich mir das vor. Valerian ist mein bester Freund in der Stadt. Doch jedesmal schiebe ich's auf wegen irgendeiner dringenden Sache, die ich erledigen muß. Dabei genieße ich, wie es scheint, doch eine recht ungewöhnliche Freiheit für einen Soldaten im Dienst: Welcher Art meine Pflichten sind, ist nicht ganz klar; ich gehe ein und aus in den Büros verschiedener Stäbe; selten sieht man mich in der Kaserne, als gehörte ich keiner bestimmten Einheit an; auch sieht man mich nirgendwo an einem Schreibtisch sitzen.

Im Gegensatz zu Valerian, der seinen Schreibtisch niemals verläßt. Auch an dem Tag, da ich endlich zu ihm hinaufgehe, finde ich ihn dort vor, allerdings, wie mir scheint, nicht mit Regierungsgeschäften befaßt: Er reinigt einen Trommelrevolver. Sein unrasiertes Gesicht verzieht sich zu einem Grinsen, als er mich eintreten sieht: »Sieh da, kommst du auch, um dich mit uns in der Falle fangen zu lassen!«

»Oder um die anderen darin zu fangen«, antworte ich.

»Die Fallen sind ineinandergestaffelt, eine im Innern der anderen, und alle klappen gemeinsam zu.« Anscheinend will er mich vor etwas warnen.

Das Gebäude, in dem sich die Räume des Kommissariats für Schwerindustrie befinden, war früher die Privatresidenz eines Kriegsgewinnlers, die von der Revolution beschlagnahmt worden ist. Ein Teil der protzigen Luxuseinrichtung ist noch vorhanden, durchsetzt mit dem tristen Büroinventar; Valerians Arbeitsraum strotzt von Boudoir-Chinoiserien: Vasen mit Drachendekor, lakkierte Schatullen, ein seidener Wandschirm.

»Und wen willst du fangen in dieser Pagode? Eine orientalische Königin?«

Hinter dem Wandschirm tritt eine Frau hervor: kurzgeschnittenes Haar, grauseidenes Kleid, milchweiße Strümpfe.

»Die Männerträume ändern sich nicht mit der Revolution«, sagt sie, und an dem aggressiven Sarkasmus in ihrer Stimme erkenne ich die Dame von der Eisernen Brücke.

»Siehst du, hier gibt es Ohren, die jedes unserer Worte hören«, sagt Valerian lachend zu mir.

»Nicht unseren Träumen macht die Revolution den Prozeß, Irina Piperin«, antworte ich ihr.

»Und sie rettet uns auch nicht vor unseren Alpträumen«, erwidert sie.

Valerian mischt sich ein: »Ich wußte gar nicht, daß ihr euch kennt.«

»Wir sind uns in einem Traum begegnet«, sage ich. »Als wir gerade von einer Brücke stürzten.«

»Nein«, widerspricht sie, »jeder hat seine eigenen Träume.«

»Und mancher erwacht unversehens«, insistiere ich, »an einem geschützten Ort wie diesem hier, wo er vor Schwindelgefühlen sicher ist.«

»Schwindelgefühle gibt's überall«, sagt sie und nimmt den Revolver, den Valerian wieder zusammengesetzt hat. Sie öffnet ihn, schaut in den Lauf, wie um zu prüfen, ob er auch gut gereinigt ist, läßt die Trommel rotieren, schiebt eine Patrone in eins der Löcher, spannt den Hahn, läßt die Trommel erneut rotieren und hält sich die Waffe direkt vors Auge. »Sieht aus wie ein Schacht ohne Boden. Man hört den Lockruf des Nichts. Man ist versucht, sich hineinzustürzen, hinein in das lockende Dunkel...«

»He, he, mit Waffen spielt man nicht!« fahre ich hoch und strecke die Hand nach ihr aus. Da richtet sie den Revolver auf mich.

»Wieso nicht?« sagt sie. »Die Männer dürfen's, wir Frauen nicht? Die wahre Revolution kommt erst, wenn wir Frauen die Waffen haben.«

»Und die Männer unbewaffnet bleiben? Scheint dir das richtig, Genossin? Die Frauen bewaffnet? Wozu?«

»Um euren Platz einzunehmen. Wir oben, ihr unten. Um euch mal ein bißchen spüren zu lassen, wie man sich fühlt, wenn man Frau ist. Los, rühr dich, hopp, rüber zu deinem Freund!« befiehlt sie Valerian und hält die Waffe unverändert auf mich gerichtet.

»Irina kann sehr hartnäckig sein«, warnt mich Valerian. »Da nützt kein Widerspruch.«

»Und was jetzt?« frage ich, den Blick zu ihm gewandt in der Erwartung, daß er dem Spuk ein Ende mache.

Valerian blickt auf Irina, doch sein Blick ist verloren, wie in Trance, in totaler Ergebenheit, als erwarte er Lustgefühle allein noch aus der sklavischen Unterwerfung unter Irinas Willkür.

Da kommt ein Kradmelder von der Kommandantur mit einem Stoß Akten herein. Die offene Tür verdeckt Irina vor seinen Blicken. Valerian nimmt die Akten entgegen und beugt sich darüber, als wenn nichts wäre.

»Jetzt hör mal!« sage ich, kaum daß wir wieder sprechen können. »Hältst du das für einen guten Witz?«

»Irina macht keine Witze«, sagt er, ohne den Blick von seinen Papieren zu heben. »Du wirst schon sehen.«

Von diesem Moment an verändert die Zeit ihre Form, die Nacht greift um sich, die Nächte zerfließen zu einer einzigen Nacht in der Stadt, die wir durchziehen als nunmehr unzertrennliches Trio, zu einer einzigen langen Nacht, die in Irinas Zimmer gipfelt, in einer Szene, die intim sein muß, aber auch geprägt von Exhibition und Herausforderung, ganz Zeremonie des heimlichen Opferkultes, bei dem Irina zugleich die Priesterin ist und die Göttin, die Entweiherin und das Opfer. Der Bericht nimmt seinen unterbrochenen Gang wieder auf, der Raum, den er zu durchschreiten hat, ist nun geladen, dicht und fugenlos, ohne dem Grauen der Leere noch einen Spalt zu lassen zwischen den Vorhängen mit geometrischen Mustern, zwischen den Kissen, der vom

Geruch unserer nackten Leiber gesättigten Atmosphäre, den Brüsten Irinas, die sich kaum abheben von ihrem schmächtigen Körper, den dunklen Warzenhöfen, die einem schwellenden Busen gemäßer wären, und der schmalen, spitz zulaufenden Scham in Form eines gleichschenkligen Dreiecks (das Wort »gleichschenklig« ist für mich, seit ich es einmal mit Irinas Scham assoziiert habe, derart mit Sinnlichkeit aufgeladen, daß ich es nicht mehr aussprechen kann, ohne dabei mit den Zähnen zu klappern). Je näher dem Zentrum der Szene, desto mehr neigen die Linien dazu, sich umeinanderzuwinden, geringelt wie der Rauch aus dem Räucherbecken mit den schwelenden Räucherstäbchen, jenen kärglichen Überresten aus den einst reichen Beständen einer armenischen Drogerie, die dank ihres angemaßten Rufes als Opiumhöhle geplündert wurde vom rächenden Mob der Spießer, sich ineinanderzuschlingen – die Linien meine ich – wie das unsichtbare Band, das uns umschlingt, uns drei, und je mehr wir uns aufbäumen, um davon loszukommen, desto enger ziehen sich seine Schlingen um uns zusammen und schneiden uns tief ins Fleisch. Im Zentrum des Knäuels, im Herzen des Dramas dieser unserer geheimen Verschwörung liegt das Geheimnis, das ich in mir trage und niemandem preisgeben darf, am allerwenigsten Valerian und Irina, die geheime Mission, mit der ich betraut bin: herauszufinden, wer der Verräter ist, der ins Revolutionskomitee eingeschleuste Spitzel, der sich anschickt, die Stadt den Weißen in die Hände zu spielen.

Ja, inmitten der Revolutionen, die damals in jenem stürmischen Winter durch die Straßen der Hauptstädte fegten wie eisige Böen, war jene heimliche Revolution im Entstehen, die das Machtgefüge der Körper und der Geschlechter umstürzen sollte: Das glaubte Irina, und das hatte sie nicht nur Valerian einzureden vermocht, ihm, der ja als Sprößling eines Bezirksrichters, als Magister der Politischen Ökonomie, dazu Anhänger indischer Gurus und schweizerischer Theosophen, ohnehin schon ein prädestinierter Adept jeder Lehre an den Grenzen des Denkbaren war, sondern auch mir, der ich aus einer viel härteren Schule kam und wußte, daß sich die Zukunft in Kürze zwischen dem Revolutionstribunal und dem Kriegsgericht der Weißen entscheiden würde und daß auf beiden Seiten schon, Gewehr bei Fuß, Erschießungskommandos warteten.

Ich versuchte zu fliehen, indem ich mit Gleitbewegungen vordrang zum Mittelpunkt der Spirale, wo die Linien sich ineinanderwanden wie Schlangen, den gelösten und rastlosen Windungen von Irinas Gliedern folgend in einem langsamen Tanz, in dem es nicht auf den Rhythmus ankam, sondern allein auf das Sichverknoten und Wiederentknoten der Schlangenlinien. Zwei Schlangenköpfe waren es, die Irina mit beiden Händen gepackt hielt und die auf ihren Griff reagierten mit höchster Anspannung ihrer Bereitschaft zu geradliniger Penetration, während Irina demgegenüber verlangte, daß ein Höchstmaß an zurückgehaltener Kraft einhergehe mit der Wendigkeit eines Reptils, das sich biegt und krümmt und sie noch in den unmöglichsten Verrenkungen zu erreichen vermag.

Dies nämlich war der erste Glaubenssatz jenes Kultes, den Irina begründet hatte: daß wir dem vorgefaßten Vertikalitätsprinzip entsagten, der Parteinahme für das Senkrechte, für die gerade Linie, jenem Rest eines schlecht verhüllten männlichen Stolzes, der uns noch geblieben war, trotz unserer Annahme eines Daseins als Sklaven einer Frau, die keinerlei Eifersuchts- oder wie immer geartete Überlegenheitsgefühle zwischen uns duldete. »Runter!« befahl sie und drückte die Hand auf Valerians Scheitel, tief gruben sich ihre Finger in das strohrote Wollhaar des jungen Politökonomen, keine Sekunde durfte er sein Gesicht aus der Höhe ihres

Schoßes erheben. »Runter, noch tiefer!« und sah mich an mit Augen aus Diamanten und wollte, daß auch ich sie ansähe, auch unsere Blicke sollten sich ineinander verschlingen auf endlos gewundenen Linien. Ich fühlte ihren besitzergreifenden Blick, der keinen Moment von mir abließ, und zugleich fühlte ich einen anderen Blick auf mir ruhen, der mich in jeder Bewegung und überallhin verfolgte, den Blick einer unsichtbaren Macht, die nur eines von mir verlangte: den Tod, sei's der, den ich anderen bringen sollte, oder der meine.

Ich warte auf den Moment, da sich Irinas Blick von mir lösen, seine Schlinge um mich etwas lockern würde. Da, jetzt schließt sie die Augen, ich entschlüpfe ins Dunkel, hinter die Kissen, hinter den Diwan, hinter das Räucherbecken, wo Valerians Kleider liegen, wie immer säuberlich zusammengefaltet, ich gleite lautlos dahin im Schatten ihrer gesenkten Wimpern, durchsuche Valerians Taschen und sein Portefeuille, verstecke mich weiter im Dunkel ihrer geschlossenen Lider, im Dunkel des Schreis, der ihrer Kehle entfährt, entdecke das viermal gefaltete Blatt, auf dem mein Name steht, da, geschrieben mit stählerner Feder, eingesetzt in die Formel des Todesurteils für Verräter, gezeichnet und gegengezeichnet unter den ordnungsgemäßen Stempeln.

V

An diesem Punkt wird die Diskussion eröffnet. Szenen, Personen, Stimmungen und Gefühle werden beiseite geschoben, um Platz zu machen für die allgemeinen Begriffe.

»Das polymorph-perverse Verlangen...«

»Die Gesetze der Marktwirtschaft...«

»Die Homologien der signifikanten Strukturen...«

»Das Abweichende und die Norm...«

»Die Kastration...«

Nur du sitzt immer noch atemlos da, du und Ludmilla, während sonst keiner mehr daran denkt, die unterbrochene Lesung fortzusetzen.

Du beugst dich zu Lotaria, streckst eine Hand nach den lose vor ihr liegenden Blättern aus, fragst schüchtern: »Darf ich?« Du willst den Roman haben. Aber das ist kein Buch, das ist nur eine herausgerissene Lage.

»Entschuldigung, ich wollte die übrigen Seiten, die Fortsetzung«, sagst du.

»Die Fortsetzung?... Oh, hier ist genug zum Diskutieren für einen ganzen Monat. Genügt dir das nicht?«

»Ich meinte ja nicht zum Diskutieren, ich meinte zum Lesen...«

»Ach so... Hör zu, es gibt hier mehrere Arbeitsgruppen, die Bibliothek des herulo-altaischen Instituts hatte nur ein Exemplar, da haben wir's uns geteilt. Es ging ein bißchen heftig zu bei der Teilung, das Buch hat dran glauben müssen, aber ich habe, glaub ich, den besten Teil erwischt.«

Ihr sitzt in einem Café und besprecht die Lage, du und

Ludmilla. »Also«, faßt du zusammen, »*Ohne Furcht vor Schwindel und Wind* ist nicht *Über den Steilhang gebeugt*, und *Über den Steilhang gebeugt* ist nicht *Vor dem Weichbild von Malbork*, und *Vor dem Weichbild von Malbork* ist alles andere als *Wenn ein Reisender in einer Winternacht*. Bleibt uns nur noch, zum Ursprung der ganzen Verwirrung zurückzugehen.«

»Richtig. Der Verlag hat uns all diese Frustrationen beschert, also muß der Verlag uns jetzt weiterhelfen. Gehen wir hin und erkundigen uns.«

»Ob Ahti und Viljandi identisch sind?«

»Erstmal, ob sie uns nicht ein vollständiges Exemplar von *Wenn ein Reisender in einer Winternacht* geben können, und dazu auch gleich eins von *Vor dem Weichbild von Malbork*. Ich meine von den Romanen, die wir angefangen haben im Glauben, daß sie so heißen. Wenn sie in Wirklichkeit anders heißen und von anderen Autoren sind, sollen sie's uns sagen und erklären, welches Geheimnis in diesen Seiten steckt, die ständig von einem Band in den nächsten wandern.«

»Ja, und auf diese Weise«, fügst du hinzu, »gelangen wir dann vielleicht auch zu *Über den Steilhang gebeugt*, ob vollständig oder Fragment…«

»Ich kann nicht leugnen«, sagt Ludmilla, »daß ich, als es hieß, die Fortsetzung sei gefunden, mich einen Moment lang zu falschen Hoffnungen hinreißen ließ.«

»… und von da weiter zu *Ohne Furcht vor Schwindel und Wind*, auf dessen Fortsetzung ich jetzt am meisten gespannt bin…«

»Ja, ich auch, obwohl ich sagen muß, das war nicht gerade mein Idealroman…«

Da hast du's wieder. Immer wenn du glaubst, auf dem richtigen Weg zu sein, stehst du plötzlich vor einem schroffen Ende oder abrupten Schwenk, sei's beim Lesen, sei's bei der Fahndung nach dem verschwundenen Buch, sei's beim Erkunden von Ludmillas Geschmack.

»Der Roman, den ich jetzt am liebsten lesen würde«, erläutert sie dir, »müßte als einzige Antriebskraft allein die Lust am Erzählen, am Auftürmen von Geschichten haben, ohne dir eine Weltanschauung aufdrängen zu wollen, einfach nur in der Absicht, dich an seinem Wachsen teilhaben zu lassen – wie ein Baum, ein Wuchern von Zweigen und Blättern...«

In diesem Punkt bist du sofort mit ihr einverstanden: Auch du hast genug von diesen intellektzerfressenen, analysezerfledderten Seiten, du träumst von der Rückkehr zu einem natürlichen, unschuldigen, ursprünglichen Lesen...

»Wir müssen den verlorenen Faden wiederfinden«, sagst du. »Also auf zum Verlag.«

»Da brauchen wir nicht zu zweit hinzugehen«, antwortet sie. »Geh du allein und berichte mir dann.«

Du bist enttäuscht. Diese Fahndung erregt dich, weil du sie mit Ludmilla zusammen betreibst, weil ihr sie gemeinsam erleben und miteinander besprechen könnt, während ihr sie erlebt. Gerade eben noch schien dir, daß ihr zu einer Verständigung, einem Vertrauensverhältnis gekommen wärt, nicht bloß, weil ihr euch jetzt ebenfalls duzt, sondern mehr noch, weil ihr euch als Komplizen fühlt in einer Unternehmung, die vielleicht niemand anders verstehen kann.

»Und wieso willst du nicht mitkommen?«

»Aus Prinzip.«

»Wie das?«

»Es gibt eine Demarkationslinie, eine Grenze zwischen denen, die Bücher machen, und denen, die Bücher lesen. Ich möchte bei denen bleiben, die lesen, und deshalb passe ich auf, daß ich die Grenze nicht überschreite. Sonst wär's bald vorbei mit dem unvoreingenommenen Lesevergnügen, oder jedenfalls würde es sich in etwas anderes verwandeln, und das wäre nicht das, was ich will. Ich muß sehr genau aufpassen, denn die

Grenzlinie ist nur ungefähr zu erkennen und hat die Tendenz, immer mehr zu verlöschen: Die Welt derjenigen, die beruflich mit Büchern zu tun haben, bevölkert sich immer dichter und neigt dazu, sich mit der Welt der Leser gleichzusetzen. Gewiß werden auch die Leser immer zahlreicher, aber mir scheint, daß die Zahl der Leute, die Bücher benutzen, um daraus andere Bücher zu machen, schneller wächst als die Zahl der Leute, die Bücher einfach nur gerne lesen. Und ich weiß, daß ich, wenn ich diese Demarkationslinie überschreiten würde, auch nur gelegentlich oder aus Versehen, in Gefahr käme, mich von dieser vorwärtsdrängenden Flut mitreißen zu lassen. Deshalb weigere ich mich, meinen Fuß in ein Verlagshaus zu setzen, auch nur für ein paar Minuten.«

»Und was ist mit mir?«

»Das mußt du schon selber wissen. Probier's doch mal aus. Jeder reagiert anders.«

Nichts vermag diese Frau umzustimmen. Du mußt deine Expedition allein unternehmen, und anschließend trefft ihr euch dann wieder hier, in diesem Café, um sechs.

»Sie kommen wegen des Manuskripts? Es wird gerade gelesen, nein, Pardon, es ist schon gelesen worden, mit Interesse, ja, sicher, ich erinnere mich genau, beachtliches Sprachgefühl, starke Aussage, haben Sie unseren Brief nicht bekommen? Müssen wir Ihnen zu unserem Bedauern mitteilen, ja, steht alles im Brief, ist schon eine Weile her, daß wir ihn abgeschickt haben, immer diese Verzögerungen bei der Post, Sie kriegen ihn sicher noch, unser übervolles Verlagsprogramm, die ungünstige Konjunkturlage, sehen Sie, eben, Sie haben ihn doch schon bekommen, was steht sonst noch drin? Danken wir Ihnen, daß Sie es uns freundlicherweise zu lesen gaben, und schicken es Ihnen baldmöglichst zurück, ach so, Sie kommen, um Ihr Manuskript zu holen? Nein, wir haben es noch nicht finden können, haben Sie bitte noch etwas

Geduld, es wird schon wieder zum Vorschein kommen, keine Sorge, hier geht nichts verloren, erst kürzlich haben wir Manuskripte gefunden, die wir seit zehn Jahren suchten, o nein, nicht erst in zehn Jahren, Ihr Manuskript finden wir auch schon eher, bestimmt, hoffe ich jedenfalls, Manuskripte haben wir hier so viele, wissen Sie, bergeweise, wollen Sie mal sehen, ich zeig's Ihnen, nein, verstehe, Sie wollen Ihr Manuskript, nicht irgendein anderes, wär ja auch noch schöner, ich meine, wir haben hier so viele Manuskripte, an denen uns gar nichts liegt, da werden wir doch nicht gerade Ihres wegwerfen, an dem uns so viel liegt, nein, nicht um es zu publizieren, ich meine, um's Ihnen zurückzugeben.«

Der da spricht, ist ein buckliges Hutzelmännlein, will sagen ein kleiner, welker und in sich zusammengesunkener Mann, der jedesmal noch etwas mehr zu welken und in sich zusammenzusinken scheint, wenn jemand nach ihm ruft, ihn am Ärmel zupft, ihm ein Problem vorlegt, ihm einen Stoß Druckfahnen auf die Arme lädt. »Doktor Cavedagna!«, »Hören Sie, Doktor Cavedagna!«, »Da müssen wir Doktor Cavedagna fragen!« geht es in einem fort, und jedesmal konzentriert er sich auf das Anliegen seines jeweils letzten Besuchers, die Augen zusammengekniffen, das Kinn vibrierend, den Hals verrenkt im Bestreben, all die anderen ungeklärten Fragen weiter im Blick und in der Schwebe zu halten, mit der todtraurigen Geduld des Übernervösen und der Ultraschallnervosität des Übergeduldigen.

Vorhin, als du das Verlagsgebäude betreten und den Damen in der Anmeldung das Problem der falsch gebundenen Bücher dargelegt hattest, die du gern umtauschen würdest, verwiesen sie dich zuerst an die Vertriebsabteilung; dann, als du anfügtest, daß es dir nicht bloß um einen Umtausch gehe, sondern auch um eine Erklärung des Vorgefallenen, wollten sie dich zur Herstellung schicken, und als du daraufhin präzisiertest, daß dir vor allem die Fortsetzung der abgebrochenen Romane am Herzen liege, sagten sie schließlich: »Dann ist es wohl besser, Sie reden mit Doktor Cavedagna. Nehmen Sie bitte im Vorzimmer Platz. Da warten schon andere, aber Sie kommen auch noch dran.«

So hast du, während du dich zwischen die anderen Besucher drängtest, den Doktor Cavedagna schon mehrmals seine Rede über das verlorengegangene Manuskript beginnen hören, jedesmal einem anderen zugewandt, auch dir, und jedesmal unterbrochen von neuen Besuchern oder anderen Lektoren und Angestellten, bevor er das Mißverständnis bemerkte. Du hast sofort begriffen, daß Doktor Cavedagna hier der für jeden Betrieb unentbehrliche gute Geist ist, auf dessen Schultern die Kollegen instinktiv alle etwas komplizierteren und heikleren Probleme abzuladen versuchen. Kaum hast du mit ihm zu reden begonnen, da kommt jemand mit dem Herstellungsplan für die nächsten fünf Jahre, der dringend auf den neuesten Stand gebracht werden muß, oder mit einem Namenverzeichnis, in dem alle Seitenzahlen falsch sind, oder mit einer Dostojewski-Ausgabe, die von vorne bis hinten neu gesetzt werden muß, weil überall, wo Maria steht, nun Mar'ja zu stehen hat und jeder Pjotr neuerdings Pëtr heißt. Er schenkt allen Gehör, wenngleich stets beunruhigt von dem Gedanken, das Gespräch mit einem anderen Sorgenkind auf halbem Wege abgebrochen zu haben, und sobald er kann, versucht er, die Ungeduldigsten mit der Versicherung zu beruhigen, daß er sie keineswegs vergessen und ihr Problem ganz gegenwärtig habe: »Wir waren außerordentlich beeindruckt von der phantastischen Atmosphäre...« (»Wie?« durchzuckt es einen Historiker der trotzkistischen Spaltungen in Neuseeland.) »Sie sollten vielleicht die Analbilder etwas abschwächen...« (»Was?« protestiert ein Spezialist für die Makroökonomie der Oligopole.)

Plötzlich ist der Vielgefragte verschwunden. Die Gänge des Verlagshauses sind voller Hinterhalte: Theater-kollektive aus Nervenheilanstalten gehen dort um, Gruppen von Gruppenanalytikern, feministische Einsatzkommandos. Bei jedem Schritt läuft der arme Doktor Cavedagna Gefahr, ergriffen, belagert, verschlungen zu werden.

Du bist in einem Moment gekommen, da die Verlage nicht mehr wie früher hauptsächlich von Kandidaten des Dichter- und Schriftstellerdaseins, von Aspirantinnen der Poesie und der epischen Literatur umschwärmt werden; dies ist der Moment (in der Geschichte der abendländischen Kultur), da es nicht mehr vorwiegend Einzelne sind, die sich auf dem Papier zu verwirklichen trachten, sondern Kollektive: Studienzirkel, Arbeitsgruppen, Forschungsteams, als wäre die geistige Arbeit zu deprimierend, um in Einsamkeit angegangen zu werden. Die Figur des Autors hat sich vervielfacht und tritt allerorten im Plural auf, da niemand delegiert werden kann, um irgend jemanden zu vertreten: vier ehemalige Strafgefangene, davon einer entflohen, drei ehemalige Kranke mit Pfleger und Manuskript des Pflegers; oder auch Paare, nicht unbedingt Mann und Frau, aber tendenziell Ehepaare, als kenne das Leben zu zweit keinen besseren Trost denn das Produzieren von Manuskripten.

Jeder von diesen Beflissenen hatte mit dem Verantwortlichen einer bestimmten Abteilung oder dem Zuständigen für ein bestimmtes Sachgebiet sprechen wollen, doch alle sind schließlich bei Doktor Cavedagna gelandet. Endlose Redefluten, gespickt mit den Fachausdrücken der spezialisiertesten Disziplinen und exklusivsten Denkschulen, ergießen sich über das kahle Haupt dieses Seniorlektors, den du vorhin auf den ersten Blick beinahe als »buckliges Hutzelmännlein« bezeichnet hättest, nicht weil er kleiner, buckliger und verhutzelter wäre als viele andere, auch nicht etwa, weil der Ausdruck »buckliges Hutzelmännlein« zu seiner Redeweise gehörte, sondern weil er dir aus einer Welt zu kommen schien, in der noch – nein: weil er dir aus einem Buch zu kommen schien, in dem man – nein, jetzt hast du's: weil er dir aus einer Welt zu kommen schien, in der man noch Bücher liest, in denen man »buckligen Hutzelmännlein« begegnet.

Unermüdlich trotzt er dem Ansturm der Schwierigkeiten, schüttelt den Kopf und versucht, die Probleme auf ihre mehr praktischen Seiten zu reduzieren: »Könnte man nicht, verzeihen Sie, vielleicht die Fußnoten in den Text einbringen und den Text etwas mehr straffen und dann womöglich, sehen Sie, den Text als Fußnote setzen?«

»Ich bin ein Leser, bloß einfach ein Leser, kein Autor«, beeilst du dich zu erklären wie einer, der einem Strauchelnden zu Hilfe eilt.

»Ah, gut, sehr gut, das freut mich!« Er strahlt dich an, sein Blick ist voll ehrlicher Sympathie und Dankbarkeit. »Das freut mich wirklich! Richtige Leser treffe ich immer seltener…«

Vor lauter Freude wird er direkt vertrauensselig, läßt sich gehen, vergißt seine vielen Pflichten und nimmt dich beiseite: »So viele Jahre lang bin ich nun Lektor… so viele Bücher gehen mir durch die Hände… Aber kann ich sagen, daß ich *lese*? Ist doch kein Lesen, so was… Zu Hause in meinem Heimatdorf gab's nur wenige Bücher, aber da *las* ich, jawohl, damals als Kind, da las ich!… Immer denke ich, wenn ich mal in Pension gehe, dann werde ich in mein Dorf zurückkehren und wieder lesen wie früher. Alle naselang leg ich mir ein Buch beiseite und sag mir, das wirst du lesen, wenn du mal in Pension bist… Aber dann, fürchte ich, wird's nicht mehr dasselbe sein… Stellen Sie sich vor, heute nacht hatte ich einen Traum, ich war in meinem Dorf, im Hühnerstall bei mir zu Hause, ich suchte etwas, suchte etwas im Hühnerstall, in dem Korb, in den die Hennen immer ihre Eier legten, und was fand ich da? Ein Buch! Eins von denen, die ich als kleiner Junge las, so eine billige Volksausgabe, ganz zerfleddert, mit Eselsohren, und die Schwarzweiß-illustrationen von mir koloriert, mit Wasserfarben… Verstehen Sie? Als Junge hab ich mich nämlich immer zum Lesen im Hühnerstall versteckt…«

Du machst Anstalten, ihm den Grund deines Besuches darzulegen. Er begreift im Nu, läßt dich gar nicht ausreden: »Sieh da, sieh da, auch bei Ihnen, ja, ja, die verbundenen Bögen, wir kennen das schon, die Bücher fangen erst an und gehen dann plötzlich nicht weiter, die ganze letzte Verlagsproduktion ist durcheinandergeraten, verstehen Sie das, lieber Herr? Wir verstehen überhaupt nichts mehr!«

Er hält einen Stapel Druckfahnen in den Armen und legt ihn vorsichtig auf den Tisch, als könnte die kleinste Erschütterung gleich das ganze Gefüge der Buchstaben durcheinanderbringen. »Ein Verlag ist ein zerbrechlicher Organismus, lieber Herr«, sagt er. »Es genügt, daß irgendwo etwas danebengeht, und schon gerät alles ins Wanken, die Unordnung breitet sich aus, das Chaos tut sich auf unter unseren Füßen… Entschuldigen Sie, aber mir wird ganz schwindlig, wenn ich nur daran denke…« Er schlägt sich die Hand vor die Augen, als verfolge ihn die Vision von Tausenden und Abertausenden wirbelnd durcheinanderstiebender Seiten, Zeilen und Wörter.

»Aber, aber, Herr Doktor, nehmen Sie's doch nicht so tragisch!« Jetzt ist es an dir, ihn zu trösten. »Es war doch nur aus simpler Leserneugier, daß ich gefragt habe… Aber wenn Sie mir nichts sagen können…«

»Was ich weiß, will ich Ihnen gern sagen«, rafft er sich auf. »Hören Sie: Alles hat damit angefangen, daß eines Tages ein junger Mann auftauchte, der sich uns als Übersetzer aus dem Dingsda vorstellte, aus dem Wie-heißtesdochgleich…«

»Polnisch?«

»Nein, nein, nicht Polnisch! Eine schwierige Sprache, die nur noch wenige kennen...«

»Kimmerisch?«

»Nein, auch nicht Kimmerisch, noch entlegener, weiter hinten, ich komme nicht drauf... Er sagte, er sei ein ganz außergewöhnlicher Sprachenkenner, er kenne so gut wie alle Sprachen, sogar das Dingsda, das Kimbrische, ja, das Kimbrische. Also, er brachte ein kimbrisches Buch mit, das er für uns übersetzen wollte, es war ein schöner großer dicker Roman, der Dings, der *Reisende*, nein, der *Reisende* ist von diesem anderen da, es war *Vor dem Weichbild*...«

»Von Tazio Bazakbal?«

»Nein, nicht von Bazakbal, warten Sie, es war der *Steilhang* von Dingsda...«

»Ahti?«

»Genau! Der war's! Ukko Ahti.«

»Aber, entschuldigen Sie, ist Ahti nicht ein kimmerischer Autor?«

»Doch, schon, anfangs war er tatsächlich ein Kimmerer, aber Sie wissen ja, was dann alles passiert ist, im Krieg, in der Nachkriegszeit, die Grenzbegradigungen, der Eiserne Vorhang... Jedenfalls wo früher Kimmerien war, da ist jetzt Kimbrien, und Kimmerien haben sie weiter nach hinten geschoben. Und so haben die Kimbrer auch die kimmerische Literatur übernommen, als Teil der Reparationen...«

»Das ist Professor Galliganis These, die von Professor Uzzi-Tuzii bestritten wird.«

»Na ja, Sie kennen das doch, die Uni, die Rivalitäten zwischen benachbarten Instituten, zwei Lehrstühle, die einander Konkurrenz machen, zwei Professoren, die sich nicht leiden können, stellen Sie sich vor, Uzzi-Tuzii würde zugeben, daß er das Meisterwerk seiner Literatur in der Sprache seines Kollegen lesen muß!«

»Unbestreitbar ist jedenfalls«, insistierst du, »daß

Über den Steilhang gebeugt ein unvollendetes Werk ist, ein kaum begonnenes, könnte man geradezu sagen…Ich habe das Original gesehen.«

»*Gebeugt?*…Jetzt bringen Sie mich nicht durcheinander! Der Titel klingt ähnlich, aber so heißt er nicht, es war etwas mit Schwindel, ja, *Der Schwindel*, von Viljandi.«

»*Ohne Furcht vor Schwindel und Wind*? Herr Doktor, sagen Sie, ist das übersetzt worden? Haben Sie es publiziert?«

»Warten Sie. Der Übersetzer, ein gewisser Ermes Marana, schien rundum vertrauenswürdig: Er machte uns eine Probeübersetzung, wir nahmen an und setzten den Titel schon ins Programm, er lieferte pünktlich die Teilübersetzungen, immer hundert Seiten, kassierte sein Honorar, wir gaben die Teile gleich in den Satz, um keine Zeit zu verlieren… Und dann, bei der Fahnenkorrektur, stießen wir auf ein paar Ungereimtheiten, Merkwürdigkeiten… Wir baten ihn her und stellten ihm Fragen, er geriet durcheinander, verwickelte sich in Widersprüche… Wir hakten nach, setzten ihn unter Druck, hielten ihm das Original vor die Nase und verlangten, er solle uns ein Stück mündlich übersetzen… Und da gestand er, daß er überhaupt kein Wort Kimbrisch kann!«

»Und die Übersetzung, die er Ihnen geliefert hatte?«

»Die Eigennamen hatte er kimbrisiert, oder nein, kimmerisiert, ich weiß nicht mehr, aber den Text hatte er aus einem anderen Roman übersetzt.«

»Aus welchem?«

»Tja, aus welchem? Das fragten wir auch, und da sagte er: aus einem polnischen (da haben wir das Polnische!) von Tazio Bazakbal…«

»*Vor dem Weichbild von Malbork*?«

»Genau! Aber warten Sie. Das war's, was er sagte, und wir glaubten ihm erstmal. Das Buch war im Druck. Wir stoppten alles, ließen die Titelei und den Schutzumschlag ändern. Es war ein beträchtlicher Schaden für uns, aber was sollten wir machen? Ob nun mit diesem oder mit jenem Titel, ob von diesem oder von jenem Autor, der Roman war immerhin da, übersetzt, gesetzt und gedruckt... Wir hatten ja nicht damit gerechnet, daß dieses ganze Raus und Rein in der Druckerei und in der Bindeanstalt, der Austausch des ersten Bogens mit der falschen Titelei gegen den mit der richtigen... na ja, das hat eben dann eine Konfusion ergeben, die rasch um sich griff und alle in Produktion befindlichen Titel erfaßte, ganze Auflagen mußten eingestampft werden, ausgelieferte Kontingente mußten wir aus den Buchhandlungen zurückbeordern...«

»Eins hab ich nicht verstanden: Von welchem Roman sprechen Sie jetzt? Von dem mit dem Bahnhof oder von dem mit dem Jungen, der von zu Hause weggeht? Oder von...«

»Geduld, lieber Herr, es kommt noch viel schlimmer. Was ich Ihnen bisher erzählt habe, ist noch gar nichts. Denn inzwischen hatten wir natürlich kein Vertrauen mehr zu diesem Burschen und wollten Klarheit haben, also die Übersetzung mit dem Original vergleichen. Und was kam dabei raus? Es war auch nicht Bazakbal, es war ein Roman aus dem Französischen, von einem kaum bekannten belgischen Autor namens Bertrand Vandervelde, der Titel heißt... Warten Sie, ich zeig's Ihnen...«

Cavedagna eilt hinaus und kommt mit einem Bündel Fotokopien wieder herein. »Da, sehen Sie, er heißt *Schaut in die Tiefe, wo sich das Dunkel verdichtet*. Hier sind die ersten Seiten des französischen Originals. Lesen Sie selbst und sagen Sie, ist das nicht ein unerhörter Schwindel? Ermes Marana hat Wort für Wort diesen billigen Groschenroman übersetzt und dann uns gegenüber behauptet, er sei aus dem Kimmerischen, aus dem Kimbrischen, aus dem Polnischen...«

Du blätterst rasch die Fotokopien durch und siehst auf den ersten Blick, daß dieser Bertrand Vandervelde, *Regardez en bas dans l'épaisseur des ombres*, nichts zu tun hat mit einem der vier Romane, die du hast abbrechen müssen. Du willst Cavedagna sofort darauf hinweisen, aber da zieht er ein Blatt aus dem Bündel und hält es dir hin: »Wollen Sie sehen, was dieser Marana zu schreiben die Stirn hatte, als wir ihm seine Fälschung vorhielten? Hier ist sein Brief.« Er zeigt auf einen Absatz, den du lesen sollst:

»Was besagt schon der Name des Autors auf dem Buchdeckel? Versetzen wir uns doch einmal dreitausend Jahre voraus in die Zukunft. Wer weiß, welche Bücher aus unserer Zeit dann erhalten geblieben sein werden, von welchen Autoren man noch den Namen kennt? Manche Bücher werden noch immer berühmt sein, aber man wird sie als anonyme Werke betrachten, wie wir das Gilgamesch-Epos; manche Autoren wird man dem Namen nach schon noch kennen, aber von ihren Werken wird nichts erhalten geblieben sein, wie bei Sokrates; oder vielleicht wird man alle erhaltenen Bücher einem einzigen mythischen Autor zuschreiben, wie Homer.«

»Merken Sie, wie geschickt der Kerl argumentiert?« ruft Cavedagna aus. »Und das Tollste ist, er könnte sogar noch recht haben...«

Der alte Herr schüttelt den Kopf, halb schmunzelnd, halb seufzend, als wäre ihm plötzlich ein Gedanke gekommen. Welcher Gedanke das sein mag, kannst du, Leser, ihm vielleicht an der Stirn ablesen. Seit Jahrzehnten ist Cavedagna mit Büchern beschäftigt, hilft ihnen Stück für Stück ans Licht, sieht sie Tag für Tag entstehen und vergehen, und doch sind die wahren Bücher für ihn die anderen, die Bücher aus jener Zeit, als sie ihm wie Botschaften aus einer anderen Welt erschienen. Ebenso die Autoren: Tagtäglich hat er mit ihnen zu tun, kennt ihre Schwächen, Verbohrtheiten, Unschlüssigkeiten und Egomanien, und doch sind die wahren Autoren immer noch jene, die damals für ihn nur ein Name auf dem Buchdeckel waren, ein Wort, das mit dem Titel zu einer Einheit verschmolz, Autoren, die ein und dieselbe Realität besaßen wie die Personen und Orte in ihren Büchern, Wesen, die ganz wie jene Personen und Orte zugleich existierten und nicht existierten. Der Autor war ein unsichtbarer Punkt, aus dem die Bücher kamen, ein leerer Raum, durchzogen von Phantasien, ein unterirdischer Tunnel, der die anderen Welten mit dem Hühnerstall seiner Kindheit verband...

Man ruft nach ihm. Er zögert einen Moment, ob er die Fotokopien wieder an sich nehmen oder sie dir überlassen soll. »Passen Sie auf, dies ist ein wichtiges Dokument, es darf unter keinen Umständen aus dem Haus, es ist das Corpus delicti, vielleicht führt es eines Tages zu einem Plagiatsprozeß. Wenn Sie es durchsehen wollen, nehmen Sie bitte an diesem Schreibtisch Platz, und denken Sie dran, mir's zurückzugeben, auch wenn ich's vergessen sollte. Wehe, wenn es verlorenginge...«

Du könntest ihm sagen, er solle sich keine Sorgen machen, dies sei sowieso nicht der Roman, den du suchst, doch einerseits reizt dich der Anfang und andererseits ist der vielbeschäftigte Lektor, zunehmend sorgenvoll, schon wieder vom Strudel seiner Verlagsgeschäfte davongeschwemmt worden. So bleibt dir nichts anderes übrig, als dich hinzusetzen und *Schaut in die Tiefe, wo sich das Dunkel verdichtet* zu lesen.

Schaut in die Tiefe,
wo sich das Dunkel verdichtet

Vergeblich zog ich den Plastiksack hoch, er reichte gerade bis an den Hals von Jojo, der Kopf blieb draußen. Die andere Möglichkeit war, ihn Kopf voran in den Sack zu stecken, aber das löste mein Problem nicht, weil dann die Beine rausragten. Die Lösung wäre gewesen, ihm die Knie zu brechen, aber so sehr ich auch drückte und mit Fußtritten nachhalf, die steifgewordenen Beine rührten sich nicht, und als ich es schließlich doch schaffte, knickten Beine und Sack gemeinsam ein, und so war er noch schwieriger zu transportieren, und der Kopf ragte noch weiter raus als vorher.

»Wann schaff ich's endlich, dich loszuwerden, Jojo?« sag ich zu ihm, und jedesmal wenn ich ihn umdrehte, hatte ich wieder sein blödes Gesicht vor mir, das flotte Menjoubärtchen, das pomadeglänzende Haar, den Krawattenknoten, der aus dem Sack schaute wie aus einem Pullover, ich meine so einen Pullover aus den Jahren, an deren Mode sich Jojo weiter gehalten hatte. Er war vielleicht etwas verspätet zu dieser Mode gekommen, als sie schon überall aus der Mode war, aber weil er als Junge die Typen beneidet hatte, die sich so ausstaffierten, von der Pomadefrisur bis zu den schwarzen Lackschuhen mit weißen Kappen, hatte er diese Aufmachung mit Erfolg gleichgesetzt, und als er dann selber erstmal Erfolg hatte, war er viel zu sehr damit beschäftigt, um zu merken, daß die tollen Typen inzwischen ganz anders aussahen.

Die Pomade hielt gut; auch als ich kräftig auf seinen Schädel drückte, um ihn in den Sack zu stopfen, behielt die Frisur ihre kappenartige Rundung und teilte sich nur in kompakte Strähnen, die bogenförmig nach oben standen. Der Krawattenknoten war ein bißchen verrutscht; ich rückte ihn unwillkürlich gerade, als ob eine Leiche mit verrutschter Krawatte auffälliger wäre als eine adrette Leiche.

»Wir brauchen noch einen zweiten Sack für über den Kopf«, meinte Bernadette, und wieder mal mußte ich zugeben, daß diese Puppe intelligenter war, als man bei ihrer Herkunft hätte erwarten sollen.

Das Dumme war nur, daß wir einen zweiten Plastiksack in der Größe nicht finden konnten. Es war nur einer für Küchenabfälle da, so eine orangefarbene Mülltüte, die zwar ganz gut den Kopf verbergen konnte, aber wohl kaum die Tatsache, daß in dem Sack eine menschliche Leiche steckte mit einer Tüte über dem Kopf.

Na ja, egal, wir konnten auf keinen Fall länger in diesem Keller bleiben, wir mußten uns Jojo vom Hals schaffen, bevor es hell wurde, jetzt fuhren wir schon ein paar Stunden lang mit ihm herum, er hinter uns sitzend wie ein Lebendiger, ein dritter Insasse in meinem Kabrio, und zu viele Leute hatten ihn schon gesehen. Die beiden Flics zum Beispiel, die leise nähergekommen waren auf ihren Fahrrädern und uns zuschauten, wie wir ihn grad in den Fluß kippen wollten (eben noch war der Pont de Bercy ganz verlassen gewesen) – na ja, also wir, Bernadette und ich, ihm gleich auf den Rücken geklopft, unserem Jojo, der da mit Kopf und Armen über die Brüstung hängt, und ich laut: »Kotz dich aus, mon vieux! Kotz dir ruhig die Seele aus dem Leib, daß du den Kopf wieder klarkriegst!« und rechts und links untergefaßt, seine Arme um unsere Schultern gelegt, schleppen wir ihn zum Auto zurück. In dem Moment kommt das Gas, das sich bei Leichen im Bauch aufstaut, mit lautem Getöse heraus; die beiden Flics haben sich krummgelacht. Ich dachte, voilà, der tote Jojo hat einen ganz anderen Charakter als der lebende mit seinen zimperlichen Manieren; als Lebender wäre er auch nie so selbstlos gewesen, zwei Freunden zu helfen, denen die Guillotine drohte, weil sie ihn umgebracht hatten.

Na ja, wir machten uns also auf die Suche nach dem Plastiksack und dem Benzinkanister, und nun mußten wir nur noch die Stelle finden. Es klingt unglaublich, aber in einer Weltstadt wie Paris kannst du stundenlang suchen, wenn du einen geeigneten Platz brauchst, um eine Leiche zu verbrennen. »Bei Fontainebleau gibt's doch einen Wald«, sag ich zu Bernadette, die wieder neben mir sitzt, während ich den Motor anlasse. »Zeig mir den Weg, du kennst dich doch aus.« Ich dachte, wir würden vielleicht im Morgengrauen zwischen den Lastwagen mit dem Gemüse in die Stadt zurückfahren, und von Jojo wäre dann nichts weiter übrig als ein verkohlter stinkiger Rest auf einer Lichtung zwischen den Weißbuchen, genau wie von meiner Vergangenheit – ich meine, ich dachte, das wäre ein guter Moment, um mich davon zu überzeugen, daß alle meine Vergangenheiten endlich verbrannt und vergessen sind, als wären sie nie gewesen.

Wie oft schon, wenn ich merkte, daß meine Vergangenheit mich zu belasten begann, daß zu viele Leute meinten, sie hätten eine Rechnung mit mir zu begleichen, materiell oder moralisch, zum Beispiel damals in Macao die Eltern der Mädchen vom »Jadegarten« (ich erwähne die hier, weil es nichts Schlimmeres gibt als chinesische Anverwandte, wenn du sie loswerden willst) – dabei hatte ich damals, als ich die Mädchen engagierte, ganz klare Abmachungen getroffen, mit ihnen und ihren Eltern, und hatte bar bezahlt, bloß um sie nicht ständig wiedersehen zu müssen, diese ausgemergelten Väter und Mütter in ihren weißen Socken, mit ihren fischig riechenden Bambuskörben und immer so einem verlorenen Ausdruck, als ob sie vom Lande kämen, dabei wohnten sie alle im Hafenviertel – na ja, also wie oft schon, wenn die Vergangenheit mich bedrückte, hatte ich diese Hoffnung: daß es möglich sei, einen klaren Schlußstrich zu ziehen, den Beruf zu wechseln, die Frau, die Stadt, den Kontinent – einen Kontinent nach dem anderen, bis ich ganz rum war –, die Gewohnheiten, Freunde, Geschäfte, Kunden. Es war ein Irrtum, und als ich's merkte, war's zu spät.

Denn auf diese Art habe ich unaufhörlich nur immer Vergangenheiten über Vergangenheiten hinter mir aufgehäuft und sie vervielfacht, diese Vergangenheiten, und wenn mir *ein* Leben schon zu dicht und verzweigt und verworren erschien, um es ständig mit mir herumzuschleppen, wie dann erst viele Leben, so viele, jedes mit seiner Vergangenheit und mit den Vergangenheiten der anderen Leben, die sich immer weiter verknoten! Vergeblich sagte ich mir bei jedem Mal: Wie erleichternd, ich stell den Kilometerzähler zurück auf Null, ich wisch mit dem Schwamm alles weg von der Tafel! Von wegen! Am Tag nach der Ankunft in einem neuen Land war aus der Null schon wieder eine Zahl mit so vielen Stellen geworden, daß sie nicht mehr auf den Zähler paßte, daß sie die Tafel schon wieder von einem Ende zum anderen füllte, Personen, Orte, Sympathien und Antipathien, falsche Bewegungen. Wie in der Nacht, als wir nach einem guten Plätzchen suchten, um Jojo zu karbonisieren, als die Scheinwerfer zwischen die Bäume und Felsbrocken leuchteten und Bernadette plötzlich auf das Armaturenbrett zeigt: »Sag bloß, wir haben gleich kein Benzin mehr!« Tatsächlich, über all meinen Sorgen hatte ich ganz vergessen zu tanken, und jetzt drohten wir stehenzubleiben da draußen, weit und breit keine Ortschaft, und die Tankstellen hatten noch zu. Ein Glück, daß wir Jojo noch nicht verbrannt hatten: Man stelle sich vor, wir wären da festgesessen, unweit von seinem Scheiterhaufen! Wir hätten ja nicht mal zu Fuß abhauen können, weil, ein so leicht erkennbarer Schlitten wie meiner, der hätt uns doch gleich verraten! Na ja, so blieb uns nichts anderes übrig, als das Benzin aus dem Reservekanister, mit dem wir Jojos nachtblauen Anzug und sein monogrammbesticktes Seidenhemd hatten durchtränken wollen, in den Tank zu gießen und schleunigst wieder zurückzufahren in die Stadt, um uns was anderes einfallen zu lassen, wie wir ihn loswerden könnten.

Vergeblich sagte ich mir, daß ich aus allen Schlamasseln, in die ich geraten war, noch immer irgendwie rausgefunden hatte, aus allen Glücks- oder Unglücksfällen. Die Vergangenheit ist wie ein immer länger werdender Bandwurm, den ich aufgespult in mir trage und der kein einziges Glied verliert, so sehr ich auch immer bemüht bin, meinen Darm zu entleeren in sämtliche Spül- oder Steh- oder Plumpsklos, in die Kübel der Gefängniszellen, die Nachtgeschirre der Krankenhäuser, die Lagerlatrinen oder einfach hinter die Büsche, nachdem ich gut vorher nachgeschaut habe, daß nicht auf einmal eine Schlange hervorschießt wie damals in Venezuela. Deine Vergangenheit kannst du so wenig ändern wie deinen Namen: So viele Pässe ich auch schon hatte, mit Namen, an die ich mich selber kaum noch erinnere, immer nannten mich alle nur Ruedi den Schweizer; egal wo ich hinkam und wie ich mich vorstellte, überall gab es mindestens einen, der wußte, wer ich war und was ich getan hatte – obwohl mein Äußeres sich mit den Jahren sehr verändert hat, besonders seit mein Schädel kahl und gelb geworden ist wie eine Pampelmuse, damals während der Typhusepidemie auf der *Stjärna*, als wir uns wegen der Ladung, die wir an Bord hatten, weder der Küste nähern noch über Funk Hilfe holen konnten.

Na ja, letzten Endes führen all diese Geschichten zu der Erkenntnis: Das Leben, das einer geführt hat, ist eben doch nur *ein* Leben, gleichförmig und kompakt wie eine verfilzte Decke, bei der sich die einzelnen Webfäden nicht mehr auseinanderfieseln lassen. Deswegen kann ich, auch wenn ich ganz zufällig irgendeinen beliebigen Vorfall eines beliebigen Tages nehme, zum Beispiel den Besuch eines Singhalesen, der mir eine Brut frisch ausgeschlüpfter Krokodile verkaufen will, so gut wie sicher sein, daß auch in dieser scheinbar ganz unbedeutenden Episode alles enthalten ist, was ich erlebt und erlitten habe, meine gesamte Vergangenheit, die vielfältigen Vergangenheiten, die ich vergeblich hinter mir zu lassen mich abgemüht habe, die vielerlei Leben, die sich am Ende zu einem Gesamtleben fügen, zu *meinem* Leben, das auch an diesem Ort weitergeht, den ich nicht mehr verlassen zu dürfen beschlossen habe, ein Häuschen mit Garten in der Pariser Banlieue, wo ich meine Aquarien aufgestellt habe, um tropische Fische zu züchten, ein stilles Gewerbe, das mich mehr als jedes andere zu einem beständigen Leben zwingt, denn die Fische darfst du keinen Tag lang vernachlässigen, und was die Frauen betrifft, so hat man in meinem Alter ja wohl das Recht, sich nicht mehr in neue Schlamassel stürzen zu wollen.

Mit Bernadette ist es eine ganz andere Geschichte: Bei ihr, konnte ich wirklich sagen, bin ich fehlerlos vorgegangen. Kaum daß ich erfahren hatte, daß Jojo nach Paris zurückgekehrt war und meine Spur aufgenommen hatte, war ich gleich losgezogen, um meinerseits seine Spur aufzunehmen, und so kam ich zu Bernadette und schaffte es, sie auf meine Seite zu ziehen, und wir heckten die Sache gemeinsam aus, ohne daß er was ahnte. Im richtigen Augenblick zog ich den Vorhang beiseite, und das erste, was ich von ihm sah – nachdem wir uns jahrelang aus den Augen verloren hatten –, war die Kolbenbewegung seines dicken behaarten Hinterns zwischen den weißen Knien von ihr; dann seinen wohlfrisierten Hinterkopf auf dem Kissen neben dem ausdruckslosen, ein bißchen bleichen Gesicht von ihr, das sie um neunzig Grad wegdrehte, damit ich ungehindert zuschlagen konnte. Alles ging rasch und sauber vonstatten, ohne daß ihm noch Zeit blieb, sich umzudrehen und mich zu erkennen. Er hat nie erfahren, wer da gekommen war, ihm das Fest zu versauen, vielleicht hat er's nicht mal gemerkt, wie er hinüberging aus der Hölle der Lebenden in die Hölle der Toten.

War auch besser so, daß ich ihn erst als Toten wieder ansah. »Das Spiel ist aus, alter Bastard«, kam's mir fast freundschaftlich über die Lippen, während Bernadette ihm wieder seine Klamotten anzog, auch die schwarzen Lackschuhe mit den weißen Kappen, denn wir mußten ihn raustragen und so tun, als sei er betrunken und könnte sich nicht auf den Beinen halten. Unwillkürlich kam mir unsere erste Begegnung in den Sinn, damals vor vielen Jahren in Chicago, im Hinterzimmer der alten Mrs. Mikonikos, wo es von Sokrates-Büsten wimmelte und wo mir aufging, daß ich die Versicherungssumme für den fingierten Brand in seine vergammelten Slot Machines investiert hatte und nun ihm und dieser paralytischen nymphomanischen Alten voll ausgeliefert war. Am Tag davor, als ich von den Dünen auf den zugefrorenen See schaute, hatte ich mich noch frei gefühlt wie seit Jahren nicht mehr, und im Verlauf von bloß vierundzwanzig Stunden war mein Spielraum wieder ganz eng geworden, und nun entschied sich alles in einem stinkigen Häuserblock zwischen dem griechischen und dem polnischen Viertel. Solche Wenden hat es in meinem Leben zigmal gegeben, in die eine oder die andere Richtung, aber seit damals habe ich unermüdlich versucht, mich an ihm zu rächen, und seit damals ist mein Verlustkonto nur immer größer geworden. Auch jetzt, als der Leichengeruch allmählich den Duft seines billigen Eau de Cologne zu verdrängen begann, mußte ich leider feststellen, daß die Partie mit ihm noch nicht ausgespielt war, daß der tote Jojo mich noch ein weiteres Mal ruinieren konnte, wie er mich als Lebender schon so oft ruiniert hatte.

Ich krame zu viele Geschichten auf einmal aus, aber ich möchte, daß man rings um die Geschichte, die ich erzähle, eine Überfülle von anderen Geschichten spürt, die ich auch erzählen könnte und vielleicht noch erzählen werde oder womöglich schon mal bei anderer Gelegenheit erzählt habe, einen Raum voller Geschichten, der vielleicht nichts anderes ist als die Zeit meines Lebens, die man kreuz und quer in jeder Richtung durchstreifen kann wie einen Raum, und immer stößt man auf neue Geschichten, die nur erzählt werden können, wenn vorher andere erzählt worden sind, so daß man, egal wo man anfängt, immer die gleiche Dichte an Erzählstoff vorfindet. Ja, wenn ich insgesamt überschaue, was ich bei der Haupterzählung alles beiseitelasse, sehe ich vor mir etwas wie einen Wald, der sich in alle Richtungen ausdehnt und so dicht ist, daß er kein Licht durchläßt, mit anderen Worten, einen viel reicheren Stoff als den, der für diesmal im Vordergrund stehen soll, weshalb es sein kann, daß meine Zuhörer sich ein bißchen betrogen fühlen, wenn sie merken, daß der Strom in tausend Rinnsale versickert und daß sie von den wesentlichen Ereignissen nur den letzten Nachhall und Widerschein mitbekommen, aber es kann auch sein, daß eben dies der Eindruck ist, den ich hervorrufen wollte, als ich zu erzählen begann, oder sagen wir: ein erzählerischer Kunstgriff, den ich anzuwenden versuche, eine Regel der Diskretion, die darin besteht, mich immer ein wenig unterhalb meiner erzählerischen Möglichkeiten zu halten.

Was übrigens, genau besehen, das Zeichen für wahren, soliden und ausgedehnten Reichtum ist, denn hätte ich hier, hypothetisch gesprochen, nur *eine* Geschichte zu erzählen, so würde ich um diese eine Geschichte ein Riesenaufhebens machen und sie am Ende völlig verderben in meiner Sucht, sie partout ins rechte Licht zu rücken, aber da mir zum Glück ein praktisch unbegrenzter Vorrat an erzählbarem Material zur Verfügung steht, kann ich sie aus dem Abstand und ohne Eile handhaben, ja sogar einen gewissen Überdruß durchblicken lassen und mir den Luxus erlauben, mich in nebensächlichen Episoden und bedeutungslosen Details zu ergehen.

Immer wenn die Gartentür quietscht – ich bin hinten im Schuppen bei den Aquarien –, frage ich mich, aus welcher meiner Vergangenheiten da jemand kommt, um mich hier draußen aufzuspüren. Vielleicht ist es nur die Vergangenheit von gestern und von diesem selben Vorort, der untersetzte Araber von der Müllabfuhr, der immer schon im Oktober loszieht auf seine Trinkgeldrunde von Haus zu Haus mit guten Wünschen fürs Neue Jahr, weil, wie er sagt, die Trinkgelder im Dezember immer von seinen Kollegen eingesackt werden, so daß kein Sous für ihn übrigbleibt. Aber es können auch die ferner zurückliegenden Vergangenheiten sein, die Old Ruedi verfolgen und nun die quietschende Gartentür in der Impasse entdecken: Schmuggler aus dem Wallis, Söldner aus Katanga, Croupiers aus dem Casino von Varadero zur Zeit des Fulgencio Batista.

Bernadette hatte mit keiner von meinen Vergangenheiten etwas zu tun; von den alten Geschichten zwischen Jojo und mir, die mich gezwungen hatten, ihn auf diese Art aus dem Verkehr zu ziehen, wußte sie nichts; sie glaubte vielleicht, ich hätt's wegen ihr getan, wegen dem, was sie mir erzählt hatte über das Leben, zu dem er sie zwang. Und wegen dem Zaster natürlich, der nicht zu verachten war, auch wenn ich noch nicht behaupten konnte, ihn schon in der Tasche zu haben. Es war das gemeinsame Interesse, das uns zusammenhielt; Bernadette ist ein Mädchen, das die Lage sofort kapiert: Aus diesem Schlamassel kommen wir entweder gemeinsam raus, oder wir lassen beide mächtig Federn. Sicher hatte Bernadette aber noch eine andere Idee im Kopf: Ein Mädchen wie sie braucht, um in der Welt zurechtzukommen, jemanden, der seine Sache versteht; daß sie mich geholt hatte, um Jojo loszuwerden, war auch, um mich an seine Stelle zu setzen. Solche Geschichten hat es in meiner Vergangenheit reichlich gegeben, und keine ist gut ausgegangen; deswegen hatte ich mich vom Geschäft zurückgezogen und wollte nicht wieder rein.

Na ja, so kam das, wir waren gerade dabei, unsere nächtliche Irrfahrt anzutreten, er wieder proper angezogen und aufrecht hinten im Kabrio, sie neben mir auf dem Beifahrersitz, einen Arm nach hinten gestreckt, um ihn aufrecht zu halten, und ich wollte grad den Motor anlassen, da schwingt sie plötzlich das linke Bein über den Schalthebel und legt es mir auf mein rechtes. »Bernadette!« ruf ich erschrocken. »Was machst du da? Meinst du, das wär der Moment?« Und sie erklärt mir, vorhin, als ich ins Zimmer geplatzt war, hätte ich sie in einem Moment unterbrochen, in dem man sie nicht unterbrechen dürfe; egal mit wem von uns beiden, aber sie müsse genau an dem Punkt jetzt weitermachen und bis ans Ende gehen. Dabei hält sie mit einer Hand weiter den Toten fest und macht mit der anderen meine Knöpfe auf, wir alle drei zusammengepfercht in dem winzigen Auto, auf einem Parkplatz im Faubourg Saint-Antoine. Die Beine gespreizt, in schlangenhaften Verrenkungen – in harmonischen, muß ich sagen –, pflanzt sie sich rittlings auf meine Knie und erstickt mich fast in ihrem Busen wie in einer Lawine. Derweil kippt Jojo vornüber und fällt auf uns drauf, aber sie schiebt ihn achtsam beiseite, ihr Gesicht nur wenige Zentimeter vor dem Gesicht des Toten, der sie anglotzt mit dem Weiß seiner aufgerissenen Augen. Ich meinerseits, von dem Überfall so aus der Fassung gebracht, daß meine physischen Reaktionen sich selbständig machen und offenbar lieber ihr gehorchen als meinem verstörten Geist, wobei ich mich nicht einmal zu bewegen brauche, weil sie auch dafür sorgt – na ja, also ich meinerseits begreife in diesem

Moment: Was wir da machen, ist eine Zeremonie, der sie eine spezielle Bedeutung gibt, da unter den Augen des Toten, und ich fühle, wie sich der weiche zähe unnachgiebige Schraubstock schließt, und kann ihm nicht mehr entkommen.

»Du irrst dich, Mädchen«, hätte ich gern gesagt, »dieser Tote ist tot wegen einer anderen Geschichte, nicht wegen deiner, und diese andere ist noch nicht zu Ende.« Ich hätte ihr gern erklärt, daß da noch eine andere Frau war, zwischen Jojo und mir, in der Geschichte, die noch nicht zu Ende ist, und wenn ich hier dauernd von einer Geschichte in die nächste springe, dann tue ich das, weil ich dauernd um diese andere Geschichte kreise und vor ihr fliehe, genau wie am ersten Tag meiner Flucht, seit dem Augenblick, als ich erfuhr, daß diese andere Frau und Jojo sich zusammengetan hatten, um mich fertigzumachen. Früher oder später werde ich diese Geschichte erzählen, aber ganz beiläufig, mitten zwischen den anderen Geschichten, ohne ihr mehr Bedeutung zu geben als einer anderen, ohne irgendeine besondere Leidenschaft reinzulegen, außer der bloßen Lust am Erzählen und Sicherinnern, denn auch die Erinnerung an das Schlechte kann eine Lust sein, wenn das Schlechte vermischt ist, ich sage nicht mit dem Guten, aber mit dem Wechselhaften, Veränderlichen, Bewegten, also mit dem, was ich am Ende doch eben das Gute nennen kann, ich meine die Lust, die Dinge aus der Distanz zu sehen und sie zu erzählen, als wären sie schon vergangen.

»Auch dies wird was Schönes zum Erzählen geben, wenn wir's erstmal hinter uns haben«, sag ich zu Bernadette, als wir in dem Fahrstuhl hochfahren mit Jojo im Plastiksack. Wir wollten ihn von der Dachterrasse in einen engen Hinterhof runterwerfen, so daß man am nächsten Morgen denken sollte, er wäre ein Selbstmörder oder ein Einbrecher, der einen falschen Schritt getan hat. Und was, wenn unterwegs jemand zusteigt und uns im Fahrstuhl sieht mit dem Sack? Dann würde ich einfach sagen, der Fahrstuhl wäre grad hochgeholt worden, als wir den Müll runterbringen wollten. Es war nämlich kurz vor Morgengrauen.

»Du denkst auch wirklich an alles«, sagt Bernadette. Na klar, wie wär ich wohl sonst zurandegekommen, hätte ich gern erwidert, wo ich doch seit so vielen Jahren aufpassen muß, daß mich die Bande von Jojo nicht erwischt, der seine Leute überall hat, in allen Zentren des großen Geschäfts? Aber dann hätte ich ihr den ganzen Background von Jojo und dieser anderen Frau erklären müssen, die immer von mir verlangten, daß ich ihnen den Zaster wiederbeschaffe, den sie angeblich durch meine Schuld verloren hatten, und die immer wieder versuchten, mir diese Kette von Erpressungen um den Hals zu legen, die mich jetzt zwingt, mir die Nacht um die Ohren zu schlagen auf der Suche nach einer Bleibe für einen alten Freund in einem Plastiksack.

Auch bei dem Singhalesen hatte ich damals gleich das Gefühl, daß da noch was dahintersteckte. »Ich kauf keine Krokodile, jeune homme«, sagte ich ihm. »Geh in den Zoo, ich handle mit anderen Artikeln, Bedarf für die Läden im Zentrum, Zimmeraquarien, Zierfische, höchstens mal Schildkröten. Gelegentlich werden auch Leguane verlangt, aber die führe ich nicht, sind zu empfindlich.«

Der Junge – er war vielleicht achtzehn – rührt sich nicht von der Stelle; sein Schnurrbart und seine Wimpern liegen wie schwarze Federn auf den orangefarbenen Wangen.

»Wer hat dich zu mir geschickt, das möcht ich gern wissen«, frag ich, denn immer wenn Südostasien im Spiel ist, bin ich ein bißchen mißtrauisch, und das nicht ohne gute Gründe.

»Mademoiselle Sibylle«, sagt er.

»He, was hat meine Tochter mit Krokodilen zu tun?«

ruf ich überrascht, denn ich finde es zwar in Ordnung, daß sie seit einiger Zeit selbständig lebt, aber jedesmal wenn ich wieder was von ihr höre, werde ich unruhig. Ich weiß nicht warum, aber beim Gedanken an die Kinder krieg ich irgendwie immer ein schlechtes Gewissen.

Na ja, so erfuhr ich, daß Sibylle in einer Boîte an der Place Clichy eine Nummer mit Alligatoren macht. Im ersten Moment war ich so schockiert, daß ich gar nicht nach weiteren Einzelheiten fragte. Ich wußte zwar, daß sie in Nachtklubs auftrat, aber sich öffentlich mit einem Krokodil zu produzieren, schien mir denn doch das Letzte, was sich ein Vater für seine einzige Tochter wünschen kann; jedenfalls einer wie ich, der eine protestantische Erziehung genossen hat.

»Wie heißt das Lokal?« frag ich, aschfahl. »Das würd ich mir gern mal selber ansehen.«

Er reicht mir ein Werbekärtchen, und sofort läuft mir der kalte Schweiß über den Rücken, denn dieser Name, »Neues Titania«, kommt mir bekannt vor, allzu bekannt, auch wenn im Zusammenhang mit Erinnerungen aus einem anderen Teil der Welt.

»Und wer ist der Inhaber?« will ich wissen. »Ja, der Besitzer, der Boß?«

»Ach, Sie meinen Madame Tatarescu…«, sagt er und hebt den Zinkzuber auf, um seine Brut wieder fortzutragen.

Fassungslos starrte ich in das grüne Gewimmel von Schuppen, Klauen, Schwänzen und aufgerissenen Mäulern, mir war, als hätte ich eins über den Schädel bekommen, in meinen Ohren war nur noch ein dunkles Sausen, ein Dröhnen, die Posaune des Jenseits, kaum daß ich den Namen der Frau gehört hatte, dieser Frau, deren zerstörerischem Einfluß ich Sibylle glücklich entzogen zu haben glaubte, indem ich unsere Spuren über zwei Ozeane hinweg verwischte, um endlich dem Mädel und mir ein stilles, unauffälliges Dasein zu schaffen. Alles umsonst:

Vlada war ihrer Tochter gefolgt und hatte mich nun durch Sibylle erneut in ihrer Gewalt, sie mit ihrer einzigartigen Fähigkeit, in mir die wildeste Abneigung und die obskurste Begierde zu wecken. Schon sandte sie mir eine Botschaft, in der ich sie wiedererkannte: Ja, dieses wimmelnde Reptiliengezücht sollte mich daran erinnern, daß ihr einziges Lebenselement das Böse war und die Welt ein Sumpf voller Krokodile, dem ich niemals entkommen würde.

Genauso schaute ich jetzt von der Dachterrasse, über die Brüstung gebeugt, hinunter in jenen leprösen Hof. Der Himmel wurde schon hell, da drunten aber herrschte noch tiefes Dunkel, und nur mit Mühe erkannte ich den zerlaufenen Fleck, in den sich Jojo verwandelt hatte, nachdem er durch die Leere gesegelt war mit wehenden Rockschößen, die wie Flügel flatterten, und sich sämtliche Knochen zerschlagen hatte mit einem Aufklatsch, der wie der Knall einer Schußwaffe klang.

Den Plastiksack hatte ich noch in der Hand. Wir hätten ihn einfach dalassen können, aber Bernadette meinte, sie seien imstande und würden die Chose rekonstruieren, wenn sie ihn fänden, und so wär's besser, ihn mitzunehmen und irgendwo verschwinden zu lassen.

Im Parterre standen drei Männer vor der Fahrstuhltür, sie hatten die Hände in den Taschen.

»Hallo, Bernadette!«

Und sie: »Hallo!«

Es gefiel mir nicht, daß sie die Typen kannte; zumal mir die Art ihrer Kleidung, obwohl sie moderner war als bei Jojo, eine gewisse Familienähnlichkeit verriet.

»Was hast du da in dem Sack, laß mal sehen«, sagt der Größte zu mir.

»Nichts. Sieh nach: Er ist leer«, sag ich ruhig.

Er fährt mit der Hand hinein. »Und was ist das?« Er zieht einen schwarzen Lackschuh mit weißer Kappe heraus.

VI

Hier enden die fotokopierten Seiten, aber nun willst du unbedingt weiterlesen. Irgendwo muß doch das vollständige Original zu finden sein. Du schaust suchend umher, verzagst aber gleich: in diesem Lektorenzimmer erscheinen die Bücher in Form von Rohmaterial, Ersatzteilen und Getrieben zum Auseinandernehmen und Wiederzusammenbauen. Jetzt begreifst du Ludmillas Weigerung, in den Verlag mitzukommen; schon fürchtest du, ebenfalls »auf die andere Seite« übergegangen zu sein und jenes privilegierte Verhältnis zum Buch verloren zu haben, das nur der Leser besitzt: die Fähigkeit, was da im Buche geschrieben steht, als etwas Fertiges zu betrachten, etwas Definitives, bei dem nichts mehr anzufügen oder zu streichen ist. Tröstlich erscheint dir jedoch, daß selbst Cavedagna noch immer so vertrauensvoll an die Möglichkeit eines naiven Lesens glaubt, auch hier mittendrin.

Gerade tritt er wieder zur Tür herein, der geplagte Lektor. Rasch, pack ihn am Ärmel und sag ihm, du möchtest *Schaut in die Tiefe, wo sich das Dunkel verdichtet* gern weiterlesen.

»Ach Gott, wer weiß, wo das hingekommen sein mag... Alle Unterlagen in der Affäre Marana sind verschwunden. Seine Typoskripte, die Originale, ob kimbrisch, polnisch oder französisch. Er selbst verschwunden, alles verschwunden, von einem Tag auf den anderen...«

»Und hat nie wieder von sich hören lassen?«

»Doch, geschrieben hat er uns... Dauernd sind Briefe gekommen... Wilde Geschichten, die hinten und vorn

nicht zusammenpassen... Ich will Ihnen gar nicht erst
davon erzählen, ich weiß sowieso nicht, wie ich da
durchsteigen soll. Man bräuchte Stunden, um die ganze
Korrespondenz zu lesen.«

»Könnte ich mal reinschauen?«

Angesichts deiner Entschlossenheit, der Sache jetzt
auf den Grund zu gehen, ist Cavedagna schließlich
bereit, dir aus dem Archiv die Akte »Dr. Marana, Ermes«
holen zu lassen.

»Haben Sie ein bißchen Zeit? Gut, dann setzen Sie sich
hierhin und lesen Sie. Und sagen Sie mir nachher, was Sie
davon halten. Wer weiß, vielleicht entdecken Sie ja ein
paar Zusammenhänge.«

Marana hat immer praktische Anlässe für seine Briefe an
Cavedagna: die verspätete Abgabe seiner Übersetzungen
zu begründen, die Zahlung von Vorschüssen anzumah-
nen, auf interessante ausländische Neuerscheinungen
hinzuweisen. Doch zwischen diesen normalen Themen
einer Geschäftskorrespondenz tauchen immer wieder
Anspielungen auf Intrigen, Komplotte, Geheimnisse auf,
und um diese Anspielungen zu erklären, oder um zu
erklären, warum er darüber nicht mehr sagen will, ergeht
sich Marana schließlich in immer wilderen und verwor-
reneren Fabeleien.

Datiert sind die Briefe an Orten auf allen fünf Kontinenten, aber anscheinend werden sie nie der normalen
Post anvertraut, sondern Gelegenheitsboten, die sie dann
anderswo aufgeben, weshalb die Briefmarken auf den
Umschlägen nicht den Herkunftsländern entsprechen.
Auch die Chronologie ist unsicher: Manche Briefe nehmen Bezug auf vorangegangene Mitteilungen, die aber,
dem Datum zufolge, erst später geschrieben wurden,
andere versprechen nähere Erläuterungen im folgenden,
aber diese finden sich dann auf eine Woche früher datier-
ten Blättern.

»Cerro Negro«, anscheinend der Name eines entlegenen Kaffs in Südamerika, steht über den letzten Briefen, aber wo das genau liegt, ob hoch in den Anden oder tief im Dschungel des Orinoco, wird aus den widersprüchlichen Hinweisen auf die Landschaft nicht klar. Das Schreiben, das du vor Augen hast, sieht wie ein normaler Geschäftsbrief aus: Aber wie zum Teufel kommt ein Verlag für kimmerischsprachige Literatur in jenen Teil der Welt? Und wie kann er, wenn seine Publikationen für den begrenzten Markt der kimmerischen Emigranten in Nord- und Südamerika bestimmt sind, kimmerische Übersetzungen *brandneuer* Bücher der bekanntesten internationalen Autoren herausbringen und die *Weltrechte* an diesen Büchern haben, auch in der Originalsprache? Tatsache ist jedenfalls, daß Ermes Marana, der offenbar zum Manager jenes Verlages avanciert ist, dem sehr geehrten Herrn Dr. Cavedagna hier die Option auf den neuen und lang erwarteten Roman *In einem Netz von Linien, die sich verknoten* des berühmten irischen Schriftstellers Silas Flannery anbietet.

Ein anderer Brief, gleichfalls aus Cerro Negro, ist eher im Ton einer inspirierten Beschwörung gehalten: Angelehnt – so scheint es – an eine lokale Legende erzählt er von einem alten Indio, genannt »Vater der Erzählungen«, einem blinden Greis, hochbetagt wie Methusalem und Analphabet, der ununterbrochen Geschichten erzählt aus Ländern und Zeiten, die ihm völlig unbekannt sind. Das Phänomen hat Expeditionen von Anthropologen und Parapsychologen auf den Plan gerufen: Man hat herausgefunden, daß viele Romane weltberühmter Autoren mehrere Jahre vor ihrem Erscheinen von der heiseren Stimme des »Vaters der Erzählungen« Wort für Wort deklamiert worden sind. Manche halten den greisen Indio für den Urquell allen Erzählstoffes, für jenes primordiale Magma, aus dem sich die individuellen Gestalten und Äußerungen jedes Schriftstellers herleiten; andere halten ihn für einen Seher, der sich durch den Verzehr halluzinogener Pilze mit dem Innenleben der stärksten visionären Temperamente in Verbindung zu setzen und ihre Psi-Wellen aufzufangen vermag; wieder andere sehen in ihm die Reinkarnation Homers, des Autors von *Tausendundeiner Nacht*, des Autors von *Popol Vuh* sowie der Autoren Alexandre Dumas und James Joyce; dem wird allerdings von einigen auch entgegengehalten, Homer bedürfe gar nicht der Metempsychose, da er niemals gestorben sei, vielmehr weitergelebt und weitergedichtet habe durch die Jahrtausende, als Autor nicht nur der beiden Dichtungen, die man ihm gemeinhin zuschreibt, sondern eines Großteils der bekanntesten epischen Werke aller Länder und Zeiten. Ermes Marana, mit einem Cassettenrecorder am Eingang der Höhle, in der sich der Alte versteckt…

Einem früheren Brief zufolge, diesmal aus New York, ist allerdings die Quelle der von Marana angebotenen neuen Texte eine ganz andere:

»Die Zentrale der OEPHLW befindet sich, wie Sie aus dem Briefkopf ersehen, im alten Wall-Street-Viertel. Seit dem Auszug der Finanzwelt aus diesen feierlich-strengen Gebäuden hat sich ihr tempelartiges Äußeres, das von den englischen Banken stammt, ziemlich verdüstert. Ich läute an einer Türsprechanlage: ›Ermes hier. Ich bringe den Anfang des neuen Romans von Flannery.‹ Sie haben mich schon erwartet, seit ich ihnen aus der Schweiz telegrafiert hatte, daß es mir gelungen sei, den alten Thriller-Autor zu überreden, mir den Anfang seines neuen Romans anzuvertrauen, mit dem er nicht weiterkommt, den aber unsere Computer, programmiert zur Elaboration sämtlicher Elemente eines gegebenen Textes unter genauester Wahrung der Stil- und Denkmodelle des Autors, mühelos fertigschreiben könnten.«

Anscheinend war es nicht ganz problemlos, die betreffenden Seiten nach New York zu bringen, wenn man glauben will, was Marana aus einer Hauptstadt Südafrikas schreibt, nun wieder ganz seinem Hang zum Spektakulären frönend:

»... Versunken drangen wir vor, das Flugzeug in einer lockig gekringelten Wolkensahne, ich in der Lektüre des brandneuen Silas Flannery, *In einem Netz von Linien, die sich verknoten* – ein kostbares Manuskript, das die internationale Verlagswelt heiß begehrt und das ich dem Autor glücklich entrungen habe. Plötzlich berührt der kalte Lauf einer abgesägten MP meinen Brillenbügel.

... Ein Kommando bewaffneter Halbwüchsiger hat sich des Flugzeugs bemächtigt; der Schweißgeruch ist unangenehm; ich begreife sofort: das Hauptziel ihrer Aktion ist der Raub meines Manuskripts; kein Zweifel, diese Typen gehören zur OAP, aber die Aktivisten der jüngsten Generation sind mir völlig unbekannt; finstere unrasierte Gesichter und arrogantes Benehmen sind keine hinreichend typischen Merkmale, die mir verraten, welchem der beiden Flügel sie angehören.

... Ich übergehe hier die ausführliche Schilderung der abenteuerlichen Irrflüge unserer Maschine, die von einem Kontrollturm zum anderen weitergeschickt wurde, da kein Flugplatz uns Landeerlaubnis erteilen wollte. Schließlich ließ Präsident Butamatari, ein Diktator mit humanistischen Neigungen, den erschöpften Jet auf der holprigen Piste seines Buschflughafens landen und übernahm die Vermittlerrolle zwischen dem Extremistenkommando und den Krisenstäben der Großmächte. Für uns Geiseln dehnen sich hier die Tage matt und zermürbend unter einem Zinkdach in der staubigen Wüste. Bläuliche Geier picken sich Würmer aus dem Sandboden...«

Daß eine Beziehung zwischen Marana und den Luftpiraten der OAP besteht, geht klar hervor aus der Art, wie er sie anspricht, kaum daß sie einander gegenüberstehen:

»›Geht nach Hause, ihr Grünschnäbel, und sagt eurem Chef, das nächste Mal soll er bessere Kundschafter ausschicken, wenn er seine Bibliografie auf den neuesten Stand bringen will...‹ Sie mustern mich mit dem schläfrig-verschnupften Ausdruck überraschter Agenten. Diese dem Kult und Sammeln geheimer Bücher verschriebene Sekte ist in die Hände von Milchbärten gefallen, die nur noch eine vage Idee von ihrer Sendung haben. ›Wer bist du denn?‹ fragen sie mich und erstarren beim Klang meines Namens. Als Neulinge in der Organisation können sie mich nicht persönlich kennen und haben über mich nur die Verleumdungen gehört, die nach meinem Ausschluß verbreitet wurden: ich sei ein Doppel- oder Tripel- oder Quadrupelagent im Dienst von weißgottwem und weißderteufelwas. Keiner weiß, daß die von mir gegründete Organisation der Apokryphen Macht nur so lange einen Sinn hatte, wie meine Autorität verhinderte, daß sie unter den Einfluß windiger Gurus geriet. ›Du hältst uns für Leute vom Wing of Light, gib's zu!‹ sagen sie. ›Damit du Bescheid weißt, wir sind vom Wing of Shadow und werden nicht auf dich reinfallen!‹ Das war's, was ich wissen wollte. Ich zuckte nur kurz die Achseln und grinste. Ob Wing of Light oder Wing of Shadow, für beide Flügel bin ich der Große Verräter, der liquidiert werden muß, aber hier können sie mir nichts anhaben, seit Präsident Butamatari, der ihnen Asylrecht gewährt, mich unter seinen persönlichen Schutz genommen hat...«

Aber warum waren die Luftpiraten der OAP so scharf auf das Manuskript? Du überfliegst die Briefe auf der Suche nach einer Erklärung, findest aber zunächst nur die Prahlereien Maranas, der sich rühmt, kraft seiner diplomatischen Kunst das Abkommen ausgehandelt zu haben, demzufolge Butamatari nach Entwaffnung und

Inbesitznahme des Flanneryschen Manuskriptes dessen Rückgabe an den Autor garantiert, wenn dieser sich dafür verpflichtet, einen dynastischen Roman zu schreiben, der die Kaiserkrönung des Großen Leaders und dessen Annektionsgelüste auf die Nachbargebiete rechtfertigt.

»Ich war es, der die Formel für das Abkommen vorgeschlagen und die Verhandlungen geführt hat. Ich brauchte mich nur als Repräsentant der auf die Vermarktung literarischer und philosophischer Werke spezialisierten Agentur ›Merkur und die Musen‹ vorzustellen, und schon kam die Sache ins richtige Gleis. Als ich dann das Vertrauen des afrikanischen Diktators gewonnen und das des keltischen Schriftstellers wiedergewonnen hatte (durch die Entwendung seines Manuskripts hatte ich ihn vor den Entführungsplänen diverser Geheimorganisationen bewahrt), fiel es mir nicht mehr schwer, die Parteien zu einer beiderseits vorteilhaften Vereinbarung zu überreden…«

Ein früherer Brief, datiert in Liechtenstein, gibt Einblicke in die Vorgeschichte der Beziehungen zwischen Flannery und Marana: »Glauben Sie nicht den Gerüchten, daß in diesem alpinen Fürstentum nur der Verwaltungs- und Steuersitz jener Aktiengesellschaft zu finden sei, die das Copyright des produktiven Bestsellerautors innehat und seine Verträge abschließt, während angeblich niemand weiß, wo er selber steckt und ob er überhaupt existiert… Freilich schienen meine ersten Kontakte (mit Sekretären, die mich zu Prokuristen schickten, die mich zu Geschäftsführern schickten) Ihre Informationen zu bestätigen… Diese AG, die Flannerys grenzenlosen verbalen Ausstoß von Thrill & Sex & Crime verwertet, hat die Struktur einer effizienten Geschäftsbank. Doch es herrschte dort eine Atmosphäre von Bedrückung und nervöser Beklommenheit, wie am Vorabend eines Börsenkrachs…

… Die Gründe hatte ich bald heraus: Seit einigen Monaten steckt Flannery in einer Krise; er schreibt keine Zeile mehr; die vielen angefangenen Romane, für die er Vorschüsse von Verlegern aus aller Welt erhalten hat, wozu internationale Finanztransaktionen notwendig waren, diese Romane, für welche die Marken der von den Personen zu trinkenden Spirituosen, die zu besuchenden Ferienorte, die Haute-Couture-Modelle, Einrichtungen und Gadgets alle schon von spezialisierten Werbeagenturen vertraglich festgelegt worden sind, bleiben unvollendet, Fragment, Opfer einer unvorhergesehenen, unerklärlichen Schaffenskrise. Eine Schar von Ghostwritern steht bereit, trainiert auf den Stil des Meisters in allen seinen Nuancen und Manierismen, um einzugreifen und die Lecks abzudichten, die Halbfabrikate zu bearbeiten und zu vollenden, so daß kein Leser mehr unterscheiden könnte, welche Teile von welcher Hand stammen (anscheinend war ihr Beitrag schon in der letzten Produktion des Titanischen nicht ganz unbeträchtlich gewesen)… doch Er läßt sie alle warten, verschiebt die Termine, kündigt Programmänderungen an, verspricht baldmöglichst Wiederaufnahme der Arbeit, lehnt Hilfsangebote ab. Ganz pessimistischen Stimmen zufolge soll er ein Tagebuch zu schreiben begonnen haben, ein Selbstbesinnungsjournal, in dem nie etwas geschieht, nur Schilderungen seiner Gemütszustände und Beschreibungen der Landschaft, die er stundenlang von seinem Balkon aus durch ein Fernglas betrachtet…«

Schon euphorischer klingt, was Marana ein paar Tage später aus der Schweiz berichtet: »Nehmen Sie zur Kenntnis: Wo alle scheitern, hat Ermes Marana Erfolg! Es ist mir gelungen, mit Flannery höchstpersönlich zu sprechen! Er stand gerade auf der Terrasse seines Chalets und goß die Zinnien in den Töpfen. Er ist ein rüstiger alter Herr, still und freundlich, solange er nicht von einem seiner nervösen Ausbrüche überfallen wird… Ich könnte Ihnen allerhand Neuigkeiten berichten, die hochinteressant für Ihre Verlagsgeschäfte sein dürften, und ich werde es tun, sobald ich ein Zeichen Ihres Interesses empfangen habe, bitte per Telex auf folgendes Konto...«

Die Gründe, die Marana zum Besuch des alten Romanciers veranlaßt haben, sind aus seinen Briefschaften nicht ganz klar zu ersehen: Teils scheint es, als habe er sich als Repräsentant der New Yorker OEPHLW (»Organization for the Electronic Production of Homogenized Literary Works«) vorgestellt und technische Hilfe zur Vollendung des brachliegenden Romans angeboten (»Flannery erbleichte, drückte zitternd das Manuskript an seine Brust und stammelte: Nein, das nicht! Das werde ich niemals dulden!«); teils scheint es auch, als sei er dort aufgekreuzt, um die Interessen eines von Flannery schamlos plagiierten belgischen Autors namens Bertrand Vandervelde zu wahren... Doch einem früheren Brief zufolge, in dem Marana sich an Cavedagna wendet mit der Bitte um Herstellung eines Kontaktes zu dem unerreichbaren Romancier, scheint es darum gegangen zu sein, diesem als Hintergrund für die Schlüsselszenen seines nächsten Romans *In einem Netz von Linien, die sich verknoten* eine Insel im Indischen Ozean vorzuschlagen, »deren ockerfarbene Strände herrlich mit dem kobaltblauen Meer kontrastieren«. Der Vorschlag kam von einer Mailänder Immobilien-Investment-Firma anläßlich einer geplanten Erschließung der Insel durch Bungalow-Siedlungen zwecks anschließendem Verkauf derselben en gros oder en détail, auch auf Raten und per Korrespondenz.

Maranas Aufgaben in dieser Firma betrafen anscheinend die »Public Relations für die Entwicklung der Entwicklungsländer unter besonderer Berücksichtigung der revolutionären Bewegungen vor und nach der Machtergreifung im Hinblick auf die Beschaffung von Baulizenzen und ihre Sicherung über alle Regimewechsel hinweg«. Seinen ersten Auftrag in dieser Funktion erfüllte er in einem Sultanat am Persischen Golf, wo er die Vertragsbedingungen für den Bau eines Wolkenkratzers aushandeln sollte. Ein glücklicher Zufall, der mit seiner Arbeit als Übersetzer zusammenhing, hatte ihm Tore geöffnet, die normalerweise jedem Europäer verschlossen bleiben... »Die letzte Frau des Sultans ist eine Landsmännin von uns, eine sensible Dame von leicht erregbarem Temperament; sie leidet unter der Isolation, die ihr durch die geografische Dislokation, die lokalen Sitten und die höfische Etikette aufgezwungen wird, und hält sich nur aufrecht durch ihre unersättliche Gier nach Lektüre...«

Gezwungen, die Lektüre des Romans *Schaut in die Tiefe, wo sich das Dunkel verdichtet* wegen eines Herstellungsfehlers in ihrem Exemplar abzubrechen, hatte die junge Sultanin einen Beschwerdebrief an den Übersetzer geschrieben. Marana war sofort nach Arabien geeilt. »... eine Alte, triefäugig und verschleiert, bedeutete mir zu folgen. In einem überdachten Garten, zwischen Bergamottbäumen, Leierschwänzen und Springbrunnen, trat mir die Herrin entgegen, gewandet in Indigo, auf dem Gesicht eine Maske aus grüner Seide besät mit Weißgold, auf der Stirn ein Aquamarinfiligran...«

Du möchtest mehr über diese Sultanin erfahren; deine Augen gleiten hastig über die Blätter aus dünnem Luftpostpapier, als glaubtest du schon, sie werde jeden Moment hervortreten... Doch anscheinend war Marana, während er Seiten um Seiten füllte, vom gleichen Verlangen getrieben wie du und verfolgte die Schöne, während sie sich verbarg... Von Brief zu Brief wird die Geschichte komplizierter: In einem Schreiben an Cavedagna »aus einer prächtigen Residenz am Rande der Wüste« ver-

sucht Marana sein plötzliches Verschwinden zu erklären, indem er berichtet, er sei von den Emissären des
Sultans mit Gewalt (oder durch Überredung, mit der
Aussicht auf einen verlockenden Vertrag?) dazu gebracht
worden, sich in jenen Teil der Welt zu begeben, um dort
seine Arbeit fortzusetzen, genau wie zuvor... »Die Frau
des Sultans darf keinen Augenblick unversorgt bleiben
mit Büchern ihres Geschmacks; es gibt da eine Klausel
im Ehevertrag, eine Bedingung, die sie ihrem noblen
Freier gestellt hatte, bevor sie in die Heirat einwilligte...
Nach friedlichen Flitterwochen, in denen die junge Sultanin regelmäßig die Neuerscheinungen der wichtigsten
westlichen Literaturen erhielt, jeweils in den Original-
sprachen, die sie allesamt fließend liest, ergab sich eine
heikle Situation... Der Sultan fürchtet, anscheinend
nicht ohne Grund, ein revolutionäres Komplott. Seine
Geheimdienste haben herausgefunden, daß die Verschwörer chiffrierte Nachrichten erhalten, versteckt auf
den Seiten von Büchern in unserem Alphabet. Er ver-
hängte sofort ein Embargo über alle westlichen Bücher
und ließ sämtliche in seinem Reich befindlichen Exemplare beschlagnahmen. Auch die Lieferungen an die
persönliche Bibliothek seiner Gattin wurden gestoppt.
Ein angeborenes Mißtrauen – verstärkt, wie es scheint,
durch konkrete Indizien – treibt den Sultan dazu, seine
eigene Frau der Komplizenschaft mit den Revolutionären zu verdächtigen. Doch eine Nichterfüllung der famo-
sen Klausel im Ehevertrag würde zu einem Bruch führen,
der für die herrschende Dynastie sehr belastend wäre,
wie die Dame sich nicht enthalten kann, in einem
Wutanfall anzudrohen, als ihr die Wachen den gerade
begonnenen Roman aus den Händen reißen, eben jenen
besagten Bertrand Vandervelde...«

Dies war nun der Moment, da die Geheimdienste des
Sultanats, die wußten, daß Ermes Marana den betreffenden Roman in die Muttersprache der Sultanin übersetz-

te, ihn mit Hilfe verschiedener Argumente dazu bewogen, sich an den Persischen Golf zu begeben. Seither erhält die Frau Sultanin Abend für Abend das vertraglich vereinbarte Quantum an spannender Romanprosa, allerdings nicht mehr in der Originalsprache, sondern im Manuskript frisch aus den Händen des Übersetzers. Sollte sich in der Wort- oder Buchstabenfolge des Originals eine kodifizierte Nachricht verborgen haben, so ist sie nun nicht mehr greifbar...

»Der Sultan ließ mich fragen, wie viele Seiten mir noch zu übersetzen blieben, bis das Buch fertig sei. Ich begriff sofort, daß er bei seinen politisch-ehelichen Verdächtigungen nichts so sehr fürchtet wie den Moment des plötzlichen Spannungsabfalls nach der Beendigung eines Romans, wenn seine Frau, bevor sie den nächsten anfängt, wieder vom Leiden an ihrer Situation überfallen wird. Er weiß, daß die Verschwörer nur auf einen Wink der Sultanin warten, um die Lunte ans Pulverfaß zu legen, aber sie hat angeordnet, daß man sie beim Lesen auf keinen Fall stören dürfe, nicht einmal wenn der Palast in die Luft fliegen sollte... Auch ich habe Gründe, jenen Moment zu fürchten, der das Ende meiner Privilegien bei Hofe bedeuten könnte...«

Darum schlägt Marana dem Sultan eine Verzögerungstaktik vor, die er den orientalischen Literaturtraditionen entnimmt: Er wird seine Übersetzung an der spannendsten Stelle abbrechen und einen neuen Roman zu übersetzen beginnen, den er mit Hilfe einfacher Kunstgriffe in den ersten einfügt, zum Beispiel indem er eine Person des ersten Romans ein Buch aufschlagen und lesen läßt... Auch der zweite Roman bricht ab, um Platz zu machen für einen dritten, der alsbald in einen vierten übergeht und so weiter...

Vielerlei Gefühle bewegen dich, während du in diesen Briefen blätterst. Das Buch, dessen Fortsetzung du schon durch eine Mittelsperson zu kosten meintest, bricht erneut ab... Ermes Marana erscheint dir wie eine Schlange, die das Paradies des Lesens vergiftet... Statt des indianischen Sehers, der alle Romane der Welt erzählt, nun ein Roman-als-Falle, konstruiert von dem tückisch-treulosen Übersetzer aus lauter Romananfängen, die in der Schwebe bleiben... Wie die Palastrevolte, die ebenfalls in der Schwebe bleibt, denn vergeblich warten die Verschwörer auf das Startzeichen ihrer illustren Komplizin, und reglos lastet die Zeit auf den flachen Gestaden Arabiens... Liest du oder phantasierst du? Läßt du dich so verzaubern von den Fabeleien eines Graphomanen? Träumst du auch schon von der erdölschwangeren Sultanin? Beneidest du den Umgießer von Romanen in den Serails von Arabien? Möchtest du an seiner Stelle sein, um jenen exklusiven Kontakt herzustellen, jenen Einklang der inneren Rhythmen, der sich ergibt, wenn zwei Menschen zur gleichen Zeit das gleiche Buch lesen, wie es dir möglich erschien mit Ludmilla? Du kannst nicht umhin, der gesichtslosen Leserin, die Marana vor deinem Auge heraufbeschworen hat, *ihre* Züge zu geben, die Züge der Leserin, die du kennst: Schon siehst du Ludmilla unter Moskitonetzen auf einem Diwan, sie liegt auf der Seite, ihr welliges Haar fällt auf die Seiten des Buches, schwül lastet die Hitze der Monsunperiode, indes die Palastverschwörer still ihre Klingen wetzen, doch sie überläßt sich dem Strom der Lektüre, als wäre Lesen die einzige mögliche Lebensbekundung in einer Welt, in der sonst nur trockener Sand über Schichten von ölhaltigem Bitumen ist und Todesgefahr aus Staatsraison und Streit um die Aufteilung von Energiequellen...

Hastig durchsuchst du Maranas Briefe nach neueren Nachrichten über die Sultanin... Andere Frauengestalten treten daraus hervor und verschwinden wieder:

auf der Insel im Indischen Ozean, eine Badende, »bekleidet mit einer Sonnenbrille und einer Schicht Nußöl, hält zwischen sich und die Strahlen der Hundstagesonne den dünnen Schutzschild eines populären New Yorker Wochenmagazins«. Die Nummer, in der sie liest, bringt als Vorabdruck den Anfang des neuen Thrillers von Silas Flannery. Marana erklärt ihr, das Erscheinen des ersten Kapitels in einem solchen Publikumsmagazin sei das Zeichen für die Bereitschaft des irischen Romanciers, Verträge mit interessierten Firmen abzuschließen betreffend die Erwähnung von bestimmten Whisky- oder Champagnermarken, Automodellen und touristischen Attraktionen in seinem neuen Roman. »Anscheinend wird seine Phantasie in dem Maße beflügelt, wie er Werbeaufträge erhält.« Die Frau ist enttäuscht: Sie ist eine begeisterte Leserin von Silas Flannery. »Am liebsten mag ich die Art Romane«, sagt sie, »die einem gleich auf der ersten Seite so ein Gefühl des Unbehagens vermitteln...«

von der Terrasse des Chalets in der Schweiz beäugt Silas Flannery durch ein Fernglas, das auf ein Stativ montiert ist, eine junge Frau in einem Liegestuhl, beschäftigt mit der Lektüre eines Buches, auf einer anderen Terrasse zweihundert Meter weiter unten im Tal. »Jeden Tag liegt sie da«, sagt der Schriftsteller, »immer wenn ich mich an den Schreibtisch setzen will, habe ich das Bedürfnis, sie zu betrachten. Wer weiß, was sie da liest? Ich weiß nur, daß es kein Buch von mir ist, und ich leide darunter, instinktiv, ich empfinde die Eifersucht meiner Bücher, die so gelesen werden wollen, wie diese Frau dort liest. Ich werde nicht müde, sie zu betrachten: Sie scheint in einer anderen Sphäre zu leben, abgehoben, schwebend in einer anderen Zeit und in einem anderen Raum. Ich setze mich an den Schreibtisch, aber keine Geschichte, die ich erfinde, entspricht dem, was ich ausdrücken möchte.« Marana fragt ihn, ob das der Grund seiner Schreibhemmung sei. »Aber nein, ich schreibe ja!« antwortet er. »Jetzt endlich schreibe ich, erst jetzt, seit ich sie betrachte. Ich verfolge nur einfach die Lektüre dieser Frau, wie ich sie von hier aus sehe, Tag für Tag, Stunde für Stunde. Ich lese in ihrem Gesicht, was sie lesen möchte, und schreibe es nieder, so treu wie möglich…«

»Allzu treu«, unterbricht ihn Marana eisig. »Als Übersetzer und Vertreter der Interessen Bertrand Vanderveldes, dessen Roman *Schaut in die Tiefe, wo sich das Dunkel verdichtet* die Frau dort liest, muß ich Sie dringend davor warnen, ihn weiter zu plagiieren!« Flannery erbleicht; nur ein Gedanke scheint ihn zu beschäftigen: »Dann meinen Sie also, die Leserin dort… die Bücher, die sie so leidenschaftlich verschlingt, sind Romane von Vandervelde?! Das ertrage ich nicht…«

auf dem Rollfeld im afrikanischen Busch, zwischen den Geiseln der Flugzeugentführung, die wartend am Boden liegen, sich Luft zufächelnd oder zusammengekauert unter den Plaids, die beim plötzlichen Einbruch der Nachtkälte von den Hostessen ausgeteilt worden sind, bewundert Marana den Gleichmut eines etwas abseits hockenden Mädchens; ihre Arme umschlingen die unter dem langen Rock zu einem Lesepult hochgezogenen Knie, ihr welliges Haar fällt auf die Seiten des Buches und verdeckt ihr Gesicht, mit der freien Hand blättert sie um, als würde sich alles, was von Bedeutung ist, im nächsten Kapitel entscheiden. »In dem allgemeinen Verfall, den die anhaltende und promiskue Gefangenschaft unserem Äußeren und Verhalten aufzwingt, scheint mir diese junge Frau geschützt, isoliert, eingekapselt wie auf einem fernen Mond…« In diesem Augenblick denkt Marana: Ich muß die Luftpiraten der OAP davon überzeugen, daß sie hinter dem falschen Buch her sind. Das Buch, um dessentwillen sich ihre riskante Operation wirklich lohnen würde, ist nicht jenes, das sie mir abgenommen haben, sondern dieses dort, das sie liest…

in New York, im Testraum der OEPHLW, sitzt die Leserin auf dem Prüfstuhl, die Handgelenke an die Lehnen gefesselt, umgeben von Manometern und Stethoskopen, die Schläfen eingespannt in die Lockenkrone der verschlungenen Drähte eines Elektroenzephalographen, der die Intensität ihrer Konzentration und die Frequenz ihrer Stimuli anzeigt. »Unsere ganze Arbeit ist abhängig von der Sensibilität der verfügbaren Testperson; sie muß außerdem über gute Sehkraft und starke Nerven verfügen, damit wir sie der ununterbrochenen Lektüre von Romanen und Romanvarianten, wie sie der Elaborator auswirft, aussetzen können. Erreicht die Leseintensität bestimmte Grade in einer bestimmten Kontinuität, so ist das Produkt okay und kann auf den Markt geworfen werden; erlahmt jedoch die Aufmerksamkeit oder schweift sie ab, so muß die Kombination ausgesondert und demontiert werden, um die Elemente anderswo neu zu verwenden... Der Mann im weißen Kittel reißt ungeduldig ein Enzephalogramm nach dem anderen ab, als wären es Kalenderblätter. ›Es wird immer schlimmer‹, schimpft er. ›Kein Roman kommt mehr raus, der noch was taugt. Entweder muß das Programm revidiert werden, oder die Leserin ist verbraucht.‹ Ich betrachte ihr schmales Gesicht zwischen den Scheuklappen und dem Blendschutz, es zeigt keine Regung, auch wegen der Tampons in ihren Ohren und der Halsstütze, die ihr Kinn immobilisiert. Welches Schicksal mag sie erwarten?«

Nirgendwo findest du eine Antwort auf diese Frage, die Marana fast beiläufig fallengelassen hat. Mit angehaltenem Atem hast du von Brief zu Brief die Transformationen der Leserin verfolgt, als handle es sich in jedem Falle um ein und dieselbe Person... Doch selbst wenn es lauter verschiedene wären, jeder von ihnen gibst du die Züge Ludmillas... War sie es nicht, die behauptet hatte, man könne heutzutage von einem Roman nur noch verlangen, daß er einen Untergrund verborgener Ängste weckt, als letzte Bedingung der Wahrheit, die ihn dem sonst unausweichlichen Schicksal der Serienprodukte enthebt? Nackt am Strand unter der Äquatorsonne erscheint dir Ludmillas Bild schon glaubwürdiger als hinter dem Schleier der Sultanin, aber es könnte auch beide Male ein und dieselbe Mata Hari sein, die versunken durch die außereuropäischen Revolutionen wandelt, um den Weg zu öffnen für die Bulldozer einer Baufirma... Du verjagst das Bild und vertauschst es gegen das der Frau auf dem Liegestuhl, das dir durch die klare Alpenluft entgegenkommt. Schon bist du bereit, hier alles stehen- und liegenzulassen, abzureisen und Flannerys Refugium aufzuspüren, bloß um durchs Fernglas die lesende Frau zu betrachten oder ihre Spuren im Tagebuch des krisengeschüttelten Romanciers zu suchen (oder verlockt dich jetzt eher der Gedanke an die Möglichkeit einer Fortsetzung der Lektüre von *Schaut in die Tiefe, wo sich das Dunkel verdichtet,* sei's auch unter einem anderen Titel und signiert von einem anderen Autor?)... Doch die Nachrichten von Marana werden immer beklemmender: Erst hockt die Leserin als Geisel auf einem Flugplatz im afrikanischen Busch, dann gar als Gefangene in einem Slum von Manhattan... Wie ist sie dorthin gekommen, angekettet auf einen Folterstuhl? Warum muß sie auf einmal als Strafe erleiden, was ihre natürliche Lebensform ist: das Lesen? Und welcher verborgene Plan bewirkt, daß sie einander ständig über den Weg laufen: die Leserin, Marana und diese geheimnisvolle, auf Manuskripte versessene Sekte?

Soviel du den verstreuten Hinweisen in den Briefen entnehmen kannst, hat sich die Organization of Apocryphal Power, von inneren Kämpfen zerrissen und der Kontrolle ihres Gründers Ermes Marana entglitten, in zwei Fraktionen gespalten: in eine Sekte von Erleuchteten, angeführt vom Erzengel des Lichtes, und eine Sekte von Nihilisten unter dem Kommando des Archonten der Finsternis. Erstere sind überzeugt, daß unter den zahllosen falschen Büchern, von denen die Welt überschwemmt wird, die wenigen echten zu finden seien, die eine womöglich außermenschliche oder außerirdische Wahrheit enthalten. Letztere meinen, daß nur die Fälschung, die Mystifikation und die bewußte Lüge imstande seien, in einem Buch den höchsten, absolut unübertrefflichen Wert darzustellen: eine nicht von den herrschenden Pseudowahrheiten infizierte Wahrheit.

»Ich dachte, ich sei allein im Fahrstuhl«, schreibt Marana wiederum aus New York, »da erhebt sich neben mir eine Gestalt: ein junger Mann mit einer baumkronenartigen Mähne, der in einer Ecke gekauert hatte, versteckt unter Tüchern aus grobem Leinen. Mehr als ein Personenfahrstuhl ist dies ein Lastenaufzug in Form eines Käfigs, der durch ein zusammenschiebbares Gitter verschlossen wird. Auf jedem Stockwerk schaut man in eine Flucht leerer Räume, verblichene Wände mit Spuren von verschwundenen Möbeln und herausgerissenen Installationen, eine Wüstenlandschaft aus schimmligen Böden und Decken. Fuchtelnd mit roten Händen an langen Gelenken stoppt der Junge den Fahrstuhl zwischen zwei Stockwerken.

›Her mit dem Manuskript! Uns hast du es gebracht, nicht den anderen. Auch wenn du das Gegenteil glaubst. Dies ist ein *wahres* Buch, egal wie viele falsche sein Autor geschrieben hat. Darum gehört es uns!‹

Mit einem Judogriff schleudert er mich zu Boden und entreißt mir das Manuskript. Ich begreife sofort, daß dieser fanatische Junge glaubt, er habe das Tagebuch von Silas Flannerys Schaffenskrise in Händen und nicht den Aufriß zu einem seiner üblichen Thriller. Enorm, mit welcher Hellhörigkeit diese Geheimsekten jede Nachricht auffangen, ob wahr oder falsch, die irgendwie auf der Linie ihrer Erwartungen liegt. Flannerys Krise hatte die beiden Flügel der Apokryphen Macht sofort mobilisiert, beide hatten, mit entgegengesetzten Hoffnungen, unverzüglich ihre Spürhunde in die Alpentäler rings um das Chalet des Erfolgsautors losgelassen. Als sie erfuhren, daß der Großproduzent von Serienromanen nicht mehr an seine Produkte glauben konnte, meinten die vom Schattenflügel, sein nächster Roman werde nun den Sprung von der relativen und gewöhnlichen Unredlichkeit zur absoluten und essentiellen Unredlichkeit vollziehen und damit zum Meisterwerk der Falschheit als Wissen avancieren, also zu dem seit langem von ihnen gesuchten Buch. Die vom Lichtflügel meinten dagegen, aus der Krise eines solchen Profis der Lüge könne nichts anderes hervorgehen als eine Eruption der Wahrheit, und eben diese zeige sich in des Schriftstellers vielberedetem Tagebuch... Als Flannery dann das Gerücht ausstreute, ich hätte ihm ein wichtiges Manuskript entwendet, erblickten beide Flügel darin den Gegenstand ihrer Suche und setzten sich unverzüglich auf meine Spur, der Wing of Shadow entführte das Flugzeug und der Wing of Light nun den Fahrstuhl...

Der Typ mit der Baumkronenmähne hat sich das Manuskript in die Jacke geschoben, schlüpft aus dem Fahrstuhl, schlägt mir die Gittertür vor der Nase zu und drückt auf den Knopf, um mich in die Tiefe verschwinden zu lassen. Als letzte Drohung ruft er mir nach: ›Denk bloß nicht, daß unsere Partie mit dir schon zu Ende ist, Agent der Mystifikation! Erst müssen wir noch unsere Schwester aus der Fälschermaschine befreien!‹ Ich lache, während ich langsam versinke: ›Es gibt keine Maschine, du Milchbart! Es ist der Vater der Erzählungen, der uns die Bücher diktiert!‹

Er holt den Fahrstuhl zurück. ›Was sagst du da, der Vater der Erzählungen?‹ fragt er erbleichend. Seit Jahren suchen diese Sektierer fieberhaft nach dem blinden Greis in allen Kontinenten, wo seine Legende tradiert wird.

›Jawohl, geh und sag's dem Erzengel des Lichts! Sag ihm, daß ich den Vater der Erzählungen gefunden habe! Er ist in meiner Hand und arbeitet für mich! Da pfeif ich auf alle Computer!‹ – und diesmal bin ich's, der auf den Abwärtsknopf drückt…«

Drei Wünsche streiten sich jetzt in deiner Brust. Du wärst bereit, sofort aufzubrechen, übers Meer zu fliegen und den Kontinent unter dem Kreuz des Südens so lange zu durchforschen, bis du das letzte Versteck dieses Ermes Marana aufgespürt hast, um ihm die Wahrheit zu entreißen oder zumindest die Fortsetzung der abgebrochenen Romane. Zugleich willst du Cavedagna bitten, dir jetzt sofort den Roman *In einem Netz von Linien, die sich verknoten* des falschen (oder echten?) Flannery auszuleihen, der womöglich identisch ist mit dem Roman *Schaut in die Tiefe, wo sich das Dunkel verdichtet* des echten (oder falschen?) Vandervelde. Und bei alledem kannst du es kaum noch erwarten, in das Café zu eilen, wo du mit Ludmilla verabredet bist, um ihr die krausen Ergebnisse deiner Nachforschung zu berichten und dich durch ihren Anblick davon zu überzeugen, daß es nichts Gemeinsames geben kann zwischen ihr und den Leserinnen in der Welt des mythomanischen Übersetzers.

Die beiden letzten Wünsche sind relativ leicht zu erfüllen und schließen einander nicht aus. Im Café, wo du auf Ludmilla wartest, vertiefst du dich in die Lektüre des von Marana übersandten Buches.

In einem Netz von Linien,
die sich verknoten

Als ersten Eindruck müßte das Buch vermitteln, was ich empfinde, wenn ich ein Telefon klingeln höre. Ich sage »müßte«, weil ich bezweifle, daß geschriebene Worte auch nur einen Bruchteil davon wiedergeben können: Es genügt keineswegs zu erklären, daß meine Reaktion eine Ablehnung ist, eine Flucht vor diesem aggressiven und bedrohlichen Rufen, aber auch ein Gefühl von Dringlichkeit, von unerträglichem Druck, ja von Nötigung, das mich drängt, dem Befehl des Klingeltons zu gehorchen und hinzustürzen, um zu antworten, selbst wenn ich sicher bin, dadurch nichts als Unannehmlichkeiten und Ärger zu bekommen. Auch glaube ich nicht, daß es mehr als lediglich ein Versuch zur Beschreibung meiner Gemütslage wäre, wenn ich eine Metapher nähme, beispielsweise das stechende Brennen eines ins nackte Fleisch meiner Seite eindringenden Pfeils, und dies nicht, weil es unmöglich wäre, zur Wiedergabe einer bekannten Empfindung auf eine vorgestellte Empfindung zurückzugreifen – denn obwohl heutzutage niemand mehr weiß, was man empfindet, wenn man von einem Pfeil getroffen wird, glauben wir ja doch alle, daß wir's uns ziemlich leicht vorstellen können: das Gefühl, wehrlos zu sein, ohne Schutz, während plötzlich etwas von draußen aus fremden Räumen zu uns hereindringt (und *dies* gilt ja zweifellos auch für das Schrillen des Telefons) –, sondern vielmehr weil die peremptorische, modulationslose Unerbittlichkeit des Pfeils all jene unterschwelligen Intentionen, Implikationen und Schwankungen ausschließt, die in der Stimme eines Anrufers liegen können, den ich zwar nicht sehe, aber bei dem ich schon, bevor er was sagt, voraussehen kann, wenn nicht, was er sagen wird, so doch zumindest, wie ich auf das, was er sagen will, reagieren werde. Ideal wäre es, wenn das Buch damit anfinge, ein bestimmtes Raumgefühl zu vermitteln: einen Raum, der ganz von meiner Präsenz erfüllt wird, denn um mich herum sind nur leblose Dinge, einschließlich des Telefons, der Raum scheint nichts anderes enthalten zu können als mich, isoliert in meiner inneren Zeit, und dann zerbricht die zeitliche Dauer, der Raum ist nicht mehr derselbe wie zuvor, denn nun wird er erfüllt vom Schrillen des Telefons, auch meine Präsenz ist nicht mehr dieselbe, denn nun wird sie konditioniert durch den Willen dieses Gegenstandes, der da ruft. Das Buch müßte damit beginnen, dies alles nicht als etwas Einmaliges darzustellen, sondern als eine Streuung in Raum und Zeit, ein Sichausbreiten und Vervielfachen dieses Schrillens, das die Kontinuität von Raum und Zeit und Willen zerreißt.

Vielleicht liegt der Fehler in dem Gedanken, am Anfang seien wir beide, ich und das Telefon, in einem endlichen, abgeschlossenen Raum wie etwa in meiner Wohnung; ein zu enger Gedanke, denn was ich vermitteln muß, ist meine Lage im Verhältnis zu einer Vielzahl von Telefonen, die alle klingeln, die vielleicht gar nicht mich rufen, gar keine Beziehung zu mir haben, doch es genügt der Umstand, daß *ein* Telefon mich rufen kann, um möglich oder zumindest denkbar zu machen, daß sie alle mich rufen. Zum Beispiel wenn das Telefon in einer Nachbarwohnung neben der meinen klingelt und ich einen Moment lang denke, es könnte bei mir klingeln, ein Verdacht, der sich sogleich als unbegründet herausstellt, aber es bleibt ein Rest, denn es könnte ja sein, daß der Anruf tatsächlich mir gilt und nur durch ein falsches Wählen oder durch eine Fehlschaltung bei meinem Nachbarn gelandet ist, um so mehr, als dort keiner rangeht und das Telefon weiterklingelt, und in der irrationalen Logik, die das Klingeln unweigerlich in mir auslöst, denke ich dann: Vielleicht ist es ja wirklich für mich, vielleicht ist der Nachbar zu Hause, geht aber nicht ran, weil er's weiß, vielleicht weiß auch der Anrufer, daß er eine falsche Nummer anruft, tut es aber mit Absicht, um mich in diese Lage zu bringen, wissend, daß ich nicht antworten kann, mir aber bewußt bin, daß ich antworten müßte.

Oder auch das Erschrecken, wenn ich gerade das Haus verlassen will und höre ein Telefon klingeln; es könnte bei mir sein oder in einer anderen Wohnung, ich eile zurück, erreiche die Wohnungstür keuchend, weil ich die Treppen hinaufgestürmt bin, und da schweigt das Telefon, und ich werde niemals erfahren, ob der Anruf mir galt.

Oder auch auf der Straße, wenn ich unterwegs bin und höre Telefone in fremden Häusern klingeln; sogar wenn ich in fremden Städten bin, in Städten, wo niemand von meiner Anwesenheit weiß, sogar dann denke ich, wenn ich's irgendwo klingeln höre, für den Bruchteil einer Sekunde, der Anruf könnte für mich sein, und im nächsten Sekundenbruchteil sage ich mir erleichtert, daß ich einstweilen von jedem Anruf ausgeschlossen bin, unerreichbar, in Sicherheit, doch diese Erleichterung währt nur den Bruchteil einer Sekunde, denn gleich darauf denke ich, daß es ja nicht nur jenes fremde Telefon gibt, das dort klingelt, sondern viele Kilometer entfernt, Hunderte oder gar Tausende von Kilometern entfernt gibt es auch das meine, das sicher gerade in diesem Moment durch die verlassenen Räume schrillt, und wieder bin ich zerrissen zwischen der Notwendigkeit und der Unmöglichkeit zu antworten.

Jeden Morgen vor meinem Kolleg mache ich eine Stunde Jogging, das heißt ich ziehe meinen Olympiadress an und gehe hinaus, um zu laufen, weil ich das

Bedürfnis nach körperlicher Bewegung habe, weil die Ärzte es mir verordnet haben gegen die Fettleibigkeit, die mir zu schaffen macht, und weil's auch ein bißchen die Nerven beruhigt. Wenn man hier tagsüber nicht auf den Campus geht, in die Bibliothek oder zu den Vorlesungen der Kollegen oder in die Cafeteria, weiß man nicht, was man tun soll; das einzige, was einem bleibt, ist kreuz und quer über den Hügel zu laufen zwischen den Ahornbäumen und Weiden, wie es viele Studenten tun und auch viele Kollegen. Wir begegnen einander auf den raschelnden Laubwegen und sagen manchmal »Hi!«, manchmal gar nichts, weil wir den Atem sparen müssen. Auch das ist ein Vorzug des Laufens vor anderen Sportarten: Jeder macht es für sich und braucht den anderen keine Rechenschaft abzulegen.

Der Hügel ist dicht bebaut, ich laufe an kleinen Häusern vorbei, alle aus Holz, zweistöckig und mit Garten, alle verschieden und alle ähnlich, und dauernd höre ich irgendwo ein Telefon klingeln. Das macht mich nervös, ich laufe unwillkürlich langsamer, spitze die Ohren, um zu hören, ob jemand rangeht, und werde ungeduldig, wenn es weiterschrillt. Ich laufe weiter, komme an einem anderen Haus vorbei, in dem ein Telefon klingelt, und denke: »Da ist ein Anruf, der mich verfolgt, da sucht sich jemand im Straßenverzeichnis alle Nummern der Chestnut Lane raus und ruft ein Haus nach dem anderen an, um zu sehen, wo er mich erreicht.«

Manchmal liegen die Häuser ganz still und verlassen da, Eichhörnchen huschen die Stämme hinauf, Elstern flattern herab, um die Körner zu picken, die in Holzschalen für sie ausgelegt worden sind. Ich laufe und spüre, wie sich ein vages Alarmgefühl in mir regt, und noch bevor ich den Ton mit den Ohren auffange, registriert schon mein Geist die Möglichkeit eines Klingelns, ruft es gleichsam herbei, saugt es förmlich aus seinem Nichtsein hervor, und im gleichen Moment erreicht mich aus einem Haus, erst gedämpft und dann immer lauter, das Schrillen der Glocke, dessen Schwingungen wohl schon lange, bevor mein Gehör sie wahrnahm, von einer Antenne in meinem Innern aufgefangen worden sind, und ich stürze Hals über Kopf in einen absurden Wahn, bin gefangen in einem Kreis, dessen Zentrum das klingelnde Telefon in dem Haus dort ist, ich laufe, ohne vom Fleck zu kommen, ich trete auf der Stelle, ohne den Trab zu verlangsamen.

»Wenn so lange keiner rangeht, heißt das doch, daß niemand zu Hause ist... Aber warum läßt der Anrufer es dann weiterklingeln? Was erwartet er sich davon? Wohnt da vielleicht ein Schwerhöriger, bei dem man sehr lange insistieren muß, bis er's hört? Wohnt da vielleicht ein Gelähmter, dem man sehr viel Zeit lassen muß, bis er sich an den Apparat geschleppt hat... Wohnt da vielleicht ein Selbstmörder, bei dem man hofft, er werde, solange ihn noch jemand anruft, vor dem Allerletzten zurückschrecken...« Ich denke, ich sollte vielleicht versuchen, mich irgendwie nützlich zu machen, gehen und nachsehen, ob ich jemandem helfen kann, dem Schwerhörigen, dem Gelähmten, dem Selbstmörder... Und zugleich denke ich (in der absurden Logik, die mich bewegt), dann könnte ich ja auch gleich mal nachsehen, ob der Anruf nicht etwa zufällig mir gilt...

Ohne im Laufen innezuhalten, stoße ich die Gartentür auf, betrete das Grundstück, trabe ums Haus, erkunde den hinteren Teil des Anwesens, laufe bis hinter die Garage, den Geräteschuppen, die Hundehütte. Alles scheint verlassen zu sein, wie ausgestorben. Durch ein offenes Hinterfenster sieht man in ein unaufgeräumtes Zimmer, das Telefon steht auf dem Tisch und klingelt. Der Fensterladen schlägt, die Fensterflügel verfangen sich in den zerfetzten Vorhängen.

Schon dreimal bin ich ums Haus gelaufen; ich mache weiter die Joggingbewegungen, hebe die Ellenbogen und

Fersen, atme im Rhythmus des Laufens, damit man sehen kann, daß ich kein Einbrecher bin; wenn man mich hier jetzt ertappen würde, hätte ich Schwierigkeiten zu erklären, daß ich bloß hereingekommen bin, weil ich das Telefon klingeln hörte. Ein Hund bellt, nicht hier, ein Hund in der Nachbarschaft, ich sehe ihn nicht; doch einen Moment lang überwiegt in mir das Signal »Hund bellt« über das Signal »Telefon klingelt«, und das genügt, um den magischen Kreis zu sprengen, der mich hier gefangengehalten hat: Schon bin ich draußen, laufe wieder zwischen den Bäumen die Straße entlang und lasse das Schrillen hinter mir, das allmählich verklingt.

Ich laufe weiter, bis keine Häuser mehr kommen. Auf einer Wiese halte ich an, um zu verschnaufen. Ich mache ein paar Kniebeugen und Liegestütze, massiere mir die Beinmuskeln, damit sie nicht zu sehr abkühlen. Ich schaue auf die Uhr. Es ist spät, ich muß rasch zurück, wenn ich meine Studenten nicht warten lassen will. Das fehlte grad noch, daß es von mir heißt, ich liefe im Wald herum statt Vorlesungen zu halten... Ich haste los, laufe die Straße hinunter, ohne nach rechts oder links zu blicken, das Haus da werde ich gar nicht mehr wiedererkennen, ich werde vorbeilaufen, ohne es überhaupt zu bemerken. Schließlich ist es ein Haus wie die anderen, in jeder Hinsicht ganz wie die anderen und von den anderen nur unterscheidbar, wenn das Telefon klingeln würde, was ja unmöglich ist...

Je länger mir diese Gedanken im Kopf herumgehen, während ich so bergab laufe, desto deutlicher meine ich, wieder das Klingeln zu hören, immer lauter und schriller, da ist schon wieder das Haus, und das Telefon klingelt noch immer. Ich öffne die Gartentür, laufe nach hinten, trete ans Fenster. Ich brauche nur die Hand auszustrekken, um abzunehmen. Keuchend sage ich in die Muschel: »Hier ist nicht...«, da ertönt aus dem Hörer eine Stimme, ein bißchen ungeduldig, aber nur ein bißchen, denn am eindrucksvollsten an dieser Stimme ist ihre Kälte, die Ruhe, in der sie sagt: »Hör genau zu: Marjorie ist hier, sie wird bald aufwachen, aber sie ist gefesselt und kann nicht weg. Merk dir die Adresse: 115 Hillside Drive. Wenn du sie holen kommst, okay. Wenn nicht, im Keller ist ein Kanister mit Kerosin und eine Plastikbombe mit einem Timer. In einer halben Stunde steht das Haus hier in Flammen.«

»Aber ich bin gar nicht...«, will ich sagen.

Er hat schon aufgelegt.

Was mache ich jetzt? Sicher, ich könnte die Polizei anrufen, die Feuerwehr, von diesem Telefon aus, aber wie soll ich erklären, wie rechtfertigen...ich meine, was habe ich, der ich nichts damit zu tun habe, damit zu tun? Ich setze mich wieder in Trab, laufe noch einmal ums Haus herum, dann hinaus und weiter die Straße hinunter.

Tut mir ja leid für Marjorie, aber sie muß in weißgott was für wilde Geschichten verwickelt sein, wenn sie jetzt so in der Tinte sitzt, und wenn ich mich da einmische, um sie zu retten, wird mir doch keiner mehr glauben, daß ich sie nicht kenne, es wird einen Riesenskandal geben, ich bin ein Dozent von einer anderen Uni, hierher eingeladen als Visiting Professor, das Prestige zweier Hochschulen steht auf dem Spiel...

Sicher, wenn's um ein Menschenleben geht, müssen solche Rücksichten wohl hintanstehen...Ich laufe langsamer. Ich könnte in eins dieser Häuser gehen, bitten, daß man mich die Polizei anrufen läßt und gleich in aller Klarheit sagen, nein, ich kenne diese Marjorie nicht, ich kenne überhaupt keine Marjorie...

Um die Wahrheit zu sagen, hier an der Uni gibt es eine Studentin, die Marjorie heißt, Marjorie Stubbs. Ich habe sie gleich bemerkt unter den Mädchen in meinem Kolleg. Sie hat mir, wie soll ich sagen, nun ja, gefallen, nur schade, daß sich dann damals, als ich sie eingeladen hatte zu mir nach Hause, um ihr ein paar Bücher zu leihen, diese peinliche Situation ergab. Es war ein Fehler gewesen, sie einzuladen: Ich war neu hier, man wußte noch nicht, was ich für einer bin, sie konnte meine Absichten mißverstehen, und so ergab sich das Mißverständnis, ein unangenehmes Mißverständnis, sicher auch jetzt noch schwer aus der Welt zu schaffen wegen dieser ironischen Art, in der sie mich seither ansieht, mich, der ich nicht weiß, wie ich sie ansprechen soll, ohne zu stammeln, auch die anderen Mädchen sehen mich immer mit diesem ironischen Grinsen an…

Klar, natürlich darf dieses Unbehagen, das der Name Marjorie in mir weckt, kein Hindernis für mich sein, einer anderen Marjorie, die in Lebensgefahr schwebt, zu Hilfe zu eilen… Wenn's nicht dieselbe Marjorie ist… Wenn dieser Anruf nicht tatsächlich mir gegolten hat… Eine mächtige Gangsterbande hält mich im Auge, sie wissen, daß ich jeden Morgen hier Jogging mache, vielleicht haben sie auf dem Hügel einen Beobachter mit Teleskop, der meine Schritte genau verfolgt, und wenn ich an das verlassene Haus komme, rufen sie an, *mich*, weil sie Bescheid wissen über meine Blamage mit Marjorie, damals in meiner Wohnung, und mich nun erpressen wollen…

Ohne es recht gemerkt zu haben, bin ich zum Campuseingang gelangt, immer noch laufend, in Sportdress und Joggingschuhen, ich war gar nicht erst zu Hause, um mich umzuziehen und meine Bücher zu holen, was tue ich jetzt? Ich laufe über den Campus, ein paar Mädchen kommen mir auf dem Rasen entgegen, es sind meine Studentinnen, schon auf dem Weg zu meiner Vorlesung, sie sehen mich an mit diesem ironischen Grinsen, das ich nicht ausstehen kann.

Ich wende mich im Vorbeitraben an die Lorna Clifford, frage sie: »Stubbs gesehen?«

Die Clifford blinzelt: »Marjorie? Seit zwei Tagen ist die nicht mehr aufgetaucht… Wieso?«

Schon laufe ich wieder. Haste zum Campus hinaus. Nehme die Grosvenor Avenue, dann Cedar Street, dann Maple Road. Bin ganz außer Atem, laufe nur noch, weil ich den Boden unter den Füßen gar nicht mehr spüre, auch nicht die Lunge in meiner Brust. Da endlich kommt Hillside Drive, 11, 15, 27, 51 ... Gottseidank geht's rasch voran mit den Hausnummern. Da ist die 115. Die Tür steht offen, ich jage die Treppe hinauf, stürze in ein halbdunkles Zimmer. Auf dem Sofa liegt Marjorie, gefesselt, geknebelt. Ich binde sie los. Sie übergibt sich. Sieht mich voller Verachtung an.

»Du Bastard!« sagt sie.

VII

Du sitzt an einem Cafétischchen, liest den Roman von Silas Flannery, den dir Cavedagna geliehen hat, und wartest auf Ludmilla. Dein Geist ist von zwei gleichzeitigen Erwartungen okkupiert: Du brennst auf den Fortgang des Buches und auf das Wiedersehen mit Ludmilla. Du konzentrierst dich auf die Lektüre und versuchst, den Gedanken an Ludmilla in das Buch zu verlagern, als hofftest du schon, sie werde dir aus den Seiten entgegentreten. Doch es gelingt dir nicht mehr zu lesen, der Roman tritt auf der Stelle, gerät ins Stocken, kommt nicht über die Seite hinaus, die du gerade vor Augen hast, als könnte erst die Ankunft Ludmillas den Fluß der Geschehnisse wieder in Gang bringen.

Man ruft dich. Es ist dein Name, den der Kellner da zwischen den Tischen wiederholt. Steh auf, du wirst am Telefon verlangt. Ludmilla? Ja, sie ist es: »Ich erklär's dir später. Ich kann jetzt nicht kommen.«

»Hör mal, ich habe das Buch! Nein, nicht das kimbrische, keins von denen: ein neues! Paß auf…« Halt, du willst den Roman doch wohl nicht am Telefon hier erzählen! Laß sie erstmal zu Wort kommen, hör, was sie dir zu sagen hat.

»Komm du zu mir«, sagt Ludmilla. »Ja, zu mir nach Hause. Ich bin im Moment noch nicht da, aber ich werde bald kommen. Wenn du vor mir da bist, geh einfach schon rein. Der Schlüssel liegt unter der Matte.«

Wie ungezwungen und schlicht, diese Lebensweise! Schlüssel unter der Matte, Vertrauen zum Nächsten, sicher gibt's da auch wenig zu stehlen. Du eilst zu der angegebenen Adresse. Du klingelst: vergeblich. Sie ist nicht zu Hause, wie sie vorausgesagt hatte. Du findest den Schlüssel. Trittst ins Halbdunkel der heruntergelassenen Rolläden.

Die Wohnung einer alleinstehenden jungen Frau. Hier also wohnt Ludmilla: Sie lebt allein. War's das, was du als erstes feststellen wolltest? Ob es hier Anzeichen für die Gegenwart eines Mannes gibt? Oder willst du lieber so lange wie möglich nichts davon wissen, im unklaren bleiben, im Zweifel? Etwas hält dich gewiß davon ab, hier neugierig herumzuschnüffeln (du hast die Rolläden ein bißchen hochgezogen, aber nur ein bißchen). Vielleicht ist es der Skrupel vor einem Mißbrauch ihres Vertrauens, wenn du es zu einer detektivischen Untersuchung ausnutzt. Vielleicht ist es auch, weil du glaubst, die Wohnung einer alleinstehenden jungen Frau schon zu kennen, schon auswendig das Inventar aufzählen zu können, noch bevor du dich umsiehst. Wir leben schließlich in einer uniformierten Gesellschaft mit klar definierten Zivilisationsmustern: Die Möbel, die Dekorationselemente, die Sofadecke, der Plattenspieler sind ausgewählt aus einer begrenzten Anzahl vorgegebener Möglichkeiten. Was können sie dir schon groß darüber verraten, wie Ludmilla in Wahrheit ist?

Wie bist du, Leserin? Es ist an der Zeit, daß sich dieses Buch in der zweiten Person nicht mehr nur an ein unbestimmtes männliches Du wendet, ein Du als Bruder und Doppelgänger womöglich eines scheinheiligen Ich, sondern nun auch direkt an dich, die du seit dem zweiten Kapitel als notwendige Dritte Person auftrittst, damit der Roman ein Roman werden kann, damit zwischen jener männlichen Zweiten Person und der weiblichen Dritten etwas geschehen, in Gang kommen, sich entwickeln oder auch scheitern kann entsprechend den Wechselfällen des menschlichen Lebens. Genauer: entsprechend den Denkmustern, nach denen wir die Wechselfälle des menschlichen Lebens erleben. Noch genauer: entsprechend den Denkmustern, nach denen wir den Wechselfällen des menschlichen Lebens die Bedeutungen geben, die sie für uns erlebbar machen.

Bisher war dieses Buch sorgsam darauf bedacht, dem Leser, der es liest, die Möglichkeit offenzuhalten, sich mit dem Leser, der darin gelesen wird, zu identifizieren. Darum hat er keinen Namen bekommen, der ihn automatisch mit einer Dritten Person, einer Romanperson gleichgesetzt hätte (während du als Dritte Person einen Namen bekommen mußtest, eben Ludmilla), sondern er wurde bewußt im abstrakten Zustand eines Pronomens belassen, verfügbar für jedes Attribut und jede Aktion. Sehen wir nun, ob es dem Buch gelingen wird, von dir, Leserin, ein wahres Porträt zu zeichnen, beginnend mit dem Rahmen, um dich von allen Seiten her einzufassen und die Umrisse deiner Gestalt zu bestimmen.

Zum erstenmal bist du dem Leser in einer Buchhandlung erschienen, hast Gestalt angenommen, indem du gleichsam aus einer Bücherwand tratest, als hätte die Fülle der Lesestoffe das Vorhandensein einer Leserin erfordert. Dein Zuhause als Ort, wo du liest, kann uns nun sagen, welchen Platz die Bücher in deinem Leben haben: ob sie eine Schutzmauer sind, die du vor dir errichtest, um die Außenwelt fernzuhalten, ein Traum, in den du eintauchst wie in eine Droge, oder ob sie womöglich Brücken sind, die du nach draußen schlägst, hinaus in die Welt, die dich so interessiert, daß du ihre Dimensionen mit Hilfe der Bücher erweitern und vervielfachen willst. Um dies herauszufinden, weiß der Leser, daß er zunächst deine Küche besichtigen muß.

Die Küche ist der lehrreichste Teil deiner Wohnung: Sie kann uns verraten, ob du zu kochen pflegst oder nicht (anscheinend ja, wenn nicht täglich, so doch recht häufig), ob nur für dich oder auch für andere (meist nur für dich, aber sorgsam, als wär's auch für andere, gelegentlich auch für andere, aber sorglos, als wär's nur für dich), ob du zum unverzichtbaren Minimum neigst oder eher zur feinen Kochkunst (deine Vorräte und Gerätschaften lassen an ausgeklügelte, originelle Rezepte denken, zumindest den Intentionen nach; du brauchst nicht ausgesprochen verfressen zu sein, doch der Gedanke an ein Abendessen aus zwei dürftigen Spiegeleiern könnte dich trübselig stimmen) und ob das Kochen für dich eine lästige Notwendigkeit ist oder auch ein Vergnügen (du hast die winzige Küche so eingerichtet, daß du dich ohne Mühe darin bewegen kannst; du willst dich hier nicht lange aufhalten müssen, aber dich auch nicht unwohl fühlen). Die Elektrogeräte stehen an ihrem Platz als nützliche Arbeitstiere, deren Verdienste man schätzen kann, auch ohne sie besonders zu pflegen. Bei den Utensilien ist ein gewisser Ästhetizismus bemerkbar (ein Satz Wiegemesser in abnehmender Größe, wo sicher auch eins genügt hätte), aber im allgemeinen sind die dekorativen Elemente zugleich auch nützliche Dinge mit wenig Zugeständnissen ans Verspielte. Auch deine Vorräte können einiges über dich aussagen: ein Sortiment Gewürze, manche davon gebräuchlich, andere wohl mehr zur Vervollständigung einer Kollektion; das gleiche möchte man von den Senfsorten sagen; doch vor allem bezeugen die in Reichweite aufgehängten Knoblauchknollenzöpfe ein nicht oberflächliches oder abstraktes Verhältnis zum Essen. Ein Blick in den Kühlschrank bringt weitere wertvolle Aufschlüsse: Im Eierfach findet sich nur noch ein Ei, Zitronen fehlen bis auf eine halbe, schon halb vertrocknete; mit anderen Worten, bei der Versorgung mit Grundnahrungsmitteln zeigt sich eine gewisse Nachlässigkeit. Dafür gibt es Kastaniencreme, schwarze Oliven, ein Gläschen mit Salsifis oder Meerrettichsoße: Man sieht, daß du dich beim Einkaufen von der ausgestellten Ware anziehen läßt, ohne groß nachzudenken, was dir zu Hause fehlt.

Alles in allem gewinnt man von dir durch Inspektion deiner Küche das Bild einer extrovertierten, luziden, sinnlichen und methodischen Frau, die ihren Sinn fürs Praktische in den Dienst ihrer Phantasie zu stellen weiß. Könnte sich jemand beim bloßen Anblick deiner Küche in dich verlieben? Wer weiß, vielleicht der ohnehin bereits positiv eingestimmte Leser.

Er setzt seine Inspektion deiner Wohnung fort, der Leser. Du umgibst dich mit einem Haufen Kram: Fächer, Postkarten, Fläschchen stehen herum, Halskettchen hängen an den Wänden. Doch aus der Nähe betrachtet erweist sich jeder Gegenstand als etwas Besonderes, irgendwie Überraschendes. Dein Verhältnis zu den Dingen ist persönlich und selektiv: Nur was du als dein empfindest, wird dein. Es ist ein Verhältnis zur greifbaren Körperlichkeit der Dinge, nicht zu einer intellektuellen oder affektiven Idee, die das unmittelbare Anfassen und Betrachten ersetzt. Und hast du die Dinge erst einmal erworben und mit deinem Stempel geprägt, so verlieren sie alle Zufälligkeit und gewinnen eine Bedeutung wie Teile eines Diskurses, wie eine Erinnerung aus Signalen und Emblemen. Bist du possessiv? Vielleicht sind noch nicht genügend Anhaltspunkte beisammen, um das zu beantworten. Einstweilen kann man nur sagen, daß du possessiv dir selbst gegenüber bist: Du hängst dich an Zeichen, in denen du etwas von dir erkennst, fürchtend, mit ihnen dich selbst zu verlieren.

In einer Wandecke hängen eng beieinander gerahmte Fotografien in großer Zahl. Wen stellen sie dar? Dich in verschiedenen Altersstufen und viele andere Leute, Männer und Frauen, einige Fotos sind auch sehr alt, vergilbt wie aus einem Familienalbum; doch alle zusammen scheinen sie nicht so sehr der Erinnerung an bestimmte Personen zu dienen als vielmehr einer Montage der Schichten des Daseins. Die Rahmen sind alle verschieden, blumige Jugendstilformen in Silber, Kupfer, Email, Schildpatt, Leder, geschnitztem Holz; sie könnten die Absicht ausdrücken, jene Fragmente gelebten Lebens aufzuwerten, aber sie könnten auch nur eine Sammlung von alten Rahmen sein mit den Fotos als bloßen Füllungen, und tatsächlich enthalten einige Rahmen Bilder aus Zeitungen, einer umrahmt eine Seite aus einem alten unleserlichen Brief, ein anderer ist leer.

Sonst hängt nichts an der Wand, auch keinerlei Möbel stehen davor. So ungefähr ist es überall in der Wohnung: hier kahle Wände, dort übervolle, als hättest du ein Bedürfnis nach Konzentration der Zeichen in einer Art Engschrift mit einer Leere ringsum, in der sich das Auge wieder erholen und ausruhen kann.

Auch die Verteilung der Möbel und dessen, was darauf steht, ist nirgendwo symmetrisch. Die Ordnung, die du anstrebst (der verfügbare Raum ist begrenzt, aber man spürt ein gewisses Bemühen, ihn möglichst gut auszunutzen, um ihn größer erscheinen zu lassen), ist keine aufgezwungene Schematisierung des Ganzen, sondern eine innere Übereinstimmung zwischen den vorhandenen Dingen.

Was soll das nun heißen, bist du ordentlich oder unordentlich? Auf so apodiktisch gestellte Fragen gibt deine Wohnung keine klaren Antworten. Eine gewisse Ordnungsvorstellung hast du schon, sogar eine anspruchsvolle, aber es liegt dir fern, sie in der Praxis methodisch durchzusetzen. Man sieht, daß dein Interesse am Häuslichen wechselhaft ist, je nach den Schwierigkeiten und Belastungen deiner Tage, dem Auf und Ab deiner Stimmungen.

Bist du depressiv oder euphorisch? Die Wohnung scheint klug von deinen Momenten der Hochstimmung profitiert zu haben, um dich in deinen Momenten der Niedergeschlagenheit wohnlich empfangen zu können.

Bist du wahrhaft gastfreundlich, oder ist deine Gewohnheit, Bekannte einfach ins Haus zu lassen, ein Zeichen von Gleichgültigkeit? Der Leser sucht nach einem bequemen Sitzplatz, um zu lesen, ohne die klar für dich reservierten Plätze zu okkupieren; es scheint, daß man sich als Gast bei dir durchaus wohl fühlen kann, sofern man sich deinen Regeln anzupassen weiß.

Was noch? Die Topfpflanzen haben anscheinend seit mehreren Tagen kein Wasser bekommen; aber vielleicht hast du dir auch bewußt solche ausgesucht, die nicht viel Pflege brauchen. Im übrigen gibt es hier nirgendwo Spuren von Hunden, Katzen oder Vögeln: Du bist eine Frau, die nicht dazu neigt, ihre Verantwortlichkeiten unnötig zu vervielfachen; das kann ein Zeichen von Egoismus sein, aber auch von Konzentration auf andere, weniger äußerliche Bedürfnisse; es kann schließlich auch bedeuten, daß du keine symbolischen Substitute brauchst für deinen natürlichen Hang, dich mit anderen zu beschäftigen, an ihren Geschichten teilzunehmen, im Leben, in Büchern...

Schauen wir uns deine Bücher an. Als erstes fällt auf, jedenfalls beim Anblick derer, die du am sichtbarsten hingestellt hast, daß Bücher dir zur unmittelbaren Lektüre dienen, nicht zu Studienzwecken oder zum Nachschlagen, auch nicht zum Aufbau einer wie immer geordneten Bibliothek. Mag sein, daß du ein paarmal versucht hast, deinen Regalen einen Anschein von Ordnung zu geben, aber jeder Klassifizierungsversuch wurde alsbald von heterogenen Neuzugängen wieder zunichte gemacht. Das tragende Ordnungsprinzip, nach dem die Bände aufgereiht sind, bleibt daher neben dem ihrer Größe noch immer das ihrer Chronologie, das heißt die zeitliche Reihenfolge ihres Erwerbs. Trotzdem weißt du bei allen, wo du sie finden kannst, es sind ja zum Glück auch nicht allzu viele (andere Regale hast du vermutlich in anderen Wohnungen stehengelassen, in anderen Phasen deines Lebens), und wahrscheinlich suchst du gar nicht so oft nach einem schon gelesenen Buch.

Denn offenbar bist du keine Leserin, Die Wiederzulesen Pflegt. Du erinnerst dich sehr genau an alles, was du einmal gelesen hast (dies war einer der ersten Züge, die du von dir zu erkennen gabst); vielleicht ist für dich jedes Buch identisch mit seiner Lektüre in einem bestimmten Augenblick, als du es ein für allemal gelesen hast. Und wie du sie dir im Gedächtnis bewahrst, so möchtest du deine Bücher auch als Gegenstände behalten und um dich haben.

Gleichwohl ist unter deinen Büchern, in diesem Ensemble, das keine Bibliothek darstellt, ein toter oder schlafender Teil erkennbar: das Lager der beiseitegelegten Bände, die du gelesen hast und kaum jemals wiederlesen wirst, oder die du nicht gelesen hast und niemals lesen wirst, aber dennoch behältst (und abstaubst) – und daneben ein lebendiger Teil: die Bücher, die du gerade liest oder die du bald lesen willst oder von denen du dich noch nicht lösen kannst oder die du gern um dich hast. Im Unterschied zu den Küchenvorräten ist es hier der lebendige, zum unmittelbaren Verbrauch bestimmte Teil, der mehr über dich aussagt. Manche Bände liegen im Zimmer herum, einige aufgeschlagen, andere mit improvisierten Lesezeichen oder mit eingeknickten Seiten markiert: Du hast offenbar die Gewohnheit, mehrere Bücher gleichzeitig zu lesen, dir für die verschiedenen Stunden des Tages verschiedene Lektüren zu wählen. Auch für die verschiedenen Ecken deiner immerhin doch recht kleinen Wohnung: Es gibt Bücher für deinen Nachttisch, andere finden ihren Platz neben dem Sessel, in der Küche oder im Bad.

Dies könnte ein wichtiger Zug sein zur Ergänzung deines Porträts: Dein Geist hat innere Wände, mit denen du verschiedene Zeiten voneinander abtrennen kannst,

um darin je nachdem innezuhalten oder vorwärtszustür-
men und dich abwechselnd auf verschiedene Kanäle zu
konzentrieren. Genügt das bereits, um sagen zu können,
daß du gern mehrere Leben gleichzeitig leben würdest?
Oder sie gar schon lebst? Daß du dein Leben mit einer
Person oder in einer bestimmten Umgebung abtrennst
von deinem Leben mit anderen oder woanders? Daß du bei
jeder neuen Erfahrung von vornherein eine Enttäuschung
mit einkalkulierst, die nicht kompensiert werden kann,
es sei denn durch die Summe aller Enttäuschungen?

Leser, spitz die Ohren! Dir wird ein Verdacht eingeflü-
stert, um deiner noch uneingestandenen Eifersucht Nah-
rung zu geben: Ludmilla, Leserin mehrerer Bücher auf
einmal, treibt womöglich, um nicht überrumpelt zu
werden von der Enttäuschung, die jede Geschichte ihr
bringen kann, zugleich noch andere Geschichten
voran...
   (Glaub ja nicht, Leser, daß dieses Buch dich aus den
Augen verliert! Das zur Leserin übergegangene Du kann
jeden Moment zu dir zurückkehren. Du bleibst jederzeit
eins der möglichen Du. Wer wollte es auch wagen, dich
zum Verlust des Du zu verdammen? Eine ebenso furcht-
bare Katastrophe wie der Verlust des Ich... Soll eine Rede
in der zweiten Person zu einem Roman werden, so bedarf
es zumindest zweier verschiedener und zusammenwir-
kender Du, die sich deutlich abheben von der Menge der
gewöhnlichen Er und Sie, im Singular und im Plural.)
   Immerhin kommt dir der Anblick so vieler Bücher in
Ludmillas Wohnung beruhigend vor. Lesen heißt Al-
leinsein. Die Leserin erscheint dir beschützt von den
Schalen des aufgeschlagenen Buches wie eine Auster in
ihrem Gehäuse. Der Schatten eines anderen Mannes, der
hier wahrscheinlich, ja sicher umgeht, wird damit wenn
nicht ausgelöscht, so doch an den Rand gedrängt. Man
liest für sich allein, auch wenn man zu zweit ist. Aller-

dings: Was suchst du dann hier? Willst du in ihre Muschelschale eindringen, dich einschleichen zwischen die Seiten der Bücher, die sie liest? Oder bleibt das Verhältnis von Leser und Leserin zwangsläufig das zweier separater Muscheln, die nicht anders zu kommunizieren vermögen als nur durch gelegentliche Vergleiche ihrer je exklusiven Erfahrungen?

Du hast das Buch bei dir, das du vorhin im Café angefangen hattest und dringend weiterlesen willst, um es anschließend ihr zu geben und wieder mit ihr zu kommunizieren durch den Kanal der Worte eines anderen, die aber gerade weil von einer fremden Stimme gesprochen, von der jenes stummen Niemand, der nur aus Druckerschwärze und typographischen Löchern besteht, durchaus die Euren werden können, eine Sprache, ein Kode zwischen euch, ein Mittel, um Signale zwischen euch auszutauschen und euch zu erkennen.

Ein Schlüssel dreht sich im Schloß. Du schweigst, als wolltest du sie überraschen, als wolltest du ihr und dir selbst bestätigen, daß dein Hiersein etwas ganz Natürliches ist. Aber der Schritt ist nicht ihrer. Langsam manifestiert sich im Eingang die Gestalt eines Mannes, du siehst seinen Schatten hinter dem Vorhang, eine Lederjacke, Schritte, die mit der Örtlichkeit vertraut sind, aber zögern wie von jemandem, der etwas sucht. Du erkennst ihn. Es ist Irnerio.

Du mußt sofort entscheiden, wie du dich verhalten sollst. Dein Ärger, ihn hier einfach in ihre Wohnung hereinspazieren zu sehen als wär's die seine, ist stärker als dein Unbehagen, hier quasi versteckt zu sein. Außerdem wußtest du ja, daß Ludmillas Wohnung für ihre Freunde offensteht: Der Schlüssel liegt unter der Matte. Seit du hier eingedrungen bist, war dir ständig, als huschten gesichtslose Schatten umher. Irnerio ist nun wenigstens ein bekanntes Phantom. Wie du für ihn.

»Ach, du bist hier.« Er nimmt dich ohne Erstaunen zur Kenntnis. Doch diese Natürlichkeit, die du eben noch selber angestrebt hattest, macht dich jetzt nicht mehr froh.

»Ludmilla ist nicht zu Hause«, sagst du, um wenigstens deinen Informationsvorsprung zu behaupten, wenn nicht gar deinen Vorsprung in der Besetzung des Territoriums.

»Ich weiß«, erwidert er ungerührt. Er sucht herum, wühlt zwischen den Büchern.

»Kann ich dir irgendwie helfen?« fragst du, wie um ihn zu provozieren.

»Ich suche ein Buch«, sagt Irnerio.

»Ich denke, du liest keine Bücher!«

»Nicht zum Lesen: zum Machen. Ich mache Sachen mit Büchern. Objekte, Werke, ja, Kunstwerke: Statuen, Kompositionen, nenn's wie du willst. Ich hatte auch schon mal 'ne Ausstellung. Ich fixiere die Bücher mit Harz, und dann bleiben sie so. Zugeklappt oder aufgeschlagen, wie sie grad sind. Aber ich forme sie auch, bearbeite sie, mache Löcher rein und so. Ist ein prima Werkstoff, das Buch, läßt sich 'ne Menge draus machen.«

»Und Ludmilla ist einverstanden?«

»Sie mag meine Sachen. Gibt mir Ratschläge. Die Kritiker sagen, es wäre bedeutend, was ich mache. Jetzt tun sie meine Werke zusammen in ein Buch. Sie haben mich zu Doktor Cavedagna geschleppt. Es wird ein Buch mit Fotos von allen meinen Büchern. Wenn es gedruckt ist, nehm ich's und mach daraus wieder ein Werk, viele Werke. Die tun sie dann wieder in ein neues Buch, und so weiter.«

»Ich meinte, ob Ludmilla damit einverstanden ist, daß du ihr Bücher wegholst...«

»Sie hat doch so viele... Manchmal gibt sie mir extra welche zum Bearbeiten, Bücher, mit denen sie nichts anfangen kann. Aber nicht daß mir jedes Buch recht wäre. Mir kommt ein Werk nur, wenn ich's fühle. Bei manchen Büchern hab ich gleich 'ne Idee, was ich damit machen könnte, bei anderen passiert überhaupt nichts. Manchmal hab ich 'ne Idee, kann sie aber nicht verwirklichen, bis ich das richtige Buch dafür finde.« Er wühlt in einem Regal, wiegt ein Buch in der Hand, prüft den Rücken und den Beschnitt, legt es weg. »Manche Bücher sind mir auf Anhieb sympathisch und andere kann ich nicht ausstehen, aber grad die kommen mir dauernd zwischen die Finger.«

Und schon erweist sich die Große Büchermauer, von der du hofftest, sie würde Ludmilla vor diesem barbarischen Eindringling schützen, als ein Kinderspielzeug, das er mit größter Selbstverständlichkeit abräumt. Du lachst verkrampft. »Man könnte meinen, du kennst Ludmillas Bibliothek in- und auswendig...«

»Och, ist doch mehr oder weniger immer dasselbe... Aber ich find's schön, die Bücher so alle versammelt zu sehen. Ich liebe Bücher...«

»Wie soll ich das verstehen?«

»Na ja, es gefällt mir, ich mag es, wenn überall Bücher sind. Deswegen ist es hier bei Ludmilla so gemütlich. Findest du nicht?«

Das Gedränge der beschriebenen Seiten umschließt den Raum wie das Dickicht der Blätter in einem Urwald, nein, wie Gesteinsschichten, Schieferplatten, Gneis- und Quarzitstreifen in einer Felswand: So versuchst du, mit Irnerios Augen den Hintergrund zu sehen, vor dem das lebendige Wesen Ludmilla sich abheben muß. Wenn es dir gelingt, Irnerios Vertrauen zu gewinnen, wird er dir das Geheimnis enthüllen, das dich quält: das Verhältnis zwischen Nichtleser und Leserin. Rasch, frag ihn etwas Entsprechendes, irgend etwas. »Aber du«, fällt dir als einzige Frage ein, »was machst du, wenn sie liest?«

»Oh, mir macht es nichts aus, sie lesen zu sehen«, sagt

Irnerio. »Und irgend jemand muß ja die Bücher lesen, oder? Wenigstens brauch ich dann nicht zu fürchten, daß ich sie lesen muß.«

Lach nicht, Leser, du hast wenig Anlaß zur Freude. Das Geheimnis, das sich dir da enthüllt, das Vertrauensverhältnis zwischen den beiden, erweist sich als eine Komplementarität zweier Lebensrhythmen. Für Irnerio zählt nur das Leben im Augenblick; Kunst zählt für ihn nur als Verausgabung von lebendiger Energie, nicht als bleibendes Werk, nicht als jene Akkumulation von Leben, die Ludmilla in ihren Büchern sucht. Aber irgendwie anerkennt auch er jene akkumulierte Energie, ohne lesen zu müssen, und fühlt sich genötigt, sie wieder in Zirkulation zu bringen, indem er Ludmillas Bücher als Grundmaterial für Werke benutzt, in die er wenigstens einen Moment lang seine eigene Energie investieren kann.

»Das hier kann ich gebrauchen«, sagt er und macht Anstalten, sich ein Buch in die Jacke zu schieben.

»Nein, das laß liegen! Das lese ich gerade. Außerdem gehört es mir nicht, ich muß es Cavedagna zurückgeben. Such dir ein anderes. Wie wär's mit dem hier, sieh mal, das sieht ganz ähnlich aus…«

Du hast dir ein Buch gegriffen, auf dem eine rote Bauchbinde stolz verkündet: DER NEUESTE BESTSELLER VON SILAS FLANNERY, womit die Ähnlichkeit schon erklärt ist, denn Flannerys Serienromane erscheinen alle in ein und derselben graphischen Aufmachung. Aber es ist nicht nur die graphische Aufmachung, der Titel auf dem Schutzumschlag heißt *In einem Netz von Linien, die sich*… Wahrhaftig, zwei Exemplare desselben Buches! Das hättest du nicht gedacht! »Das ist ja toll! Ich hätte nie gedacht, daß Ludmilla es schon besitzt…«

Irnerios Hände zucken zurück. »Das gehört nicht Ludmilla. Mit dem Zeug will ich nichts zu tun haben. Ich dachte, davon fährt hier nichts mehr herum.«

»Wieso? Wovon? Was meinst du damit?«

Irnerio nimmt das Buch mit zwei Fingern, geht zu einer kleinen Tür, macht sie auf und wirft es über die Schwelle. Du bist ihm gefolgt, steckst den Kopf in eine dunkle Kammer, erkennst einen Tisch mit einer Schreibmaschine, ein Tonbandgerät, ein paar Wörterbücher und einen Stoß beschriebener Blätter. Du nimmst das oberste Blatt, hältst es ans Licht und liest: *Übersetzung von Ermes Marana.*

Du stehst da wie vom Schlag getroffen. Vorhin, als du Maranas Briefe durchgingst, meintest du dauernd, auf Ludmilla zu stoßen... Weil du unentwegt an sie denken mußt, dachtest du dir und nahmst es als Beweis für deine Verliebtheit. Jetzt, wo du in Ludmillas Wohnung herumgehst, stößt du auf die Spuren Maranas. Wirst du von einer Obsession verfolgt? Nein, es war von Anfang an das ahnungsvolle Gefühl, daß zwischen den beiden eine Beziehung besteht... Die Eifersucht, bisher nur eine Art Spiel mit dir selbst, packt dich jetzt unwiderstehlich. Und nicht nur die Eifersucht: auch das Mißtrauen, der Verdacht, das Gefühl, dich auf nichts und niemanden mehr verlassen zu können... Die Suche nach dem abgebrochenen Buch, die dich so in Erregung versetzte, weil du sie mit der Leserin gemeinsam in Angriff nahmst, erweist sich auf einmal als identisch mit der Suche nach ihr, nach Ludmilla, die sich entzieht in einem Wust von Geheimnissen, Täuschungen, Masken...

»Ja aber... Wie kommt denn Marana hierher?« fragst du betroffen. »Wohnt der hier?«

Irnerio schüttelt den Kopf. »Wohnte hier mal. Ist schon 'ne Weile her. Er kommt wohl nicht mehr zurück. Aber inzwischen sind alle seine Geschichten so mit Falschheit durchtränkt, daß alles falsch ist, was man über ihn sagt. Das hat er immerhin erreicht. Die Bücher, die er hergebracht hat, sehen von außen genauso aus wie die anderen, aber ich erkenne sie auf den ersten Blick, von weitem. Eigentlich sollte hier nichts mehr von seinen Papieren herumfliegen, außerhalb dieser Kammer. Aber dauernd kommen noch irgendwo Spuren von ihm zutage. Manchmal glaube ich fast, daß er sie selber legt, daß er herkommt, wenn keiner da ist, und heimlich weiter seine üblichen Tauschgeschäfte betreibt...«

»Was für Tauschgeschäfte?«

»Ich weiß nicht... Ludmilla sagt, alles wird falsch, was er anfaßt, wenn's nicht schon vorher falsch war. Ich weiß nur eins: Wenn ich versuchen würde, meine Werke mit Büchern zu machen, die ihm gehört haben, dann kämen Fälschungen dabei raus. Auch wenn sie genauso aussehen würden wie das, was ich sonst immer mache...«

»Und warum behält Ludmilla seine Sachen in dieser Kammer? Wartet sie, daß er zurückkommt?«

»Ludmilla war unglücklich, als er hier wohnte... Sie las nicht mehr... Dann lief sie weg... Sie ist als erste gegangen, dann ging auch er...«

Der Schatten entfernt sich. Du atmest auf. Die Vergangenheit ist vergangen. »Und wenn er wiederkäme?«

»Dann würde sie wieder weggehen.«

»Wohin?«

»Hmm... in die Schweiz... Was weiß ich...«

»In die Schweiz? Gibt es da noch einen anderen?« Unwillkürlich denkst du an den Schriftsteller mit dem Fernglas.

»Na ja, einen anderen schon. Aber das ist eine *ganz* andere Geschichte... Der Alte mit den Krimis...«

»Silas Flannery?«

»Ludmilla sagte, wenn Marana sie überzeugt, daß der Unterschied zwischen wahr und falsch nur ein Vorurteil in unseren Köpfen ist, dann hat sie das Bedürfnis, jemanden zu besuchen, der Bücher macht, wie ein Kürbisstrauch Kürbisse macht, so hat sie gesagt...«

In diesem Moment geht die Tür auf. Ludmilla kommt herein, wirft Mantel und Päckchen auf einen Sessel.

»Oh, wie schön! So viele Freunde! Entschuldigt meine Verspätung!«

Du sitzt bei ihr und trinkst Tee. Auch Irnerio müßte dasein, aber sein Sessel ist leer.

»Er war hier. Wo ist er hin?«

»Oh, er wird wohl gegangen sein. Er kommt und geht, ohne was zu sagen.«

»Geht man bei dir so einfach aus und ein?«

»Warum nicht? Wie bist du denn hereingekommen?«

»Ich und alle die anderen!«

»Was soll das? Eine Eifersuchtsszene?«

»Welches Recht hätte ich schon dazu?«

»Meinst du etwa, von einem bestimmten Punkt an hättest du dazu ein Recht? Wenn das so ist, wollen wir lieber gar nicht erst anfangen.«

»Was anfangen?«

Du stellst die Teetasse auf den Tisch. Du wechselst vom Sessel zum Sofa hinüber, zu ihr.

(Anfangen. Das hast *du* gesagt, Leserin. Aber wie bestimmt man genau, wann eine Geschichte anfängt? Alles hat immer schon vorher begonnen, die erste Zeile der ersten Seite jedes Romans verweist auf etwas, das bereits außerhalb des Buches geschehen ist. Oder die wahre Geschichte beginnt erst zehn oder hundert Seiten später, und alles vorher war nur Prolog. Die Lebensläufe sämtlicher Exemplare der menschlichen Gattung bilden ein fortlaufendes Geflecht, und bei jedem Versuch, ein Stück Leben herauszulösen, das unabhängig vom Rest einen Sinn hat – zum Beispiel eine Begegnung zweier Personen, die für beide entscheidend wird –, muß man in Rechnung stellen, daß beide jeweils ein ganzes Gewirr von Geschehnissen, Sphären, anderen Personen mitbringen und daß aus ihrer Begegnung neue Geschichten hervorgehen werden, die sich trennen werden von ihrer gemeinsam erlebten Geschichte.)

Ihr seid miteinander im Bett, Leser und Leserin. Folglich ist nun der Moment gekommen, euch in der zweiten Person Plural anzureden, eine sehr folgenreiche Operation, da sie darauf hinausläuft, euch als einheitliches Subjekt zu betrachten. Euch meine ich, das undefinierbare Knäuel da unter dem zerwühlten Laken. Vielleicht geht hinterher wieder jeder von euch seiner eigenen Wege, und die Erzählung muß sich erneut damit abplagen, alternierend den Schalthebel umzulegen vom weiblichen Du zum männlichen Du. Aber nun, da eure Körper bestrebt sind, Haut an Haut die sinnenfreudigste Nähe zu suchen, Schwingungen auszusenden und Wellenbewegungen zu empfangen, alle Voll- und Leerräume zu durchdringen, nun, da auch eure geistige Aktivität übereinstimmend nach Übereinstimmung trachtet, nun kann man euch eine wohlgesetzte Rede halten, die euch als einheitliche Person mit zwei Köpfen begreift. Als erstes ist der Handlungsbereich oder die Seinsweise eurer Zweisamkeit zu bestimmen. Wohin führt diese eure Verschmelzung? Welches zentrale Thema kehrt wieder in euren Variationen und Modulationen? Ist es eine Hochspannung, die sich voll darauf konzentriert, nichts vom eigenen Potential zu verlieren, einen Zustand der Reaktivität zu verlängern, das akkumulierte Verlangen des anderen zu nutzen, um die eigene Aufladung zu vermehren? Oder ist es die allerfügsamste Hingabe, die Erkundung der Unermeßlichkeit eurer lustempfänglichen und lustspendenden Zonen, die Auflösung eures innersten Wesens in einen See mit unendlich taktiler Oberfläche? In beiden Situationen, soviel ist klar, existiert ihr jeweils nur in Funktion des anderen, doch um sie möglich zu machen, müssen eure beiderseitigen Ich, anstatt sich auszulöschen, restlos die ganze Weite des geistigen Raumes füllen, sich selbst mit maximalem Gewinn investieren beziehungsweise sich bis zum letzten Heller verausgaben. Kurzum, was ihr da treibt, ist wunderschön, doch grammatikalisch ändert sich nichts. Im Augenblick, da ihr am allermeisten als ein vereintes Ihr erscheint, seid ihr zwei mehr als zuvor getrennte und wohlabgegrenzte Du.

(Dies schon jetzt, wo ihr noch ausschließlich miteinander beschäftigt seid. Wie also erst in naher Zukunft, wenn euer Geist von getrennten Phantomen heimgesucht wird, während sich eure gewohnheitsgeprüften Körper begegnen?)

Leserin, nun wirst du gelesen. Dein Körper wird einer systematischen Lektüre unterzogen, vermittelt durch die Informationskanäle der Tast-, Gesichts- und Geruchssinne, nicht ohne Mitwirkung der Geschmackspapillen. Auch das Gehör nimmt teil, aufmerksam deinen Seufzern und Juchzern folgend. Aber nicht nur dein Körper ist Leseobjekt: Der Körper zählt nur als Teil eines Ganzen aus komplizierten Elementen, die nicht alle sichtbar und nicht alle zugegen sind, aber in sichtbaren und spontanen Begebenheiten zutage treten: im Mattwerden deiner Augen, in deinem Lachen, in deinen Worten, in der Art, wie du dein Haar zusammenbündelst und ausbreitest, wie du Initiative ergreifst und dich zurückziehst, in allen Zeichen auf der Grenzlinie zwischen dir und den Gepflogenheiten und den Gebräuchen und dem Gedächtnis und der Vorgeschichte und der Mode, in allen Kodes und Zeichensystemen, in all den armseligen Alphabeten, durch welche ein menschliches Wesen in gewissen Momenten ein anderes menschliches Wesen zu lesen glaubt.

Aber auch du, Leser, bist unterdessen ein Leseobjekt für die Leserin: Bald überfliegt sie deinen Körper wie ein Inhaltsverzeichnis, bald schaut sie irgendwo nach wie erfaßt von einer plötzlichen und präzisen Wißbegier, bald hält sie forschend inne und wartet, daß ihr eine stumme Antwort gegeben werde, als interessiere sie jede Teilbesichtigung nur im Hinblick auf eine weiträumigere Erkundung. Bald verweilt sie auf unbedeutenden Einzelheiten, womöglich auf kleinen Stilfehlern wie zum Beispiel deinem vorspringenden Adamsapfel oder der Art, wie du deinen Kopf in ihre Halsbeuge schmiegst, und bedient sich ihrer, um einen gewissen Abstand zu gewinnen, sei's für einen kritischen Vorbehalt oder für eine scherzhafte Vertraulichkeit. Bald wird eine plötzlich entdeckte Einzelheit unmäßig aufgewertet, etwa die Form deines Kinns oder deine spezielle Art, ihr in die Schulter zu beißen, und durch diesen Anlauf gerät sie in Fahrt, und dann liest sie (lest ihr gemeinsam) Seite um Seite von oben bis unten, ohne ein Komma zu überspringen... Doch in deine Befriedigung über die Art, wie sie dich liest, über ihre wortwörtlichen Zitate deiner physischen Gegenständlichkeit, schleicht sich ein Zweifel ein: daß sie dich womöglich nicht ganz und ungeteilt liest, wie du bist, sondern dich nur benutzt, ja nur aus dem Kontext gelöste Teile von dir benutzt, um sich im Halbdunkel ihres getrübten Bewußtseins einen Phantompartner aufzubauen, den nur sie kennt, und daß sie jetzt diesen apokryphen Besucher ihrer Träume entziffert, nicht dich.

Im Unterschied zur Lektüre beschriebener Seiten erfolgt bei Liebenden die Lektüre der Körper (das heißt jenes Konzentrates aus Geist und Körper, dessen Liebende sich bedienen, um miteinander ins Bett zu gehen) nicht linear. Sie beginnt an einem beliebigen Punkt, springt vor und zurück, wiederholt sich, verweilt, verzweigt sich in simultanen und divergierenden Strängen, findet wieder zusammen, stutzt irritiert, geht weiter, findet den Faden wieder, verliert sich. Gewiß läßt sich eine Richtung erkennen, ein Streben zu einem Ziel als

Streben zu einer Klimax, und im Hinblick auf dieses Ziel gibt es rhythmische Phasen, Skandierungen metrischer Art und Motivwiederholungen. Aber ist das Ziel wirklich die Klimax? Oder steht der Verfolgung dieses Ziels ein anderes Streben entgegen, ein Schwimmen gegen den Strom der Momente, um die verflossene Zeit zurückzugewinnen?

Wollte jemand das Ganze graphisch darstellen, so bräuchte er für jede einzelne Episode mit ihrem Höhepunkt ein drei- oder gar vierdimensionales Modell, nein, kein Modell, keine Erfahrung ist wiederholbar. Am meisten gleichen Liebesakt und Lektüre einander darin, daß sich in ihnen Zeiten und Räume auftun, die anders sind als meßbare Zeiten und Räume.

Bereits in der konfusen Improvisation dieser ersten Begegnung liest man die mögliche Zukunft eines Zusammenlebens. Heute seid ihr einander Gegenstand der Lektüre, jeder liest im anderen seine ungeschriebene Geschichte. Morgen, Leser und Leserin, wenn ihr dann noch zusammenseid, wenn ihr gemeinsam zu Bett geht als wohletabliertes Paar, wird jeder von euch die Lampe an seinem Kopfende anknipsen und sich stumm in sein Buch vertiefen; zwei parallele Lektüren werden das Nahen des Schlafes begleiten; nach einer Weile löscht ihr das Licht, erst du und dann du; als Rückkehrer aus getrennten Welten findet ihr flüchtig im Dunkel zusammen, wo alle Distanzen verlöschen, bevor auseinanderstrebende Träume euch wieder davonziehen, dich in die eine und dich in die andere Richtung. Aber spottet nicht über diesen idyllischen Ausblick auf eheliche Harmonie: Welches schönere Bild eines glücklichen Paares könntet ihr ihm entgegensetzen?

Du erzählst Ludmilla von dem Roman, den du gelesen hast, als du vorhin im Café auf sie wartetest. »Es ist ein Buch von der Art, wie du sie magst: Es vermittelt einem gleich von der ersten Seite an so ein Gefühl des Unbehagens...«

Fragend blitzt es in ihren Augen auf. Dir kommt ein Zweifel: Vielleicht hast du diesen Satz mit dem Unbehagen gar nicht von ihr gehört, sondern irgendwo gelesen... Oder vielleicht glaubt Ludmilla inzwischen nicht mehr an die Angst als Bedingung der Wahrheit... Vielleicht hat ihr jemand bewiesen, daß auch die Angst nur ein Mechanismus ist und daß sich nichts leichter verfälschen läßt als das Unbewußte...

»Ich mag die Art Bücher«, sagt sie, »in denen alle Geheimnisse und Ängste durch einen präzisen Verstand gehen, durch einen Kopf, der so kühl und klar ist wie der eines Schachspielers.«

»Na gut, jedenfalls ist dies die Geschichte von einem Typ, der nervös wird, wenn er ein Telefon klingeln hört. Eines Morgens macht er grad Jogging...«

»Nicht weitererzählen! Laß es mich lesen.«

»Ich bin selber nicht sehr viel weiter gekommen. Warte, ich hol's dir.«

Du springst aus dem Bett, um das Buch aus dem Nebenzimmer zu holen – von dort, wo vorhin die überraschende Wende in deinen Beziehungen zu Ludmilla den normalen Verlauf der Geschehnisse unterbrochen hatte.

Du findest es nicht.

(Du wirst es später in einer Kunstausstellung wiederfinden: als neuestes Werk des Bildhauers Irnerio. Die Seite, auf der du als Lesezeichen eine Ecke umgeknickt hattest, liegt aufgeschlagen auf einer der Basen eines kompakten, fest verklebten, mit transparentem Kunstharz lackierten Parallelepipeds. Eine dunkle Brandspur wie von einer aus dem Innern des Buches hervorzüngelnden Flamme kräuselt die Oberfläche der Seite und entblößt an den

Bruchstellen eine Schichtenfolge wie bei einer knorrigen Rinde.)

»Ich kann's nicht finden, aber das macht nichts«, rufst du zu ihr hinüber. »Soviel ich vorhin gesehen habe, hast du ja noch ein zweites Exemplar. Ich dachte sogar, du hättest es schon gelesen…«

Ohne daß sie es merkt, gehst du rasch in die Kammer und holst das Flannery-Buch mit der roten Bauchbinde.

»Hier ist es.«

Ludmilla schlägt das Buch auf. Du erblickst eine handschriftliche Widmung: *Für Ludmilla… von Silas Flannery.*

»Ja, das ist mein Exemplar…«

»Ach, du kennst Flannery?« rufst du aus, als ob du von nichts wüßtest.

»Ja… Er hat mir das Buch geschenkt… Aber ich war sicher, daß es mir jemand gestohlen hatte, bevor ich's lesen konnte…«

»Wer jemand? Irnerio?«

»Hmm…«

Es ist Zeit, daß du deine Karten aufdeckst.

»Es war nicht Irnerio, und das weißt du genau! Als Irnerio es sah, hat er es in diese dunkle Kammer geworfen, wo du die Sachen von…«

»Wer hat dir erlaubt, hier herumzuschnüffeln?«

»Irnerio sagt, daß jemand, der dir Bücher gestohlen hat, heimlich herkommt, um sie durch falsche zu ersetzen…«

»Irnerio weiß gar nichts.«

»Aber ich! Cavedagna hat mir Maranas Briefe zu lesen gegeben.«

»Alles, was Ermes erzählt, ist verlogen.«

»Aber eins ist wahr: Er denkt noch immer an dich, er sieht dich in all seinen Phantastereien noch immer vor sich, er ist geradezu besessen von deinem Bild, wie du liest...«

»Grad das hat er nie ausstehen können.«

(Allmählich wirst du etwas mehr über die Hintergründe der Machenschaften des Übersetzers begreifen: Ihre geheime Triebfeder war seine Eifersucht auf den unsichtbaren Rivalen, der sich ständig zwischen ihn und Ludmilla drängte, die stumme Stimme, die aus den Büchern spricht, dieses Phantom mit tausend Gesichtern und keinem, das um so ungreifbarer wird, als für Ludmilla die Autoren sich nie in Wesen aus Fleisch und Bein verkörpern: Sie existieren für sie nur auf Buchseiten, dort sind die Lebenden und die Toten immer bereit, mit ihr zu kommunizieren, sie aus der Fassung zu bringen, sie zu verführen, und Ludmilla ist immer bereit, ihnen zu folgen mit jener flatterhaften Unbeschwertheit, die nur in Beziehungen zu körperlosen Personen möglich ist. Was soll man dagegen tun? Wie bezwingt man nicht die Autoren, sondern die Funktion des Autors, die Idee, daß hinter jedem Buch einer steht, der dieser Welt von Trugbildern und Erfindungen eine Wahrheit garantiert, bloß weil er seine eigene Wahrheit in sie investiert hat und sich selbst mit diesem Wörtergebilde identifiziert? Seit jeher schon, da seine Vorlieben und Talente ihn dazu drängten, aber mehr denn je seit sein Verhältnis zu Ludmilla in die Krise geraten war, träumte Ermes Marana von einer durch und durch apokryphen Literatur aus lauter falschen Zuweisungen, Imitationen, Unterschiebungen und Pastiches. Wenn seine Idee sich durchgesetzt hätte, wenn eine systematisch erzeugte Ungewißheit über die Identität des Schreibenden den Leser daran gehindert hätte, sich vertrauensvoll dem Gedruckten hinzugeben – nicht so sehr dem, was ihm da erzählt wird, als vielmehr der stummen Stimme dessen, der da erzählt –, dann hätte sich äußerlich wohl am Gebäude der

Literatur nicht viel verändert... aber darunter, im Unterbau, wo sich das Verhältnis des Lesers zum Text herstellt, dort wäre etwas für immer anders geworden. Ermes Marana hätte sich nicht mehr verlassen gefühlt von der in ihre Lektüre vertieften Ludmilla: Zwischen sie und das Buch hätte sich dauernd ein Schatten der Mystifikation eingedrängt, und er, Marana, der sich mit jeder Mystifikation identifizierte, hätte seine Präsenz behauptet.)

Dein Blick fällt auf den Anfang des Buches. »Moment mal, das ist ja gar nicht der Roman, den ich gelesen habe! Der Titel ist gleich, der Umschlag ist gleich, alles ist haargenau gleich... Aber es ist ein anderes Buch! Eins von beiden ist falsch!«

»Natürlich ist es falsch«, sagt Ludmilla leise.

»Du meinst, weil es durch Maranas Hände gegangen ist? Aber das andere, das ich gelesen habe, ist auch durch seine Hände gegangen: Er hat es an Cavedagna geschickt. Dann wären beide falsch?«

»Nur einer kann uns hier noch die Wahrheit sagen: der Autor.«

»Du könntest ihn ja mal fragen, du bist doch seine Freundin...«

»Ich war es.«

»Gingst du zu ihm damals, als du vor Marana wegliefst?«

»Was du alles weißt!« sagt sie, und wenn dir etwas auf die Nerven geht, dann dieser ironische Ton.

Du hast dich entschieden, Leser: Du wirst diesen alten Schriftsteller aufsuchen. Einstweilen hast du Ludmilla den Rücken gekehrt, um dich der Lektüre des neuen Buches zu widmen, dessen Umschlag dem anderen so haargenau gleicht.

(Haargenau bis zu einem bestimmten Punkt. Die

Bauchbinde mit der Aufschrift DER NEUESTE BESTSELLER VON SILAS FLANNERY verdeckt das letzte Wort des Titels. Du hättest sie nur zu verschieben brauchen, um festzustellen, daß er nicht heißt *In einem Netz von Linien, die sich verknoten*, sondern *In einem Netz von Linien, die sich überschneiden*.)

In einem Netz von Linien,
die sich überschneiden

Spekulieren, reflektieren – jede Regung des Denkens verweist mich auf Spiegel. Nach Plotin ist die Seele ein Spiegel, der die materiellen Dinge erzeugt, indem er die Ideen der höheren Vernunft reflektiert. Vielleicht ist das der Grund, warum ich zum Denken Spiegel brauche: Ich kann mich nur konzentrieren, wenn ich von Spiegelbildern umgeben bin, als brauche mein Geist ein imitierbares Vorbild, um seine Spekulationsfähigkeit zu aktivieren. (Das Wort Spekulation nimmt hier alle seine Bedeutungen an: Ich bin ein denkender Mensch und zugleich ein Geschäftsmann, außerdem sammle ich optische Apparate.)

Ich brauche nur in ein Kaleidoskop zu blicken, und schon spüre ich, wie mein Geist, inspiriert von jenem Zusammenströmen und Konvergieren heterogener Linien- und Farbfragmente zu homogenen Figuren, sogleich das Verfahren entdeckt, dem er folgen muß – und sei's auch nur die so zwingende wie flüchtige Offenbarung einer rigorosen Konstruktion, die beim geringsten Antippen der Röhrenwand mit dem Fingernagel zerfällt, um durch eine andere ersetzt zu werden, in der sich dieselben Elemente zu einem ganz neuen Gebilde zusammenfügen.

Schon seit ich, noch kaum den Kinderschuhen entwachsen, zum ersten Male entdeckte, wie sehr die Betrachtung der gläsernen Gärten, die auf dem Grunde von Spiegelbrunnen wirbeln, meine Fähigkeit zu praktischen Entscheidungen und gewagten Prognosen beflügelt, sammle ich Kaleidoskope. Die relativ junge Geschichte dieses Gegenstandes (das Kaleidoskop wurde im Jahre 1817 von dem schottischen Physiker Sir David Brewster, Autor unter anderem eines *Treatise on New Philosophical Instruments*, zum Patent angemeldet) zog meiner Sammlung enge zeitliche Grenzen. Doch früh schon richtete ich mein Augenmerk auf eine antiquarische Spezialität von weit höherem Rang und stärkerer Suggestion: auf die katoptrischen Apparate des 17. Jahrhunderts, kleine Schaubühnen von diverser Machart, die eine Figur vervielfacht zeigen, je nach Anzahl und Stellung der sie umgebenden Spiegel. Mein Ziel ist eine vollständige Rekonstruktion der Sammlung des Jesuiten Athanasius Kircher, der nicht nur Autor einer *Ars magna lucis et umbrae* (1646) war, sondern auch Erfinder eines »polydyptischen Theaters«, in welchem fünf Dutzend Spiegelchen, die das Innere einer großen Schachtel auskleiden, einen Zweig in einen Wald verwandeln, einen Bleisoldaten in eine Armee und ein Büchlein in eine Bibliothek.

Die Geschäftsleute, denen ich vor Sitzungen meine Kollektion zeige, betrachten diese ausgefallenen Apparate mit oberflächlicher Neugier. Sie wissen nicht, daß ich mein Finanzimperium nach genau dem Prinzip der Kaleidoskope und katoptrischen Apparate aufgebaut habe, indem ich wie auf einem Schachbrett kapitallose Gesellschaften multiplizierte, Kredite ins Riesenhafte vergrößerte und katastrophale Passiva im toten Winkel täuschender Perspektiven verschwinden ließ. Mein Geheimnis, das Geheimnis meiner ununterbrochenen finanziellen Erfolge in einer Zeit, die so viele Krisen, Bankrotts und Börsenkräche erlebte, ist immer dies gewesen: Ich dachte niemals direkt an das Geld, an die Geschäfte und die Profite, sondern immer nur an die Brechungswinkel zwischen unterschiedlich geneigten schimmernden Flächen.

Mein Ebenbild ist es, das ich vervielfachen möchte,

aber nicht aus Narzißmus oder Größenwahn, wie man allzu leicht annehmen könnte, sondern um, ganz im Gegenteil, inmitten so vieler vorgegaukelter Trugbilder meiner selbst das wahre Ich, das sie alle bewegt, zu verbergen. Darum hätte ich, wäre nicht meine Furcht, mißverstanden zu werden, auch nichts dagegen, in meinem Hause jenes von Kircher projektierte ganz mit Spiegeln ausgekleidete Zimmer zu rekonstruieren, um mich darin kopfunten an der Decke spazieren und aus der Tiefe des Bodens auffliegen zu sehen.

Auch die Seiten, die ich hier schreibe, müßten den kalten Glanz einer Spiegelgalerie ausstrahlen, in welcher sich eine begrenzte Zahl von Gestalten endlos bricht und verkehrt und vervielfacht. Wenn meine Gestalt in alle Richtungen auseinandergeht und sich in allen Ecken verdoppelt, so tut sie das, um meine Verfolger zu narren. Ich bin ein Mann, der viele Feinde hat, vor denen er dauernd fliehen muß. Wenn sie glauben, mich erreicht zu haben, werden sie nur eine Glasfläche treffen, auf welcher eine der vielen Spiegelungen meiner Allgegenwart erscheint und vergeht. Ich bin auch ein Mann, der seine zahlreichen Feinde verfolgt, indem er sie von allen Seiten umstellt, mit unerbittlichen Schlachtreihen gegen sie vorrückt und ihnen, wohin sie sich auch wenden mögen, den Weg abschneidet. In einer katoptrischen Welt können zwar auch meine Feinde glauben, daß sie mich von allen Seiten einkreisen, doch ich allein kenne die Disposition der Spiegel und kann mich ungreifbar machen, während sie am Ende nur aufeinanderstoßen und miteinander ringen.

Dies alles müßte meine Erzählung zum Ausdruck bringen durch Details von Finanzoperationen, dramatische Situationen bei Aufsichtsratssitzungen, Anrufe hysterisierter Börsenmakler, anschließend auch durch Teile des Stadtplans, Versicherungspolicen, Lornas Mund, während ihm jener Satz entführt, Elfridas Blick wie versunken in eine ihrer unerbittlichen Kalkulationen, ein Bild, das sich dem anderen überlagert, das Raster des Stadtplans übersät mit Kreuzchen und Pfeilen, Motorräder, die davonbrausen und in den Spiegelecken verschwinden, Motorräder, die sich von allen Seiten meinem Mercedes nähern.

Als mir klar wurde, daß eine Entführung meiner Person der größte Coup nicht nur der diversen professionellen Kidnapperbanden wäre, sondern auch meiner wichtigsten Mitgesellschafter und Konkurrenten in Kreisen der Hochfinanz, begriff ich sofort, daß nur eine Vervielfachung meiner Person, meiner Anwesenheit, meiner Ausfahrten und Bewegungen außer Haus, kurz, aller Gelegenheiten zu einem Anschlag, mir eine gewisse Chance geben würde, nicht in die Hände von Feinden zu fallen. Also bestellte ich fünf Mercedes, die dem meinen haargenau glichen und die nun zu jeder Stunde durch das gepanzerte Tor meiner Villa aus und ein fahren, eskortiert von Motorradfahrern aus meiner Leibwache, jeweils im Fond eine schwarzgekleidete und vermummte Gestalt, die ebensogut die meine sein könnte wie die irgendeines Doubles. Die Gesellschaften, denen ich vorsitze, bestehen aus Firmenzeichen mit nichts dahinter, und ihre Büros sind leere, auswechselbare Räume; infolgedessen können meine geschäftlichen Sitzungen an ständig wechselnden Orten stattfinden, die ich überdies um der größeren Sicherheit willen jeweils in letzter Minute ändern lasse. Heiklere Probleme ergeben sich aus meiner außerehelichen Beziehung zu einer geschiedenen neunundzwanzigjährigen Frau namens Lorna, die ich zwei- bis dreimal pro Woche für genau zweidreiviertel Stunden besuche. Um Lorna zu schützen, gab es nur eins, nämlich ihre Lokalisierung unmöglich zu machen; ich entschloß mich für das System einer Ostentation so vieler gleichzeitiger amouröser Begegnungen, daß man nicht mehr unterscheiden kann, welche unter all den fingierten Geliebten meine wahre Geliebte ist. Täglich begeben wir uns, meine Doubles und ich, nun zu wechselnden Zeiten in verschiedene über die ganze Stadt verstreute Appartements, die alle von attraktiven jungen Damen bewohnt sind. Dieses Netz fingierter Liebesverhältnisse gestattet es mir, meine wahren Besuche bei Lorna auch vor meiner Gattin Elfrida geheimzuhalten, dergegenüber ich diese ganze Inszenierung als eine bloße Sicherheitsmaßnahme hingestellt habe. Was sie selbst betrifft, meine Gattin, so findet mein Rat, sie solle sich zwecks Desorientierung eventueller Entführungspläne bei ihren Ausgängen stets mit größtmöglicher Publizität umgeben, leider bei ihr kein Gehör: Elfrida neigt zur Abkapselung, so wie sie auch meine Spiegel meidet, als fürchte sie, ihr Bild könne von ihnen zerstückelt und zerstört werden – eine Haltung, deren Motive mir entgehen und die mich einigermaßen befremdet.

Ich möchte, daß alle Einzelheiten in meiner Schilderung dazu beitragen, hier den Eindruck eines hochpräzisen Mechanismus zu erzeugen, aber zugleich auch den einer Folge von Blendungen, die alle auf etwas verweisen, das außerhalb des Gesichtsfeldes bleibt. Darum darf ich es nicht versäumen, an den Knotenpunkten der Handlung immer wieder Zitate aus alten Texten einzustreuen, zum Beispiel einen Passus aus der *Magia naturalis* von Giambattista della Porta (1558), in dem es heißt, der Magier oder »Sachwalter der Natur« müsse Kenntnis haben »von den Ursachen der optischen Täuschungen, von der Sicht, die man unter Wasser hat und in verschieden geformten Spiegeln, welche die Bilder zuweilen über die Spiegel hinauswerfen, so daß sie in der Luft hängen, und wie man deutlich erkennen kann, was sich in weiter Ferne zuträgt«.

Bald wurde mir allerdings klar, daß die Ungewißheit, die durch das ständige Hin und Her identisch erscheinender Automobile entsteht, nicht genügen würde, um der

Gefahr krimineller Anschläge zu begegnen. So kam ich darauf, die Multiplikationswirkung der katoptrischen Mechanik auf die Banditen selbst anzuwenden, indem ich fingierte Überfälle und fingierte Entführungen zu Lasten eines fingierten Ich inszenierte, gefolgt von fingierten Freilassungen nach Entrichtung fingierter Lösegelder. Zu diesem Zweck mußte ich eine parallele Verbrecherorganisation aufziehen und folglich immer engere Kontakte zur Unterwelt knüpfen. Dadurch erhielt ich eine Menge Informationen über geplante echte Entführungen, was mich befähigte, jeweils rechtzeitig einzugreifen, sei's um mich selbst zu schützen, sei's um mir das Mißgeschick meiner Konkurrenten zunutze zu machen.

Hier könnte nun die Erzählung daran erinnern, daß zu den Wunderkräften der Spiegel, mit denen sich die alten Bücher befassen, auch das Vermögen gehört, die fernen und verborgenen Dinge zu offenbaren. Arabische Geographen des Mittelalters erwähnen in ihren Beschreibungen des Hafens von Alexandria jene hohe Säule, die auf der Insel Pharos stand und einen stählernen Spiegel trug, in welchem man über ungeheure Entfernungen hinweg die vor Zypern, Konstantinopel und allen Küsten der Römer kreuzenden Schiffe zu erkennen vermochte. Durch Konzentration der Strahlen können gekrümmte Spiegel ein Bild des Alls auffangen. »Selbst Gott, der weder vom Körper noch von der Seele geschaut werden kann«, schreibt Porphyrius, »läßt sich in einem Spiegel betrachten.« Ich wünschte, daß diese Seiten zugleich mit der zentrifugalen Ausstrahlung, die mein Bild in alle räumlichen Dimensionen hinausprojiziert, auch die umgekehrte Bewegung vermitteln, in welcher mir aus den Spiegeln die für das Auge nicht direkt sichtbaren Bilder entgegenkommen. Von Spiegel zu Spiegel – so träumt mir bisweilen – könnte die Totalität der Dinge, das ganze Universum, die göttliche Weisheit ihre Strahlen in einem einzigen Spiegel bündeln. Oder vielleicht liegt das Wissen ums Ganze in meiner Seele begraben, und ein System von Spiegeln, das mein Bild unendlich vervielfachen und seine Essenz in einem einzigen Bild zurückwerfen würde, könnte mir schließlich die Seele des Alls offenbaren, die sich in der meinen verbirgt.

Dies und nichts anderes wäre die Macht der magischen Spiegel, von denen in den Traktaten okkulter Wissenschaften und in den Bannsprüchen der Inquisitoren so oft die Rede ist: daß sie den Gott der Finsternis zwingen, sich zu manifestieren und sein Bild mit dem zu vereinen, das der Spiegel zurückwirft. Ich mußte meine Sammlung auf ein weiteres Gebiet ausdehnen: Antiquariate und Auktionshäuser in aller Welt wurden angewiesen, die überaus seltenen Exemplare jener Renaissance-Spiegel, die sich dank ihrer Form oder dank schriftlicher Überlieferung als »magisch« klassifizieren lassen, zu meiner Verfügung zu halten.

Es war ein vertracktes Spiel, und jeder Fehler konnte mich teuer zu stehen kommen. Mein erster falscher Zug bestand darin, daß ich meine Rivalen dazu überredete, sich mit mir zusammenzutun zwecks Gründung einer Versicherungsgesellschaft gegen Entführungen. Im Vertrauen auf mein Informationsnetz in der Unterwelt glaubte ich, jede Eventualität unter Kontrolle zu haben. Bald erfuhr ich, daß meine Mitgesellschafter engere Kontakte zu den Kidnapperbanden unterhielten als ich. Bei der nächsten Entführung sollte als Lösegeld das gesamte Kapital der Versicherungs-AG gefordert werden; anschließend sollte es zwischen den Gangstern und den mit ihnen verbündeten Aktionären der AG aufgeteilt werden, all dies natürlich zu Lasten des Entführten. Wer das Opfer sein sollte, stand außer Zweifel: ich.

Nach dem Plan meiner Entführer sollten sich zwischen die Honda-Motorräder meiner Eskorte und die gepanzerte Limousine, in der ich saß, drei Yamaha-

Motorräder mit falschen Polizisten eindrängen, um dann plötzlich vor der Kurve zu bremsen. Nach meinem Gegenplan sollten statt dessen drei Suzuki-Motorräder meinen Mercedes fünfhundert Meter vorher zu einer fingierten Entführung stoppen. Als ich mich an einer Kreuzung, die noch vor den beiden anderen kam, plötzlich von drei Kawasaki-Motorrädern eingezwängt sah, begriff ich sofort, daß mein Gegenplan von einem Gegen-Gegenplan durchkreuzt worden war, dessen Auftraggeber ich nicht kannte.

Die Hypothesen, die ich in diesen Zeilen festhalten möchte, brechen sich und divergieren wie in einem Kaleidoskop, ganz wie der Stadtplan unter meinen Augen in Segmente zerfiel, den ich Abschnitt für Abschnitt zerlegt hatte, um die Straßenkreuzungen zu lokalisieren, an denen meinen Informanten zufolge der Überfall auf mich stattfinden sollte, und um den Punkt zu bestimmen, an dem ich meinen Feinden hätte zuvorkommen können, um ihren Plan zu meinen Gunsten zu wenden. Alles schien mir bestens gesichert, der magische Spiegel bündelte alle finsteren Mächte und stellte sie in meinen Dienst. Ich hatte nicht mit einem dritten Entführungsplan von seiten Unbekannter gerechnet. Wer waren sie?

Zu meiner großen Überraschung brachten mich die Entführer nicht in ein geheimes Versteck, sondern zu mir nach Hause und sperrten mich in das katoptrische Zimmer, das ich so sorgfältig nach den Zeichnungen des Athanasius Kircher rekonstruiert hatte. Die Spiegelwände warfen mir mein Ebenbild unendlich vervielfacht zurück. War ich von mir selbst entführt worden? Hatte sich eins meiner in die Welt projizierten Bilder an meine Stelle gesetzt und mich in den Rang eines Spiegelbildes verwiesen? Hatte ich den Herrn der Finsternis angerufen, und nun erschien mir dieser in meiner eigenen Gestalt?

Auf dem Spiegelglasboden liegt ein weiblicher Körper, gefesselt. Es ist Lorna. Bei der geringsten Bewegung multipliziert sich ihr nacktes Fleisch, tausendfach wiederholt, in allen Spiegeln. Ich stürze zu ihr, um sie zu befreien von den Fesseln und Knebeln, um sie zu umarmen; aber da faucht sie mich wütend an: »Glaubst du, jetzt hättest du mich in der Hand? Du irrst dich!« und schlägt mir die Nägel ins Gesicht. Ist sie mit mir gefangen? Ist sie meine Gefangene? Ist sie mein Gefängnis?

Unterdessen hat sich eine Tür aufgetan. Eintritt Elfrida. »Ich wußte, in welcher Gefahr du schwebtest, und konnte dich gerade noch retten«, sagt sie. »Die Methode war vielleicht etwas brutal, aber ich hatte keine Wahl. Nur finde ich jetzt nicht mehr aus diesem Spiegelkäfig hinaus. Rasch, sag mir, wo ist der Ausgang?«

Ein Auge und eine Braue Elfridas, ein Bein im hautengen Stiefel, ein Winkel ihres schmallippigen Mundes mit den zu weißen Zähnen, eine beringte Hand, die einen Revolver hält, wiederholen sich endlos, von den Spiegeln ins Riesenhafte vergrößert, und zwischen diese verzerrten Fragmente ihrer Erscheinung schieben sich Teile von Lornas Haut, gewaltig wie Fleischlandschaften. Schon weiß ich nicht mehr zu unterscheiden, was zu der einen und was zu der anderen gehört, ich verliere mich, ja mir scheint, ich habe mich selbst verloren, ich kann mein Spiegelbild nicht mehr sehen, nur noch die ihren. In einem Fragment von Novalis findet ein Eingeweihter die geheime Stätte der Isis, dringt ein und lüftet den Schleier der Göttin... Mir ist, als wäre jetzt alles, was mich umgibt, ein Teil von mir, als wäre ich endlich das Ganze geworden, das All...

VIII

Aus dem Tagebuch des Silas Flannery

In einem Liegestuhl auf der Terrasse eines Chalets unten im Tal liegt eine Frau und liest. Jeden Tag, bevor ich mich an die Arbeit setze, betrachte ich sie eine Weile durchs Fernglas. In dieser klaren und dünnen Bergluft ist mir, als könnte ich an ihrer reglos daliegenden Gestalt die Zeichen der Bewegung des Lesens wahrnehmen, das Gleiten des Blicks, das Strömen des Atems, aber mehr noch den Durchlauf der Worte durch die Person, ihr Fließen und Stocken, die Anläufe, die Verzögerungen, die Pausen, die bald konzentrierte, bald erlahmende Aufmerksamkeit, den ganzen scheinbar so gleichförmigen, doch immer so wechselhaften und ereignisreichen Verlauf.

Seit wie vielen Jahren kann ich mir schon kein unbefangenes Lesen mehr leisten? Wie lange schon will es mir nicht mehr gelingen, mich in das Buch eines anderen zu vertiefen, einfach so, ohne jeden Zusammenhang mit dem, was ich schreiben muß? Ich drehe mich um und sehe den Schreibtisch, der auf mich wartet, die Schreibmaschine mit dem frisch eingespannten Bogen, das neue Kapitel, das mich gebieterisch ruft. Seit ich ein Zwangsarbeiter des Schreibens geworden bin, ist mir die Lust am Lesen vergangen. Mein Tun zielt auf den Seelenzustand der Frau dort unten im Liegestuhl, die mein Fernglas erfaßt, und genau dieser Seelenzustand ist mir versagt.

Jeden Tag, bevor ich mich an die Arbeit setze, betrachte ich diese lesende Frau und sage mir: Das Ergebnis der widernatürlichen Anstrengung, die ich beim Schreiben auf mich nehme, müßte der Atem dieser Leserin sein, der zu einem natürlichen Vorgang gewordene Akt des Lesens, der Fluß, der die Sätze in den Filter ihrer Aufmerksamkeit treibt, wo sie einen Moment lang verweilen, bevor sie von den Stromkreisen ihres Geistes absorbiert werden und verschwinden, umgewandelt zu Phantasiegebilden in ihrem Innern, zu dem, was in ihr das Allerpersönlichste ist, das am wenigsten Kommunizierbare.

Manchmal packt mich ein absurdes Verlangen: Der Satz, den ich gerade schreibe, müßte derselbe sein, den sie gerade liest. Der Gedanke ist so faszinierend, daß ich mir einrede, er sei wahr: Ich schreibe den Satz rasch nieder, springe auf, eile ans Fenster und schaue durchs Fernglas, um die Wirkung meines Satzes in ihrem Blick zu prüfen, in der Art, wie sie die Lippen verzieht, sich eine Zigarette anzündet, sich im Liegestuhl räkelt, die Beine übereinanderschlägt oder ausstreckt.

Manchmal scheint mir, daß der Abstand zwischen meinem Schreiben und ihrem Lesen unüberbrückbar ist, daß alles, was ich schreibe, den Stempel der Künstlichkeit, der Vortäuschung und der Verworrenheit trägt: Erschiene das, was ich hier schreibe, auf der glatten Oberfläche der Seite, die sie dort liest, es würde kreischen wie ein Fingernagel auf einer Glasscheibe, und sie würde das Buch voller Schaudern wegwerfen.

Manchmal rede ich mir auch ein, daß die Frau dort unten mein *wahres* Buch liest, das Buch, das ich seit langem schreiben müßte, aber nie werde schreiben können, daß dieses Buch *da* ist, Wort für Wort, ich sehe es vor mir im Fernglas, kann aber nicht lesen, was darin geschrieben steht, kann nicht wissen, was jenes Ich geschrieben hat, das zu werden mir niemals gelungen ist noch jemals gelingen wird. Es hat keinen Zweck, an den Schreibtisch zurückzugehen und mich zu bemühen, es zu erraten, es zu kopieren, dieses mein wahres Buch, das sie dort liest: Was ich auch schreiben mag, immer wird es eine Verfälschung sein, gemessen an meinem wahren Buch, das niemand außer ihr jemals lesen wird.

Und was, wenn nun sie, wie ich ihr zusehe, während sie liest, ein Fernglas auf mich richten würde, während ich schreibe? Ich sitze an der Maschine mit dem Rücken zum Fenster und spüre plötzlich hinter mir einen Blick, der den Fluß meiner Sätze aufsaugt, mein Erzählen in Richtungen lenkt, die mir entgleiten. Die Leser sind meine Vampire. Ich spüre ein Heer von Lesern, die mir über die Schultern blicken und meine Worte an sich reißen, kaum daß sie auf dem Papier stehen. Ich bin unfähig zu schreiben, wenn mir jemand zusieht: Ich spüre, daß mir, was ich da schreibe, nicht mehr gehört. Ich möchte verschwinden, möchte der lauernden Erwartung in ihren Blicken nur das in die Maschine gespannte Blatt überlassen, allenfalls noch meine auf die Tasten schlagenden Finger.

Wie gut ich schreiben würde, wenn *ich* nicht wäre! Wenn zwischen dem weißen Blatt und dem Brodeln der Wörter, Sätze, Geschichten, die da Gestalt annehmen und wieder entschwinden, ohne daß jemand sie schreibt, nicht diese hemmende Trennwand meiner Person wäre! Stil, Geschmack, persönliche Philosophie, Subjektivität, Bildung, gelebte Erfahrung, Psychologie, Talent, handwerkliche Kunstgriffe: alles, was irgendwie dazu beiträgt, daß als *mein* erkennbar wird, was ich schreibe, kommt mir wie ein Käfig vor, der meine Möglichkeiten einengt. Wäre ich nur eine Hand, eine abgehauene Hand, die eine Feder hielte und schriebe... Aber wer würde die Hand bewegen? Die anonyme Masse? Der Zeitgeist? Das kollektive Unbewußte? Ich weiß nicht... Nein, nicht um Sprachrohr für etwas Undefinierbares werden zu können, würde ich mich so gern annullieren. Nur um Mittler zu werden für das Schreibbare, das darauf wartet, geschrieben zu werden, für das Erzählbare, das noch niemand erzählt hat.

Vielleicht *weiß* die Frau dort unten im Liegestuhl, was ich schreiben müßte; oder sie weiß es nicht, da sie von mir gerade erwartet, daß ich schreibe, was sie *nicht weiß*? In jedem Falle weiß sie, was sie *erwartet*, welche Leere meine Worte füllen müßten.

Manchmal denke ich an den Stoff des zu schreibenden Buches wie an etwas längst schon Vorhandenes: längst schon gedachte Gedanken, längst schon gesprochene Dialoge, längst schon geschehene Geschichten, längst schon gesehene Orte und Szenerien. Das Buch als Äquivalent der ungeschriebenen Welt, übersetzt in Schrift. Dann wieder scheint mir, daß zwischen dem zu schreibenden Buch und den schon vorhandenen Dingen nur eine Art Komplementarität sein kann. Das Buch als geschriebenes Gegenstück der ungeschriebenen Welt, sein Stoff als das, was nicht vorhanden ist und nicht vorhanden sein kann, solange es nicht geschrieben wird, dessen Fehlen jedoch das Vorhandene in seiner Unvollständigkeit irgendwie spürt.

Wie ich sehe, kreise ich, so oder so, weiter um den Gedanken einer Interdependenz zwischen ungeschriebener Welt und zu schreibendem Buch. Darum erscheint mir das Schreiben als eine so schwere Last, die mich erdrückt. Ich richte das Fernglas erneut auf die Leserin. Zwischen ihren Augen und der Buchseite flattert ein Schmetterling. Was sie auch lesen mag, sicher nimmt jetzt der Schmetterling ihre Aufmerksamkeit gefangen. Die ungeschriebene Welt erreicht in diesem Schmetterling ihren Gipfel. Das Ergebnis, das ich anstreben muß, ist etwas Präzises, Aufgehobenes, Leichtes.

Beim Betrachten der Frau im Liegestuhl ist mir das Bedürfnis gekommen, »nach der Natur« zu schreiben, das heißt nicht die Frau zu beschreiben, sondern ihr Lesen, beziehungsweise irgend etwas zu schreiben, aber ständig dabei zu denken, daß es durch ihr Lesen hindurch muß.

Jetzt, beim Betrachten des Schmetterlings, der sich dort auf mein Buch setzt, möchte ich »nach der Natur« schreiben, indem ich ständig an den Schmetterling denke. Zum Beispiel ein scheußliches Verbrechen beschreiben, das aber bei aller Scheußlichkeit diesem Schmetterling irgendwie »gleicht«, also leicht und zart ist wie er.

Ich könnte auch den Schmetterling beschreiben und dabei so intensiv an ein scheußliches Verbrechen denken, daß der Schmetterling etwas Entsetzliches wird.

Entwurf für eine Erzählung. Zwei Schriftsteller, wohnhaft in zwei Chalets an gegenüberliegenden Hängen des Tals, beobachten einander durchs Fernglas. Der eine pflegt morgens zu schreiben, der andere nachmittags. Morgens und nachmittags richtet der jeweils nicht schreibende Schriftsteller sein Fernglas auf den jeweils schreibenden.

Einer der beiden ist ein produktiver Schriftsteller, der andere ein zerquälter. Der zerquälte Schriftsteller sieht, wie der produktive Seite um Seite mit regelmäßigen Zeilen füllt, wie sich das Manuskript allmählich zu einem Stapel wohlgeordneter Bögen häuft. Bald wird das neue Buch fertig sein: zweifellos wieder so ein Erfolgsroman – denkt der zerquälte Schriftsteller mit einer gewissen Verachtung, aber nicht ohne Neid. Für ihn ist der produktive Schriftsteller nichts weiter als ein geschickter Handwerker mit der Fähigkeit, wie am Fließband Serienromane zu produzieren, die den Geschmack des Publikums treffen; dennoch kann er ein heftiges Neidgefühl nicht unterdrücken angesichts dieses Mannes, der sich mit so viel methodischer Sicherheit auszudrücken vermag. Und es ist nicht nur Neid, was er empfindet, sondern auch Bewunderung, ja, ehrliche Bewunderung: Zweifellos steckt in der Art, wie dieser Mann seine ganze Energie ins Schreiben legt, auch eine Großherzigkeit, ein Vertrauen in die Kommunikation, in die Möglichkeit, den anderen zu geben, was sie von ihm erwarten, ohne sich introvertierte Probleme zu stellen. Der zerquälte Schriftsteller würde wer weiß was geben, um dem produktiven zu gleichen, ja es ist mittlerweile sein größter Wunsch, so zu werden wie er.

Der produktive Schriftsteller beobachtet den zerquälten, wie dieser sich an den Schreibtisch setzt, an den Nägeln kaut, sich kratzt, ein Blatt zerreißt, wieder aufsteht und in die Küche geht, um sich einen Kaffee zu machen, dann einen schwarzen Tee, dann einen Kamillentee, dann liest er ein Gedicht von Hölderlin (obwohl Hölderlin offenkundig mit dem, was er schreibt, nichts zu tun hat), schreibt eine fertig geschriebene Seite noch einmal ab, um anschließend alles Zeile für Zeile auszuixen, telefoniert mit der Wäscherei (obwohl er weiß, daß die blauen Hosen nicht vor Donnerstag fertig sein können), macht sich ein paar Notizen, die er jetzt nicht verwenden kann, aber vielleicht einmal später, schaut im Lexikon unter dem Stichwort Tasmanien nach (obwohl klar ist, daß Tasmanien in dem, was er schreibt, gar nicht vorkommt), zerreißt zwei Seiten, legt eine Ravel-Platte auf... Der produktive Schriftsteller hat die Werke des zerquälten nie recht gemocht; wenn er sie liest, hat er immer den Eindruck, als werde er gleich den entscheidenden Punkt erfassen, doch jedesmal entgleitet ihm dieser Punkt, und was bleibt, ist ein Gefühl von Unbehagen. Nun aber, da er ihn schreiben sieht, spürt er, daß dieser Mann mit etwas Dunklem ringt, mit einem labyrinthischen Wirrwarr, einem Ausweg, den es zu öffnen gilt, auch wenn man nicht weiß, wohin er führt; manchmal scheint ihm, als balanciere der andere auf einem dünnen Seil über einen Abgrund, und dann überkommt ihn ein Gefühl der Bewunderung. Aber in die Bewunderung mischt sich auch Neid, denn er spürt die Beschränktheit und Oberflächlichkeit seiner eigenen Arbeit im Vergleich zu dem, was der zerquälte Schriftsteller sucht.

Auf der Terrasse eines Chalets weiter unten im Tal liegt eine junge Frau in der Sonne und liest ein Buch. Die beiden Schriftsteller betrachten sie durch ihre Ferngläser. »Wie versunken sie ist, geradezu atemlos! Wie fieberhaft sie die Seiten umblättert!« denkt der zerquälte Schriftsteller. »Sicher liest sie einen Roman voller starker Effekte, so einen, wie der produktive Schriftsteller sie zu schreiben pflegt!« – »Wie versunken sie ist, geradezu verklärt meditierend, als sähe sie eine geheime Wahrheit sich offenbaren!« denkt der produktive Schriftsteller. »Sicher liest sie ein Buch voller tiefer Bedeutungen, so eins, wie der zerquälte Schriftsteller sie zu schreiben pflegt!«

Der größte Wunsch des zerquälten Schriftstellers ist nun, so gelesen zu werden, wie diese junge Frau liest. Er macht sich daran, einen Roman in der Weise zu schreiben, wie er meint, daß ihn der produktive Schriftsteller schreiben würde. Unterdessen ist der größte Wunsch des produktiven Schriftstellers ebenfalls, so gelesen zu werden, wie diese junge Frau liest. Er macht sich daran, einen Roman in der Weise zu schreiben, wie er meint, daß ihn der zerquälte Schriftsteller schreiben würde.

Die junge Frau erhält Besuch erst von dem einen Schriftsteller, dann von dem anderen. Beide kommen, um sie zu bitten, ihren gerade fertiggewordenen neuen Roman zu lesen.

Die junge Frau nimmt beide Manuskripte entgegen. Nach ein paar Tagen lädt sie die beiden Schriftsteller zu deren Verblüffung gemeinsam ein. »Was soll dieser Scherz?« fragt sie kühl. »Sie haben mir zwei Kopien desselben Romans gegeben!«

Oder:

Die junge Frau verwechselt die beiden Manuskripte. Dem Produktiven gibt sie den Roman des Zerquälten in der Manier des Produktiven zurück und dem Zerquälten den Roman des Produktiven in der Manier des Zerquälten. Beide reagieren sehr heftig auf die Entdeckung, daß sie imitiert worden sind, und finden zu ihrer eigenen Linie zurück.

Oder:

Ein Windstoß bringt die beiden Manuskripte durcheinander. Die Leserin versucht, sie wieder zu ordnen. Herauskommt ein einziger wunderschöner Roman, den die Kritiker über die Maßen loben, ohne jedoch zu wissen, wem sie ihn zuordnen sollen. Es ist der Roman, den sowohl der produktive wie der zerquälte Schriftsteller immer zu schreiben geträumt hatten.

Oder:

Die junge Frau war schon immer eine begeisterte Leserin des produktiven Schriftstellers und verabscheute den zerquälten. Sie liest den neuen Roman des produktiven, findet ihn nichtswürdig und erkennt, daß alles, was er bisher geschrieben hatte, nichtswürdig war; dafür erscheinen ihr nun im Rückblick die Werke des zerquälten Schriftstellers ganz hervorragend, und sie kann es gar nicht erwarten, seinen neuen Roman zu lesen. Sie findet darin jedoch etwas völlig anderes, als sie erwartet hatte, und schickt ihn gleichfalls zum Teufel.

Oder:

Wie oben, mit Ersetzung von »produktiv« durch »zerquält« und »zerquält« durch »produktiv«.

Oder:

Die junge Frau war usw. usw. vom Produktiven begeistert und verabscheute den Zerquälten. Sie liest den neuen Roman des Produktiven und merkt gar nicht, daß sich etwas verändert hat; er gefällt ihr, ohne sie zu Begeisterungsstürmen hinzureißen. Das Manuskript des

Zerquälten findet sie langweilig wie alles, was sie bisher von ihm gelesen hat. Sie antwortet beiden Schriftstellern mit ein paar Allerweltsphrasen. Beide gelangen zu der Überzeugung, daß diese Frau wohl keine sehr aufmerksame Leserin ist, und reden nicht mehr von der Sache.

Oder:

Wie oben, mit Ersetzung von usw.

Habe in einem Buch gelesen, daß die Objektivität des Denkens sich ausdrücken ließe, indem man das Verbum »denken« in der unpersönlichen dritten Person gebraucht, also nicht sagt »ich denke«, sondern »es denkt«, so wie man sagt »es regnet«. Es gibt ein Denken im Universum – das ist der Grundsatz, von dem wir ausgehen müssen.

Werde ich jemals sagen können »heute schreibt es«, so wie ich sagen kann »heute regnet es«, »heute ist es windig«? Erst wenn es mir ganz natürlich erscheint, das Verbum »schreiben« in der unpersönlichen Form zu gebrauchen, kann ich hoffen, daß durch mich etwas minder Begrenztes zum Ausdruck kommt als die Individualität eines Einzelnen.

Und was ist mit dem Verbum »lesen«? Wird man je sagen können »heute liest es«, so wie man sagt »heute regnet es«? Genau bedacht ist das Lesen ein zwangsläufig individueller Akt, viel mehr als das Schreiben. Angenommen, es gelänge der Schrift als solcher (der *écriture*), die Begrenztheit des Autors zu überwinden, so behielte sie gleichwohl nur einen Sinn, wenn sie von einer Einzelperson gelesen wird und deren geistige Strom- oder Regelkreise durchläuft. Nur daß es für ein Individuum lesbar ist, beweist die Teilhabe des Geschriebenen an der Macht des Schreibens-als-Schrift, die sich auf etwas den einzelnen Übergreifendes gründet. Das Universum wird sich so lange ausdrücken können, wie jemand zu sagen vermag: »Ich lese, also schreibt *es*.«

Dies ist das besondere Glück, das ich im Gesicht der Leserin aufblühen sehe und das mir versagt ist.

An der Wand über meinem Schreibtisch hängt ein Poster, das mir jemand geschenkt hat. Das Hündchen Snoopy sitzt vor einer Schreibmaschine, und in der Sprechblase liest man den Satz: »Es war eine dunkle und stürmische Nacht...« Jedesmal wenn ich hier Platz nehme, lese ich: »Es war eine dunkle und stürmische Nacht..., und die Unpersönlichkeit dieses *Incipit* scheint mir den Übergang von einer Welt in die andere zu öffnen: von der Zeit und dem Raum des Hier und Jetzt zu der Zeit und dem Raum der geschriebenen Seite. Ich spüre die Erregung eines Beginns, dem unendlich viele Entwicklungen von unerschöpflicher Vielgestalt folgen können; ich gelange zur Überzeugung, daß es nichts Besseres gibt als eine konventionelle Eröffnung, einen Anfang, von dem man alles oder nichts erwarten kann; und gleichzeitig mache ich mir bewußt, daß dieses mythomanische Hündchen niemals imstande sein wird, den ersten sieben Wörtern weitere sieben oder vierzehn hinzuzufügen, ohne den Zauber zu brechen. Die Leichtigkeit des Eintretens in eine andere Welt ist Illusion: Schwungvoll beginnt man zu schreiben, das Glück eines künftigen Lesens antizipierend, und auf dem weißen Papier gähnt die Leere.

Seit ich dieses Poster vor Augen habe, bringe ich keine einzige Seite mehr zustande. Ich muß diesen verdammten Snoopy schnellstens von der Wand da entfernen. Aber ich kann mich nicht aufraffen: Diese alberne Comicfigur ist für mich zu einem Symbol meiner Lage geworden, zu einer Mahnung und Herausforderung.

Das epische Faszinosum, das in den Anfangssätzen der ersten Kapitel so vieler Romane im Reinzustand auftritt, verliert sich sehr bald im Fortgang der Erzählung: Es ist die Verheißung einer Zeit der Lektüre, die sich vor uns erstreckt und alle möglichen Weiterentwicklungen in sich aufnehmen kann. Ich wünschte, ich könnte ein Buch schreiben, das nur ein *Incipit* wäre, ein Buch, das sich über seine ganze Länge hin die Potentialität des Anfangs bewahrt: die noch gegenstandslose Erwartung. Doch wie könnte ein solches Buch aufgebaut sein? Würde es nach dem ersten Absatz abbrechen? Würde es endlos die Präliminarien verlängern? Würde es lauter Anfänge ineinanderschachteln wie *Tausendundeine Nacht*?

Heute will ich die ersten Sätze eines berühmten Romans abschreiben, um zu sehen, ob sich das in diesem Anlauf enthaltene Kraftpaket auf meine Hand überträgt, so daß sie, einmal richtig angestoßen, selbständig weiterläuft.

An einem außergewöhnlich heißen Tage zu Anfang Juli verließ ein junger Mann gegen Abend seine Dachstube, die er in einem Hause der S.-Gasse als Untermieter bewohnte, trat auf die Straße hinaus und ging langsam, wie unentschlossen, in Richtung der K.-Brücke.

Ich will auch den zweiten Absatz abschreiben, er ist unentbehrlich, um mich vom Fluß der Erzählung mitreißen zu lassen:

Eine Begegnung mit seiner Wirtin auf der Treppe hatte er glücklich vermeiden können. Sein Stübchen lag unmittelbar unter dem Dach des hohen fünfstöckigen Hauses und glich eher einer Art Schrank als einem Wohnraum. Und so weiter bis: *Er war bei der Wirtin stark verschuldet und fürchtete sich, ihr zu begegnen.*

An dieser Stelle übt der nächste Satz eine so starke Anziehung auf mich aus, daß ich mich nicht enthalten kann, ihn ebenfalls abzuschreiben: *Nicht daß er besonders furchtsam und feige gewesen wäre, im Gegenteil; aber seit einiger Zeit befand er sich in einem überaus reizbaren Zustand, der fast schon an Hypochondrie grenzte.* Da ich nun einmal dabei bin, könnte ich auch

gleich weitermachen, den ganzen Absatz und den nächsten, ja mehrere Seiten abschreiben, bis zu der Stelle, wo
der Held vor die alte Wucherin tritt und sich vorstellt:
*»Raskolnikow, Student; ich war schon einmal vor ei-
nem Monat bei Ihnen«, murmelte hastig der junge
Mann, eingedenk, daß er freundlicher sein mußte.*

Ich höre lieber auf, bevor ich der Versuchung erliege,
Schuld und Sühne ganz abzuschreiben. Für einen Augenblick glaube ich zu begreifen, was einst der Sinn und das
Faszinosum einer heutzutage unvorstellbaren Berufung
gewesen sein muß: der des Kopisten. Der Kopist lebte
gleichzeitig in zwei Zeitdimensionen, in der des Lesens
und der des Schreibens; er konnte schreiben ohne die
Angst vor der Leere, die sich vor der Feder auftut; und er
konnte lesen ohne die Angst, daß sein Tun sich nicht in
einem greifbaren Gegenstand niederschlägt.

Ein junger Mann ist gekommen, angeblich einer meiner
Übersetzer, um mich auf eine ruf- und geschäftsschädi-
gende Hintergehung meiner und seiner Person hinzuweisen: auf die Publikation nichtautorisierter Übersetzungen meiner Bücher. Er zeigte mir ein Exemplar, aus dem
ich aber nicht viel ersehen konnte: Es war japanisch
gedruckt, und die einzigen Worte in lateinischer Schrift
waren mein Name und Vorname auf dem Titelblatt.

»Ich erkenne nicht einmal, um welches meiner Bücher
es sich handelt«, sagte ich und gab ihm den Band zurück.
»Leider kann ich kein Japanisch.«

»Auch wenn Sie es könnten, würden Sie Ihr Buch nicht
wiedererkennen«, sagte mein Besucher. »Es ist ein Buch,
das Sie nie geschrieben haben.«

Er erklärte mir, die große Geschicklichkeit der Japaner
im Herstellen von perfekten Äquivalenten westlicher
Serienprodukte habe sich neuerdings auf die Literatur
ausgedehnt. Einer Firma in Osaka sei es gelungen, sich
die Formel der Romane von Silas Flannery zu beschaffen;

sie könne inzwischen absolut neue Flannerys produzieren, erstklassige, in jeder Hinsicht geeignet, mit ihnen den Weltmarkt zu überschwemmen. Rückübersetzungen ins Englische (beziehungsweise genauer: Erstübersetzungen ins Englische, aus dem sie angeblich übersetzt worden sind) könne kein Kritiker von den echten Flannerys unterscheiden.

Die Nachricht von diesem teuflischen Schwindel hat mich zutiefst erschüttert. Aber was mich erregt, ist nicht nur die verständliche Wut über die ökonomische und moralische Schädigung: Ich spüre auch einen beklemmenden Reiz von diesen Fälschungen auf mich ausgehen, fühle mich zärtlich hingezogen zu diesem Ableger meiner selbst, der da aufkeimt auf dem Boden einer anderen Zivilisation. Ich sehe vor mir einen alten Japaner im Kimono, der über eine kleine, zierlich geschwungene Brücke geht: Er ist mein japanisches Ich, das sich eine meiner Geschichten ausdenkt und dem es schließlich gelingt, als Ergebnis einer spirituellen Wanderung, die mir ganz äußerlich bleibt, mit mir identisch zu werden... Dann wären die falschen Flannerys aus der Produktion jener Schwindlerfirma in Osaka zwar billige Imitationen, enthielten jedoch eine seltsam verfeinerte und geheime Weisheit, die den echten Flannerys völlig abgeht...

Natürlich mußte ich, da ich vor einem Fremden stand, die Zwiespältigkeit meiner Gefühle verbergen und zeigte mich nur daran interessiert, alles Nötige zu erfahren, um einen Prozeß anstrengen zu können.

»Ich werde die Fälscher verklagen, die Fälscher und jeden, der zur Verbreitung der falschen Bücher beiträgt«, sagte ich und sah dem Übersetzer bedeutungsvoll in die Augen, denn mir war der Verdacht gekommen, daß dieser Bursche womöglich an der Geschichte nicht ganz unbeteiligt sein könnte. Er sagte, sein Name sei Ermes Marana, ich hatte den Namen noch nie gehört. Er hat einen länglichen, zeppelinartig horizontal nach hinten gestreckten Kopf und scheint vieles hinter seiner gewölbten Stirn zu verbergen.

Ich fragte ihn, wo er wohne. »Zur Zeit in Japan«, antwortete er.

Er gab sich empört über den Mißbrauch meines Namens und sagte, er sei bereit, mir zu helfen, dem Schwindel ein Ende zu machen, fügte aber hinzu, letzten Endes sei das alles gar nicht so schlimm, denn seiner Ansicht nach beziehe die Literatur ihren Wert aus ihrem Mystifikationsvermögen, jawohl, in der Mystifikation habe sie ihre Wahrheit, und folglich sei eine Fälschung, als Mystifikation einer Mystifikation, soviel wie eine Wahrheit in der zweiten Potenz.

Er erläuterte mir noch mehr von seinen Theorien, denen zufolge der Autor jedweden Buches eine fingierte Person ist, die der reale Autor erfindet, um sie zum Autor seiner Fiktionen zu machen. Viele seiner Behauptungen kamen mir durchaus einleuchtend vor, aber ich hütete mich, ihm das zu zeigen. Er sagte, er sei an mir vor allem aus zwei Gründen interessiert: erstens weil ich ein fälschbarer Autor sei, und zweitens weil er glaube, ich hätte die nötigen Gaben, um ein großer Fälscher zu werden, ein Schöpfer vollendeter Apokryphen. Ich könnte mithin den seines Erachtens idealen Autor verkörpern, das heißt den Autor, der sich vollkommen auflöst in der Wolke von Fiktionen, die unsere Welt umgibt. Und da Künstlichkeit oder Simulation für ihn die wahre Substanz aller Dinge sei, könne der Autor, der ein perfektes System von Simulationen erfände, sich schließlich mit dem All identifizieren.

Immerfort muß ich an mein gestriges Gespräch mit diesem Marana denken. Auch ich möchte mich auflösen, für jedes meiner Bücher ein anderes Ich erfinden, eine andere Stimme, einen anderen Namen, verlöschen und wiedergeboren werden. Aber es ist mein Ziel, im Buch die unlesbare Welt einzufangen: die Welt ohne Mittelpunkt, ohne Ich.

Genau bedacht könnte dieser totale Schriftsteller ein recht bescheidener Zeitgenosse sein, nämlich der, den man in Amerika *Ghostwriter* nennt, Geisterschreiber, ein Beruf von anerkannter Nützlichkeit, wenn auch von geringem Prestige: der anonyme Redakteur, der in Buchform bringt, was andere zu erzählen haben, Leute, die nicht schreiben können oder keine Zeit dazu haben; die Schreibhand, die den allzusehr mit existieren beschäftigten Existenzen zur Sprache verhilft. Vielleicht war das meine wahre Berufung, und ich habe sie verfehlt. Was hätte ich alles tun können: meine Ichs vervielfachen, andere Ichs annektieren, die mir und untereinander konträrsten Ichs fingieren...

Doch wenn es stimmt, daß die einzige Wahrheit, die ein Buch enthalten kann, eine individuelle ist, dann kann ich auch gleich meine eigene schreiben. Also das Buch meiner Erinnerungen? Nein, Erinnerungen sind nur so lange wahr, wie sie nicht gerinnen, nicht in eine Form gepreßt werden. Das Buch meiner Wünsche? Auch diese sind nur so lange wahr, wie ihre Triebkraft unabhängig von meinem Willen agiert. Die einzige Wahrheit, die ich schreiben kann, ist die des Augenblicks, den ich erlebe. Vielleicht ist das wahre Buch dieses Tagebuch, in dem ich die Bilder der Frau auf dem Liegestuhl zu den verschiedenen Tageszeiten so festzuhalten versuche, wie sie mir im wechselnden Licht erscheinen.

Warum nicht zugeben, daß meine Unzufriedenheit einen maßlosen Ehrgeiz in mir enthüllt, vielleicht einen Größenwahn? Dem Schriftsteller, der sich selbst annullieren will, um zur Sprache zu bringen, was außer ihm bleibt, tun sich zwei Wege auf: entweder ein Buch zu schreiben, das zum einzigen, allumfassenden Buch werden kann, da es auf seinen Seiten das All und das Ganze ausschöpft; oder *alle* Bücher zu schreiben, um das Ganze durch seine Teilbilder einzufangen. Das einzige, allumfassende Buch könnte nichts anderes sein als der heilige Text, das offenbarte totale Wort. Doch ich glaube nicht, daß die Totalität sich in Sprache einfangen läßt. Mein Problem ist das, was draußen bleibt, das Nichtgeschriebene, das Nichtschreibbare. Daher bleibt mir kein anderer Weg, als *alle* Bücher zu schreiben, die Bücher aller möglichen Autoren.

Wenn ich denke, daß ich *ein* Buch schreiben muß, blockieren mich all die vielen Probleme, wie dieses Buch beschaffen sein muß und wie es nicht beschaffen sein darf, und hindern mich am Vorankommen. Wenn ich dagegen denke, daß ich dabei bin, eine ganze Bibliothek zu schreiben, fühle ich mich sofort erleichtert: Ich weiß nun, daß alles, was immer ich jetzt auch schreibe, ergänzt, widerlegt, korrigiert, erweitert, begraben sein wird von den Hunderten anderer Bücher, die mir noch zu schreiben bleiben.

Das heilige Buch, von dem man am besten weiß, unter welchen Bedingungen es geschrieben wurde, ist der Koran. Zwischen der Totalität und dem Buch gab es mindestens zwei Vermittlungen: Mohammed lauschte auf Allahs Wort und diktierte es seinerseits seinen Schreibern. Einmal – so berichten die Biographen des Propheten – ließ er, als er dem Schreiber Abdullah diktierte, einen Satz unvollendet. Instinktiv schlug ihm der Schreiber das Ende vor, und zerstreut nahm der Prophet als Gottes Wort, was Abdullah gesagt hatte. Woraufhin dieser sich heftig empörte, den Propheten verließ und den Glauben verlor.

Er irrte. Die endgültige Formulierung des Satzes war seine Aufgabe. Ihm oblag die Sorge für die innere Kohärenz der geschriebenen Sprache, für die korrekte Grammatik und Syntax, um in sie den Fluß eines Denkens zu fassen, das sich außerhalb jeder Sprache verbreitet, bevor es Wort wird, und zumal ein so fließendes Wort wie das eines Propheten. Allah war auf die Mitarbeit eines Schreibers angewiesen, seit er beschlossen hatte, sich in einem geschriebenen Text auszudrücken. Mohammed wußte das und ließ dem Schreiber das Privileg, den Satz zu vollenden. Doch Abdullah war sich der ihm verliehenen Macht nicht bewußt. Er verlor den Glauben an Gott, weil ihm der Glaube ans Schreiben fehlte, an die Schrift und an sich als den Schriftführer.

Wäre es einem Ungläubigen gestattet, sich zu den Legenden über Allahs Propheten neue Varianten auszudenken, so würde ich folgende vorschlagen: Abdullah verliert den Glauben, weil ihm bei der Niederschrift des Diktates ein Fehler unterläuft und Mohammed, obwohl er es merkt, ihn nicht korrigiert, da ihm die fehlerhafte Formulierung besser gefällt. Auch in diesem Falle wäre Abdullah zu Unrecht empört. Erst auf der geschriebenen Seite, nicht vorher, findet das Wort seine schließliche Form, auch das prophetische Wort der entrückten Schau, erst hier wird es endgültig, also Schrift. Allein durch die Begrenztheit unserer Akte des Schreibens wird die Unermeßlichkeit des Nichtgeschriebenen lesbar: durch die Unsicherheiten der Orthographie, die Versehen, Versprecher, Lücken, die unkontrollierten Lapsus der Zunge und Feder. Andernfalls sollte das außer uns Seiende nicht danach trachten, sich durch das gesprochene oder geschriebene Wort mitzuteilen: Es sollte sich andere Wege suchen, um seine Botschaften auszusenden.

Soeben kommt der weiße Schmetterling angeflattert: Er ist durch das ganze Tal herübergeflogen, vom Buch der Leserin bis auf die Seite, die ich schreibe.

Seltsame Leute treiben sich hier im Tal herum: Litera-

turagenten, die meinen neuen Roman erwarten, für den
sie Vorschüsse von Verlagen aus aller Welt in der Tasche
haben; Werbeagenten, die möchten, daß meine Personen
bestimmte Kleider tragen und bestimmte Fruchtsäfte
trinken; Programmierer, die behaupten, sie könnten mit
ihren Computern meine unfertigen Romane beenden.
Ich gehe so wenig wie möglich aus, meide das Dorf,
nehme mir zum Spazierengehen einsame Bergpfade.

Heute bin ich einer Gruppe von jungen Leuten begegnet, die das Gebaren von Pfadfindern hatten, halb
schwärmerisch, halb penibel. Auf einer Wiese legten sie
Zeltplanen aus, angeordnet zu geometrischen Figuren.

»Signale für Flugzeuge?« fragte ich.

»Für fliegende Untertassen«, erklärten sie mir. »Wir
sind Ufo-Beobachter. Dies hier ist ein Durchzugsgebiet,
eine Art Flugschneise, die in letzter Zeit ziemlich stark
frequentiert wird. Vermutlich weil hier in der Gegend
ein Schriftsteller wohnt, den die Bewohner anderer
Planeten zum Kommunizieren benutzen wollen.«

»Wieso glaubt ihr das?«

»Weil dieser Schriftsteller schon seit einiger Zeit in der
Krise steckt und nicht mehr schreiben kann. Die Zeitungen rätseln über den Grund. Nach unseren Berechnungen
könnten es die Bewohner anderer Welten sein, die ihn
inaktiv halten, damit er seine irdische Konditionierung
abbaut und rezeptiv wird.«

»Und warum gerade er?«

»Die Außerirdischen können nicht direkt zu uns sprechen. Sie müssen sich indirekt ausdrücken, bildlich,
durch ein Medium. Zum Beispiel durch Geschichten, die
ungewöhnliche Emotionen hervorrufen. Wie es scheint,
hat dieser Schriftsteller eine gute Technik und eine
gewisse Elastizität in seinen Ideen.«

»Habt ihr denn seine Bücher gelesen?«

»Was er bisher geschrieben hat, interessiert uns nicht.
Aber das neue Buch, das er nach Überwindung seiner

Krise schreiben wird, könnte die kosmische Botschaft enthalten.«

»Wie übermittelt?«

»Spirituell. Er selber dürfte es gar nicht merken. Er würde glauben, daß er aus freien Stücken schreibt. In Wirklichkeit würde die Botschaft aus dem All über Wellen, die sein Gehirn auffängt, in sein Schreiben einsickern.«

»Und ihr könntet diese Botschaft entziffern?«

Sie gaben mir keine Antwort.

Wenn ich daran denke, daß diese jungen Leute in ihrer interplanetarischen Erwartung enttäuscht sein werden, empfinde ich ein gewisses Bedauern. Eigentlich könnte ich leicht in mein nächstes Buch etwas einfügen, das ihnen als Offenbarung einer kosmischen Wahrheit erscheinen mag. Im Augenblick weiß ich zwar nicht, was ich da erfinden soll, aber wenn ich erstmal am Schreiben bin, wird mir schon etwas einfallen.

Und wenn es so wäre, wie sie behaupten? Wenn mir das, was ich frei zu erfinden glaube, in Wahrheit von den Außerirdischen diktiert würde?

Ich warte vergeblich auf eine Offenbarung aus dem All: Mein Roman kommt nicht voran. Wenn ich jetzt plötzlich in Fahrt käme und wieder Seiten um Seiten vollschreiben würde, wäre das ein Zeichen dafür, daß mir die Galaxie ihre Botschaften sendet.

Aber das einzige, was ich zu schreiben vermag, ist dieses Tagebuch, die Betrachtung einer jungen Frau beim Lesen eines Buches, von dem ich nicht weiß, was für ein Buch es ist. Ob die außerirdische Botschaft in meinem Tagebuch steckt? Oder im Buch jener Leserin?

Habe Besuch bekommen von einer jungen Dame, die eine Dissertation über meine Romane schreibt für ein sehr bedeutendes literaturwissenschaftliches Seminar. Wie ich sehe, kommt ihr mein Werk zur Demonstration ihrer Theorien äußerst gelegen, und das ist gewiß etwas Positives, ob für die Romane oder die Theorien. Aus ihren sehr detaillierten Darlegungen gewann ich den Eindruck einer seriös betriebenen Arbeit; doch meine Bücher kann ich, durch ihre Brille gesehen, nicht wiedererkennen. Ich will nicht bezweifeln, daß diese Lotaria (so heißt sie) meine Bücher gewissenhaft gelesen hat, aber ich glaube, sie hat es nur getan, um darin zu finden, was sie schon vorher zu wissen glaubte.

Ich versuchte, ihr das zu sagen. Sie erwiderte leicht pikiert: »Wieso? Wollen Sie, daß ich in Ihren Büchern nur lese, was Sie zu wissen glauben?«

»So war das nicht gemeint«, erklärte ich ihr. »Von den Lesern erwarte ich, daß sie in meinen Büchern etwas lesen, was ich nicht wußte, aber das kann ich nur von denen erwarten, die etwas lesen wollen, was sie noch nicht wissen.«

(Zum Glück kann ich durchs Fernglas jene andere lesende Frau betrachten und mich davon überzeugen, daß nicht alle Leser so sind wie diese Lotaria.)

»Was Sie wollen, wäre eine passive, eskapistische, regressive Art zu lesen«, meinte Lotaria. »So liest meine Schwester. Und genau als ich sah, wie sie die Romane von Silas Flannery einen nach dem anderen verschlang, ohne sich das geringste Problem zu stellen, kam ich auf den Gedanken, diese zum Thema meiner Dissertation zu machen. Deswegen, wenn Sie's wissen wollen, habe ich Ihre Romane gelesen, Herr Flannery: um meiner Schwester Ludmilla zu zeigen, wie man einen Autor liest. Selbst einen Silas Flannery.«

»Danke für das ›selbst‹. Aber warum sind Sie dann nicht mit Ihrer Schwester gekommen?«

»Ludmilla ist der Ansicht, man sollte Autoren lieber nicht persönlich kennenlernen, denn der wirkliche

Mensch entspreche niemals dem Bild, das man sich von ihm macht, wenn man seine Bücher liest.«

Mir scheint, diese Ludmilla könnte meine ideale Leserin sein.

Als ich gestern abend mein Arbeitszimmer betrat, sah ich den Schatten eines Unbekannten durchs Fenster entfliehen. Ich wollte ihm nachlaufen, doch er war spurlos verschwunden. Oft ist mir, als seien Leute hier in den Büschen rings um das Haus versteckt, besonders nachts.

Obwohl ich das Haus so selten wie möglich verlasse, habe ich irgendwie das Gefühl, als mache sich jemand an meinen Papieren zu schaffen. Schon mehr als einmal mußte ich feststellen, daß Seiten von meinen Manuskripten verschwunden waren. Nach ein paar Tagen fand ich sie wieder an ihrem Platz. Doch es passiert mir häufig, daß ich meine Manuskripte nicht wiedererkenne, als hätte ich vergessen, was ich geschrieben habe, oder als hätte ich mich über Nacht so verändert, daß ich mich selbst nicht mehr wiedererkenne in meinem gestrigen Ich.

Habe Lotaria gefragt, ob sie von meinen Büchern, die ich ihr geliehen habe, schon das eine oder andere gelesen hat. Sie sagte nein, denn hier stehe ihr keine EDV-Anlage zur Verfügung.

Eine entsprechend programmierte Elektronische Datenverarbeitungsanlage, erklärte sie mir, sei nämlich imstande, einen Roman in wenigen Minuten zu lesen und dabei sämtliche im Text vorkommenden Wörter gestaffelt nach ihrer Häufigkeit aufzulisten. »Damit verfüge ich gleich über eine abgeschlossene Lektüre«, sagte Lotaria, »die mir enorm viel Zeit erspart. Denn was ist die Lektüre eines Textes anderes als die Registration bestimmter thematischer Leitmotive, bestimmter formaler und signifikanter Patterns? Die elektronische Lektüre liefert mir eine Liste der Wortfrequenzen, die ich nur durchzusehen brauche, um mir ein Bild der Probleme zu machen, die das Buch meiner kritischen Forschung zu bieten hat. Natürlich sind unter den höchsten Frequenzen reihenweise Artikel, Pronomen, Präpositionen etc. registriert, aber die überspringe ich, um gleich die bedeutungsreichsten Wörter herauszugreifen, die mir ein ziemlich präzises Bild des Romans geben.«

Lotaria hat mir einige elektronisch zu frequenzorientierten Wortlisten umgeschriebene Romane gebracht. »Bei einem Roman zwischen fünfzig- und hunderttausend Wörtern«, sagte sie, »empfehle ich Ihnen, sofort auf diejenigen zu achten, die an die zwanzigmal vorkommen. Sehen Sie, hier. Wörter, die neunzehnmal vorkommen:

> Blut, dein, entgegnet, gesehen, haben, Kommandant, Koppel, Leben, Schüsse, Spinne, sofort, tust, Wachposten, Zähne, zusammen...

Wörter, die achtzehnmal vorkommen:

> Abend, bis, essen, französisch, gehe, jene, Jungs, Käppi, Kartoffeln, kommt, neu, Punkt, reicht, schön, tot, vergeht...

Merken Sie schon, worum es geht? Kein Zweifel, ein Kriegsroman, alles Action, nüchterne Schreibweise mit einem Unterton von Gewalt. Ein narratives Verfahren ganz an der Oberfläche, würde man sagen; aber zur Sicherheit empfiehlt sich immer ein Blick auf die Wörter, die nur einmal vorkommen und deswegen nicht weniger wichtig sind. Hier zum Beispiel diese Sequenz:

> Unterarm, unterbrochen, unterdrückt, Unterführung, untergraben, unterhaltsam, Unterholz, Unterhose, unterirdisch, unterkühlt, unterminiere, Unternehmer, unterprivilegiert, Untertan, Unterton, Unterwäsche, Unterwelt...

Nein, offenbar doch kein ganz oberflächliches Buch, wie es auf den ersten Blick schien. Es muß eine tiefere Schicht darin geben; hierauf kann ich meine Forschungen konzentrieren.«

Lotaria zeigte mir noch mehr solcher Wortlisten. »Dies hier ist ein ganz anderer Roman. Das sieht man gleich. Sehen Sie nur die Wörter, die an die fünfzigmal vorkommen:

> Gatte, gehabt, Ricardo, sein, wenig (51), Bahnhof, Ding, erwiderte, gewesen, hat, vor (48), alle, einige, kaum, Male, Mario, Schlafzimmer (47), dessen, ging, morgens, schien (46), mußte (45), bis, hätte, Hand, höre (43), Abend, Cecilia, Delia, Hände, Jahre, Mädchen, sechs, wer (42), allein, fast, Fenster, konnte, Mann, zurückkam (41), mich, wollte (40), Leben (39)...

Na, was halten Sie davon? Intime Erzählung, zarte Gefühle, kaum angedeutet, bescheidenes Milieu, Alltagsleben in der Provinz... Aber checken wir sicherheitshalber noch ein Sample von Wörtern, die nur einmal vorkommen:

> einbinden, eindringen, einerlei, einfach, einfältig, eingebildet, eingedöst, eingefroren, eingehüllt, eingekapselt, eingeseift, eingibt, einheimisch, einkochen, Einlauf, einsam, einst, einzeln...

Wunderbar, schon haben wir die Atmosphäre, die Stimmung, den sozialen Background... Wir können zu einem dritten Buch übergehen:

> Geld, gemäß, ging, Gott, Haare, Körper, Male, Rechnung (39), Abend, bleiben, jemand, Mehl, Regen, Vernunft, Vincenzo, Vorräte, Wein (38), also, Beine, Eier, grün, seine, süß, tot (36), blieb, Brust, hätten, Kinder, Kopf, Maschine, na, schwarz, sogar, sowas, steckt, Stoffe, tun, Tag, weiß (35)...

Hier, würde ich sagen, haben wir es mit einer handfesten, vollblütigen Geschichte zu tun, deftig, ein bißchen schroff, mit einer direkten Sinnlichkeit, ohne Raffinessen, eine ganz populäre Erotik. Werfen wir auch hier wieder einen Blick auf die Liste der Wörter mit Frequenz eins:

> verabscheuenswert, verächtlich, Veranlagung, verbiete, verbissen, verborgen, verbräme, verbüße, verdammt, verdattert, Verdikt, verdorben, Verdrängung, verdreht, verekelt, verflucht...

Donnerwetter, das ist ja toll: ein ausgewachsener Schuldkomplex! Wirklich ein wertvoller Hinweis, bei dem die kritische Untersuchung ansetzen kann, um ihre Arbeitshypothesen zu entwickeln... Was habe ich Ihnen gesagt? Ist das nicht ein praktisches, schnelles und effizientes System?«[*]

Der Gedanke, daß Lotaria meine Bücher auf diese Art liest, macht mich ganz krank. Jedes Wort, das ich schreibe, sehe ich schon durch Elektronengehirne geschleudert, zentrifugiert, nach Maßgabe seiner Frequenz neben irgendwelche anderen Wörter gestellt, und frage mich bang, wie oft ich es schon gebraucht haben mag, fühle die ganze Verantwortlichkeit des Schreibens auf diesen isolierten Silben lasten, versuche mir vorzustellen, welche Schlüsse man daraus ziehen könnte, daß ich dieses eine Wort fünfzigmal oder nur einmal verwendet habe. Vielleicht sollte ich's besser streichen... Aber jedes andere Wort, das ich statt seiner erwäge, scheint mir der Prüfung ebensowenig gewachsen... Vielleicht sollte ich statt eines Buches lieber alphabetisch geordnete Wortlisten schreiben, eine Flut isolierter Wörter, in denen sich jene Wahrheit ausdrücken mag, die ich noch nicht kenne, und

[*] Fußnote im italienischen Original: Die dort angeführten Wortlisten entstammen den Bänden *Spogli elettronici dell'italiano letterario contemporaneo* (Elektronische Sichtungen der zeitgenössischen italienischen Literatursprache), hrsg. v. Mario Alinei, Il Mulino, Bologna 1973, gewidmet drei Romanen italienischer Schriftsteller.

aus denen sich dann die EDV-Anlage, in Umkehrung ihres Programms, das Buch herausholen mag, mein Buch.

Nun ist die Schwester dieser über mich dissertierenden Lotaria aufgetaucht – einfach so, ohne sich vorher angemeldet zu haben, als wäre sie zufällig hier vorbeigekommen. Sie sagte: »Ich bin Ludmilla. Ich habe alle Ihre Romane gelesen.«

Da ich wußte, daß sie Autoren nicht persönlich kennenzulernen wünscht, war ich erstaunt über ihren Besuch. Sie erklärte mir, ihre Schwester sehe die Dinge immer nur sehr partiell, und nicht zuletzt deswegen habe sie, nachdem Lotaria ihr von unseren Gesprächen berichtet hatte, sich selbst vergewissern wollen, gleichsam um sich persönlich von meiner Existenz zu überzeugen, da ich für sie das Idealmodell eines Schriftstellers sei.

Dieses Idealmodell ist – um es mit ihren eigenen Worten zu sagen – das eines Autors, der Bücher macht, »wie ein Kürbisstrauch Kürbisse macht«. Sie benutzte noch andere Metaphern von Naturprozessen, die unaufhaltsam ihren Lauf nehmen, sprach vom Wind, der die Gebirge formt, von den Ablagerungen der Gezeiten, den Jahresringen bei Bäumen, aber das waren Metaphern für das literarische Schaffen im allgemeinen, während sie das Bild vom Kürbisstrauch direkt auf mich bezog.

»Haben Sie etwas gegen Ihre Schwester?« fragte ich, denn sie sprach in einem leicht polemischen Ton wie jemand, der es gewohnt ist, seine Meinungen gegen den Widerstand anderer zu vertreten.

»Nein, aber gegen jemanden, den Sie auch kennen«, sagte sie.

Es gelang mir ohne allzuviel Mühe, den Hintergrund ihres Besuches aufzuklären. Ludmilla ist oder war die Freundin jenes Übersetzers Marana, für den die Literatur um so wertvoller ist, je mehr sie aus verwickelten

Konstruktionen besteht, aus einem Komplex von Verzahnungen, Täuschungen, Fallen.

»Und Sie meinen, was ich mache, ist etwas anderes?«

»Ich habe mir immer vorgestellt, daß Sie schreiben, wie Tiere sich einen Bau anlegen, Ameisenhügel oder Bienenstöcke.«

»Ich weiß zwar nicht, ob das sehr schmeichelhaft für mich ist, was Sie da sagen«, erwiderte ich, »aber bitte sehr, jedenfalls stehe ich nun leibhaftig vor Ihnen, und ich hoffe, Sie sind nicht zu sehr enttäuscht. Entspreche ich dem Bild, das Sie sich von Silas Flannery gemacht haben?«

»Ich bin überhaupt nicht enttäuscht, im Gegenteil. Aber nicht weil Sie irgendeinem Bild entsprechen, sondern weil Sie ein ganz gewöhnlicher Mensch sind, genau wie ich's mir gedacht hatte.«

»Lassen Sie meine Romane an einen gewöhnlichen Menschen denken?«

»Nein, sehen Sie ... Die Romane von Silas Flannery sind etwas so Naturwüchsiges ... als wären sie immer schon dagewesen, bevor sie von Ihnen geschrieben wurden, mit allen Einzelheiten ... als wären sie nur durch Ihre Person hindurchgegangen, hätten sich Ihrer nur bedient, weil Sie schreiben können, denn irgend jemand muß sie ja schreiben ... Ich würde Ihnen gern einmal zusehen, wenn Sie schreiben, um zu prüfen, ob es wirklich so ist ...«

Ein stechender Schmerz durchzuckt mich. Für diese Frau bin ich nichts anderes als eine unpersönliche Schreibkraft, immer bereit, eine unabhängig von mir existierende imaginäre Welt aus dem Unausgedrückten in die Schrift zu bringen. Mein Gott, wenn sie wüßte, daß mir selbst davon nichts mehr geblieben ist: weder die Ausdruckskraft noch etwas zum Ausdrücken!

»Was erwarten Sie denn da zu sehen? Ich kann nicht schreiben, wenn mir jemand zusieht ...«, wehre ich ab.

Sie erklärt mir, sie glaube begriffen zu haben, daß die

Wahrheit der Literatur allein im physischen Akt des Schreibens liege.

Im physischen Akt, im *physischen Akt*... Die beiden Worte drehen sich mir im Kopf, beginnen zu tanzen, assoziieren Bilder, die ich vergeblich wegzudrängen versuche... Ich stammle: »Die physische Existenz... nun ja, hier stehe ich... ein existierender Mensch, physisch vor Ihnen, in Ihrer physischen Gegenwart...«, und mich überfällt eine bohrende Eifersucht, eine Eifersucht nicht auf andere Personen, nein: auf mich selbst, auf dieses mein Selbst aus Tinte und Punkten und Strichen, das die Romane geschrieben hat, die ich nicht mehr schreiben werde, auf den Autor, der immer noch eindringt ins Innere dieser jungen Frau – während ich, ich hier und jetzt, mit meiner physischen Kraft, die ich viel ungebrochener in mir sich regen fühle als meinen schöpferischen Elan, von ihr getrennt bin durch den immensen Abstand zwischen der Tastatur einer Schreibmaschine und dem weißen Blatt auf der Walze.

»Kommunikation läßt sich auf verschiedenen Ebenen herstellen...«, beginne ich zu erklären und trete ihr näher, gewiß mit etwas überstürzten Bewegungen, aber die visuellen und taktilen Bilder, die mir jetzt wild durch den Kopf wirbeln, drängen mich, alles Trennende und Verzögernde wegzuschieben.

Ludmilla windet sich, reißt sich los: »Was tun Sie da, Mister Flannery! Es geht doch nicht darum! Sie sind auf dem Holzweg!«

Gewiß, ich hätte etwas stilvoller vorgehen können, aber nun ist es zu spät für Korrekturen, ich kann nur noch voll aufs Ganze gehen: Ich grapsche nach ihr, verfolge sie um den Schreibtisch herum, stoße alberne Sätze hervor, deren ganze Albernheit ich erkenne, wie etwa: »Sie meinen wohl, ich wäre zu alt, na warten Sie...«

»Stop, Mister Flannery, das ist alles ein Mißverständnis!« sagt Ludmilla, bleibt stehen und packt zwischen uns die Masse des Websterschen Universallexikons. »Ich könnte ohne weiteres mit Ihnen schlafen, Sie sind ein netter und gutaussehender Herr. Aber das wäre völlig irrelevant für das Problem, das wir eben besprochen haben... Mit dem Autor Silas Flannery, dessen Romane ich lese, hätte das nichts zu tun... Wie soll ich's Ihnen erklären, Sie sind zwei getrennte Personen, zwischen deren Beziehungsfeldern es keinerlei Interaktion gibt... Ich bezweifle gar nicht, daß Sie ganz konkret diese und keine andere Person sind, obwohl Sie mir sehr ähnlich erscheinen wie viele Männer, die ich gekannt habe, aber was mich interessiert, ist der andere, der Silas Flannery, der in den Werken von Silas Flannery existiert, unabhängig von Ihnen, der Sie hier vor mir stehen...«

Ich wische mir den Schweiß von der Stirn. Ich setze mich. Etwas ist in mir erloschen – vielleicht das Ich, vielleicht der Inhalt des Ich. Aber war es nicht das, was ich wollte? Strebte ich nicht nach Entpersonalisierung?

Womöglich sind Marana und Ludmilla gekommen, um mir beide dasselbe zu sagen – nur weiß ich nicht, ob es eine Befreiung oder eine Verdammung ist. Warum sind sie ausgerechnet zu mir gekommen, genau in dem Augenblick, da ich mich fester denn je an mich selbst gekettet fühle wie in einem Gefängnis?

Kaum war Ludmilla gegangen, bin ich zum Fenster gelaufen, um mich am Anblick der Frau im Liegestuhl aufzurichten. Sie war nicht da. Mir kam ein Verdacht: Wie, wenn sie dieselbe Frau wäre, die mich eben besucht hat? Vielleicht steht sie und immer nur sie am Ursprung aller meiner Probleme? Vielleicht ist das Ganze ein Komplott, um mich am Schreiben zu hindern, eine Verschwörung, an der Ludmilla genauso beteiligt ist wie ihre Schwester und dieser Übersetzer?

»Am meisten faszinieren mich die Romane«, sagte Ludmilla heute, »die um ein Knäuel von menschlichen Beziehungen, das nicht dunkler, grausamer und perverser sein könnte, einen Anschein von Transparenz erzeugen.«

Ich weiß nicht, ob sie mir damit erklären wollte, was sie in meinen Romanen faszinierend findet, oder was sie in meinen Romanen vergeblich sucht.

Das stete, unstillbare Suchen scheint mir überhaupt das Charakteristische an Ludmilla zu sein: Mir scheint, ihre Präferenzen ändern sich über Nacht und spiegeln heute einfach bloß ihre Unruhe. (Doch als sie vorhin wiederkam, schien sie alles vergessen zu haben, was gestern geschehen war.)

»Durch mein Fernglas kann ich eine lesende Frau betrachten, auf einer Terrasse unten im Tal«, habe ich ihr erzählt. »Ich frage mich, ob die Bücher, die sie liest, beruhigend oder beunruhigend sind.«

»Wie wirkt denn die Frau? Ruhig oder unruhig?«

»Ruhig.«

»Dann liest sie beunruhigende Bücher.«

Habe Ludmilla auch erzählt, was für sonderbare Ideen mir bisweilen angesichts meiner Manuskripte kommen: daß sie verschwinden, wieder auftauchen, nicht mehr dieselben sind wie zuvor. Sie meinte, ich solle gut aufpassen: Es gebe ein Komplott der Apokryphen, das seine Verzweigungen überallhin ausdehne. Ich fragte sie, ob die Verschwörung von ihrem Ex-Freund angeführt werde.

»Verschwörungen gleiten ihren Anführern immer aus den Händen«, antwortete sie ausweichend.

»Apokryph« (von griechisch *apókryphos*, verborgen, geheim): 1. ursprünglich Bezeichnung für die »Geheimbücher« religiöser Sekten, dann für heiligmäßige, aber nicht als kanonisch anerkannte Texte in Religionen, die einen Kanon von Offenbarungsschriften aufgestellt haben; 2. Bezeichnung für fälschlich einer Epoche oder einem Autor zugeschriebene Texte.

So die Wörterbücher. Vielleicht war meine wahre Berufung die eines Autors von Apokryphen in allen drei Bedeutungen des Begriffs. Denn erstens heißt schreiben immer etwas verbergen, so daß es später entdeckt wird; zweitens ist die Wahrheit, die aus meiner Feder kommen kann, wie ein Splitter, der bei einem heftigen Stoß von einem gewaltigen Felsblock abspringt und weit davonfliegt; drittens schließlich gibt es keine Wahrheit außer der Fälschung.

Möchte Marana wiedersehen und ihm vorschlagen, daß wir uns zusammentun, um die Welt mit Apokryphen zu überschwemmen. Aber wo mag er jetzt stecken? Ist er nach Japan zurückgekehrt? Versuche, Ludmilla in Gespräche über ihn zu verwickeln, vielleicht kann sie mir etwas über seinen Aufenthaltsort sagen. Sie meint, zur Ausübung seiner Tätigkeit müsse der Fälscher sich in Gebieten verstecken, wo die Schriftsteller zahlreich und produktiv sind, damit er seine Fälschungen gut getarnt einer üppigen Produktion von echten Rohstoffen beimischen kann.

»Also ist er nach Japan zurückgekehrt?« Nein, wieso Japan, von einer Verbindung zwischen Japan und ihrem Ex-Freund scheint Ludmilla nichts zu wissen. Ganz woanders auf dem Erdball ortet sie die geheime Basis der Machenschaften des treulosen Übersetzers. Seinen letzten Lebenszeichen zufolge habe er seine Spuren irgendwo in der Nähe der Anden verwischt. Aber wo auch immer, ihr komme es nur darauf an, daß er möglichst weit weg ist. Sie habe sich hier in die Berge geflüchtet, um ihm zu entfliehen. Nun, da sie sicher sei, ihm nicht zu begegnen, könne sie wieder heimfahren.

»Soll das heißen, daß du abreisen willst?« frage ich sie.

»Morgen früh«, verkündet sie mir.

Die überraschende Neuigkeit macht mich sehr traurig. Fühle mich plötzlich allein.

Habe erneut mit den Ufo-Beobachtern gesprochen. Diesmal sind sie zu mir gekommen, um sich zu erkundigen, ob ich das von den Außerirdischen diktierte Buch vielleicht zufällig schon geschrieben habe.

»Nein, aber ich weiß, wo es zu finden ist«, sagte ich und trat an das Fernglas auf dem Stativ. Schon vor einiger Zeit war mir der Gedanke gekommen, es könnte sich bei dem Buch in den Händen der Frau auf dem Liegestuhl um das interplanetarische handeln.

Die Frau war nicht auf der gewohnten Terrasse. Enttäuscht suchte ich mit dem Fernglas die Hänge ab, rings um das Tal, da sah ich einen Mann in städtischer Kleidung auf einem Stein sitzen mit einem aufgeschlagenen Buch in der Hand. Der Zufall traf sich wie eine Fügung, so daß es nicht abwegig schien, an einen außerirdischen Eingriff zu denken.

»Dort ist das Buch, das ihr sucht«, sagte ich zu den Jungen und zeigte ihnen durchs Fernglas den Unbekannten.

Einer nach dem anderen schaute hindurch, dann tauschten sie stumme Blicke, dankten mir und verschwanden.

Ein Leser ist gekommen, um mir ein Problem vorzulegen, das ihn beunruhigt: Er habe zwei Exemplare meines Buches *In einem Netz von Linien* usw. gefunden, die äußerlich vollkommen gleich seien, aber zwei ganz verschiedene Romane enthielten. Der eine sei die Geschichte eines Professors, der das Klingeln des Telefons nicht erträgt, der andere die Geschichte eines Milliardärs, der Kaleidoskope sammelt. Leider könne er mir nicht viel mehr erzählen, auch mir die Bücher nicht zeigen, da ihm beide, bevor er sie habe auslesen können, geraubt worden seien, das zweite kaum einen Kilometer von hier.

Er war noch ganz verwirrt von dieser sonderbaren Begebenheit: Vor seinem Besuch bei mir, erzählte er, habe er sich vergewissern wollen, daß ich zu Hause sei, und zugleich die Lektüre des Buches fortsetzen wollen, um besser mit mir darüber sprechen zu können; also habe er sich mit dem Buch in der Hand auf einen Stein gesetzt, von dem aus er mein Chalet im Auge behalten konnte. Nach einer Weile sei er plötzlich von einem Haufen Irrer umzingelt worden, die sich wie wild auf sein Buch stürzten. Die Verrückten hätten erst eine Art Ritus um dieses Buch veranstaltet, indem einer von ihnen es hochhielt und die anderen es voller Andacht bestaunten; dann seien sie alle davongerannt, ohne sich um seine Proteste zu kümmern, und mit dem Buch im Wald verschwunden.

»Die Täler hier wimmeln von seltsamen Typen«, sagte ich, um ihn zu beruhigen. »Denken Sie nicht mehr an dieses Buch, mein Herr, Sie haben nichts Wichtiges verloren: Es war eine Fälschung, made in Japan. Um betrügerisch vom Welterfolg meiner Romane zu profitieren, verbreitet eine skrupellose japanische Firma Bücher, die zwar meinen Namen auf dem Umschlag tragen, aber in Wahrheit Plagiate wenig bekannter japanischer Schriftsteller sind, deren Romane mangels Erfolges eingestampft werden mußten. Nach vielen Recherchen ist es mir schließlich gelungen, diesen Betrug aufzudecken, der mich ebenso schädigt wie die plagiierten Autoren.«

»Eigentlich fand ich den Roman gar nicht so übel, den ich gerade las«, gestand mir der Leser. »Schade, ich hätte die Geschichte gern zu Ende gelesen.«

»Wenn es nur darum geht, die Quelle kann ich Ihnen verraten: Es handelt sich um einen japanischen Roman, der summarisch adaptiert worden ist, indem man westli-

che Namen für die Personen und Orte erfand; er heißt
Auf dem mondbeschienenen Blätterteppich und ist von
Takakumi Ikoka, einem übrigens ganz respektablen Autor. Ich kann Ihnen eine englische Übersetzung geben,
um Sie für Ihren Verlust zu entschädigen.«

Ich nahm das Buch, das sich auf meinem Schreibtisch
befand, und überreichte es ihm, nachdem ich es in einen
festen Umschlag geschoben und diesen verschlossen
hatte, damit er nicht in Versuchung kam, darin zu
blättern und gleich zu merken, daß es nichts zu tun hat
mit *In einem Netz von Linien, die sich überschneiden*,
ebensowenig wie mit irgendeinem anderen meiner Romane, ob echt oder apokryph.

»Daß falsche Flannerys im Umlauf sind, wußte ich«,
sagte der Leser, »und ich war auch schon überzeugt, daß
mindestens einer der beiden Romane falsch sein mußte.
Aber was können Sie mir über den anderen sagen?«

Vielleicht war es nicht sehr klug, diesen Mann weiter
in meine Probleme einzuweihen; ich versuchte, mich
mit einem Aphorismus aus der Affäre zu ziehen: »Die
einzigen Bücher, die ich als mein anerkenne, sind diejenigen, die ich noch schreiben muß.«

Der Leser beschränkte sich auf ein kurzes höfliches
Lächeln, wurde gleich wieder ernst und sagte: »Mister
Flannery, ich weiß, wer hinter dieser Geschichte steckt:
Es sind nicht die Japaner, es ist ein gewisser Ermes
Marana, der das Ganze angezettelt hat – und zwar aus
Eifersucht auf eine junge Frau, die Sie ebenfalls kennen,
Ludmilla…«

»Und warum kommen Sie dann zu mir?« versetzte ich.

»Gehen Sie doch zu diesem Herrn und fragen Sie ihn, wie
die Dinge stehen!« Mir war der Verdacht gekommen, daß
zwischen dem Leser und Ludmilla eine Verbindung
bestehen könnte, und das genügte schon, um meiner
Stimme einen feindseligen Ton zu geben.

»Mir bleibt wohl nichts anderes übrig«, nickte der

Leser. »Wie es sich trifft, muß ich demnächst eine Geschäftsreise machen, die mich genau in die Gegend führen wird, wo er sich aufhält, nämlich nach Südamerika. Ich werde die Gelegenheit nutzen, um nach ihm zu suchen.«

Mir lag nichts daran, ihm mitzuteilen, daß Marana meines Wissens für die Japaner arbeitet und die Zentrale seiner Apokryphen in Japan hat. Mir kam es nur darauf an, daß dieser lästige Zeitgenosse sich möglichst weit von Ludmilla entfernt; daher ermunterte ich ihn, seine Reise zu tun und in seiner Suche nicht nachzulassen bis zur Auffindung des gespenstischen Übersetzers.

Zufälle seltsamer Art verfolgen den Leser: Seit einiger Zeit, erzählte er mir, sehe er sich aus verschiedensten Gründen gezwungen, die Lektüre seiner Romane nach wenigen Seiten abzubrechen.

»Vielleicht langweilen Sie die Romane?« vermutete ich, wie stets zum Pessimismus geneigt.

»Im Gegenteil, ich bin gezwungen, die Lektüre immer genau im spannendsten Augenblick abzubrechen. Ich kann es gar nicht erwarten, sie fortzusetzen, doch wenn ich dann das begonnene Buch wieder aufzuschlagen meine, habe ich etwas ganz anderes vor mir...«

»... das Sie nun überaus langweilt...«, insistierte ich.

»Nein, das noch spannender ist. Aber auch das kann ich nicht zu Ende lesen. Und so weiter.«

»Ihr Fall macht mir Hoffnung«, sagte ich. »Mir passiert es immer häufiger, daß ich ein eben erschienenes Buch aufschlage und etwas zu lesen meine, was ich schon hundertmal gelesen habe.«

Mein letztes Gespräch mit dem Leser hat mir zu denken gegeben. Vielleicht liest er so intensiv, daß er gleich zu Beginn die ganze Substanz des Romans aufsaugt, so daß für den Rest nichts mehr übrigbleibt. Mir passiert das beim Schreiben: Seit einiger Zeit erschöpft sich jeder Roman, den ich zu schreiben beginne, kurz nach den ersten Seiten, als hätte ich schon am Anfang alles gesagt, was ich zu sagen habe.

Bin auf den Gedanken gekommen, einen Roman zu schreiben, der nur aus lauter Romananfängen besteht. Der Held könnte ein Leser sein, der ständig beim Lesen unterbrochen wird. Er kauft sich den Roman A des Autors Z. Doch er hat ein defektes Exemplar erhalten und kommt nicht über die ersten Seiten hinaus... Er geht in die Buchhandlung, um den Band umzutauschen...

Ich könnte das Ganze in der zweiten Person schreiben: du, Leser... Ich könnte auch eine Leserin einführen, einen fälschenden Übersetzer und einen alten Schriftsteller, der ein Tagebuch führt wie dieses hier...

Aber ich möchte nicht, daß die Leserin auf der Flucht vor dem Übersetzer in den Armen des Lesers landet. Ich werde es so machen, daß der Leser sich auf die Spur des Fälschers setzt, der sich in einem fernen Land versteckt hält, so daß der Schriftsteller mit der Leserin allein bleibt...

Gewiß, ohne eine weibliche Person verlöre die Reise des Lesers an Lebendigkeit: Er muß unterwegs eine andere Frau treffen. Die Leserin könnte eine Schwester haben...

Tatsächlich scheint der Leser sich reisefertig zu machen. Er wird den Roman *Auf dem mondbeschienenen Blätterteppich* von Takakumi Ikoka mitnehmen, um ihn unterwegs zu lesen.

Auf dem mondbeschienenen Blätterteppich

Die Ginkgoblätter fielen wie feiner Regen von den Zweigen und tupften den Rasen gelb. Ich lustwandelte mit Herrn Okeda über den glatten Steinweg und sagte, ich würde gern die Sinneswahrnehmung jedes einzelnen Ginkgoblattes von der Sinneswahrnehmung aller anderen trennen, frage mich aber, ob das wohl möglich sei. Herr Okeda hielt es für möglich. Die Prämissen, von denen ich ausging und die Herr Okeda wohlfundiert fand, waren die folgenden: Fällt ein einzelnes gelbes Blättchen vom Ginkgobaum und sinkt auf den Rasen, so ist der Eindruck, den man bei seiner Betrachtung hat, der eines einzelnen gelben Blättchens. Fallen zwei Blättchen vom Baum, so folgt das Auge dem Flug der beiden, wie sie einander umtanzen, bald näher, bald ferner, gleich zwei sich jagenden Schmetterlingen, um schließlich auf dem Rasen zu landen, das eine hier und das andere dort. Nicht anders ist es bei dreien, vieren, auch fünfen. Steigt aber die Zahl der fallenden Blätter noch höher, so addieren sich die entsprechenden Einzeleindrücke zu einem Gesamteindruck gleich dem eines stillen Regens und, kaum daß ein Windhauch ihr Niedersinken verzögert, gleich dem eines Flatterns von Flügeln, und endlich, wenn sich der Blick auf den Rasen senkt, gleich dem einer Aussaat von kleinen leuchtenden Flecken. Ich würde nun gern, ohne etwas von diesem Gesamteindruck zu verlieren, das Einzelbild eines jeden fallenden Blattes von dem Moment an, da es in mein Gesichtsfeld tritt, getrennt halten, unvermischt mit denen der anderen, um jedes Blatt einzeln in seinem luftigen Tanz zu verfolgen, bis es sich auf die Grashalme legt. Herrn Okedas Beifallsbe-

kundung ermutigte mich, auf meinem Vorhaben zu
beharren. »Vielleicht«, fügte ich an, während ich die
Form der Ginkgoblätter betrachtete, kleine gelbe Fächer
mit girlandenförmig gekerbtem Rand, »gelingt es mir
gar, im Sinneseindruck jedes einzelnen Blattes den Sinneseindruck jeder einzelnen Blattfaser zu isolieren.«
Dazu äußerte sich Herr Okeda nicht; schon öfter war mir
sein Schweigen Mahnung gewesen, mich nicht in über-
eilten Mutmaßungen zu ergehen, ohne die nötigen Zwi-
schenschritte vorher geprüft zu haben. Ich nahm mir die
Lehre zu Herzen und konzentrierte mein Augenmerk auf
die Wahrnehmung der geringsten Sinneseindrücke im
Moment ihres ersten Auftretens, wenn ihre Klarheit
noch nicht verwoben ist in ein Bündel diffuser Impres-
sionen.

Makiko, die jüngste Tochter des Herrn Okeda, kam
und servierte den Tee mit ihren gesetzten Bewegungen
und ihrer noch etwas kindlichen Anmut. Als sie vor mir
niederkniete, erblickte ich auf ihrem entblößten Nacken
unter dem hochgesteckten Haar einen feinen schwarzen
Flaum, der sich über die Linie des Rückens fortzusetzen
schien. Ich war noch ganz in seine konzentrierte Betrachtung vertieft, da spürte ich plötzlich das reglose Auge des
Herrn Okeda auf mir ruhen. Gewiß hatte er verstanden,
daß ich gerade dabei war, meine Fähigkeit zur Isolierung
von Sinneseindrücken am Hals seiner Tochter zu üben.
Ich wandte den Blick nicht ab, sei's weil das reizende Bild
des zarten Flaums auf der hellen Haut sich meiner
unwiderstehlich bemächtigt hatte, sei's weil es für Herrn
Okeda ein leichtes gewesen wäre, mein Augenmerk mit
einem beliebigen Satz auf etwas anderes zu lenken, was
er jedoch nicht tat. Im übrigen hatte Makiko ihr Werk
bald verrichtet und stand wieder auf. Ich fixierte einen
Leberfleck, den sie links über der Lippe trug und der mir
noch einmal etwas von dem soeben gehabten Eindruck
vermittelte, freilich schwächer. Makiko warf mir einen

kurzen verwirrten Blick zu, dann schlug sie rasch die Augen nieder.

Am Nachmittag gab es einen Moment, den ich so bald nicht vergessen werde, obwohl ich mir durchaus darüber im klaren bin, daß er, versucht man ihn zu erzählen, kaum weiter bedeutsam erscheint. Wir lustwandelten am Ufer des nördlich gelegenen Teiches mit Frau Miyagi und Fräulein Makiko. Herr Okeda ging allein vor uns her, gestützt auf einen langen weißen Ahornstab. In der Mitte des Teiches waren zwei fleischige Blüten einer im Herbst erblühenden Seerose aufgegangen, und Frau Miyagi äußerte ihren Wunsch, sie zu pflücken, eine für sich und eine für ihre Tochter. Frau Miyagi hatte ihren gewohnten mißmutigen und etwas müden Gesichtsausdruck, aber nicht ohne jenen Grundton von störrischem Eigensinn, der mich den Verdacht hegen ließ, daß in der langen Geschichte ihrer schlechten Beziehungen zu ihrem Gatten, über die soviel gemunkelt wurde, ihr Part nicht immer nur der des Opfers war; und wirklich weiß ich nicht, wer im Kampf zwischen der eisigen Distanziertheit des Herrn Okeda und der unbeugsamen Entschlossenheit seiner Frau am Ende die Oberhand behalten hat. Was Makiko betraf, so trug sie stets eine heiter-sorglose Miene zur Schau, die manche inmitten scharfer Familienkonflikte aufgewachsene Kinder wie eine Abwehr ihrer Umwelt entgegensetzen und die sie, zum jungen Mädchen herangewachsen, behalten hatte und nun auch der Außenwelt entgegensetzte, gleichsam wie um hinter dem Schutzschild einer herben und flüchtigen Fröhlichkeit in Deckung zu gehen.

Ich kniete mich auf einen Stein am Ufer, beugte mich so weit vor, daß ich den nächsten Stengel der schwimmenden Pflanze erreichen konnte, und zog ihn behutsam zu mir heran, sorgfältig darauf achtend, daß er nicht brach, um derart das ganze Gewächs ans Ufer zu holen. Frau Miyagi und ihre Tochter knieten sich ebenfalls hin und streckten die Hände zum Wasser, bereit, die Blüten zu greifen, sobald sie nahe genug herangekommen sein würden. Das Ufer des Teiches war flach und abschüssig; um sich vorzubeugen, ohne dabei ein zu großes Risiko einzugehen, hielten die beiden Frauen sich knapp hinter mir, während sie, eine zu meiner Rechten, die andere zu meiner Linken, die Arme ausstreckten. Auf einmal spürte ich eine Berührung an einer präzisen Stelle, zwischen Arm und Schulterblatt auf der Höhe der ersten Rippen, genauer, zwei verschiedene Berührungen, eine rechts, eine links. Auf Fräulein Makikos Seite war es ein hartes, wie pulsierendes Pochen, auf Frau Miyagis Seite hingegen ein sanfter, einschmeichelnder Druck. Ich begriff: Dank eines seltenen und erfreulichen Zufalls streiften mich im selben Moment die linke Brustwarze der Tochter und die rechte Brustwarze der Mutter, und ich mußte alle Kräfte zusammennehmen, um diesen unverhofften Kontakt nicht zu verlieren und die beiden zeitgleichen Sinneseindrücke voll zu würdigen durch getrennte Wahrnehmung und Vergleichung ihrer unterschiedlichen Reize.

»Schiebt doch die Blätter beiseite«, riet Herr Okeda, »dann neigt sich der Blütenstengel euren Händen entgegen.« Er stand über unserer zu der Seerose vorgebeugten Dreiergruppe. In der Hand hielt er seinen langen Stock, mit dem es ihm ein leichtes gewesen wäre, die Wasserpflanze ans Ufer zu ziehen; statt dessen beschränkte er sich darauf, den beiden Frauen jenes Vorgehen anzuraten, das nun den Druck ihrer beiden Körper auf den meinen fortdauern ließ.

Die beiden Blüten hatten Miyagis und Makikos Hände fast schon erreicht. Ich überlegte rasch: Im letzten Moment des Abreißens könnte ich, wenn ich den rechten Ellenbogen kurz anhob und gleich wieder an die Seite drückte, Makikos kleine und feste Brust ganz unter meine Achsel bekommen. Doch der Siegesjubel über den glücklichen Fang der Seerosenblüten brachte den Ablauf unserer Bewegungen durcheinander, so daß mein rechter Arm sich über der Leere schloß, indes meine linke Hand, nachdem sie den Stengel losgelassen, beim Zurückfahren in Frau Miyagis Schoß traf, der sie bereitwilligst aufzunehmen und gleichsam festzuhalten schien mit einem hingebungsvollen Erschauern, das sich meiner ganzen Person mitteilte. In diesem Moment entschied sich etwas, das im weiteren unabsehbare Folgen haben sollte, wie ich noch berichten werde.

Als wir erneut unter dem Ginkgo vorbeikamen, sagte ich zu Herrn Okeda, das Wesentliche bei der Betrachtung des Blätterregens sei nicht so sehr die Wahrnehmung jedes einzelnen Blattes als vielmehr der Abstand zwischen dem einen Blatt und dem anderen, also der leere Luftraum, der sie trennt. Was ich begriffen zu haben glaubte, war dies: Das Fehlen von Sinneseindrücken in weiten Teilen des Wahrnehmungsfeldes ist die notwendige Bedingung dafür, daß die Sensibilität sich räumlich und zeitlich zu konzentrieren vermag, genauso wie in der Musik die Stille im Hintergrund nötig ist, damit die Töne sich von ihr abheben können.

Herr Okeda meinte, bei den taktilen Sinneseindrücken sei das zweifellos wahr – eine Antwort, die mich sehr überraschte, denn ich hatte tatsächlich an die Berührung der beiden Körper seiner Tochter und seiner Gattin gedacht, als ich ihm meine neuen Erkenntnisse über die Blätter mitteilte. Herr Okeda sprach weiter in aller Unbefangenheit von den taktilen Sinneseindrücken, als wäre es völlig klar, daß meine Worte nichts anderes betrafen.

Um dem Gespräch eine andere Richtung zu geben, wagte ich den Vergleich mit dem Lesen eines Romans, bei dem ein sehr ruhiger Gang der Erzählung, immer im gleichen gedämpften Ton, zur Hervorhebung wohlkalkulierter subtiler Eindrücke dient, auf die das Augenmerk des Lesers gelenkt werden soll; allerdings muß man im Fall des Romans der Tatsache Rechnung tragen, daß in der Aneinanderreihung von Sätzen immer nur *ein* solcher Eindruck auf einmal registriert werden kann, während die Weite des Gesichts- und Gehörfeldes gleichzeitig ein viel reicheres und komplexeres Gesamtbild wahrzunehmen erlaubt. Die Empfänglichkeit des Lesers für die Gesamtheit der Eindrücke, die der Roman ihm vermitteln möchte, ist in mehrfacher Hinsicht beschränkt, erstens weil sein oft hastiges und zerstreutes Lesen eine gewisse Anzahl von effektiv im Text enthaltenen Zeichen, Signalen und Intentionen übersieht oder gar nicht wahrnimmt, und zweitens weil es stets etwas Wesentliches gibt, das außerhalb des geschriebenen Satzes bleibt, denn schließlich sind die Dinge, die der Roman *nicht* sagt, zwangsläufig zahlreicher als die, die er sagt, und nur dank einer besonderen Aura um das, was geschrieben steht, kommt es zur Illusion, daß man auch zu lesen vermeint, was nicht dasteht... Zu all diesen meinen Überlegungen schwieg Herr Okeda, wie er es immer tut, wenn ich zuviel rede und mich am Ende hoffnungslos in verzwickten Gedankengängen verheddere.

Während der folgenden Tage fand ich mich häufig allein mit den beiden Frauen im Hause, da Herr Okeda beschlossen hatte, die Recherchen in der Bibliothek, die bisher meine Hauptaufgabe gewesen waren, selbst vorzunehmen und mich statt dessen lieber die monumentale Kartei in seinem Arbeitszimmer neu ordnen zu lassen. Ich hatte begründete Sorge, daß Herrn Okeda meine Gespräche mit Professor Kawasaki zu Ohren gekommen waren, auch ahnte er wohl meine Absicht, mich von seiner Schule zu trennen, um mich akademischen Kreisen zu nähern, die mir bessere Zukunftsaussichten garantierten. Gewiß war mir ein allzulanges Verbleiben unter der geistigen Kuratel des Herrn Okeda nicht förderlich: Ich entnahm es den sarkastischen Bemerkungen, die Professor Kawasakis Assistenten über mich machten, obschon ihnen doch wahrlich nicht jeder Kontakt mit anderen Richtungen untersagt war wie meinen Studienkollegen. Kein Zweifel, Herr Okeda wollte mich den ganzen Tag lang in seinem Hause festhalten, um mich am Flüggewerden zu hindern und die wachsende Unabhängigkeit meines Geistes zu bremsen, wie er es bei seinen anderen Schülern getan hatte, die längst so gebrochen waren, daß sie einander nur noch überwachten und beim geringsten Aufbegehren gegen die uneingeschränkte Autorität des Meisters denunzierten. Ich mußte mich schnellstens entscheiden, meinen Abschied von Herrn Okeda zu nehmen, und daß ich's hinausschob, lag einzig daran, daß mich die Vormittage in seinem Hause, während er abwesend war, in einen Zustand angenehmer, wenn auch der Arbeit kaum förderlicher Erregung versetzten.

Tatsächlich war ich bei der Arbeit oft mit den Gedanken woanders; ich suchte mir jeden Vorwand, um in die anderen Zimmer zu gehen, hoffend, dort auf Makiko zu treffen, sie zu überraschen bei ihren intimen Verrichtungen während der unterschiedlichen Situationen des Tages. Doch häufiger traf ich bei meinen Gängen auf Frau Miyagi und blieb dann ein Weilchen in ihrer Gesellschaft, ergaben sich doch die Gelegenheiten zu einem Plausch – und gar zu lockeren Scherzen, wiewohl nicht selten von Bitterkeit eingetrübt – mit der Mutter leichter als mit der Tochter.

Abends beim gemeinsamen Mahl, wenn wir um den brodelnden Sukiyaki saßen, blickte dann Herr Okeda forschend in unsere Gesichter, als stünden des Tages Geheimnisse darin geschrieben, das ganze Netz von distinkten und doch miteinander verknüpften Wünschen, in das ich mich verstrickt fühlte und aus dem ich mich gleichwohl nicht befreien wollte, ohne sie vorher einen nach dem anderen befriedigt zu haben. So verschob ich von Woche zu Woche meine Entscheidung, fortzugehen von Herrn Okeda und von der schlecht bezahlten Arbeit ohne Aussicht auf eine Karriere, und ich begriff: Das Netz, das mich zurückhielt, war niemand anders als er, Herr Okeda, der es Masche für Masche enger zog.

Es war ein klarer und warmer Herbst; als der Novembervollmond nahte, sprach ich eines Nachmittags mit Makiko darüber, von welchem Platz man am besten den Mond durch die Zweige der Bäume betrachten könnte. Ich meinte, am besten sei wohl der Rasen unter dem Ginkgo, dort nämlich würde der Widerschein auf dem Teppich der abgefallenen Blätter das Mondlicht zu einem diffusen Leuchten verbreiten. In meinen Worten lag eine präzise Absicht: Ich wollte Makiko für jene Nacht ein Stelldichein unter dem Ginkgo vorschlagen. Das Mädchen hielt mir jedoch entgegen, der Teich sei besser, da sich der Mond in diesen kühlen und trockenen Herbstnächten klarer auf dem Wasser spiegele als in den oft dunstigen Sommernächten.

»Einverstanden«, beeilte ich mich zu sagen. »Ich kann es kaum noch erwarten, mit dir am Ufer zu sein, wenn der Mond aufgeht. Zumal der Teich«, fügte ich hinzu, »zarte Gefühle in meiner Erinnerung weckt.«

Mag sein, daß bei diesen Worten der Kontakt mit Makikos Brustwarze allzu lebhaft in meiner Erinnerung wiedererstand, so daß meine Stimme etwas gepreßt klang und das Mädchen alarmierte. Jedenfalls runzelte sie die Brauen und verstummte für einen Moment. Um den Mißklang zu verscheuchen und meinen lieblichen Traum nicht von ihm unterbrechen zu lassen, verzog ich den Mund zu einer unbedachten Bewegung: Ich entblößte die Zähne und klappte sie aufeinander, wie um zu beißen. Instinktiv fuhr Makiko zurück mit einem Ausdruck plötzlichen Schmerzes, als wäre sie wirklich an einer empfindlichen Stelle gebissen worden. Gleich darauf faßte sie sich und ging aus dem Zimmer. Ich machte mich auf, ihr zu folgen.

Im Nebenzimmer saß Frau Miyagi auf einer Matte und ordnete herbstliche Blumen und Zweige in einer Vase. Blicklos voranschreitend wie ein Schlafwandler fand ich sie unversehens zu meinen Füßen hocken und konnte gerade noch rechtzeitig anhalten, um nicht über sie zu fallen und die Zweige mit meinen Beinen zu knik-ken. Makikos Verhalten hatte in mir eine jähe Erregung geweckt, und dieser mein Zustand war Frau Miyagi wohl nicht entgangen, hatten doch meine unbedachten Schrit-te mich solcherart über sie kommen lassen. Jedenfalls hob sie, ohne aufzublicken, die gerade in ihrer Hand befindliche Kamelienblüte und hielt sie mir wedelnd entgegen, wie um mich zu schlagen oder den Teil von mir, der sich über ihr reckte, zurückzudrängen oder auch spielerisch vorzulocken, zu provozieren, anzustacheln mit peitschendem Streicheln. Ich streckte rasch die Hände nach unten, um das kunstvolle Arrangement der Blätter und Blüten vor einer Beschädigung zu bewahren, indessen machte sich auch Frau Miyagi, vorgeneigt, an den Zweigen zu schaffen, und so geschah es, daß mir unversehens eine Hand zwischen ihren Kimono und ihre nackte Haut geriet, wo sie eine weiche, warme und länglich geformte Brust zu fassen bekam, während im gleichen Moment eine Hand der Dame durch die Zweige des *Keiakí* (in Europa Kaukasus-Ulme genannt, *A. d. Ü.*) mein Glied erfaßte und es mir mit ebenso freimütigem wie fest zupackendem Griff aus der Kleidung zog, als befreite sie einen Stengel vom Laub.

Was mein Interesse an Frau Miyagis Brust erregte, war der Kranz von erhabenen, teils grob- und teils feinkörni-gen Papillen, die sich über einen Warzenhof von be-trächtlicher Ausdehnung zu verteilen schienen, an den Rändern dichter, aber mit Vorposten auf dem ganzen Weg bis zur Spitze. Vermutlich befehligte jede dieser

Papillen mehr oder minder akute Reizungen in Frau Miyagis Rezeptivität – ein Phänomen, das ich unschwer verifizieren konnte, indem ich sie jeweils einzeln leichten und möglichst präzise lokalisierten Pressionen unterzog, in Abständen von etwa einer Sekunde, und dabei sowohl die direkten Reaktionen auf der Brust selbst als auch die indirekten im Allgemeinverhalten der Dame prüfend verglich, desgleichen die Reaktionen meinerseits, da sich nun offenkundig eine gewisse Wechselwirkung zwischen ihrer Sensibilität und der meinen eingestellt hatte. Und nicht nur vermittels der Fingerkuppen betrieb ich diese taktile Feinaufklärung, sondern auch durch bestmögliche Ausrichtung meines Gliedes zur Landung auf ihrer Brust mit sanften, kreisenden Gleitbewegungen, da unsere inzwischen erreichte Position die Begegnung dieser unserer auf verschiedene Art erogenen Zonen begünstigte und Frau Miyagi sichtlich Gefallen an meinen Bewegungen fand, ja sie unterstützte und gebieterisch dirigierte. Der Zufall will es, daß auch meine Haut über die ganze Länge des Gliedes und besonders am herausragenden Teil seiner Kuppe Passagen und Punkte von besonderer Empfindlichkeit aufweist, die vom Lustvollen über das Angenehme und das Prickelnde bis zum Schmerzlichen reichen, sowie daneben Passagen und Punkte, die taub oder tonlos bleiben. Das zufällige oder auch kalkulierte Zusammentreffen unserer diversen sensiblen respektive hypersensiblen Extremitäten weckte daher eine ganze Skala von unterschiedlich gemischten Gefühlen, deren genaue Bestandsaufnahme sich für uns beide als überaus anstrengend erwies.

Wir waren mitten in diesen Exerzitien begriffen, als plötzlich in der halbgeöffneten Schiebetür die Gestalt Makikos erschien. Vermutlich hatte das Mädchen im Nebenzimmer darauf gewartet, daß ich ihr folge, und kam nun, um nachzusehen, welches Hindernis mich zurückhielt. Sie erkannte sofort die Lage und verschwand wieder, aber nicht rasch genug, um mir nicht Zeit für die blitzartige Erkenntnis zu lassen, daß sich etwas an ihrer Kleidung verändert hatte: Sie trug statt des engen Pullovers nun einen seidenen Morgenrock, der eigens so gemacht schien, daß er nicht geschlossen blieb, sondern aufging über der Schwellung dessen, was in ihr erblühte, um abzugleiten auf ihrer glatten Haut beim geringsten Ansturm jener Gier nach Berührung, die hervorzurufen ebendiese so glatte Haut nicht versäumen konnte.

»Makiko!« rief ich, denn ich wollte ihr gern erklären (wußte allerdings nicht, wo anfangen), daß die Stellung, in der sie mich mit ihrer Mutter erwischt hatte, keineswegs planvoll zustande gekommen war, sondern allein durch ein zufälliges Zusammentreffen von Umständen, die mein unzweideutig auf *sie* gerichtetes Verlangen auf Seitenwege abgelenkt hatten. Ein Verlangen, das nun ihr geöffneter oder die Öffnung erwartender Morgenrock aufs neue entfachte, ja gleichsam wie mit einem expliziten Angebot gratifizierte, dergestalt, daß mich, mit der Erscheinung Makikos vor Augen und der Berührung Miyagis direkt auf der Haut, die Wollust schier übermannte.

Frau Miyagi mußte das wohl gemerkt haben, denn nun zog sie mich an der Schulter zu sich herab auf die Matte und schob mit raschen Zuckungen ihres ganzen Körpers ihr feuchtes, zupackendes Geschlecht unter das meine, das ohne Verzug von ihm eingesogen wurde wie von einem Saugrohr, indes ihre mageren nackten Beine meine Lenden umschlangen. Sie war von einer wieselflinken Behendigkeit, die Frau Miyagi: Schon verschränkten sich ihre kleinen, mit weißen Baumwollsocken bekleideten Füße fest über meinem Kreuz und preßten mich wie ein Schraubstock.

Mein Ruf nach Makiko war nicht ungehört verhallt. Hinter der papierenen Füllung des Schiebetürflügels gewahrte ich schemenhaft die Gestalt des Mädchens, das sich auf die Matte kniete, den Kopf vorgestreckt, schon erschien ihr Gesicht im Türspalt, die Miene verzerrt in atemloser Erregung, die Lippen geöffnet, die Augen weit aufgerissen, starr auf die Zuckungen ihrer Mutter und meiner Person gerichtet mit einer Mischung aus Faszination und Ekel. Doch sie war nicht allein: Am Ende des Flurs, in einer zweiten Tür, stand reglos die Gestalt eines Mannes. Ich weiß nicht, wie lange Herr Okeda schon dort gestanden hatte. Er betrachtete starren Blickes nicht seine Frau oder mich, sondern seine uns betrachtende Tochter. In seinen kalten Augen und in der harten Falte seiner zusammengekniffenen Lippen spiegelte sich Frau Miyagis Zucken, wie es im Blick ihrer Tochter gespiegelt wurde.

Er sah, daß ich ihn sah. Er rührte sich nicht. In diesem Moment begriff ich, daß er mich nicht unterbrechen noch aus dem Hause jagen, auch niemals auf diesen Vorfall anspielen würde noch auf andere, die sich künftig ereignen und wiederereignen könnten; auch begriff ich, daß mir diese seine stillschweigende Duldung keinerlei Macht über ihn verleihen noch meine Unterwerfung unter ihn lindern würde. Sie war ein Geheimnis, das mich an ihn band, nicht aber ihn an mich: Niemandem würde ich je enthüllen können, was er da schweigend betrachtete, ohne damit eine skandalöse Komplizen-schaft meinerseits einzugestehen.

Was konnte ich jetzt noch tun? Es war mein Schicksal, mich immer tiefer in ein Knäuel von Mißverständnissen zu verstricken, denn nun betrachtete mich Makiko als einen der zahlreichen Liebhaber ihrer Mutter, und Frau Miyagi wußte, daß ich nur Augen für ihre Tochter hatte, und beide würden mich teuer dafür bezahlen lassen, und das Gerede in akademischen Kreisen, das ohnehin so rasch um sich greift und noch beschleunigt wird durch die Niedertracht meiner Kommilitonen mit ihrer steten

Bereitschaft, den Plänen des Meisters entgegenzukommen, würde auf mein Verbleiben im Hause Okeda ein trübes Licht werfen und mich diskreditieren, auch und gerade in den Augen jener Dozenten, auf die ich am meisten baute, um meine Situation zu ändern.

So sehr mich das alles mit Sorge erfüllte, gelang es mir doch, mich zu konzentrieren und die generelle Empfindung meines von Frau Miyagis Geschlecht umspannten Geschlechts zu unterteilen in die partiellen Empfindungen der verschiedenen Einzelpunkte an mir und an ihr, die durch meine Gleit- und ihre Kontraktionsbewegungen abwechselnd unter Druck gesetzt wurden. Diese Applikation verhalf mir insbesondere zu einer Prolongation des für die Observation als solche notwendigen Zustandes, indem sie die Endkrisenzuspitzung retardierte durch Verdeutlichung von Momenten totaler oder partieller Gefühllosigkeit, Momenten, die ihrerseits wiederum nur das jähe Aufflammen lustvoller Reize, das sich unvorauskalkulierbar in Raum und Zeit verteilte, über die Maßen akzentuierten. »Makiko! Makiko!!« stöhnte ich Frau Miyagi ins Ohr, während ich konvulsivisch diese Momente höchster, ja übermäßiger Sensibilität mit dem Bild ihrer Tochter assoziierte und mit der Skala jener – wie ich mir vorstellte – unvergleichlich viel stärkeren Sinnesreize, die *sie* in mir würde erregen können. Und um meine Reaktionen unter Kontrolle zu halten, dachte ich dabei an die Beschreibung, die ich am selben Abend Herrn Okeda von ihnen geben würde: Kennzeichnend für den Regen der fallenden Ginkgoblätter ist die Tatsache, daß sich jedes Blatt in jedem Moment seines Fallens auf einer anderen Höhe als die anderen befindet, weshalb der leere und leblose Raum, der Hintergrund, vor welchem die visuellen Sinneseindrücke sich abheben, unterteilt werden kann in eine Folge von Ebenen, auf denen jeweils nur immer ein einziges Blättchen tanzt.

IX

Du schnallst dich an. Die Maschine beginnt den Lande-
anflug. Fliegen ist das Gegenteil von Reisen: Du durch-
querst einen Sprung im Raumkontinuum, eine Art Loch
im Raum, verschwindest im Leeren, bist eine Weile, die
gleichfalls eine Art Loch in der Zeit ist, an keinem Ort,
nirgends; dann tauchst du wieder auf und befindest dich
in einem Dort und Dann ohne jeden Zusammenhang mit
dem Wo und Wann, aus dem du verschwunden bist. Was
tust du inzwischen? Wie füllst du diese deine Abwesen-
heit von der Welt und der Welt von dir? Du liest; vom
Start bis zur Landung hebst du den Blick nicht vom Buch,
denn jenseits der Seite ist nur die Leere, die Anonymität
der Flughäfen, des metallischen Uterus, der dich umhüllt
und nährt, des immer wechselnden und immer gleichen
Pulks von Mitpassagieren. Da kannst du dich ebensogut
an diese andere Abstraktion des Reisens halten, die von
der anonymen Gleichförmigkeit der Druckbuchstaben
erzeugt wird: Auch hier ist es nur die evokative Macht
der Namen, die dir einredet, daß du etwas überfliegst und
nicht nichts. Du machst dir klar, es gehört schon ein
guter Schuß Leichtsinn dazu, sich zweifelhaften, aufs
Geratewohl gesteuerten Apparaten anzuvertrauen; womöglich verrät sich darin gar eine unaufhaltsame Neigung zur Passivität, zur Regression, zur infantilen Ab-
hängigkeit. (Aber sinnierst du jetzt über das Fliegen oder
über das Lesen?)

Die Maschine landet. Du bist nicht fertiggeworden mit
dem Roman *Auf dem mondbeschienenen Blätterteppich*
von Takakumi Ikoka. Du liest weiter beim Hinunterstei-
gen über die Stufen, im Bus auf der Fahrt übers Vorfeld,

beim Schlangestehen vor der Paß- und Zollkontrolle. Du bewegst dich langsam voran, das aufgeschlagene Buch vor Augen, da zieht es dir jemand weg, und als würde ein Vorhang hochgezogen, erblickst du vor dir eine Phalanx von Polizisten in schimmernder Wehr, gezäumt mit ledernen Schulterriemen, gerüstet mit automatischen Waffen, geschmückt mit goldenen Adlern und Epauletten.

»He, mein Buch...«, lamentierst du und streckst mit kindlicher Geste die leere Hand zu dieser herrisch Halt gebietenden Schranke aus funkelnden Knöpfen und Feuermündungen.

»Beschlagnahmt, Señor! Dieses Buch darf nicht nach Ataguitanien eingeführt werden. Es ist ein verbotenes Buch.«

»Aber wie kann das sein...? Ein Buch über die fallenden Blätter im Herbst...? Mit welchem Recht...?«

»Es steht auf dem Index der zu konfiszierenden Bücher. So will es unser Gesetz. Wollen Sie uns belehren, was wir zu tun haben?« Von Wort zu Wort, von Silbe zu Silbe hat sich der Ton verschärft, vom Knappen zum Barschen, vom Barschen zum Einschüchternden, vom Einschüchternden zum Drohenden.

»Aber ich... ich war doch schon beinahe fertig...«

»Laß«, flüstert hinter dir eine Stimme. »Leg dich mit denen nicht an. Wegen dem Buch mach dir keine Sorgen, ich hab auch ein Exemplar. Warte bis nachher...«

Es ist eine Mitreisende: jung, selbstsicher, hochaufgeschossen, in Jeans, bebrillt, mit Taschen behängt; passiert die Kontrollen wie eine, die es gewohnt ist. Kennst du sie? Auch wenn sie dir bekannt vorkommt, laß dir nichts anmerken: Sicher will sie nicht, daß man euch miteinander reden sieht. Sie hat dir gewinkt, du sollst ihr folgen: Verlier sie nicht aus den Augen. Draußen vor dem Flughafengebäude nimmt sie ein Taxi und winkt dir, das nächste zu nehmen. Auf freiem Gelände hält ihr Taxi, sie steigt mit ihrem ganzen Gepäck in das deine um. Wenn ihre kurzgeschnittenen Haare nicht wären und ihre enorme Brille, du würdest sagen: Lotaria.

Du probierst es: »Hör mal, du bist doch…«

»Corinna, nenn mich Corinna.«

Sie kramt in ihren Taschen, fördert ein Buch zutage und gibt es dir.

»Aber das ist es nicht«, sagst du, als du auf dem Umschlag den Titel und den Namen des Autors liest: *Rings um eine leere Grube* von Calixto Bandera, nie gehört. »Es war ein Buch von Ikoka, das sie mir beschlagnahmt haben.«

»Genau das hab ich dir gegeben. In Ataguitanien können Bücher nur mit falschen Umschlägen zirkulieren.«

Während das Taxi mit Vollgas durch eine staubige Vorstadt prescht, kannst du der Versuchung nicht widerstehen, das Buch aufzuschlagen, um zu prüfen, ob Corinna die Wahrheit gesagt hat. Von wegen! Es ist ein Buch, das du zum erstenmal siehst, und es klingt überhaupt nicht wie ein Roman aus Japan: Es beginnt mit einem Mann, der über den Altiplano reitet und Raubvögel ziehen sieht, sogenannte *Zopilotes.*

»Wenn schon der Umschlag falsch ist«, sagst du, »wird auch der Text wohl gefälscht sein.«

»Was hast du anderes erwartet?« sagt Corinna. »Wenn der Fälschungsprozeß erst einmal in Gang gekommen ist, gibt es kein Halten mehr. Wir sind hier in einem Land, wo man alles, was fälschbar ist, schon gefälscht hat: Gemälde in den Museen, Goldbarren, Busfahrkarten… Die Revolution und die Konterrevolution bekämpfen einander mit Fälschungen. Das Ergebnis ist, daß keiner mehr genau weiß, was echt und was falsch ist. Die politische Polizei simuliert revolutionäre Aktionen, und die Revolutionäre verkleiden sich als Polizisten.«

»Und wer gewinnt am Ende?«

»Das kann man jetzt noch nicht sagen. Es kommt darauf an, wer sich die eigenen Fälschungen und die der anderen besser zunutze zu machen versteht, die Polizei oder unsere Organisation.«

Der Taxifahrer spitzt die Ohren. Du bedeutest Corinna, nicht so unvorsichtig zu reden.

Aber sie: »Hab keine Angst. Dies ist ein fingiertes Taxi. Mich beunruhigt eher, daß uns ein zweites Taxi folgt.«

»Ein echtes oder fingiertes?«

»Sicherlich ein fingiertes, nur weiß ich nicht, ob von der Polizei oder von unseren Leuten.«

Du schielst durch das Heckfenster auf die Straße. »He, sieh mal«, rufst du erschrocken, »da fährt noch ein drittes Taxi hinter dem zweiten...«

»Das könnten unsere Leute sein auf den Spuren der Polizei oder auch Polizisten auf unseren Spuren...«

Das zweite Taxi überholt euch, stoppt, bewaffnete Männer springen heraus und zwingen euch auszusteigen. »Polizei! Sie sind verhaftet!« Handschellen werden euch angelegt, ihr müßt alle drei in das zweite Taxi umsteigen: du, Corinna und euer Chauffeur.

Corinna, seelenruhig und lächelnd, grüßt die Beamten: »Ich bin Gertrude. Dies ist ein Freund. Bringt uns zur Kommandantur.«

Bist du sprachlos? Corinna-Gertrude flüstert dir zu, in deiner Muttersprache: »Keine Angst, das sind falsche Polizisten. Sie gehören in Wahrheit zu uns.«

Ihr seid kaum losgefahren, da blockiert das dritte Taxi das zweite. Andere Bewaffnete springen heraus, diesmal vermummte, entwaffnen die Polizisten, nehmen dir und Corinna-Gertrude die Handschellen ab, legen sie den Polizisten an, zwängen euch allesamt in ihr Taxi.

Corinna-Gertrude bleibt ungerührt: »Danke, Genossen. Ich bin Ingrid, der hier ist einer von uns. Bringt uns zum Hauptquartier.«

»Schnauze!« blafft einer von ihnen, der offenbar ihr Anführer ist. »Glaubt ja nicht, ihr könnt uns zum Narren halten! Wir müssen euch jetzt die Augen verbinden. Ihr seid unsere Geiseln.«

Du weißt nicht mehr, wo dir der Kopf steht, zumal jetzt Corinna-Gertrude-Ingrid ins andere Taxi verfrachtet wird. Als man dir den Gebrauch deiner Glieder und Augen wieder gestattet, befindest du dich in der Wachstube eines Polizeikommissariats oder einer Kaserne. Uniformierte fotografieren dich, von vorne und im Profil, nehmen dir die Fingerabdrücke ab. Ein Offizier ruft: »Alfonsina!«

Herein tritt Gertrude-Ingrid-Corinna, auch sie in Polizeiuniform, und reicht dem Offizier eine Mappe mit Dokumenten zum Unterschreiben.

Indessen wirst du von Schreibtisch zu Schreibtisch weitergereicht: Ein Beamter nimmt dir den Paß ab, ein anderer das Geld, ein dritter die Kleidung, die durch einen Gefängniskittel ersetzt wird.

»Was ist das jetzt für eine Falle?« kannst du schließlich Ingrid-Gertrude-Alfonsina fragen, als ihr einen Moment lang unbewacht seid.

»Unter den Revolutionären gibt es infiltrierte Konterrevolutionäre, die uns in einen Hinterhalt der Polizei geführt haben. Aber zum Glück gibt es bei der Polizei eine Menge infiltrierte Revolutionäre, die vorgegeben haben, mich als Agentin der Kommandantur zu erkennen. Was dich betrifft, du kommst in ein fingiertes Gefängnis, das heißt in einen echten Staatsknast, der aber nicht von ihnen, sondern von uns kontrolliert wird.«

Du kannst nicht umhin, an Marana zu denken. Wer sonst, wenn nicht er, könnte eine derartige Intrige ausgeheckt haben?

»Mir scheint, ich erkenne den Stil eures Chefs«, sagst du zu Alfonsina.

»Wer unser Chef ist, spielt keine Rolle. Er könnte ein falscher Chef sein, der für die Revolution zu arbeiten vorgibt in der alleinigen Absicht, die Konterrevolution zu fördern, oder der offen für die Konterrevolution arbeitet in der Überzeugung, daß er auf diese Weise die Revolution herbeiführt.«

»Und du arbeitest mit ihm zusammen?«

»Bei mir liegt die Sache anders. Ich bin eine Infiltrierte, eine ins Lager der falschen Revolutionäre infiltrierte echte Revolutionärin. Aber um nicht entdeckt zu werden, muß ich so tun, als sei ich eine unter die echten Revolutionäre infiltrierte Konterrevolutionärin. Was ich tatsächlich auch bin, insofern ich der Polizei unterstehe; allerdings nicht der echten, denn ich unterstehe den unter die konterrevolutionären Infiltratoren infiltrierten Revolutionären.«

»Wenn ich recht verstehe, sind hier alle infiltriert, bei der Polizei und bei der Revolution. Wie schafft ihr es, euch auseinanderzuhalten?«

»Man muß bei jedem wissen, wer die Infiltratoren sind, die ihn infiltriert haben. Und noch vorher muß man wissen, wer die Infiltratoren infiltriert hat.«

»Und ihr bekämpft euch weiterhin bis aufs Blut, obwohl ihr wißt, daß keiner ist, was er zu sein behauptet?«

»Was hat das denn damit zu tun? Jeder muß seine Rolle bis zu Ende spielen.«

»Was wäre dann meine Rolle?«

»Wart's ab und gedulde dich. Lies weiter dein Buch.«

»Verdammt! Das hab ich verloren, als ich befreit... ich meine verhaftet wurde...«

»Macht nichts. Du kommst in ein Mustergefängnis, da gibt's eine Bibliothek, die hat sämtliche Novitäten.«

»Auch die verbotenen Bücher?«

»Wo sonst sollten die verbotenen Bücher zu finden sein, wenn nicht in einem Gefängnis?«

(Du bist den langen Weg nach Ataguitanien hergekommen, um einen Fälscher von Romanen zu fangen, und du findest dich nun als Gefangener eines Systems, in dem jeder Aspekt des Lebens gefälscht ist. Oder anders: Du warst entschlossen, dich in Urwälder, Pampas, Altiplanos und Kordilleren zu wagen auf den Spuren des Forschers Marana, der verschollen ist bei der Suche nach den Quellen der Strom-Romane, und nun rüttelst du an den eisernen Gittern der Gefängnisgesellschaft, die sich über den Planeten erstreckt und das Abenteuer in ihre trüben und immer gleichen Korridore einzwängt... Ist das noch deine Geschichte, Leser? Der lange Weg, den du Ludmilla zuliebe gegangen bist, hat dich so weit von ihr fortgeführt, daß du sie aus den Augen verloren hast: Da sie dich nicht mehr führt, bleibt dir nur, dich ihrem spiegelverkehrten Gegenbild anzuvertrauen, dieser Lotaria...

Aber ist sie wirklich Lotaria? »Ich weiß nicht, von wem du sprichst, du nennst Namen, die ich nicht kenne«, hat sie dir jedesmal geantwortet, wenn du auf frühere Episoden anzuspielen versuchtest. Ob ihr das die Regel des Untergrundkampfes auferlegt? Ehrlich gesagt, du bist dir gar nicht so sicher, ob du sie richtig identifizierst... Ist sie eine falsche Corinna oder eine falsche Lotaria? Mit Sicherheit weißt du nur, daß ihre Funktion in deiner Geschichte der Funktion von Lotaria gleicht, weshalb der Name Lotaria auf sie paßt und du keinen anderen für sie wüßtest.

»Würdest du leugnen, daß du eine Schwester hast?«

»Ich habe eine, aber was hat das damit zu tun?«

»Eine Schwester, die Romane mag? Romane mit Personen von komplizierter und beunruhigender Psychologie?«

»Meine Schwester sagt immer, sie mag Romane, in denen man eine elementare, urwüchsige, tellurische Kraft spürt. Genau das sagt sie: eine tellurische.«)

»Sie haben bei der Gefängnisbibliothek wegen eines unvollständigen Bandes reklamiert«, sagt der hohe Offizier hinter dem hohen Schreibtisch.

Du atmest erleichtert auf. Seit dich vorhin ein Wachmann aus deiner Zelle geholt hat, um dich durch endlose Korridore, Treppen hinunter, durch unterirdische Gänge, Treppen hinauf, durch Vorzimmer und Büros zu führen, hat die wachsende Angst dir heiße und kalte Schauer über den Rücken gejagt. Dabei wollten sie dir bloß antworten auf deine Reklamation wegen *Rings um eine leere Grube* von Calixto Bandera. Statt der Angst fühlst du nun wieder die Enttäuschung in dir aufsteigen, die dich überfiel, als du das bestellte Buch ausgehändigt bekamst, einen zerschlissenen Einband, der nichts weiter enthielt als ein paar lose, zerfledderte Lagen.

»Natürlich habe ich reklamiert!« antwortest du. »Sie rühmen sich dauernd der Musterbibliothek Ihres Mustergefängnisses, und wenn man sich dann ein regulär im Katalog verzeichnetes Buch bestellt, erhält man ein Häufchen loser Blätter! Wie, bitte sehr, wollen Sie mit einem solchen System die vielbeschworene Reedukation der Straffälligen erreichen?«

Der Mann hinter dem Schreibtisch nimmt langsam die Brille ab. Er schüttelt melancholisch den Kopf. »Ich kann mich leider um Ihre Reklamation nicht kümmern. Ich habe andere Aufgaben. Unsere Dienststelle unterhält zwar enge Beziehungen zu den Gefängnissen und Bibliotheken, befaßt sich aber mit weitergespannten Problemen. Wir haben Sie angefordert, weil wir Sie als Leser von Romanen kennen und Ihren Rat brauchen. Die Ordnungskräfte – Armee, Polizei, Justiz – hatten seit jeher Schwierigkeiten mit der Beurteilung, ob ein Roman verboten oder toleriert werden soll: Mangel an Zeit für ausgedehnte Lektüre, Unsicherheit der ästhetischen und philosophischen Kriterien, die dem Urteil zugrunde gelegt werden sollen… Nein, seien Sie unbesorgt, wir wollen Sie nicht zur Mithilfe bei der Lösung unserer Zensuraufgaben nötigen. Die moderne Technologie wird uns bald in die Lage versetzen, diese Aufgaben rasch und effizient zu erledigen. Wir haben Maschinen, die jeden beliebigen Text sofort lesen, analysieren und beurteilen können. Nur müssen wir eben die Zuverlässigkeit dieser Geräte von Zeit zu Zeit überprüfen. In unserer Kartei figurieren Sie als ein typischer Durchschnittsleser, und wie wir erfahren, haben Sie kürzlich – zumindest teilweise – den Roman *Rings um eine leere Grube* von Calixto Bandera gelesen. Daher scheint es uns angebracht, Ihre Leseeindrücke mit den Resultaten der Lesemaschine zu vergleichen.«

Er führt dich in den Maschinenraum. »Darf ich Ihnen unsere Programmiererin Sheila vorstellen?«

Vor dir, in einem hochgeschlossenen weißen Laborkittel, steht Corinna-Gertrude-Alfonsina, beschäftigt mit der Bedienung einer Batterie blanker glatter Metallschränke ähnlich Geschirrspülern. »Dies sind unsere Speichereinheiten, die den ganzen Text von Banderas *Rings um eine leere Grube* gespeichert haben. Das Terminal ist eine Druckeinheit, die den Roman, wie Sie sehen, Wort für Wort von A bis Z ausgedruckt reproduzieren kann«, erklärt dir der Offizier. Ein langer Papierstreifen quillt aus einer Art Schreibmaschine, die ihn ratternd im Tempo eines Maschinengewehrs mit kalten eckigen Großbuchstaben bedeckt.

»Dann könnte ich mir ja, wenn Sie gestatten, die Kapitel herausnehmen, die ich noch nicht gelesen habe«, sagst du erfreut und streichst schüchtern-liebevoll über den breiten Schriftstrom, in dem du die Prosa wiedererkennst, die dir deine einsamen Stunden in der Zelle verkürzt hatte.

»Bitte, bedienen Sie sich in aller Ruhe«, sagt der Offizier. »Ich lasse Ihnen Sheila hier, sie wird das gewünschte Programm eingeben.«

Leser, du hast das Buch, das du suchtest, wiedergefunden! Du kannst den verlorenen Faden nun wieder aufnehmen, das Lächeln kehrt auf deine Lippen zurück. Aber scheint dir, daß diese Geschichte so weitergehen kann? Nein, nicht die des Romans: deine! Wie lange willst du dich noch so passiv von den Ereignissen treiben lassen? Voller Elan und Lust auf Abenteuer hattest du dich in die Handlung gestürzt. Und dann? Sehr schnell hat sich deine Funktion auf die eines Fremdgesteuerten reduziert, du registrierst nur noch Situationen, die andere entschieden haben, erduldest Willkürakte, siehst dich in Geschehnisse involviert, die deiner Kontrolle entzogen sind. Was nützt dir da noch deine Rolle als Held? Wenn du dich weiter zu diesem Spiel hergibst, bedeutet das: Du bist selber nur noch ein Komplize der allumfassenden Mystifizierung.

Du packst das Mädchen am Arm. »Schluß jetzt mit den Verkleidungen, Lotaria! Wie lange willst du dich noch von so einem autoritären Polizeiregime manipulieren lassen?«

Diesmal kann Sheila-Ingrid-Corinna eine gewisse Verlegenheit nicht verbergen. Sie befreit ihren Arm aus deinem Griff. »Ich verstehe nicht, wen du da anklagst. Ich weiß nichts von deinen Geschichten. Ich verfolge eine sehr klare Strategie. Die Gegenmacht muß sich in die Mechanismen der Macht einschleichen, um sie zu stürzen.«

»Und sie dann genau so wieder aufzubauen! Es ist zwecklos, daß du dich verkleidest, Lotaria. Wenn du eine Uniform aufknöpfst, ist darunter immer wieder nur eine andere Uniform!«

Sheila sieht dich herausfordernd an. »Aufknöpfen...? Na, probier's doch mal...«

Du hast dich zum Kampf entschieden, du kannst jetzt nicht mehr zurück. Mit fliegenden Fingern knöpfst du den weißen Kittel der Programmiererin Sheila auf und findest darunter die Polizeiuniform Alfonsinas, du reißt ihr die goldenen Knöpfe ab und entdeckst den Anorak von Corinna, du ziehst den Reißverschluß auf und erblickst die Kragenspiegel von Ingrid...

Die restlichen Kleider reißt sie sich selber vom Leib: Es erscheinen zwei feste, melonenförmige Brüste, ein leicht konkaver Magen, ein tiefliegender Nabel, ein leicht konvexer Bauch, die vollen Hüften einer Scheinmageren, eine stolze Scham, zwei kräftige lange Schenkel...

»Und das?« triumphiert Sheila. »Ist das auch eine Uniform?«

»Nein«, murmelst du verwirrt, »das nicht...«

»Eben doch!« schreit sie. »Der Körper *ist* eine Uniform! Der Körper ist bewaffneter Kampf! Der Körper ist gewalttätige Aktion! Der Körper fordert die Macht! Der Körper führt Krieg! Der Körper erklärt sich zum Subjekt! Der Körper ist Ziel und nicht Mittel! Der Körper ist Ausdruck! Der Körper spricht! Kommuniziert! Schreit! Rebelliert! Macht Revolution!«

Schon hat sich Alfonsina-Sheila-Gertrude auf dich geworfen, dir die Sträflingskleidung vom Leibe gerissen, schon vermischen sich eure nackten Glieder unter den elektronischen Datenspeichergeräten.

Leser, was tust du da? Widerstehst du nicht? Fliehst du nicht? Ach, du machst mit...? Ach, du wirfst dich ebenfalls rein...? Zugegeben, du bist der unumstrittene Held dieses Buches, aber glaubst du, das gibt dir das Recht zu körperlichen Beziehungen mit allen weiblichen Personen? Einfach so, ohne Vorbereitung...? Genügte nicht deine Geschichte mit Ludmilla, um der Handlung die Wärme und Anmut eines Liebesromans zu geben? Was mußt du dich nun auch mit ihrer Schwester einlassen (oder mit einer, die du für ihre Schwester hältst), mit dieser Lotaria-Corinna-Sheila, die dir doch eigentlich nie besonders sympathisch war...? Ist ja verständlich, wenn du dich jetzt revanchieren willst, nachdem du die Ge-

schehnisse über Seiten und Seiten mit passiver Resignation verfolgt hast, aber meinst du, dies wäre die richtige
Art? Oder willst du jetzt sagen, du wärst auch in diese
Situation ganz unwillkürlich hineingeraten? Du weißt
doch genau, diese Frau macht alles nur mit dem Kopf,
was sie in der Theorie für richtig befindet, setzt sie in die
Praxis um, bis zur letzten, äußersten Konsequenz... Sie
wollte dir nur eine ideologische Demonstration geben,
weiter nichts... Wie kommt es, daß du dich diesmal so
rasch von ihren Argumenten überzeugen läßt? Paß auf,
Leser, hier ist alles anders, als es zu sein scheint, hier hat
alles zwei Gesichter...

Ein Blitzlicht, begleitet vom wiederholten Klicken
einer Kamera, verschlingt das Weiß eurer konvulsivisch
ineinanderverschlungenen Nuditäten.

»Schon wieder läßt du dich nackt in den Armen eines
Häftlings erwischen, Capitan Alexandra!« tadelt die
Stimme des unsichtbaren Fotografen. »Diese Schnappschüsse werden eine schöne Bereicherung deiner Personalakte sein...«, und leise kichernd entfernt sich die
Stimme.

Alfonsina-Sheila-Alexandra steht auf, greift sich gelangweilt ihre Kleider. »Nie lassen sie einen in Ruhe!«
mault sie. »Das ist das Lästige, wenn man für zwei
Geheimdienste gleichzeitig arbeitet, die einander bekämpfen: Dauernd wird man von beiden Seiten erpreßt!«

Du willst ebenfalls aufstehen, verheddert dich aber in
dem Papierstreifen, der aus dem Druckautomaten quillt:
Der Anfang des Romans räkelt sich auf dem Boden wie
eine Katze, die spielen will. Jetzt sind es deine gelebten
Geschichten, die mitten im spannendsten Augenblick
abbrechen: Vielleicht darfst du dafür nun künftig deine
Romane zu Ende lesen...

Alexandra-Sheila-Corinna macht sich gedankenverloren an ihren Tasten zu schaffen. Sie hat wieder ganz die

Miene der tüchtigen Laborantin, die voll bei der Sache ist. »Irgendwas stimmt nicht«, murmelt sie. »Inzwischen müßte doch alles draußen sein... Was ist los?«

Dir war es schon aufgefallen: Alfonsina-Gertrude hat heute einen etwas nervösen Tag, irgendwann muß sie auf eine falsche Taste gedrückt haben. Die Ordnung der Wörter im Text von Calixto Bandera, die das Elektronengedächtnis gespeichert hat, um sie jederzeit reproduzieren zu können, ist durch eine plötzliche Entmagnetisierung der Impulse gelöscht worden. Die bunten Drähte mahlen nur noch die Spreu der zusammenhanglosen Wörter: DIE DIE DIE DIE, DAS DAS DAS DAS, WO WO WO WO, WAS WAS WAS WAS, in langen Kolonnen, säuberlich nach Frequenzen geordnet. Das Buch ist zerkrümelt, aufgelöst, nicht wiederherstellbar, verflogener Sand, vom Winde verweht.

Rings um eine leere Grube

Wenn die Geier auffliegen, ist das ein Zeichen für das nahe Ende der Nacht, hatte mein Vater gesagt. Und ich hörte die schweren Schwingen schlagen am dunklen Himmel, und ich sah ihren Schatten die grünen Sterne verfinstern. Es war ein mühsamer Flug, der sich nur zögernd vom Boden löste und aus dem Schatten der Büsche, als überzeugten die Federn sich erst beim Fliegen, daß sie Federn waren und keine stachligen Blätter. Dann rauschten die *Zopilotes* davon, und die Sterne kamen wieder zum Vorschein, grau, und der Himmel war grün. Es dämmerte, und ich ritt auf den einsamen Wegen des Altiplano zum Dorfe Oquedal.

»Nacho«, hatte mein Vater gesagt, »sobald ich gestorben bin, nimmst du mein Pferd, meinen Karabiner und Wegzehrung für drei Tage und reitest von San Ireneo, aufwärts dem trockenen Flußbett folgend, bis du den Rauch emporsteigen siehst über den Terrassen von Oquedal.«

»Warum Oquedal?« fragte ich. »Wer ist in Oquedal? Wen soll ich dort aufsuchen?«

Meines Vaters Stimme wurde immer matter und stockender, sein Gesicht immer bläulicher. »Ich muß dir ein Geheimnis enthüllen, das ich gehütet habe über so viele Jahre... Es ist eine lange Geschichte...«

Mein Vater lag in den letzten Zügen, er war im Begriff, den letzten Hauch seines Todeskampfes in diese Worte zu legen, und ich fürchtete schon, da ich seine Neigung zum Abschweifen kannte, zum Spicken all seiner Reden mit Einschüben, Rückblicken, Nebengedanken, er werde nicht mehr dazu kommen, mir das Wesentliche zu sagen. »Rasch, sag mir den Namen, mein Vater, den Namen des Menschen, nach dem ich in Oquedal fragen soll...«

»Deine Mutter... Deine Mutter, die du nicht kennst, lebt in Oquedal... Deine Mutter, die du nicht mehr gesehen hast, seit du in Windeln warst...«

Ich wußte, daß er vor seinem Tode noch von meiner Mutter sprechen würde. Er war es mir schuldig, nachdem er mich meine ganze Kindheit und Jugend hatte durchleben lassen, ohne mir jemals kundzutun, wie sie aussah noch welchen Namen sie trug, die Frau, die mich geboren hatte, noch auch, warum er mich von jener Brust gerissen, als ich noch an ihr sog, um mich mitzuschleppen in sein unstetes Vagabunden- und Flüchtlingsleben. »Wer ist meine Mutter? Sag mir den Namen!« Viele Geschichten hatte er mir über meine Mutter erzählt in den Jahren, als ich noch nicht müde wurde, nach ihr zu fragen, doch es waren Geschichten, Erfindungen, die einander widersprachen: Bald war sie eine arme Bettlerin, bald eine fremde Dame auf Durchreise in einem roten Automobil, bald eine Nonne im Kloster, bald eine Zirkusreiterin, bald war sie bei meiner Geburt gestorben, bald verschollen bei einem Erdbeben. So beschloß ich denn eines Tages, nicht weiter zu fragen und abzuwarten, daß er ungefragt von ihr sprach. Ich war eben sechzehn geworden, als mein Vater vom gelben Fieber befallen wurde.

»Laß mich mit dem Anfang beginnen«, ächzte er. »Wenn du nach Oquedal kommst und sagst: ›Ich bin Nacho, der Sohn des Don Anastasio Zamora‹, wirst du vielerlei über mich hören, Lügengeschichten, Gerüchte, Verleumdungen. Doch wisse...«

»Den Namen! Rasch! Meiner Mutter Namen!«

»Wohlan. Der Augenblick ist gekommen. So wisse denn...«

Doch nein, der Augenblick kam nicht mehr. Nachdem sich der Redefluß meines Vaters in leere Einleitungsfloskeln ergossen hatte, verlor er sich in einem Röcheln und versiegte für immer. Der Jüngling, der nun im Dunkeln die steilen Pfade über San Ireneo erklomm, wußte noch immer nicht, welchen Ursprüngen er da entgegenritt.

Ich hatte den Weg am Rande der Klippen hoch über dem trockenen Flußbett genommen. Die Morgendämmerung, die auf den ausgezackten Konturen des Waldes hängenblieb, schien mir nicht einen neuen Tag zu verkünden, sondern einen Tag, der vor allen anderen Tagen kam, neu im Sinne der Zeit, als die Tage noch neu waren, wie der erste Tag, an welchem die Menschen begriffen hatten, was ein Tag war.

Und als es hinreichend Tag war, um auf das andere Ufer des Cañons zu sehen, bemerkte ich, daß dort gleichfalls ein Weg verlief, auf dem einer ritt, in gleicher Höhe und gleicher Richtung wie ich, ein Reiter mit einem langläufigen Armeegewehr über der Schulter.

»He!« rief ich hinüber. »Ist es noch weit bis Oquedal?«

Er drehte sich nicht einmal um; oder genauer, und das war noch schlimmer, mein Anruf ließ ihn den Kopf kurz wenden (andernfalls hätte ich ihn für taub gehalten), doch gleich darauf schaute er wieder geradeaus und ritt weiter, ohne mich einer Antwort oder auch nur einer grüßenden Geste zu würdigen.

»He, du da! Ich rede mit dir! Bist du taub? Bist du stumm?« rief ich, während er fortfuhr, sich zum Schritt seines Rappens im Sattel zu wiegen.

Wer weiß, wie lange wir schon so als Paar durch die Nacht geritten sein mochten, getrennt durch den tiefen Einschnitt der Schlucht. Was ich für das unregelmäßige Echo der Huftritte meiner Stute gehalten, wie es sich brach am rauhen Kalkfelsen auf dem anderen Ufer, war in Wirklichkeit das Getrappel der mich begleitenden Schritte.

Er war ein Jüngling, ganz Rücken und Hals, auf dem

Kopf einen Strohhut mit Fransen. Verärgert über sein unfreundliches Gebaren gab ich meiner Stute die Sporen, um ihn zurückzulassen und nicht mehr vor Augen zu haben. Kaum hatte ich ihn überholt, ließ eine spontane Eingebung mich den Kopf nach ihm wenden. Er hatte sein Gewehr von der Schulter genommen und hob es, wie um auf mich anzulegen. Rasch fuhr meine Hand zum Kolben des Karabiners, der im Halfter an meinem Sattel stak. Er schulterte sein Gewehr und ritt weiter, als ob nichts gewesen wäre. Von nun an ritten wir nebeneinander im Gleichschritt, jeder auf seinem Ufer, und ließen uns nicht aus den Augen, sorgsam darauf bedacht, uns nicht den Rücken zu kehren. Meine Stute glich ihren Schritt dem Schreiten des Rappens an, als ob sie verstanden hätte.

Auch die Erzählung gleicht ihren Schritt dem Schreiten der eisenbeschlagenen Hufe an, hinauf über steile Pfade zu einem Ort, der das Geheimnis der Vergangenheit und der Zukunft enthält, der die Zeit enthält, eingedreht in sich selbst wie ein Lasso am Sattelknauf. Schon weiß ich, daß der lange Weg, der mich nach Oquedal führt, kürzer sein wird als der Weg, den ich noch gehen muß, wenn ich dieses Dorf erreicht haben werde, das letzte Dorf am Rande der bewohnten Welt und an den Grenzen der Zeit meines Lebens.

»Ich bin Nacho, der Sohn des Don Anastasio Zamora«, sage ich zu dem alten Indio, der an der Kirchenmauer hockt. »Wo ist das Haus?«

Vielleicht weiß er es, denke ich.

Der Alte hebt seine Lider, Lider rot und verquollen wie die eines Truthahns. Ein Finger, dürr wie Reisig zum Feueranzünden, kommt unter dem Poncho hervor und deutet auf die Villa der Alvarados, die einzige Villa in diesem Haufen gestampften Lehms, der sich Oquedal nennt: eine Barockfassade, die aussieht, als wäre sie aus

Versehen hierhergeraten, wie eine verlassene Bühnen-
kulisse. Irgend jemand muß vor Jahrhunderten einmal
geglaubt haben, dies sei das Land Eldorado, und kaum
hatte er seinen Irrtum bemerkt, begann für den eben
errichteten Prachtbau das langsame Schicksal der
Ruinen.

Den Schritten eines Stallburschen folgend, der mein
Pferd am Zügel genommen hat, gehe ich durch eine
Flucht von Höfen, die mich immer tiefer hineinführen
sollten, aber ich finde mich immer mehr draußen, ich
schreite von einem Hof in den nächsten, als dienten hier
alle Türen nur zum Hinausgehen, nie zum Eintreten. Die
Erzählung müßte dieses Gefühl der Fremdheit vermitteln, der Fremdheit an Orten, die ich zum erstenmal
sehe, aber auch der Fremdheit an Orten, die im Gedächtnis keine Erinnerung hinterlassen haben, nur eine Leere.
Bilder versuchen nun, diese Leerräume wieder zu füllen,
doch sie erreichen nur, daß auch sie sich einfärben mit
dem Grau jener Träume, die man im Augenblick ihres
Erscheinens vergißt.

Einem ersten Hof, in dem Teppiche hängen zum
Ausklopfen (ich grabe in meinem Gedächtnis nach Erinnerungen an eine Wiege in schwellendem Luxus), folgt
ein zweiter Hof voller Alfalfa-Säcke (ich grabe nach
Erinnerungen an eine reiche Hacienda in frühester Kindheit) und schließlich ein dritter, auf den sich Stallungen
öffnen (bin ich unter Krippen geboren?). Es müßte hell-
lichter Tag sein, aber das Dunkel, das die Erzählung
einhüllt, macht keine Anstalten, sich zu lichten, läßt
keine Botschaften durchsickern, die das Bildvorstel-
lungsvermögen zu klaren Gestalten verdichten könnte,
gibt keine gesprochenen Worte wieder, nur Stimmengewirr und gedämpften Singsang.

Erst im dritten Hof beginnen die Sinneseindrücke
langsam Gestalt anzunehmen. Zuerst die Gerüche und
Geschmäcke, dann erhellt der Schein einer Flamme die

alterslosen Gesichter der Indios, die sich in Anacleta Higueras' geräumiger Küche versammelt haben, ihre glatte Haut, die uralt oder ganz jung sein könnte, vielleicht waren sie schon Greise, als einst mein Vater hier lebte, vielleicht sind sie Söhne seiner Altersgenossen, die nun seinen Sohn betrachten, wie einst ihre Väter ihn betrachteten, ihn, den Fremdling, der eines Morgens mit seinem Pferd und seinem Karabiner hier ankam.

Vor dem Hintergrund der rußgeschwärzten und flammenden Feuerstelle erhebt sich die hohe Gestalt der Frau, in eine ocker- und rosagestreifte Decke gehüllt. Anacleta Higueras füllt mir einen Teller mit scharf gewürzten Hackfleischbällchen. »Iß, mein Sohn, du bist sechzehn Jahre gewandert, um nach Hause zurückzufinden«, sagt sie, und ich frage mich, ob die Anrede »mein Sohn« die gewöhnliche Formel ist, mit der eine ältere Frau sich an einen Jüngling wendet, oder ob sie bedeutet, was die Worte bedeuten. Und mir brennen die Lippen wegen der scharfen Gewürze, mit denen Anacleta das Fleisch abgeschmeckt hat, als sollte dieser eine Geschmack alle hochgereizten Geschmäcke enthalten, Geschmäcke, die ich weder zu unterscheiden noch zu benennen vermag und die nun auf meinem Gaumen zusammenschießen wie züngelnde Flammen. Ich gehe, Rückschau haltend in meinem Gedächtnis, alle Geschmäcke durch, die ich jemals in meinem Leben gekostet habe, um diesen vielfach getönten wiederzufinden, und gelange zu einem entgegengesetzten, aber womöglich gleichwertigen Geschmack, nämlich zu dem der Muttermilch für das Neugeborene als dem ersten Geschmack, der alle weiteren in sich enthält.

Ich betrachte Anacletas Gesicht, dieses schöne Indianergesicht, kaum aufgedunsen vom Alter und von keiner Runzel zerfurcht, ich betrachte den breiten, in die Decke gehüllten Körper und frage mich, ob es die hohe Wölbung ihrer nun weich abfallenden Brust gewesen sein könnte, an welche ich mich als Säugling geklammert.

»Also hast du meinen Vater gekannt, Anacleta?«

»Ach, Nacho, hätte ich ihn bloß niemals gekannt! Es war kein guter Tag, als er seinen Fuß nach Oquedal setzte...«

»Warum nicht, Anacleta?«

»Er brachte nur Unheil über uns Indios... und nicht mal den Weißen brachte er Gutes... Dann verschwand er... Doch auch der Tag, als er fortging aus Oquedal, war kein guter Tag...«

Aller Indios Augen sind reglos auf mich gerichtet, Augen wie Kinderaugen betrachten starr und ohne Vergebung einen ewig Präsenten.

Amaranta ist Anacletas Tochter. Sie hat weite schräggeschnittene Augen, eine schmale Nase mit leicht geblähten Flügeln und feine gewellte Lippen. Ich habe ähnliche Augen wie sie, unsere Nasen und Lippen sind gleich. »Nicht wahr, wir ähneln uns, Amaranta und ich?« frage ich Anacleta.

»Alle, die in Oquedal geboren sind, ähneln sich. Indios und Weiße haben Gesichter zum Verwechseln. Wir sind ein abgelegenes Bergdorf mit nur ein paar Familien. Seit Jahrhunderten heiraten wir bloß unter uns.«

»Mein Vater kam von auswärts...«

»Eben! Wenn wir die Fremden nicht mögen, haben wir unsere Gründe.«

Die Münder der Indios öffnen sich zu einem gedehnten Seufzen, Münder mit spärlichen Zähnen und keinem Zahnfleisch, zersetzt und zerfallen wie bei Skeletten.

Vorhin im zweiten Hof sah ich ein Bild, die vergilbte Fotografie eines jungen Mannes, bekränzt mit Blumen und beleuchtet von einem Öllämpchen. »Auch der Tote dort auf dem Bild hat diese Familienähnlichkeit...«, sage ich zu Anacleta.

»Das ist Faustino Higueras, Gott hab ihn selig im

Glorienschein seiner Engel!« sagt Anacleta, und zwischen den Indios steigt ein Gebetsmurmeln auf.

»War er dein Mann, Anacleta?« frage ich.

»Mein Bruder war er, Schwert und Schild unseres Hauses und unserer Leute, bis der Feind seinen Weg kreuzte...«

»Wir haben die gleichen Augen«, sage ich zu Amaranta, als ich sie im zweiten Hof zwischen den Säcken einhole.

»Nein, meine sind größer«, sagt sie.

»Wir brauchen ja nur zu messen.« Und ich nähere mein Gesicht dem ihren, so daß die Bögen unserer Brauen aufeinanderzuliegen kommen, dann drücke ich meine Brauen gegen die ihren und drehe langsam mein Gesicht, so daß unsere Schläfen, Backenknochen und Wangen einander berühren. »Siehst du, unsere Augenwinkel enden am selben Punkt.«

»Ich sehe gar nichts«, sagt Amaranta, bleibt aber reglos stehen.

»Und unsere Nasen«, sage ich und lege mein Nasenbein an das ihre, ein bißchen schräg, um unsere Profile zusammenzubringen. »Und unsere Lippen...«, grunze ich mit geschlossenem Munde, denn auch unsere Lippen liegen nun aufeinander, genauer: mein halber Mund auf ihrem halben.

»Du tust mir weh!« sagt Amaranta, während ich sie mit dem ganzen Körper gegen die Säcke presse und dabei die Knospen ihrer schwellenden Brüste spüre und die Zuckungen ihres Leibes.

»Kanaille! Schwein! Deswegen also, deswegen bist du hergekommen nach Oquedal! Genau wie dein Vater!« gellt Anacletas Stimme in meinen Ohren, und ihre Hände packen mich an den Haaren und schlagen mich gegen die Pfosten, indes Amaranta, von einem Handrükken ihrer Mutter getroffen, wimmernd zwischen den

Säcken liegt. »Du rührst meine Tochter nicht an! Du nicht! Niemals im Leben!«

»Wieso niemals im Leben? Was könnte uns daran hindern?« protestiere ich. »Sie eine Frau, ich ein Mann... Wenn das Schicksal es wollte, daß wir einander gefielen, nicht heute, irgendwann, eines Tages, wer weiß... Warum sollte ich sie nicht freien?«

»Verfluchter!« schreit Anacleta. »Es geht nicht! Du darfst es nicht einmal denken, verstehst du?«

Dann ist sie wohl meine Schwester, fährt es mir durch den Sinn. Warum gibt Anacleta nicht zu, daß sie meine Mutter ist? »Was schreist du so, Anacleta?« frage ich. »Gibt es zwischen uns etwa Bande des Blutes?«

»Des Blutes...?« Anacleta kommt wieder zur Besinnung, der Saum ihrer Decke hebt sich langsam, bis er ihre Augen bedeckt. »Dein Vater kam von weither... Was für Blutsbande kann er da mit uns haben...?«

»Aber ich bin in Oquedal geboren... geboren von einer Frau, die hier...«

»Deine Blutsbande such dir woanders, nicht bei uns armen Indios... Hat dir dein Vater nicht gesagt...?«

»Mein Vater hat mir gar nichts gesagt, ich schwöre es dir, Anacleta. Ich weiß nicht, wer meine Mutter ist...«

Anacleta hebt eine Hand und zeigt hinüber zum ersten Hof. »Warum hat dich die Herrin nicht empfangen wollen? Warum hat sie dich hier bei der Dienerschaft untergebracht? Zu ihr hat dich dein Vater geschickt, nicht zu uns. Geh zu Doña Jazmina und sag: ›Ich bin Nacho Zamora y Alvarado, mein Vater hat mich geschickt, Euch zu Füßen zu fallen.‹«

Hier müßte die Erzählung mein Inneres aufgewühlt darstellen, aufgewühlt wie von einem Orkan durch die Enthüllung, daß die Hälfte meines Namens, die man mir bisher verschwiegen hatte, die des Namens der Herren von Oquedal war und daß Estancias, groß wie Provinzen, meiner Familie gehörten. Doch es ist, als sauge mich meine Rückreise in die Zeit nur immer tiefer in einen dunklen Strudel, darin die aneinandergereihten Höfe der Alvarado-Villa ineinandergeschachtelt erscheinen, gleichermaßen vertraut und fremd in meinem leeren Gedächtnis. Der erste Gedanke, der mir in den Sinn kommt, ist der, den ich Anacleta verkünde, während ich ihre Tochter an einem Zopf ergreife: »Ha! Dann bin ich ja euer Herr, der Herr deiner Tochter, und kann sie mir nehmen, wann immer ich will!«

»Nein!« schreit Anacleta auf. »Ehe du Amaranta anrührst, töte ich euch!« Und Amaranta entwindet sich meinem Griff mit einer Grimasse, die ihre Zähne entblößt, ich weiß nicht, ob zu einem Seufzen oder zu einem Lächeln.

Trüb ist die Kerzenbeleuchtung im Speisesaal der Alvarados, die Kandelaber sind überkrustet mit dem Tropfwachs von Jahren, vielleicht soll man den abgebröckelten Stuck und die zerschlissenen Vorhangborten nicht sehen. Ich bin zum Diner bei der Herrin geladen. Doña Jazminas Gesicht ist bedeckt mit einem Puderbelag, der aussieht, als wolle er jeden Augenblick abblättern und auf den Teller fallen. Auch sie ist eine Indianerin unter dem Kupferrot gefärbten und mit der Brennschere ondulierten Haar. Schwere Armringe funkeln jedesmal, wenn sie den Löffel hebt. Ihre Tochter Jacinta wurde im Internat erzogen und trägt einen weißen Tennispullover, aber in Blicken und Gesten gleicht sie den übrigen Indiomädchen.

»In diesem Salon standen früher die Spieltische«, erzählt Doña Jazmina. »Zu dieser Stunde begannen die Spiele und dauerten oft bis zum Morgen. Manch einer hat hier ganze Estancias verloren. Don Anastasio Zamora war nur zum Spielen hergekommen, aus keinem anderen Grund. Er gewann immer, und es ging das Gerücht, er sei ein Falschspieler.«

»Aber eine Estancia hat er nie gewonnen«, fühle ich mich verpflichtet zu präzisieren.

»Dein Vater war einer, der das, was er im Laufe der Nacht gewann, im Morgengrauen schon wieder verloren hatte. Und bei all seinen Weibergeschichten war das bißchen, was ihm verblieb, rasch durchgebracht.«

»Hatte er solche Geschichten... Weibergeschichten... auch hier im Hause?« erkühne ich mich zu fragen.

»Drüben, drüben im anderen Hof, da ging er sich welche suchen, bei Nacht...«, sagt Doña Jazmina und deutet hinüber zu den Unterkünften der Indios.

Jacinta lacht prustend los und bedeckt sich mit beiden Händen den Mund. Jetzt erkenne ich ihre Ähnlichkeit mit Amaranta, obwohl sie das Haar ganz anders trägt und ganz anders gekleidet ist.

»Alle sehen einander ähnlich in Oquedal«, sage ich. »Im zweiten Hof hängt ein Bild, es könnte das Bild von jedem hier sein...«

Sie sehen mich an, ein wenig verlegen. Die Mutter sagt: »Das war Faustino Higueras... Blutsmäßig war er nur halb Indio, die andere Hälfte war weiß. Aber im Herzen war er ganz Indio. Er lebte mit ihnen, nahm für sie Partei – und endete dann auch so.«

»War er vom Vater oder von der Mutter her weiß?«

»Was du alles wissen willst...«

»Sind alle Geschichten in Oquedal so?« frage ich. »Weiße mit Indiomädchen, Indios mit weißen Mädchen...«

»Weiße und Indios ähneln einander in Oquedal. Das Blut ist vermischt seit der Zeit der Conquista. Aber die Herren dürfen nicht mit den Knechten gehen. Wir können tun, was wir wollen, wir unter uns und mit jedem hier, nur *das* nicht, niemals... Don Anastasio kam aus einer Herrenfamilie, obwohl er ärmer war als der ärmste Bettler...«

»Was hat mein Vater mit all dem zu tun?«

»Laß dir das Lied erklären, das die Indios hier singen: Zamora gegangen... die Rechnung beglichen... Ein Kind in der Wiege... und in der Grube ein Toter...«

»Hast du gehört, was deine Mutter gesagt hat?« sage ich zu Jacinta, kaum daß wir einen Moment allein sind. »Ich und du, wir können tun, was wir wollen.«

»Wenn wir wollten. Aber wir wollen nicht.«

»Ich könnte schon etwas wollen.«

»Was?«

»Dich beißen.«

»Was das betrifft, ich kann dich abnagen bis auf die Knochen.« Sie zeigt ihre Zähne.

Im Zimmer nebenan steht ein Bett mit weißen Laken, man weiß nicht recht, ob ungemacht oder für die Nacht hergerichtet, eingehüllt in ein dichtes Moskitonetz, das von einem Baldachin hängt. Ich dränge Jacinta zwischen die Falten des Netzes, und man weiß nicht recht, ob sie mich abwehrt oder hinunterzieht; ich will ihr die Kleider abstreifen, sie wehrt sich, indem sie mir Schnallen und Knöpfe abreißt.

»He, du hast ja auch ein Muttermal! An derselben Stelle wie ich! Schau her!«

Ein Hagel von Fausthieben prasselt mir über Kopf und Schultern, Doña Jazmina kommt über uns wie eine Furie: »Auseinander mit euch! Um Gottes willen! Tut's nicht! Ihr könnt nicht! Auseinander! Ihr wißt ja nicht, was ihr tut! Ein Lump bist du, ein Lump, genau wie dein Vater!«

Ich nehme mich zusammen, so gut ich kann: »Wieso, Doña Jazmina? Was wollt Ihr damit sagen? Mit wem hat's denn mein Vater gehabt? Mit Euch?«

»Flegel! Geh zu den Knechten! Laß dich hier nicht mehr sehen! Treib's mit den Mägden, wie dein Vater! Geh nach Hause zu deiner Mutter! Geh!«

»Wer ist meine Mutter?«

»Anacleta Higueras, auch wenn sie's nicht zugeben will, seit Faustino tot ist.«

Nachts ducken sich die Häuser von Oquedal in den Boden, als spürten sie das Gewicht des niederen und von schlechten Dünsten umhüllten Mondes.

»Was ist das für ein Lied, das sie über meinen Vater singen, Anacleta?« frage ich die Frau, die da reglos in einem dunklen Torbogen steht wie eine Statue in einer Kirchennische. »Es handelt von einem Toten in einer Grube...«

Anacleta nimmt die Laterne. Wir gehen gemeinsam über die Maisfelder. »Auf diesem Feld gerieten dein Vater und Faustino Higueras in Streit«, erklärt sie, »und beschlossen, daß einer von beiden zuviel sei auf dieser Welt, und gruben gemeinsam eine Grube. Seit dem Augenblick, da sie beschlossen hatten, miteinander zu kämpfen bis auf den Tod, seit dem Augenblick war es, als wäre der Haß zwischen ihnen erloschen: Sie gruben die Grube in Eintracht und Frieden. Dann stellte sich jeder auf eine Seite der Grube, jeder hielt in der Rechten ein Messer und hatte den linken Arm in einen Poncho gewickelt. Und abwechselnd sprang ein jeder über die Grube und griff den anderen mit seinem Messer an, während der andere sich mit dem Poncho verteidigte und versuchte, den Feind in die Grube zu stürzen. So kämpften sie bis zum Morgengrauen, und der Boden rings um die Grube staubte nicht mehr, so war er vom Blut durchtränkt. Alle Indios von Oquedal standen im Kreis um die leere Grube und um die beiden keuchenden, blutenden Jünglinge, und standen stumm und reglos, um nicht das Gottesurteil zu stören, von dem ihrer aller Schicksal abhing, nicht nur das von Faustino Higueras und Nacho Zamora.«

»Aber... Nacho Zamora bin ich...«

»Auch dein Vater nannte sich damals Nacho.«

»Und wer gewann, Anacleta?«

»Das fragst du noch, Junge? Zamora gewann: Niemand darf rechten mit den Plänen des HErrn. Faustino wurde in dieser Erde begraben. Aber für deinen Vater war es ein bitterer Sieg, und noch in derselben Nacht ging er fort von Oquedal und ward nie wieder gesehen.«

»Was erzählst du mir da, Anacleta? Dies hier ist eine leere Grube!«

»In den folgenden Tagen kamen die Indios aus den nahen und fernen Dörfern in Prozession zum Grab des Faustino Higueras. Sie zogen in die Revolution und baten mich um Reliquien, die sie in einem goldenen Schrein an der Spitze ihrer Truppen mit in die Schlacht nehmen wollten: eine Haarsträhne, einen Fetzen vom Poncho, einen Krumen geronnenen Blutes aus einer Wunde. Da beschlossen wir, das Grab zu öffnen und den Leichnam herauszunehmen. Aber Faustino war nicht darinnen, sein Grab war leer. Zahllose Legenden sind aufgekommen seit jenem Tage: Manche sagen, sie hätten ihn nachts gesehen, auf einem Rappen über die Berge reitend und den Schlaf der Indios bewachend; andere sagen, erst an dem Tage, wenn die Indios in die Ebene ziehen, werde er wieder erscheinen, reitend an der Spitze ihrer Kolonnen...«

»Dann war er's! Ich hab ihn gesehen!« möchte ich sagen, doch ich bin zu erregt, um Worte hervorzubringen.

Schweigend mit ihren Fackeln sind die Indios herzugetreten und bilden einen Kreis rings um die offene Grube.

Aus ihrer Mitte löst sich ein Jüngling mit langem Hals, auf dem Kopf einen Strohhut mit Fransen, die Züge ähnlich wie bei den meisten in Oquedal, ich meine den Schnitt der Augen, die Nasenlinie, die Form der Lippen, ganz wie bei mir.

»Mit welchem Recht, Nacho Zamora, hast du die

Hand auf meine Schwester gelegt?« fragt er mich, und in seiner Rechten blitzt eine Klinge. Den Poncho hat er um seinen linken Arm gewickelt, ein Zipfel hängt bis auf die Erde.

Aus den Mündern der Indios kommt ein Laut, es ist kein Murmeln, eher ein dumpfes Stöhnen.

»Wer bist du?«

»Ich bin Faustino Higueras. Verteidige dich!«

Ich stelle mich an den Rand der Grube, wickle den Poncho um meinen linken Arm, packe das Messer...

X

Du trinkst Tee mit Arkadian Porphyritsch, einem der feinsinnigsten Intellektuellen Irkaniens, der verdientermaßen das Amt des Generaldirektors der Staatspolizeiarchive bekleidet. Ihn solltest du gemäß deiner Order zuerst kontaktieren, unmittelbar nach deiner Ankunft in Irkanien als Reisender im Sonderauftrag des ataguitanischen Oberkommandos. Er hat dich in den behaglichen Räumen der Bibliothek seines Amtes empfangen, »der vollständigsten und modernsten Irkaniens«, wie er dir gleich erklärte, »in der die beschlagnahmten Bücher klassifiziert, katalogisiert, mikrogefilmt und aufbewahrt werden, seien sie gedruckte, hektographierte, maschinengetippte oder handgeschriebene Werke«.

Als die Behörden Ataguitaniens, die dich in Haft hielten, dir alsbaldige Freilassung anboten, sofern du dich bereit erklärtest, für sie eine Mission in einem fernen Land zu erfüllen (eine »offizielle Mission mit geheimen Aspekten bzw. geheime Mission mit offiziellen Aspekten«), war deine erste Reaktion Ablehnung gewesen. Dein schwach ausgeprägter Hang zu Staatsaufträgen, dein Mangel an innerlicher Berufung zum Job des Geheimagenten und die dunkle, gewundene Art, in der man dir darlegte, welche Aufgaben du erfüllen solltest, waren dir Gründe genug, deine Zelle im Mustergefängnis den Ungewißheiten einer Reise in die arktischen Tundren Irkaniens vorzuziehen. Doch der Gedanke, daß du bei weiterem Verbleib in ihrer Gewalt das Schlimmste gewärtig sein mußtest, die Neugier auf diesen Auftrag, »der Sie, so nehmen wir an, in Ihrer Eigenschaft als Leser interessieren dürfte«, und die Überlegung, daß du dich zum Schein darauf einlassen könntest, um dann ihren Plan zu durchkreuzen, bewogen dich schließlich zur Annahme.

Generaldirektor Arkadian Porphyritsch, der über deine Situation, auch die psychologische, offenbar bestens informiert ist, spricht zu dir in ermunterndem und väterlich-belehrendem Ton: »Vor allem dürfen wir eines nie aus dem Blick verlieren: Die Polizei ist eine große einheitsstiftende Kraft in einer ohne sie dem Zerfall geweihten Welt. Natürlicherweise erkennen und anerkennen daher die Polizeien verschiedener und auch verfeindeter Regime gewisse gemeinsame Interessen, in denen Zusammenarbeit geboten ist. Auf dem Gebiet der Zirkulation von Büchern...«

»Wird man soweit gelangen, die Zensurmethoden der verschiedenen Regime zu vereinheitlichen?«

»Nicht zu vereinheitlichen, aber ein System zu schaffen, in dem sie einander ausbalancieren und sich gegenseitig unterstützen...«

Der Generaldirektor fordert dich auf, die große Weltkarte an der Wand zu betrachten. Das feinabgestufte Farbenschema bezeichnet:

– die Länder, in denen alle Bücher systematisch beschlagnahmt werden;
– die Länder, in denen nur die vom Staat publizierten oder genehmigten Bücher zirkulieren dürfen;
– die Länder, in denen eine grobe, summarische und unberechenbare Zensur herrscht;
– die Länder, in denen die Zensur feinnervig, gebildet, sensibel für die unterschwelligen Implikationen und Assoziationen ist und von ebenso peniblen wie raffinierten Intellektuellen ausgeübt wird;
– die Länder, in denen es zwei Distributionsnetze gibt, ein legales und ein clandestines;
– die Länder, in denen es keine Zensur gibt, weil es keine Bücher gibt, aber viele potentielle Leser;

– die Länder, in denen es keine Bücher gibt und niemand ihr Fehlen beklagt;
– die Länder schließlich, in denen jeden Tag Bücher für jeden Geschmack und jede Geistesrichtung erscheinen bei allgemeiner Gleichgültigkeit.

»Nirgendwo wird heutzutage das geschriebene Wort so hochgeschätzt wie in Polizeiregimen«, sagt Arkadian Porphyritsch. »Gibt es ein besseres Kriterium zur Unterscheidung der Nationen, in denen die Literatur eine wirkliche Achtung genießt, als das der zu ihrer Kontrolle und Repression bereitgestellten Summen? Wo sie Gegenstand so großer Aufmerksamkeit ist, gewinnt die Literatur eine außerordentliche Autorität, unvorstellbar in Ländern, wo man sie als einen unschädlichen und gefahrlosen Zeitvertreib vegetieren läßt. Gewiß, auch die Repression muß Atempausen gewähren, hin und wieder ein Auge zudrücken, abwechselnd übertriebene Härte und Nachsicht üben, mit einer gewissen Unvorhersehbarkeit ihrer Launen, andernfalls bliebe nichts mehr zu reprimieren und das ganze System würde rosten mangels Gebrauch. Sagen wir's offen, jedes Regime, auch das autoritärste, kann nur in einem Zustand labilen Gleichgewichts überleben, weshalb es ständig die Existenz seines Repressionsapparates legitimieren muß, also etwas zum Reprimieren braucht. Der Wille, Dinge zu schreiben, die der etablierten Autorität Verdruß bereiten, ist eins der notwendigen Elemente zur Aufrechterhaltung dieses Gleichgewichtes. Darum haben wir, auf Basis eines Geheimvertrages mit Ländern konträrer Gesellschaftsverfassung, eine gemeinsame Organisation geschaffen, in der mitzuarbeiten Sie sich intelligenterweise bereit erklärt haben, eine Art Export-Import-Organisation zwecks Ausfuhr der hier verbotenen Bücher nach dort und Einfuhr der dort verbotenen nach hier.«

»Was implizieren würde, daß die hier verbotenen Bücher dort toleriert werden und umgekehrt...«

»Wo denken Sie hin, mein Herr! Die hier verbotenen Bücher sind dort aufs allerstrengste verboten und die dort verbotenen hier erst recht! Aber aus dem Exportieren der eigenen verbotenen Bücher ins gegnerische Regime und Importieren der gegnerischen ins eigene zieht jedes Regime zumindest zwei bedeutende Vorteile: Es ermutigt die Opposition im gegnerischen Regime und konsolidiert einen nützlichen Erfahrungsaustausch zwischen den Polizeidiensten.«

»Mein Auftrag hier«, beeilst du dich zu präzisieren, »beschränkt sich ausschließlich auf Kontakte mit den Beamten der irkanischen Polizei, denn nur durch Ihre Kanäle gelangen wir in den Besitz der Schriften unserer Regimegegner.« (Du hütest dich, ihm zu sagen, daß zu den Zielen deiner Mission auch direkte Kontakte mit dem Untergrundnetz der Regimegegner in Irkanien gehören und daß du befugt bist, dein Spiel je nach Lage der Dinge zugunsten der einen gegen die anderen oder umgekehrt zu betreiben.)

»Unser Archiv steht Ihnen zur Verfügung«, sagt der Generaldirektor. »Ich könnte Ihnen sehr seltene Manuskripte zeigen, Originalfassungen von Werken, die erst veröffentlicht wurden, nachdem sie den Filter von vier bis fünf Zensurkommissionen durchlaufen hatten und jedesmal weiter beschnitten, verändert, verwässert wurden, bis sie endlich in einer verstümmelten, völlig verharmlosten, nicht mehr wiedererkennbaren Fassung erschienen. Um wirklich zu lesen, lieber Herr, muß man hierherkommen.«

»Und Sie lesen?«

»Sie meinen, ob ich außerhalb meiner beruflichen Pflichten lese? Ja, ich würde sagen, jedes Buch, jedes Dokument, jedes Corpus delicti in diesem Archiv lese ich zweimal, zweimal auf ganz verschiedene Weise. Das erste Mal rasch und kursorisch, um zu wissen, in welchem Schrank der Mikrofilm zu verwahren, unter welcher Rubrik er zu katalogisieren ist. Dann am Abend (ich pflege meine Abende nach Dienstschluß hier zu verbringen, die Umgebung ist ruhig, entspannend, Sie sehen ja) mache ich's mir auf diesem Sofa gemütlich, lege den Mikrofilm eines seltenen Manuskriptes oder einer Geheimakte in das Lesegerät und gönne mir den Luxus einer genießerischen Lektüre in kleinen Zügen, ausschließlich zu meinem Vergnügen.«

Arkadian Porphyritsch schlägt die gestiefelten Beine übereinander, fährt sich mit einem Finger zwischen den Hals und den Kragen seiner ordengeschmückten Uniform und fügt an: »Ich weiß nicht, mein Herr, ob Sie an den GEist glauben. Ich jedenfalls glaube an ihn. Ich glaube an das Zwiegespräch, das der GEist ununterbrochen mit sich selbst führt. Und ich spüre, daß dieses Zwiegespräch durch meinen Blick erfolgt, meinen Blick beim Durchmustern dieser verbotenen Seiten. Auch die POlizei ist GEist, der STaat, dem ich diene, die ZEnsur – genau wie die Texte, mit denen sich unsere Behörde befaßt. Der Hauch des GEistes braucht kein großes Publikum, um sich zu offenbaren, er regt sich im Dunkeln, in der obskuren Beziehung zwischen dem Konspirationsgeheimnis und dem Polizeigeheimnis, die immer von neuem entsteht. Um ihn aufleben zu lassen, genügt meine abendliche Lektüre, meine unvoreingenommene, aber darum nicht minder aufmerksam alle erlaubten und verbotenen Implikationen auskostende Lektüre im Schein dieser Lampe, in diesem großen menschenleeren Bürogebäude, kaum daß ich meine Uniformjacke aufknöpfe und mich besuchen lasse von den Phantomen des Verbotenen, die ich tagsüber streng auf Distanz halten muß...«

Gib's zu, die Worte des Generaldirektors vermitteln dir ein Gefühl der Beruhigung und des Trostes. Wenn dieser Mann weiterhin Lust und Neugier auf die Lektüre empfindet, dann muß das beschriebene Papier im Umlauf noch etwas enthalten, was nicht von den allwissenden

Bürokratien vorfabriziert oder manipuliert ist, dann muß es außerhalb dieser Büros noch ein Draußen geben...

»Und über die Verschwörung der Apokryphen«, fragst du mit möglichst kühl-professioneller Stimme, »sind Sie auf dem laufenden?«

»Gewiß. Ich habe mehrere Berichte darüber empfangen. Eine Zeitlang glaubten wir illusorischerweise, wir könnten alles unter Kontrolle halten. Die Geheimdienste der bedeutendsten Großmächte machten Jagd auf diese Organisation, deren Verzweigungen überallhin zu reichen schienen... Aber der Kopf der Verschwörung, der Cagliostro des Fälschens entkam uns jedesmal. Nicht daß er uns unbekannt gewesen wäre: Wir hatten alle seine Daten in unseren Karteien, er war schon seit längerem identifiziert worden – und zwar in der Person eines listenreichen und betrügerischen Übersetzers; aber die wahren Gründe seines Treibens blieben im Dunkeln. Er hatte anscheinend keine Verbindungen mehr zu den verschiedenen Sekten, in welche sich die von ihm begründete Konspiration gespalten hatte, übte aber gleichwohl noch einen indirekten Einfluß auf ihre Intrigen aus... Als es uns endlich gelang, seiner habhaft zu werden, mußten wir feststellen, daß es gar nicht so leicht war, ihn für unsere Ziele einzuspannen. Sein Motiv war weder Geldgier noch Machtgier noch Ehrgeiz: Er tat offenbar alles nur für eine Frau. Um sie zurückzuerobern, oder vielleicht auch nur, um sich an ihr zu rächen, um eine Wette mit ihr zu gewinnen... Wir mußten also zuerst diese Frau begreifen, wenn wir die Schachzüge unseres Cagliostro durchschauen wollten. Aber wir konnten nicht in Erfahrung bringen, wer sie war. Durch Deduktion fanden wir schließlich allerhand über sie heraus, aber Dinge, die ich niemals in einem offiziellen Bericht darlegen könnte: Unsere Führungsorgane sind nicht in der Lage, gewisse Feinheiten zu erfassen...«

»Für diese Frau«, fährt Arkadian Porphyritsch fort, als

er sieht, mit welcher Gier du ihm jetzt die Worte geradezu von den Lippen trinkst, »heißt lesen sich von jeder vorgefaßten Absicht oder Parteinahme freimachen, um bereit zu sein für eine Stimme, die nur vernehmbar wird, wenn man sie am wenigsten zu vernehmen erwartet, eine Stimme, von der man nicht weiß, woher sie kommt, von irgendwo jenseits des Buches, jenseits des Autors, jenseits der Schreibkonventionen: aus dem Nichtgesagten, aus dem, was die Welt noch nicht über sich gesagt und zu sagen die Worte nicht hat… Er dagegen wollte ihr beweisen, daß hinter der geschriebenen Seite das Nichts ist, daß die Welt nur aus Vortäuschung, Fiktion, Mißverständnis und Lüge besteht. Wenn es weiter nichts war, konnten wir ihm leicht die Mittel verschaffen, um das zu beweisen. Ich meine wir Kollegen in den verschiedenen Ländern und Regimen, denn wir waren viele, die ihm unsere Mitarbeit anboten. Und er lehnte sie auch nicht ab, im Gegenteil… Nur wurde uns nie recht klar, ob er unser Spiel akzeptierte oder ob wir in seinem Spiel als Figuren dienten… Womöglich war er auch bloß ein Verrückter… Mir erst gelang es, sein Geheimnis zu lüften: Ich ließ ihn von unseren Agenten entführen, hierher verbringen und eine Woche lang in die Isolierzelle sperren; dann verhörte ich ihn persönlich. Es war nicht Verrücktheit, was ihn bewegte; vielleicht war es nur Verzweiflung: Die Wette mit jener Frau war längst verloren, *sie* war die Siegerin, ihre stets wache, wißbegierige, unersättliche Leselust hatte verborgene Wahrheiten noch in der offenkundigsten Fälschung und schlimmste Falschheiten noch in den angeblich allerwahrhaftigsten Worten zu entdecken vermocht. Was blieb da unserem Illusionisten noch übrig? Er stiftete weiter Verwirrung zwischen den Titeln, Autorennamen, Pseudonymen, Sprachen, Übersetzungen, Editionen, Umschlägen, Frontseiten, Kapiteln, Anfängen und Enden, damit sie gezwungen war, diese Zeichen seiner Präsenz zu erkennen, diesen seinen letzten Gruß ohne Hoffnung auf Antwort. ›Ich habe meine Grenzen erkannt‹, sagte er mir. ›Beim Lesen geschieht etwas, worüber ich keine Macht habe.‹ Ich hätte ihm sagen können, daß ebendies die Grenze ist, die nicht einmal die allgegenwärtigste Polizei zu durchbrechen vermag. Wir können am Lesen hindern, gewiß. Aber noch im Dekret, das alle Lektüre verbietet, wird man ein Stück jener Wahrheit lesen, von der wir möchten, daß sie niemals gelesen werde…«

»Und was ist aus ihm geworden?« fragst du mit einer Besorgtheit, die vielleicht nicht mehr von Rivalität geprägt ist, sondern von Mitgefühl und Verständnis.

»Er war fertig, erledigt. Wir konnten mit ihm tun, was wir wollten: ihn zur Zwangsarbeit schicken oder ihm einen Routineposten in unseren Sondereinheiten geben. Aber…«

»Aber…?«

»Ich ließ ihn entkommen. Eine fingierte Flucht, ein fingierter illegaler Grenzübertritt, und er verwischte erneut seine Spuren. Hin und wieder, scheint mir, erkenne ich seine Hand in den Materialien, die mir vor Augen kommen… Er ist besser geworden… Er betreibt jetzt die Mystifizierung um der Mystifizierung willen… Wir haben keine Gewalt mehr über ihn. Zum Glück!«

»Zum Glück?«

»Es muß ja noch etwas übrigbleiben, was uns entgeht… Damit die Macht einen Gegenstand hat, an dem sie sich messen kann, einen Raum, ihre Arme hineinzustrecken… Solange ich weiß, daß es irgendwo auf der Welt noch jemanden gibt, der Geschicklichkeitsspiele allein aus Liebe zum Spiel betreibt, solange ich weiß, daß es irgendwo eine Frau gibt, die das Lesen um seiner selbst willen liebt, kann ich sicher sein, daß die Welt weiterbesteht… Auch ich vertiefe mich Abend für Abend in die Lektüre, versinke in ihr, wie jene ferne unbekannte Leserin…«

Rasch verscheuchst du aus deinem Sinn die ungebührliche Überlagerung der Bilder Ludmillas und des Generaldirektors, um die Apotheose der LEserin zu genießen, die strahlende Vision, die aus den ernüchterten Worten Arkadian Porphyritschs aufsteigt, und zugleich die Gewißheit, bestätigt von diesem allwissenden Oberzensor, daß zwischen ihr und dir nun keine Hindernisse oder Geheimnisse mehr bestehen, während von dem Cugliostro, deinem Rivalen, nur noch ein pathetischer Schatten bleibt, der immer mehr in die Ferne rückt...

Aber deine Genugtuung kann nicht vollkommen sein, solange der Zauber mit den abbrechenden Lektüren nicht gebannt ist. Auch über diesen Punkt suchst du mit Arkadian Porphyritsch ins Gespräch zu kommen. »Als Beitrag für Ihre Sammlung«, sagst du, »hätten wir Ihnen gern eins der in Ataguitanien meistbegehrten verbotenen Bücher überreicht, den Roman *Rings um eine leere Grube* von Calixto Bandera, aber leider hat unsere Polizei in einem Anfall von Übereifer die ganze Auflage einstampfen lassen. Soweit wir gehört haben, gibt es jedoch eine irkanische Übersetzung, die hier bei Ihnen in einer hektographierten Untergrundausgabe zirkuliert. Wissen Sie etwas darüber?«

Arkadian Porphyritsch erhebt sich, um in einer Kartei nachzusehen. »Von Calixto Bandera, sagten Sie? Ja, hier: Im Augenblick ist das Buch leider nicht verfügbar. Aber wenn Sie sich noch ein wenig gedulden, eine Woche vielleicht, höchstens zwei, habe ich eine ganz exquisite Überraschung für Sie. Einer unserer bedeutendsten verbotenen Autoren, Anatoly Anatolin, arbeitet unseren Informanten zufolge seit geraumer Zeit an einer Übertragung des Romans von Bandera in irkanisches Milieu. Aus anderen Quellen wissen wir, daß Anatolin gerade dabei ist, einen Roman mit dem Titel *Welche Geschichte erwartet dort unten ihr Ende?* fertigzustellen, dessen Beschlagnahme durch eine polizeiliche Überraschungsaktion wir bereits vorgeplant haben, damit er nicht in das clandestine Distributionsnetz gelangt. Sobald wir uns seiner bemächtigt haben, werde ich Ihnen eine Kopie davon zukommen lassen. Sie werden sehen: Es ist genau das Buch, das Sie suchen.«

Im Nu faßt du deinen Plan. Mit Anatoly Anatolin kannst du dich direkt in Verbindung setzen; du mußt den Agenten Arkadian Porphyritschs zuvorkommen, in den Besitz des Manuskriptes gelangen, ehe sie zuschlagen, es vor der Beschlagnahme retten, es in Sicherheit bringen und dich mit ihm, in Sicherheit ebenso vor der irkanischen Polizei wie vor der ataguitanischen...

In dieser Nacht hast du einen Traum. Du sitzt in einem Zug, einem langen Zug, der durch Irkanien fährt. Alle Reisenden lesen dicke gebundene Bücher, ein Phänomen, das man in Ländern, wo die Zeitungen und Magazine nicht sehr attraktiv sind, häufiger findet als anderswo. Dir kommt der Gedanke, daß einer der Reisenden oder gar alle einen jener Romane lesen, die du hast abbrechen müssen, ja daß womöglich alle jene Romane hier im Abteil sind, übersetzt in eine dir unbekannte Sprache. Du bemühst dich zu entziffern, was auf den Buchrücken steht, obwohl du weißt, daß es zwecklos ist, weil du die Schrift nicht lesen kannst.

Ein Reisender tritt in den Gang hinaus und läßt das Buch liegen, um seinen Platz besetzt zu halten, ein Lesezeichen zwischen den Seiten. Kaum ist er draußen, greifst du nach dem Buch, blätterst darin und überzeugst dich: Es ist das gesuchte. Im gleichen Augenblick merkst du, daß alle Reisenden dich drohend anstarren, voller Mißbilligung deines indiskreten Verhaltens.

Um deine Verlegenheit zu verbergen, schaust du aus dem Fenster, das Buch weiter in deiner Hand. Der Zug hat angehalten, steht zwischen Gleisen und Signalmasten, vielleicht an einer Weiche irgendwo vor einem entlegenen Bahnhof. Nebel ist draußen und Schnee, man sieht nichts. Auf dem Nachbargleis steht ein Gegenzug, die Fenster sind alle beschlagen. Am Fenster dir gegenüber gibt die Kreisbewegung einer behandschuhten Hand der Scheibe langsam wieder ein wenig von ihrer Transparenz: Es erscheint eine Frauengestalt in einer Wolke von Pelz. »Ludmilla!« rufst du. »Ludmilla, das Buch«, versuchst du zu sagen, mehr mit Gesten als mit der Stimme, »das Buch, das du suchst, ich hab es gefunden, hier ist es...«, und bemühst dich, die Scheibe herunterzuziehen, um ihr das Buch hinüberzureichen durch die Eiszapfen, die den Zug dick überkrusten.

»Das Buch, das ich suche«, erwidert die schemenhafte Gestalt, die gleichfalls ein Buch vorstreckt, ein ähnliches wie das deine, »gibt einem das Gefühl der Welt nach dem Ende der Welt, das Gefühl, die Welt sei das Ende all dessen, was auf der Welt ist, und das einzige, was auf der Welt ist, sei das Ende der Welt.«

»Nein, so ist das nicht!« rufst du und suchst in dem unverständlichen Buch nach einem Satz, der Ludmillas Worte widerlegen kann. Aber da setzen die beiden Züge sich wieder in Bewegung und fahren in entgegengesetzte Richtungen davon.

Ein eisiger Wind fegt durch die Parkanlagen der Hauptstadt Irkaniens. Du sitzt auf einer Bank und erwartest Anatoly Anatolin, der dir das Manuskript seines neuen Romans *Welche Geschichte erwartet dort unten ihr Ende?* übergeben soll. Ein junger Mann mit langem blondem Bart, bekleidet mit einem langen schwarzen Mantel und einer Wachstuchmütze, setzt sich neben dich. »Tun Sie, als ob nichts wäre. Die Parks werden immer sehr überwacht.«

Eine Hecke schützt euch vor fremden Blicken. Ein kleiner Stoß Blätter wechselt aus der Innentasche von Anatolys langem Mantel in die Innentasche deines kurzen Überziehers. Anatoly Anatolin zieht weitere Blätter aus einer Innentasche der Jacke. »Ich mußte die Seiten auf meine verschiedenen Taschen verteilen, damit es nirgendwo auffällig bauscht«, sagt er und zieht zusammengerollte Seiten aus einer Innentasche der Weste. Der Wind reißt ihm ein Blatt aus der Hand, er läuft hinterher, um es aufzulesen. Grad will er noch einen Packen aus der Gesäßtasche ziehen, da springen aus der Hecke zwei Polizisten in Zivil und verhaften ihn.

Welche Geschichte erwartet dort unten ihr Ende?

Ich flaniere über den Großen Prospekt, den Prachtboulevard unserer Stadt, und lösche in Gedanken die Elemente, die ich zu ignorieren beschlossen habe. Ich gehe an einem protzigen Ministerialgebäude vorbei, dessen Fassade ganz vollgepackt ist mit Karyatiden, Säulen, Balustraden, Plinthen, Konsolen, Metopen, und verspüre das Bedürfnis, sie auf eine glatte senkrechte Fläche zu reduzieren, auf eine Mattglasscheibe, eine schlicht-funktionale Trennwand, die einfach den Raum abteilt, ohne sich selber eitel ins Blickfeld zu drängen. Aber auch so vereinfacht bleibt das Gebäude noch immer bedrückend. Ich beschließe es ganz abzuschaffen: An seiner Stelle erhebt sich ein milchiger Himmel über der nackten Erde. In gleicher Weise lösche ich fünf weitere Ministerien, drei Banken und ein paar Wolkenkratzer großer Konzerne. Die Welt ist so kompliziert, verworren und überladen; um etwas klarer zu sehen, muß man ausdünnen, ausdünnen.

Im Gedränge auf dem Prospekt treffe ich immerzu Leute, deren Anblick mir aus verschiedenen Gründen unangenehm ist: meine Vorgesetzten, weil sie mich an meine Lage als Untergebener erinnern, meine Untergebenen, weil ich es hasse, mich mit einer Autorität ausgestattet zu fühlen, die mir erbärmlich vorkommt, so erbärmlich wie das Gemisch aus Neid, Servilität und Ressentiment, das sie hervorruft. Ich lösche die einen wie die anderen, ohne zu zögern: Aus den Augenwinkeln sehe ich sie zerschmelzen und in einer feinen Nebelschwade verdunsten.

Bei dieser Operation muß ich achtgeben, daß ich die Passanten ausspare, die Fremden, die Unbekannten, die mir nie Ärger gemacht haben; im Gegenteil, die Gesichter mancher von ihnen scheinen mir, wenn man sie unvoreingenommen betrachtet, durchaus Interesse zu verdienen. Doch wenn die Welt um mich her nur noch aus einer Masse von Fremden besteht, kommt mir rasch ein Gefühl der Einsamkeit und Verlorenheit; besser also, ich lösche auch sie gleich mit, alle auf einen Schlag, und denke nicht mehr daran.

In einer vereinfachten Welt habe ich bessere Chancen, den wenigen Menschen zu begegnen, denen ich gern begegne, zum Beispiel Franziska. Franziska ist eine Freundin, der zu begegnen mich immer sehr fröhlich macht. Wir tauschen die neuesten Witze aus, lachen, erzählen uns irgendwas, aber Sachen, die wir vielleicht anderen nicht erzählen würden und die sich, wenn wir sie unter uns bereden, als interessant für uns beide erweisen, und bevor wir auseinandergehen, sagen wir, daß wir uns unbedingt möglichst bald wiedersehen müssen. Dann vergehen Monate, bis wir uns zufällig wieder irgendwo auf der Straße begegnen: Freudenrufe, Gelächter, Versprechen auf baldiges Wiedersehen, aber keiner von uns unternimmt irgendwas, um eine Begegnung herbeizuführen; vielleicht weil wir wissen, daß es dann nicht mehr dasselbe wäre. Jetzt, in einer vereinfachten und reduzierten Welt, wo all die vorgegebenen Situationen ausgeräumt sind, derentwegen die Eventualität, daß ich und Franziska uns öfter sehen, eine Beziehung zwischen uns implizieren würde, die irgendwie genauer definiert werden müßte, womöglich im Hinblick auf eine Heirat oder jedenfalls, daß man uns als ein Paar betrachtet, unter Annahme einer Verbindung, die ausdehnbar wäre auf die jeweiligen Familien, die Verwandten in auf- und absteigender Linie, die Geschwister, Vettern und Basen, sowie auf die jeweiligen Freundeskreise, Berufskollegen, die ganze Umgebung unseres Zusammenlebens, unter Einschluß von Verflechtungen auf dem Gebiet der Einkommens- und Vermögensverhältnisse, jetzt, wo all diese Konditionierungen einfach entfallen, die unausgesprochen unsere Gespräche belasten und dazu führen, daß sie immer nur ein paar Minuten dauern, jetzt müßte eine Begegnung mit Franziska noch viel schöner und erfreulicher sein. Es ist also ganz natürlich, daß ich bemüht bin, die günstigsten Bedingungen für ein Zusammentreffen unserer Wege zu schaffen, unter Einschluß der Abschaffung aller jungen Frauen, die auch so einen kurzen hellen Pelzmantel tragen, wie ihn Franziska das letzte Mal trug, damit ich, wenn ich sie von weitem sehe, gleich sicher sein kann, daß sie es ist, ohne mich Mißverständnissen und Enttäuschungen auszusetzen, sowie auch der Abschaffung aller jungen Männer, die so aussehen, als könnten sie mit Franziska befreundet sein und sie gleich irgendwo treffen, womöglich mit Vorsatz, und sie genau in dem Augenblick in ein nettes Gespräch verwickeln, wenn eigentlich ich sie zufällig treffen müßte.

Ich habe mich über Einzelheiten persönlicher Art verbreitet, aber das darf nicht dahingehend mißverstanden werden, daß ich bei meinen Löschungen etwa von rein privaten Interessen geleitet wäre, wo ich doch immer darauf bedacht bin, im Interesse des Ganzen zu handeln (und folglich auch im eigenen, aber indirekt). Wenn ich zunächst, um mal irgendwo anzufangen, alle öffentlichen Verwaltungsgebäude, die mir vor Augen gekommen sind, ausgelöscht habe, und nicht nur die Gebäude mit ihren breiten Treppenaufgängen und Säulenportalen und Korridoren und Vorzimmern, und Karteien und Akten und Zirkularen, sondern auch die Abteilungsleiter, Generaldirektoren, Vizeinspektoren und Stellvertreter, das Stammpersonal und die Hilfskräfte, so habe ich das nur getan, weil ich glaube, daß ihre Existenz schädlich oder unnütz ist für die Harmonie des Ganzen.

Um diese Tageszeit strömen Scharen von Angestellten aus ihren überheizten Büros, knöpfen sich ihre Mäntel mit den synthetischen Pelzkragen zu und drängen sich in die Busse. Ich blinzle, und sie sind verschwunden; nur noch vereinzelte Fußgänger sind in der Ferne zu sehen auf den leeren Straßen, die ich vorsorglich von allen PKWs und LKWs und Bussen gesäubert habe. Schön sieht das aus, so ein leergefegter Straßenbelag, glatt und gerade wie eine Bowlingbahn.

Als nächstes lösche ich die Kasernen, Wachmannschaften, Kommissariate: Alle Uniformierten verschwinden, als wären sie nie gewesen. Vielleicht ist mir dabei sozusagen ein bißchen die Hand ausgerutscht: Ich merke, daß die Feuerwehrleute das gleiche Schicksal erleiden, die Briefträger, die Männer von der städtischen Müllabfuhr und andere Kategorien, die verdientermaßen eine bessere Behandlung erwarten konnten. Aber was geschehen ist, ist geschehen, man kann schließlich nicht auf jede Kleinigkeit achten. Um keine Mißhelligkeiten entstehen zu lassen, schaffe ich kurzerhand die Brände ab, den Müll und desgleichen die Post, die einem ja letzten Endes doch immer nur Unangenehmes bringt.

Ich kontrolliere, ob keine Kliniken, Krankenhäuser, Heil- und Pflegeanstalten stehengeblieben sind: Ärzte, Pflegepersonal und Patienten abzuschaffen, scheint mir die einzig mögliche Gesundheitspflege zu sein. Dann kommen die Gerichte dran mit allen Richtern, Anwälten, Angeklagten und Klägern, die ganze Rechtspflege, auch die Gefängnisse mit den Gefangenen und ihren Wärtern. Dann lösche ich die Universität mit dem ganzen akademischen Lehrkörper, die Akademie der Wissenschaften und Künste, die Museen, die Bibliotheken, die Denkmäler mit den entsprechenden Denkmalspflegern und Kuratoren, die Theater, die Kinos, das Fernsehen und die Zeitungen. Wenn sie meinen, sie könnten mich bremsen mit dem Respekt vor der Kultur, haben sie sich geschnitten.

Dann mache ich mich an die ökonomische Basis, die wirtschaftlichen Strukturen, die uns schon viel zu lange bedrängen mit ihrem maßlosen Anspruch, unser Leben zu bestimmen. Für was halten sie sich? Stück für Stück lösche ich die Läden, Geschäfte, Supermärkte und Kaufhäuser, beginnend mit denen für den unmittelbaren Lebensbedarf, um schließlich bei denen für Luxusartikel und Überflußkonsum zu enden: Zuerst leere ich die Auslagen, dann lasse ich die Verkaufstische und Regale verschwinden, dann die Verkäuferinnen, Kassiererinnen, Filialleiter. Die Menge der Kunden streckt einen Moment lang verdutzt die Hände ins Leere, sieht ihre Drahtkorbwagen sich verflüchtigen, dann wird auch sie vom Nichts verschluckt. Vom Konsum gehe ich auf die Produktion zurück: Ich liquidiere die Leicht- und Schwerindustrie, die Rohstoffe und Energiequellen. Und die Landwirtschaft? Weg damit, ist sowieso vergiftet! Und damit es nicht heißt, ich hätte einen regressiven Hang zu den primitiven Gesellschaften, tilge ich auch die Jagd und den Fischfang.

Die Natur…? Haha, ihr glaubt wohl, ich hätte noch nicht begriffen, daß dieser ganze Naturfimmel auch bloß ein raffinierter Schwindel ist? Soll sie doch sterben, die Natur! Es genügt, daß eine halbwegs solide Erdkruste unter den Füßen verbleibt und ringsum die Leere.

Ich flaniere weiter über den Großen Prospekt, der sich jetzt nicht mehr von der grenzenlosen, verödeten und vereisten Ebene unterscheidet. Es gibt keine Mauern mehr, so weit das Auge reicht, auch keine Berge oder Hügel, weder Flüsse noch Seen noch Meere, nur eine glatte graue Eisfläche, fest wie Basalt. Auf die Dinge zu verzichten, ist gar nicht so schwierig, wie man meint: alles nur eine Frage des richtigen Anfangs. Wenn es dir erstmal gelungen ist, dich von etwas zu lösen, was du für lebensnotwendig hieltest, merkst du, daß du dich auch von etwas anderem lösen kannst und dann von etwas drittem und schließlich von immer mehr. So laufe ich nun über diese leere Fläche, zu der die Welt geworden ist. Windstöße fegen über den Boden, treiben mit feinem Schneegestöber letzte Überreste der verschwundenen Welt vor sich her: eine reife Weintraube, frisch wie eben erst von der Rebe gepflückt, einen wollenen Babyschuh, ein gut geschmiertes Kardangelenk, eine Seite, die aussieht wie aus einem Roman in spanischer Sprache, mit einem Frauennamen: Amaranta… War es vor wenigen Sekunden oder vor vielen Jahrhunderten, daß alles zu existieren aufhörte? Ich habe das Zeitgefühl verloren.

Dort hinten auf diesem Streifen Nichts, den ich weiterhin den Großen Prospekt nenne, sehe ich eine zarte Figur in einer hellen Pelzjacke: Es ist Franziska! Ich erkenne den flotten Gang in den hohen Stiefeln, die Art, wie sie die Arme im Muff verschränkt, den langen bunten flatternden Schal. Dank der eisigen Luft und der hindernisfreien Fläche habe ich eine gute Fernsicht, aber ich gestikuliere umsonst mit den Armen: Sie kann mich nicht erkennen, wir sind noch zu weit voneinander entfernt. Ich eile mit großen Schritten voran, jedenfalls glaube ich, daß ich vorankomme, aber mir fehlen die Bezugspunkte. Da zeichnen sich plötzlich auf der Linie zwischen mir und Franziska ein paar Gestalten ab: Es sind Männer, Männer mit langen Mänteln und Hüten. Sie warten auf mich. Wer können sie sein?

Als ich nahe genug bin, erkenne ich sie: Es sind Kollegen von der Sektion D. Wie kommt es, daß sie noch da sind? Was tun sie hier? Ich dachte, ich hätte sie mit abgeschafft, als ich das Personal aller Ämter und Behörden löschte. Wieso stellen sie sich genau zwischen mich und Franziska? »Jetzt lösche ich sie«, denke ich und konzentriere mich. Aber nein, sie sind immer noch da.

»Hallo!« begrüßen sie mich. »Bist du auch einer von uns? Bravo! Hast uns sehr ordentlich geholfen, jetzt ist alles sauber.«

»Wie!« rufe ich überrascht. »Ihr habt auch gelöscht?«

Jetzt wird mir klar, warum ich vorhin den Eindruck hatte, bei meinen Übungen im Verschwindenlassen der Welt diesmal vielleicht ein bißchen zu weit gegangen zu sein.

»Aber sagt mal, wart ihr es nicht, die immer vom Wachstum gesprochen haben, vom Steigern, Vermehren, Vervielfachen…?«

»Na und? Wo ist da der Widerspruch? Paßt doch alles genau in die Logik der Wachstumsprognosen… Die Entwicklungskurve beginnt wieder bei Null… Auch dir war doch aufgegangen, daß die Situation stagnierte, an einen toten Punkt gelangt war, sich verschlechterte… Man brauchte den Prozeß nur zu beschleunigen… Tendenziell kann sich das, was kurz- und mittelfristig als ein Minus erscheinen mag, langfristig in einen Anreiz verwandeln…«

»Aber so hab ich's nicht gemeint… Mein Projekt war ein anderes… Ich lösche auf andere Weise…«, protestiere ich und denke: Wenn sie meinen, sie könnten mich für ihre Ziele einspannen, haben sie sich geschnitten!

Ich kann es kaum noch erwarten, alles wieder rückgängig zu machen, die Dinge der Welt wieder existieren zu lassen, eins nach dem anderen oder alle auf einmal, ihre bunte und greifbare Dinglichkeit wie eine kompakte Mauer den allgemeinen Vernichtungsplänen dieser Leute entgegenzustellen. Ich schließe die Augen und öffne sie langsam, sicher, mich auf dem belebten Boulevard wiederzufinden, im dichten Gedränge der Menschen und Autos nach Feierabend, wenn die Lichter angehen und die Abendzeitungen in den Kiosken ausgelegt werden. Aber nein: nichts! Die Leere um uns herum wird immer leerer, die Gestalt Franziskas am Horizont kommt so langsam voran, als müßte sie die Krümmung der Erdkugel übersteigen. Sind wir die einzigen Überlebenden? Mit wachsendem Grauen fange ich an, mir die Wahrheit bewußt zu machen: Die Welt, die ich in Gedanken zu löschen glaubte durch einen jederzeit widerrufbaren Beschluß, ist wirklich erloschen.

»Seien wir realistisch«, sagen die Funktionäre von der Sektion D. »Man braucht sich ja bloß umzusehen. Das ganze Universum ist... sagen wir mal: in einer Transformationsphase...«, und zeigen dabei zum Himmel hinauf, wo die Sternbilder nicht mehr erkennbar sind, hier zusammengeballt, dort auseinandergelaufen, die ganze Himmelskarte zerrüttet von Sternen, die reihenweise explodieren, während andere nach einem letzten Aufflackern still verlöschen. »Wichtig ist jetzt, wo die Neuen kommen, daß sie die Sektion D voll einsatzbereit vorfinden, mit der kompletten Belegschaft und funktionierenden Strukturen...«

»Und wer sind diese ›Neuen‹? Was machen sie? Was wollen sie?« frage ich und sehe, wie sich auf der Eisfläche, die mich von Franziska trennt, ein feiner Riß auftut, der sich rasch erweitert wie eine heimtückische Falle.

»Das zu sagen, ist es jetzt noch zu früh. Für uns, um es in unseren Begriffen zu sagen. Vorläufig können wir sie ja noch nicht einmal sehen... Daß sie da sind, ist aber sicher, und außerdem waren wir ja schon längst informiert, daß sie kommen würden... Aber auch wir sind da, und natürlich wissen sie das, wir als die Repräsentanten der einzig möglichen Kontinuität mit dem, was vorher war... Sie brauchen uns, sie können gar nicht auf uns verzichten, sie müssen uns die Verwaltung des verbliebenen Restes übertragen... Und dann wird die Welt so wiedererstehen, wie wir sie haben möchten...«

Nein, denke ich, die Welt, die ich wiedererstehen lassen möchte für mich und Franziska, kann nicht eure Welt sein! Ich möchte mich konzentrieren, ich denke an einen bestimmten Ort mit all seinen Einzelheiten, an eine Umgebung, in der ich jetzt gern mit Franziska wäre, zum Beispiel ein Café voller Spiegel, in denen die Kristallüster reflektieren, und eine Kapelle spielt Walzer, und die Geigenklänge schweben über die Marmortischchen und über die dampfenden Tassen und die Törtchen mit Schlagsahne... während draußen vor den beschlagenen Scheiben die Welt voller Menschen und Dinge ihre Präsenz bekundet: die Präsenz einer freundlichen und feindlichen Welt voller Dinge, an denen man sich erfreuen oder stoßen kann... Ich denke daran mit allen mir zur Verfügung stehenden Kräften, aber ich weiß jetzt, daß sie nicht ausreichen, um das alles wiedererstehen zu lassen: Das Nichts ist stärker und hält die ganze Erde besetzt.

»Mit ihnen Verbindung aufzunehmen, wird allerdings nicht leicht sein«, reden die Kollegen von der Sektion D weiter. »Wir müssen aufpassen, daß wir keine Fehler machen und nicht kaltgestellt werden. Um das Vertrauen der Neuen zu gewinnen, haben wir an dich gedacht: Du hast dich in der Liquidationsphase als sehr anstellig erwiesen und bist der am wenigsten Kompromittierte von der alten Verwaltung. Also geh hin, stell dich ihnen selbst vor und erklär ihnen, was die Sektion ist und wie sie von ihnen benutzt werden kann für dringende, unverzichtbare Aufgaben... Na, keine Bange, du wirst die Sache schon irgendwie hinkriegen...«

»Gut, dann geh ich gleich los, um nach ihnen zu suchen«, sage ich rasch, denn mir wird klar, wenn ich mich nicht sofort davonmache, um Franziska zu erreichen und in Sicherheit zu bringen, wird es zu spät sein, die Falle schnappt zu. Ich renne los, bevor die Typen von der Sektion D mir noch Fragen stellen oder Instruktionen erteilen können; ich haste über die glatte Eiskruste ihr entgegen. Die Welt ist reduziert auf ein Blatt Papier, das man nur noch mit abstrakten Wörtern beschreiben kann; gelänge es, nur das Wort »Blechdose« hinzuschreiben, so wäre es auch möglich, Wörter wie »Kasserolle«, »Tunke« und »Rauchfang« zu schreiben, aber die Stillage des Textes verbietet es.

Auf dem Boden, der mich von Franziska trennt, sehe ich Risse, Sprünge, Spalten sich öffnen, jeden Augenblick droht mein Fuß in einer Fallgrube zu versinken, und die Lücken erweitern sich, bald wird eine Schlucht zwischen mir und Franziska klaffen, ein Abgrund! Ich springe von einem Rand zum andern und sehe unter mir keinen Grund, nur das Nichts bis ins Unendliche; ich laufe über Fragmente von Welt, Bruchstücke, die auf der Leere schwimmen wie Eisschollen auf einem schwarzen Wasser, die Welt zerbröckelt... Hinter mir rufen die von der Sektion D und gestikulieren aufgeregt, daß ich umkehren soll, nicht weiter vordringen... Franziska! Da, nur noch ein letzter Satz, und ich bin bei dir!

Sie steht vor mir, lächelnd, mit dem goldigen Schimmer in ihren Augen und ihrem kleinen, von der Kälte ein wenig geröteten Gesicht. »Oh, bist du's wirklich? Immer wenn ich über den Großen Prospekt gehe, treffe ich dich! Du bummelst hier wohl den ganzen Tag lang herum, was? Hör zu, ich weiß ein Café, hier gleich um die Ecke, voller Spiegel und mit einer Kapelle, die Walzer spielt. Lädst du mich ein?«

XI

Leser, es ist an der Zeit, daß dein sturmgebeuteltes Schiff einen Landeplatz findet. Welcher Hafen könnte dich sicherer aufnehmen als eine große Bibliothek? Bestimmt gibt es eine in der Stadt, aus der du aufgebrochen warst und in die du nun wieder zurückgekehrt bist nach deiner Reise um die Welt von einem Buch zum anderen. Dir bleibt noch eine Hoffnung: Vielleicht sind die zehn Romane, die dir in den Händen zerrannen, kaum daß du sie zu lesen begonnen hattest, in dieser Bibliothek zu finden.

Endlich hast du einen freien und ruhigen Tag. Du gehst in die Bibliothek, schaust in den Katalog und unterdrückst mit knapper Not einen Freudenschrei, nein, zehn Freudenschreie: Alle Autoren und Titel, die du suchst, sind säuberlich im Katalog verzeichnet.

Du füllst einen Leihschein aus und gibst ihn ab; dir wird mitgeteilt, da müsse wohl in den Katalog versehentlich eine falsche Signatur geraten sein, man könne das Buch nicht finden, man werde der Sache nachgehen. Du bestellst sofort ein anderes; man sagt dir, es sei gerade ausgeliehen, aber im Augenblick könne man leider nicht feststellen, von wem und bis wann. Das dritte, das du bestellst, ist in der Buchbinderei und wird erst in einem Monat zurück sein. Das vierte befindet sich in einem Flügel der Bibliothek, der wegen Renovierung geschlossen ist. Du füllst weiter Leihscheine aus, aber sei's aus diesem oder aus jenem Grund, keins der bestellten Bücher ist verfügbar.

Während das Personal weitersucht, sitzt du geduldig wartend an einem Tisch zwischen anderen Lesern, glücklicheren, tief in ihre Lektüre versunkenen. Du reckst den Hals nach links und rechts, um in ihre Bücher zu linsen; wer weiß, vielleicht liest einer von ihnen gerade das Buch, das du suchst.

Der Blick des Lesers dir gegenüber schweift, statt auf den Seiten des Buches in seinen Händen zu ruhen, im Raume umher. Aber es ist kein zerstreuter Blick, in den Bewegungen seiner blauen Augen liegt eine intensive Konzentration. Hin und wieder begegnen sich eure Blicke. Nach einer Weile spricht er dich an, genauer, er spricht wie ins Leere, meint aber zweifellos dich:

»Wundern Sie sich nicht, wenn Sie meine Augen umherschweifen sehen. Effektiv ist das meine Art zu lesen, nur so wird die Lektüre für mich ergiebig. Wenn mich ein Buch wirklich interessiert, kann ich ihm nur über wenige Zeilen folgen, und schon beginne ich abzuschweifen: Mein Geist fängt einen Gedanken auf, den ihm der Text suggeriert, oder ein Gefühl, eine Frage, ein Bild, und beginnt zu wandern, springt von Gedanke zu Gedanke, von Bild zu Bild und begibt sich auf eine Reise, die ich fortsetzen muß bis ans Ende, selbst wenn ich mich soweit vom Buch entferne, daß ich es aus den Augen verliere. Ich brauche die Anregung durch die Lektüre, und zwar durch eine gehaltvolle Lektüre, auch wenn ich von keinem Buch mehr als nur wenige Seiten zu lesen vermag. Aber schon diese wenigen Seiten enthalten für mich ganze Welten, die ich nicht auszuloten vermag.«

»Ich verstehe Sie gut«, mischt ein anderer Leser sich ein, der sein wächsernes Gesicht und seine geröteten Augen von den Seiten seines Buches hebt. »Lesen ist eine diskontinuierliche und fragmentarische Operation. Oder besser ausgedrückt: Gegenstand der Lektüre ist eine punkt- und staubförmige Materie. Im fließenden Fortgang der Schrift unterscheidet die Aufmerksamkeit des Lesers minimale Segmente, Wortverbindungen, Metaphern, syntaktische Kombinationen, logische Abläufe, lexikalische Eigenheiten, die eine äußerst hochkonzentrierte Bedeutungsdichte aufweisen. Sie sind wie die Elementarteilchen, die den Kern eines Werkes bilden, um den alles übrige kreist. Oder wie das leere Loch auf dem Grund eines Strudels, das die Strömungen ansaugt und verschlingt. Durch diese Löcher und Ritzen oder punktförmigen Indizien offenbart sich, aufleuchtend in kaum wahrnehmbaren Blitzen, die innere Wahrheit eines Buches, seine letzte Substanz. Mythen und Mysterien bestehen aus winzigen Krumen, ungreifbar wie der Blütenstaub, der an Schmetterlingsbeinen haftet. Nur wer das begriffen hat, kann auf Offenbarungen und Erleuchtungen hoffen. Darum darf meine Aufmerksamkeit – im Gegensatz zu der Ihren, mein Herr – sich keinen Moment lang von den geschriebenen Zeilen lösen, wenn ich nicht Gefahr laufen will, irgendein aufschlußreiches Indiz zu übersehen. Jedesmal wenn ich auf ein solches Krümchen Bedeutung stoße, muß ich ringsherum weitergraben, um zu prüfen, ob sich das Goldkorn womöglich in einer Goldader fortsetzt. Und darum findet meine Lektüre auch niemals ein Ende: Ich lese und lese wieder und wieder, stets auf der Suche nach einer Bestätigung dessen, was ich in den Ritzen und Falten der Sätze an Neuem entdeckt zu haben glaube.«

»Auch ich fühle das Bedürfnis, gelesene Bücher wiederzulesen«, sagt nun ein dritter Leser. »Aber bei jedem Wiederlesen scheint mir, ich läse zum ersten Male ein neues Buch. Bin ich es, der sich ständig verändert und immerzu Neues entdeckt, Momente, die ich zuvor übersehen hatte? Oder ist die Lektüre – die Aktivität des Lesens – wie ein Bau, der Form gewinnt durch Zusammenfügung einer Unzahl von Variablen und sich nie zweimal nach demselben Bauplan erstellen läßt? Jedesmal wenn ich die Gefühle, die ich bei einer früheren Lektüre hatte, wiedererleben möchte, erhalte ich andere, unerwartete Eindrücke und finde die früheren nicht mehr wieder. Manchmal scheint mir, von der einen Lektüre zur anderen sei ein Fortschritt, etwa im Sinne eines tieferen Eindringens in den Geist des Textes oder auch eines größeren kritischen Abstandes. Dann wieder scheint mir, ich behielte die verschiedenen Lektüren ein und desselben Textes gleichwertig nebeneinander im Gedächtnis, begeisterte oder kühle oder ablehnende, über die Zeit verstreut, ohne innere Perspektive, ohne verbindenden Faden. Ich bin zu dem Schluß gekommen, daß die Lektüre – die Aktivität des Lesens – eine Operation ohne Gegenstand ist. Oder anders ausgedrückt, ihr wahrer Gegenstand ist sie selbst. Das Buch ist nur ein äußeres Hilfsmittel oder gar nur ein Vorwand.«

Ein vierter Leser schaltet sich ein: »Wenn Sie die Subjektivität des Lesens hervorheben wollen, kann ich Ihnen nur zustimmen, allerdings nicht in dem zentrifugalen Sinn, den Sie ihr geben wollen. Jedes neue Buch, das ich lese, wird Teil jenes einheitlichen und allumfassenden Buches, das aus der Summe aller meiner Lektüren hervorgeht. Das geschieht nicht ohne Anstrengung: Um jenes Gesamtbuch zu bilden, muß jedes Einzelbuch sich verändern, transformieren, in eine Beziehung treten zu den Büchern, die ich vorher gelesen habe, ihre Fortsetzung oder Weiterentwicklung werden, ihre Widerlegung oder ihr Beiwerk oder ihr Kommentar oder ihr Bezugstext. Seit Jahren komme ich regelmäßig in diese Bibliothek und erforsche sie Band für Band, Regal für Regal, aber ich könnte Ihnen beweisen, daß ich nichts anderes getan habe, als vorzudringen in der Lektüre eines einzigen universalen Buches.«

»Auch für mich führen alle Bücher, die ich lese, zu einem einzigen Buch«, sagt ein fünfter Leser, der hinter einem Stapel dicker Folianten auftaucht, »aber zu einem Buch, das weit zurückliegt in fernen Tagen und kaum noch in meinen Erinnerungen hervortritt. Es erzählt die

Geschichte, die für mich vor allen anderen Geschichten kommt und von der ich in allen Geschichten, die ich lese, ein fernes Echo zu hören meine, das sofort wieder verklingt. In allem, was ich lese, suche ich immer nur jenes Buch, das ich einst in meiner Kindheit las, aber ich habe zu wenig davon behalten, um es je wiederzufinden.«

Ein sechster Leser, der die Regale abgeschritten hatte, um sie mit hochgereckter Nase zu inspizieren, tritt an den Tisch. »Für mich zählt am meisten der Augenblick, der dem Lesen vorangeht. Manchmal genügt schon der Titel, um in mir das Verlangen nach einem Buch zu wecken, das vielleicht gar nicht existiert. Manchmal der Anfang des Buches, das *Incipit*, die ersten Sätze... Kurzum, wenn Ihnen wenig genügt, um Ihre Phantasie in Gang zu setzen, so genügt mir noch weniger: die bloße Verheißung der Lektüre.«

»Für mich zählt am meisten das Ende«, sagt ein siebenter Leser, »aber das wahre Ende, das letzte, das im Dunkel verborgen liegt, der Schlußpunkt, zu dem das Buch uns hinführen will. Auch ich suche beim Lesen stets nach Löchern und Ritzen«, stimmt er dem Herrn mit den geröteten Augen zu, »aber mein Blick gräbt zwischen den Wörtern, um zu erkennen, was sich in der Ferne abzeichnet, in den Räumen, die sich nach dem Wort ›Ende‹ erstrecken.«

Der Moment ist gekommen, daß auch du dich nun äußerst. »Meine Herren, ich muß vorausschicken«, sagst du, »mir gefällt es, in den Büchern nur das zu lesen, was dasteht; und die Details mit dem Ganzen zu verbinden; und gewisse Lektüren als definitiv zu betrachten; und mir gefällt es, die einzelnen Bücher auseinanderzuhalten, jedes nach dem, was es an Neuem und Besonderem hat; und vor allem gefallen mir Bücher, die man zügig durchlesen kann, von Anfang bis Ende. Aber seit einiger Zeit geht mir irgendwie alles schief: Mir scheint, es gibt heutzutage auf der Welt nur noch Geschichten, die in der Schwebe bleiben oder sich unterwegs verlieren.«

Der fünfte Leser antwortet dir: »Auch von jener alten Geschichte, die ich vorhin erwähnte, habe ich nur den Anfang noch gut in Erinnerung, alles übrige ist mir entfallen. Es müßte eine Erzählung aus *Tausendundeiner Nacht* gewesen sein. Ich vergleiche zur Zeit die verschiedenen Ausgaben, die Übersetzungen in alle Sprachen. Ähnliche Geschichten gibt es viele, auch mit vielerlei Varianten, aber keine ist die gesuchte. Ob ich sie nur geträumt habe? Jedenfalls weiß ich, daß ich nicht zur Ruhe kommen werde, bevor ich sie nicht gefunden habe und weiß, wie sie endet.«

»Der Kalif Harun al-Raschid«, beginnt die Geschichte, die er nun angesichts deiner Neugier zu erzählen anhebt, »wird eines nachts von Schlaflosigkeit geplagt. Er verkleidet sich als Kaufmann und geht hinaus auf die Straßen Bagdads. Eine Barke bringt ihn über den Tigris zum Tor eines Gartens. Am Rand eines Beckens sitzt eine Frau, schön wie der Mond, und singt zur Laute. Eine Sklavin führt Harun in den Palast und hüllt ihn in einen safranfarbenen Mantel. Die Frau, die im Garten sang, hat auf einem silbernen Thron Platz genommen. Auf Kissen rings um den Thron sitzen sieben Männer in safranfarbenen Mänteln. ›Nur du fehltest noch‹, sagt die Frau, ›du hast dich verspätet‹, und lädt ihn ein, sich auf ein Kissen an ihrer Seite zu setzen. ›Edle Herren, ihr habt geschworen, mir blind zu gehorchen; nun ist die Stunde gekommen, euch auf die Probe zu stellen‹, sagt sie und nimmt sich eine Perlenkette vom Hals. ›Diese Kette hat sieben weiße Perlen und eine schwarze. Ich zerreiße sie nun und lasse die Perlen in einen Onyxkelch fallen. Wen das Los trifft, die schwarze Perle zu ziehen, der muß den Kalifen Harun al-Raschid töten und mir seinen Kopf bringen. Zum Lohn dafür biete ich ihm mich selbst. Weigert er sich jedoch, den Kalifen zu töten, so werden die sieben anderen *ihn* töten und die Ziehung der schwarzen Perle wiederholen.‹ Schaudernd öffnet Harun al-Raschid die Hand, erblickt die schwarze Perle, und wendet sich an die Frau: ›Ich werde deinen und des Schicksals Befehlen gehorchen, doch erzähle mir erst: Mit welcher Kränkung hat der Kalif deinen Haß erregt?‹ fragt er, begierig auf die Erzählung.«

Auch dieses Relikt einer fernen Kindheitslektüre müßte in deiner Liste der abgebrochenen Bücher stehen. Aber wie heißt die Geschichte?

»Wenn sie einen Titel hatte, ist mir auch der entfallen. Geben Sie ihr doch einen!«

Dir scheint, daß die Worte, mit denen sie abbricht, den Geist von *Tausendundeiner Nacht* gut ausdrücken. Du schreibst also *Fragt er, begierig auf die Erzählung* in die Liste der Titel, nach denen du vergeblich in der Bibliothek gefragt hast.

»Darf ich mal sehen?« sagt der sechste Leser, greift nach der Titelliste, nimmt sich die Brille zum Weitsehen ab, steckt sie ins Etui, öffnet ein anderes Etui, setzt sich die Brille zum Nahsehen auf und liest vor:

»*Wenn ein Reisender in einer Winternacht vor dem Weichbild von Malbork, über den Steilhang gebeugt ohne Furcht vor Schwindel und Wind, schaut in die Tiefe, wo sich das Dunkel verdichtet in einem Netz von Linien, die sich verknoten, in einem Netz von Linien, die sich überschneiden auf dem mondbeschienenen Blätterteppich rings um eine leere Grube:* ›*Welche Geschichte erwartet dort unten ihr Ende?*‹ *fragt er, begierig auf die Erzählung.*«

Er schiebt sich die Brille auf die Stirn. »Ja, ich würde schwören«, sagt er, »einen Roman, der so anfängt, habe ich schon mal gelesen... Sie haben nur diesen Anfang und möchten gern die Fortsetzung finden, nicht wahr? Das Dumme ist nur, daß sie einst alle so anfingen, die Romane. Jemand ging durch eine einsame Straße und sah etwas, das seine Aufmerksamkeit erregte, etwas, das ein Geheimnis zu bergen schien oder eine Vorhersage; er bat um eine Erklärung, und man erzählte ihm eine lange Geschichte…«

»Nein, hören Sie, das ist ein Mißverständnis«, versuchst du ihm klarzumachen, »dies ist kein Text… dies sind nur die Titel… der *Reisende*…«

»Ach, der Reisende erschien nur auf den ersten Seiten, dann war von ihm nicht mehr die Rede, seine Aufgabe war erfüllt… Der Roman enthielt eine andere Geschichte…«

»Aber nicht von jener Geschichte möchte ich wissen, wie sie endet…«

Der siebente Leser unterbricht dich: »Glauben Sie etwa, jede Geschichte müßte einen Anfang und ein Ende haben? In alten Zeiten konnten Erzählungen nur auf zwei Arten enden: Nachdem Held und Heldin alle Prüfungen überstanden hatten, heirateten sie oder starben. Der letzte Sinn, auf den alle Erzählungen verweisen, hat zwei Gesichter: Fortgang des Lebens, Unausweichlichkeit des Todes.«

Du hältst einen Augenblick inne, um über diese Worte nachzudenken. Dann, blitzschnell, entscheidest du dich: Du willst Ludmilla heiraten.

XII

Leser und Leserin, nun seid ihr Mann und Frau. Ein großes Ehebett empfängt eure parallelen Lektüren.

Ludmilla klappt ihr Buch zu, macht ihr Licht aus, legt ihren Kopf auf das Kissen, sagt: »Mach du auch aus. Bist du nicht lesemüde?«

Und du: »Einen Moment noch. Ich beende grad *Wenn ein Reisender in einer Winternacht* von Italo Calvino.«

ENDE

Inhalt

Italo Calvino

Der geteilte Visconte/Der Ritter, den es nicht gab
Zwei Romane. 2. Auflage 1985. 232 Seiten. Leinen

Der Baron auf den Bäumen
Roman. 3. Auflage 1984. 294 Seiten. Leinen

Wenn ein Reisender in einer Winternacht
Roman. 6. Auflage 1984. 320 Seiten. Leinen

Die unsichtbaren Städte
Roman. 2. Auflage 1984. 200 Seiten. Leinen

Das Schloß, darin sich Schicksale kreuzen
Erzählung. 2. Auflage 1984. 152 Seiten. Leinen

Kybernetik und Gespenster
Überlegungen zu Literatur und Gesellschaft
Edition Akzente. 1984. 240 Seiten. Franz. Broschur

Herr Palomar
Geschichten. 1985. 152 Seiten. Leinen

bei Hanser

Lars Gustafsson

»Es begann mit kleinen Rissen, Unstimmigkeiten, einem mikroskopischen Abstand zwischen der Welt, von der man redete, und der Welt, die tatsächlich da war.« (Lars Gustafsson, 1972)

Lars Gustafsson:
Wollsachen
Roman

dtv 1273

Lars Gustafsson:
Das Familientreffen
Roman

dtv 1470

Lars Gustafsson:
Die Tennisspieler
Erzählung

dtv 10008

Lars Gustafsson:
Erzählungen
von glücklichen
Menschen

dtv 10175

Lars Gustafsson:
Die Stille der Welt
vor Bach
Gedichte

dtv 10299

Günter Kunert

»Zu häufig hat sich mir meine Umgebung in niederdrückende Fremde verwandelt. Der einzige Gewinn dabei besteht darin, daß der amtlich Entfremdete in eine erkenntnisgünstige Position versetzt ist.« Tagebuch, 1975

Günter Kunert:
Ein englisches
Tagebuch

dtv
neue reihe

dtv 6310

Günter Kunert:
Ziellose Umtriebe
Nachrichten
vom Reisen
und vom Daheimsein

dtv
neue reihe

dtv 6327

Günter Kunert:
Der andere Planet
Ansichten von Amerika

dtv

dtv 1781

Günter Kunert:
Warnung vor Spiegeln
Unterwegs
nach Utopia
Abtötungsverfahren
Gedichte

dtv

dtv 10033

Günter Kunert:
Verspätete Monologe

dtv

dtv 10224

Günter Kunert:
Die Beerdigung
findet in aller
Stille statt
Erzählungen

dtv

dtv 10262

Botho Strauß

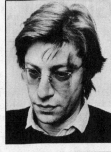

»... ein Erzähler, der für Empfindungen der Liebe Bilder von einer Eindringlichkeit findet, wie sie in der zeitgenössischen Literatur ungewöhnlich sind.« (Rolf Michaelis)

Botho Strauß:
Die Widmung
Eine Erzählung

dtv

dtv 10248

Botho Strauß:
Paare, Passanten

dtv

dtv 10250

Botho Strauß:
Kalldewey
Farce

dtv

dtv 10346

Botho Strauß:
Der Park
Schauspiel

dtv

dtv 10396

Botho Strauß:
Trilogie
des Wiedersehens/
Groß und klein
Zwei Theaterstücke

dtv

dtv 10469

Botho Strauß:
Marlenes Schwester
Zwei Erzählungen

dtv
neue reihe

dtv 6314